Biblioteca

Mary Balogh

Mary Balogh

LIGERAMENTE INMORAL

Traducción de
**Ana Isabel Domínguez Palomo
y María del Mar Rodríguez Barrena**

CISNE

Título original: *Slightly Sinful*

Primera edición en Debolsillo: octubre, 2009

© 2004, Mary Balogh
   Publicado por acuerdo con Bantam Dell Publishing
   Group, una división de Random House, Inc.
© 2008, Random House Mondadori, S. A.
   Travessera de Gràcia, 47-49. 08021 Barcelona
© 2008, Ana Isabel Domínguez Palomo y María del Mar
   Rodríguez Barrena, por la traducción

Printed in Spain – Impreso en España

ISBN: 978-84-9908-056-7 (vol. 67/7)
Depósito legal: B-31731-2009

Fotocomposición: Lozano Faisano, S. L. (L'Hospitalet)

Impreso en Novoprint, S. A.
Energia, 53. Sant Andreu de la Barca (Barcelona)

M 880567

1

Tras haber pasado la práctica totalidad de sus veinticinco años de vida en Inglaterra y, por tanto, aislado de la mayoría de las hostilidades que habían asolado el resto de Europa desde la llegada al poder de Napoleón Bonaparte, lord Alleyne Bedwyn, tercer hermano del duque de Bewcastle, no tenía experiencia en batallas campales. Aunque sí había escuchado con ávido interés las historias de guerra que le había contado su hermano mayor, lord Aidan Bedwyn, un coronel de caballería que acababa de retirarse, y creía tener una idea clara de en qué consistían.

Se había equivocado.

Se había imaginado líneas perfectas, con los ingleses y sus aliados a un lado y los enemigos al otro, separados por una explanada como los campos de juego de Eton. Se había imaginado a la caballería, a la infantería y a la artillería, ataviadas con sus mejores galas, desplazándose en líneas ordenadas como si estuvieran en un tablero de ajedrez. Se había imaginado la rápida sucesión de los disparos, que romperían, pero no eliminarían por completo, el silencio. Se había imaginado una visibilidad perfecta, la capacidad de ver el campo de batalla al completo en todo momento, la capacidad de evaluar el progreso de la lucha a cada paso. Se había imaginado, si acaso se le había pasado por la cabeza semejante idea, un aire limpio y puro.

Se había equivocado de parte a parte.

No era un militar. Hacía muy poco tiempo que había llegado a la conclusión de que ya era hora de que hiciera algo útil con su vida, de modo que se había decantado por la carrera diplomática. Lo habían destinado a la embajada de La Haya, a las órdenes de sir Charles Stuart. Sin embargo, tanto el embajador como varios de sus subordinados, entre los que él se encontraba, se habían desplazado a Bruselas mientras las tropas aliadas al mando del duque de Wellington se reunían en la ciudad, como respuesta a la amenaza que volvía a suponer Napoleón Bonaparte, que se había escapado de la isla de Elba en primavera y estaba reuniendo un formidable ejército en Francia. Ese día en concreto, la esperada e inminente batalla entre los dos ejércitos se estaba librando en los campos y colinas del pueblo de Waterloo. Y él estaba en el corazón de la batalla. Se había ofrecido voluntario para llevar una carta de sir Charles a Wellington y para regresar con la correspondiente respuesta.

Agradecía enormemente haber salido de Bruselas solo. Tal vez le habría sido imposible ocultar a sus compañeros de viaje que no había tenido tanto miedo en toda la vida.

El ruido de los cañones era lo peor de todo. Era mucho más que ruido. Le taladraba los tímpanos y le retumbaba en el estómago. Además, estaba el humo, que le congestionaba los pulmones, le irritaba los ojos y reducía su campo de visión a poco más de un par de metros. Los hombres y los caballos se movían de un lado para otro en el fango ocasionado por las fuertes lluvias de la noche en lo que a él le parecía un caos absoluto. Los oficiales y sargentos gritaban órdenes e incluso conseguían hacerse oír. El olor acre del humo se mezclaba con el hedor de lo que suponía que era sangre y vísceras. Podía ver muertos y heridos por doquier a pesar del humo.

Era una escena salida del infierno.

Aquello, se dio cuenta, era la guerra.

El duque de Wellington era famoso por estar siempre en el centro de la batalla, allí donde era más cruenta, exponiéndose sin miedo al peligro y saliendo indemne de forma milagrosa. Ese día no era una excepción. Tras preguntarle a unos cuantos oficiales el paradero de su comandante, lord Alleyne por fin dio con él en una loma desde la cual se divisaba una granja situada en un punto estratégico en La Haya Sainte, lugar que los franceses estaban asaltando con todas sus fuerzas y que una tropa de soldados alemanes defendía con igual bravura. El duque no podría haber elegido un lugar más expuesto al fuego enemigo. Le entregó la carta y puso todo su empeño en controlar a su caballo. Intentó no pensar en el peligro que corría su propia persona, pero era muy consciente de lo cerca que tronaban los cañones y de los silbidos de los disparos de los mosquetes. Sentía un miedo atroz.

Tuvo que esperar a que Wellington leyese la carta y luego le dictara la respuesta a uno de sus ayudantes. La espera se le hizo interminable mientras contemplaba el enfrentamiento por controlar la granja… a través de la espesa humareda que provocaban las miles de armas. Vio cómo morían los hombres y esperó a que le llegara la muerte. ¿Volvería a oír con normalidad si sobrevivía?, se preguntó. ¿Volvería siquiera a ser como antes? A la postre se hizo con la carta de respuesta, la guardó con sumo cuidado en un bolsillo interior y se marchó. Jamás había estado más agradecido en la vida.

¿Cómo había soportado Aidan semejante vida durante doce años? ¿Qué milagro había hecho que sobreviviera, se casara con Eve y se asentara en Inglaterra para disfrutar de una vida en el campo?

Sintió un dolor agudo en el muslo izquierdo que tomó en un principio por un calambre provocado por una mala postura. Sin embargo, cuando bajó la vista vio el agujero en los pantalones y la sangre que brotaba de él, y se dio cuenta de lo que había sucedido como si lo viera a través de los ojos de otra persona que lo observara desapasionadamente.

—¡Maldita sea! —exclamó—. Me han dado.

Su voz parecía provenir de muy lejos. Quedaba amortiguada por las continuas descargas de las armas y por el zumbido que le atronaba los oídos. La sangre pareció abandonarlo ante la impresión de saber que le habían disparado.

No se le ocurrió detenerse ni bajarse del caballo para buscar asistencia médica. Solo pensaba en salir de allí a toda prisa, en regresar sin dilación a la seguridad de Bruselas. Tenía cosas importantes que hacer en la ciudad. Claro que en ese momento no recordaba ninguna de ellas, pero sabía que no podía retrasarse.

Además, el pánico comenzaba a apoderarse de él.

Siguió cabalgando un poco más en busca de la tranquilidad de saberse en un lugar menos peligroso. Para entonces el dolor de la pierna era insoportable. Aunque lo peor era la hemorragia. Lo único que tenía a mano para taponar la herida era un enorme pañuelo. Se lo sacó del bolsillo con el temor de que no fuera lo bastante grande para abarcarle el muslo, pero al doblarlo en diagonal comprobó que tenía la longitud necesaria. Con manos temblorosas y sudorosas se lo ató en torno al muslo y el dolor estuvo a punto de hacerle perder la consciencia. La bala, se percató, debía de seguir incrustada en la pierna. Cada latido de su corazón iba acompañado de un dolor agónico. Estaba mareado.

Había miles de hombres con heridas más graves que la suya, se recordó con severidad mientras seguía su camino. Muchísimo peores. Sería una cobardía regodearse en su dolor. Debía obligarse a superarlo. En cuanto llegara a Bruselas completaría su misión y buscaría a un médico para que le extrajera la bala (¡no quería ni pensarlo!) y lo cosiera. Sobreviviría… O eso esperaba. Y su pierna también… O eso esperaba.

No tardó en llegar al bosque de Soignes. Se apartó un poco hacia el oeste del camino para evitar el denso tráfico que circulaba en ambas direcciones. Pasó junto a numerosos soldados en el bosque, algunos de ellos muertos y otros muchos heridos como él; había un gran número de desertores que huían del horror del frente… o eso le parecía. No podía culparlos.

El dolor empeoró, si acaso era posible, a medida que la impresión de saberse herido remitía. Y seguía sangrando, aunque no de forma tan copiosa como antes gracias al improvisado torniquete. Tenía frío y estaba mareado. Debía regresar junto a Morgan.

Sí, sí, ¡eso era!

Morgan, su hermana pequeña (solo tenía dieciocho años), lo esperaba en Bruselas, ya que la familia con la que estaba había tomado la arriesgada decisión de quedarse en vez de marcharse con los demás ingleses que habían viajado en tropel a la ciudad a lo largo de los dos últimos meses. Los Caddick se habían visto atrapados en Bruselas, ya que el ejército había requisado todos los carruajes, y Morgan con ellos. Aunque lo peor había sido que la dejaran salir sola a la calle un día semejante. Cuando salió de Bruselas camino del frente, la descubrió en la Puerta de Namur con otras mujeres, atendiendo a los heridos que habían comenzado a llegar a la ciudad.

Le había dicho que regresaría lo antes posible y que se encargaría de llevarla a un lugar seguro, a Inglaterra si era posible. Pediría que lo relevaran temporalmente de su puesto para acompañarla en persona. No quería ni pensar en lo que podía sucederle si los franceses se proclamaban vencedores de la batalla.

Tenía que regresar junto a Morgan. Le había prometido a su hermano mayor, el duque de Bewcastle, que le echaría un ojo aunque les hubiera confiado la tutela a los condes de Caddick ante la insistencia de Morgan, que quería acompañar a su amiga e hija de los condes, lady Rosamond Havelock. ¡Por el amor de Dios!, no era más que una chiquilla. ¡Y era su hermana!

Sí, sí, y también tenía que entregarle la carta a sir Charles Stuart. Casi se había olvidado de la puñetera carta. ¿Qué podía ser tan importante como para cabalgar al frente para entregar una carta y después regresar con la respuesta?, se preguntó. ¿Una invitación para cenar? No le sorprendería nada en absoluto que fuera algo tan trivial. Comenzaba a cuestionar la carrera que había elegido. Tal vez debería haber aceptado alguno de los escaños del Parlamento controlado por Wulf; claro que no tenía el menor interés en la política. En ocasiones le inquietaba el hecho de no saber qué hacer con su vida. Aunque un hombre fuera lo bastante rico como para poder vivir sin tener que hacer nada, como era su caso, debía contar con algo que le avivara la sangre y le animara el espíritu.

Sentía la pierna como si fuera un globo a punto de estallar.

Aunque, al mismo tiempo y por extraño que pareciera, era como si tuviera clavado un montón de cuchillos y le palpitara en un millar de sitios a la vez. Tenía la cabeza abotargada. El aire que respiraba le helaba los pulmones.

Morgan… se concentró en ella. En la joven, enérgica y obstinada Morgan. En la benjamina de la familia. Tenía que regresar a su lado.

¿Cuánto quedaba para Bruselas? Había perdido la noción del tiempo y del espacio. Aún escuchaba los disparos. Aún estaba en el bosque. El camino discurría a su derecha, atestado de carretas, carromatos y personas. Apenas un par de semanas atrás había asistido a una cena campestre a la luz de la luna organizada por el conde de Rosthorn en ese mismo bosque. Le resultaba casi imposible creer que fuera el mismo lugar. Rosthorn, cuya reputación distaba mucho de ser inmaculada, había coqueteado con Morgan hasta rozar la indiscreción y había suscitado incontables rumores.

Apretó los dientes. No estaba seguro de que pudiera continuar mucho más tiempo. Jamás imaginó que fuera posible sentir tanto dolor. Un dolor lacerante que lo destrozaba a cada paso del caballo. Sin embargo, no se atrevía a desmontar. No sería capaz de dar un solo paso sin ayuda. Recurrió a las escasas fuerzas que le quedaban e hizo acopio de toda su fuerza de voluntad para seguir en camino. Si pudiera llegar hasta Bruselas…

No obstante, el terreno era irregular y la enervante experiencia que tanto su caballo como él habían sufrido en el frente de batalla había asustado al animal, que en esos momentos no sabía cómo enfrentarse al peso muerto del jinete que llevaba. El caballo tropezó con las raíces de un árbol y se encabritó. En circunstancias normales, habría podido controlarlo sin problemas. Sin embargo, esas no eran circunstancias normales. Cayó de espaldas sin más. Por suerte, no se quedó enganchado en los estribos. Aunque no fue capaz de realizar ninguno de los movimientos defensivos que podrían haber amortiguado su caída. Cayó como un peso muerto y se golpeó la cabeza con la misma raíz con la que había tropezado el caballo.

Al instante quedó inconsciente. De hecho, estaba tan pálido por la pérdida de sangre y por la caída que cualquiera que pasara junto a él asumiría que estaba muerto. Y no habría sido una idea descabellada ni mucho menos. El bosque de Soignes, incluso tan al norte del campo de batalla, estaba sembrado de cadáveres.

El caballo se alzó una vez más sobre las patas traseras y acto seguido salió disparado.

La tranquila y aparentemente respetable casa situada en la rue d'Aremberg, en Bruselas, que cuatro «damas» inglesas habían alquilado dos meses antes era en realidad un burdel. Bridget Clover, Flossie Streat, Geraldine Ness y Phyllis Leavey habían viajado desde Londres con la idea (acertada, por cierto) de que el negocio en Bruselas sería una mina de oro mientras aquella locura militar no se hubiera resuelto. Y estaban a punto de alcanzar el objetivo que las había llevado a entablar una relación comercial y a hacerse amigas íntimas cuatro años atrás. Su objetivo, su sueño, era ahorrar lo suficiente para retirarse de su ocupación y comprar una casita en algún lugar de Inglaterra donde regentarían una casa de huéspedes para damas respetables. Esperaban ser mujeres libres cuando regresaran a Inglaterra.

Sin embargo, acababan de hacer añicos sus sueños.

El mismo día que los cañones de guerra sonaban al sur de la ciudad para proclamar que las hostilidades habían acabado por fin tras una batalla campal de proporciones épicas, descubrieron que su mundo se había desmoronado, que todo el dinero que tanto trabajo les había costado ahorrar se había esfumado.

Lo habían robado.

Y la culpa era de Rachel York.

Ella misma les había comunicado la noticia al regresar a la ciudad en lugar de continuar camino hacia Inglaterra como la práctica totalidad de los ingleses que habían estado en Bélgica. Incluso muchos de los lugareños estaban huyendo hacia el norte. Pero Rachel había regresado. Había vuelto para contarles la terrible verdad. Claro que en lugar de abrumarla con recriminaciones, como había esperado que hicieran, las damas la habían acogido porque no tenía otro lugar al que ir y le habían asignado el único dormitorio libre de la casa.

Se había convertido en la nueva residente del burdel.

La mera idea la habría espantado poco tiempo atrás. O le habría hecho gracia, porque tenía buen sentido del humor. Pero en ese preciso momento estaba demasiado triste como para reaccionar al hecho de vivir con unas prostitutas.

Eran más de las doce. Esa noche no trabajaban, cosa que habría agradecido de haber estado pensando con claridad. Pero tras los nervios que había sufrido durante los dos días de viaje hasta regresar a la ciudad y comunicarles las horribles noticias, solo se sentía entumecida.

Entumecida y terriblemente culpable.

Las cinco estaban en la salita. No tenían ganas de meterse en la cama para dormir, y el estruendo de la batalla que se había librado a lo largo del día empeoraba los ánimos. Los ruidos habían llegado a la ciudad a pesar de los veinte kilómetros que la separaban del frente si los rumores eran ciertos. Porque habían circulado muchos rumores y había cundido el pánico cuando los ciudadanos que no huyeron en su momento empezaron a temer que se abalanzara sobre ellos una horda de soldados franceses. Sin embargo, esa misma tarde habían llegado noticias de que la batalla había terminado y de que los ingleses y sus aliados habían ganado e iban a perseguir a los franceses hasta París.

—Menuda faena para nosotras… —fue el comentario de Geraldine, que estaba de pie con las manos en sus generosas caderas—. Esos hombres tan encantadores corriendo hacia París y nosotras aquí sentadas como cuatro beatas.

Aunque no fueron las noticias de la batalla lo único que les robó el sueño. El desánimo, la furia y la irritación, sumados a un enconado deseo de venganza, eran los culpables.

Geraldine se estaba paseando de un lado para otro y cada una de sus zancadas hacía que la bata de seda púrpura que llevaba se agitara tras ella mientras el camisón violeta se amoldaba a su voluptuosa figura. El cabello suelto por la espalda y el puño en alto le conferían el aspecto de una actriz en plena escena trágica. Su ascendencia italiana era de lo más evidente en esos momentos, pensaba Rachel, sentada junto a la chimenea y con un chal en los hombros aunque la noche no fuese fría.

—¡Esa asquerosa sabandija rastrera…! —exclamó Geraldine—. Esperad a que le ponga las manos encima. Lo voy a descuartizar. Lo voy a estrujar hasta dejarlo tieso.

—Primero tenemos que encontrarlo, Gerry —dijo Bridget, repantigada en un sillón con aspecto cansado. Su apariencia también era muy llamativa, ya que llevaba una chillona bata rosa que le sentaba fatal al falso tono rojo de su pelo.

—Pienso encontrarlo, que no te quepa duda, Bridget. —Geraldine alzó las manos por delante de su rostro e hizo un gesto que dejaba bien claro lo que haría si el cuello del reverendo Nigel Crawley tuviera la bondad de aparecer ante ella en ese preciso momento.

No obstante, Nigel Crawley se había ido hacía mucho. A esas alturas ya estaría posiblemente en Inglaterra, llevando en su apuesta, piadosa e infame persona una enorme cantidad de dinero que no le pertenecía.

Rachel era de la opinión de que sería mucho más satisfactorio atizarle en los dos ojos y hacer que se tragara sus perfectos dientes, y eso que ella solía ser una persona bastante pacífica que rara vez recurría a la violencia… De no ser por ella, el tipo jamás habría conocido a esas mujeres. Y si no las hubiera conocido, no se habría largado con sus ahorros.

Flossie, que también se paseaba de un lado para otro, se las apañaba de alguna manera para no chocar con Geraldine. Al ver sus cortos rizos rubios, sus enormes ojos azules, su diminuta figura y el sempiterno color pastel de su ropa, cualquiera creería que solo tenía pájaros en la cabeza, pero sabía leer y escribir, y también se le daban bien los números. Era la tesorera de la sociedad.

—Tenemos que encontrar a Crawley el Crápula —dijo—. Aunque no tengo ni idea de cómo, de dónde ni de cuándo, porque puede esconderse en cualquier parte de Inglaterra… ¡Qué digo de Inglaterra! ¡De todo el mundo! Y apenas nos queda dinero con el que perseguirlo. Pero lo encontraré aunque sea lo último que haga en esta vida. Y si tú reclamas su cuello, Geraldine, ya me buscaré yo otra parte de su anatomía para hacerle un nudo…

—Seguramente la tiene demasiado pequeña para hacerle un nudo, Floss —comentó Phyllis. Regordeta, guapa y de apariencia tranquila, con el cabello castaño siempre peinado sin excesos y ataviada de forma discreta y sencilla, Phyllis era lo menos parecido a una prostituta a ojos de Rachel. Además, era la más práctica del grupo en cualquier situación, cualidad de la que había hecho gala al regresar a la salita con una gran bandeja con té y pastas—. De todas formas es muy posible que cuando lo encontremos ya se haya gastado nuestro dinero.

—Razón de más para no dejarle ni un hueso sano —replicó Geraldine—. La venganza puede ser muy dulce, Phyll.

—Pero ¿cómo vamos a dar con él? —preguntó Bridget mientras se pasaba los dedos por su pelo rojizo.

—Tú y yo vamos a escribirles a todas las hermanas que sepan leer —respondió Flossie—. Conocemos a compañeras de Londres, Brighton, Bath y Harrogate, y también de otros sitios, ¿no? Haremos correr la voz y lo encontraremos. Pero vamos a necesitar dinero con el que perseguirlo. —Suspiró y dejó de pasearse un instante.

—Lo único que tenemos que hacer es idear el modo de hacernos ricas a la orden de ya —declaró Geraldine, que volvió a agitar el brazo—. ¿Alguna idea? ¿Hay algún ricachón por aquí al que podamos desplumar?

Todas comenzaron a soltar nombres de caballeros, a todas luces clientes, que habían estado o estaban en Bruselas. Rachel reconoció algunos de los nombres. Sin embargo, las damas no hablaban en serio. Se callaron tras sugerir unos cuantos y se echaron a reír alegremente. Un alivio, sin duda, tras recibir las terribles noticias de que todos sus ahorros se habían esfumado, robados por un sinvergüenza que se hacía pasar por clérigo.

Flossie se dejó caer en el diván y cogió uno de los pasteles de la bandeja.

—Es posible que sí haya una manera —dijo—, pero tenemos

que actuar deprisa. Y no sería un robo como tal. No se puede robar a los muertos, ¿verdad? Ya no pueden usar sus cosas.

—¡Madre del amor hermoso!, Floss —exclamó Phyllis, que se sentó a su lado con una taza de té en las manos—, ¿de qué estás hablando? No pienso ponerme a robar tumbas si es eso lo que se te ha ocurrido. ¡Menuda idea! ¿Te imaginas a las cuatro, con palas al hombro...?

—Me refiero a los muertos de la batalla —explicó Flossie mientras las demás la miraban de hito en hito y Rachel se arrebujaba más con el chal—. Habrá un montón de personas haciendo lo mismo. Me juego el pescuezo a que cientos de personas están haciéndolo ahora mismo, fingiendo que buscan a sus seres queridos cuando en realidad andan detrás de un botín. Es muy fácil para las mujeres. Solo tenemos que componer una expresión espantada y gritar el nombre de un hombre. Aunque tendríamos que ir sin pérdida de tiempo si queremos encontrar algo de valor. Podríamos recuperar todo lo que hemos perdido con un poco de suerte... y si nos damos prisa.

Rachel escuchó que alguien rechinaba los dientes y al darse cuenta de que eran los suyos, apretó los labios. Robar a los muertos... Era espeluznante. Era de pesadilla.

—No sé, Floss —adujo Bridget con voz titubeante—. No me parece correcto. Aunque de todas formas no estás hablando en serio, ¿verdad?

—¿Por qué no? —preguntó Geraldine al tiempo que extendía los brazos—. Tal como ha dicho Floss, no sería robar, ¿o sí?

—Y no le haríamos daño a nadie —siguió Flossie—, ya están muertos.

—¡Válgame Dios! —exclamó Rachel, llevándose las manos a la cara—. Soy yo quien debería buscar una solución. Al fin y al cabo, es culpa mía.

Las cuatro se giraron hacia ella.

—No lo es, cariño —le aseguró Bridget—. Ni muchísimo menos. Si alguien tiene la culpa, soy yo por haber dejado que me vieras y por haberte permitido entrar en esta casa. No sé en qué estaría pensando.

—No es culpa tuya, Rachel —convino Geraldine—. Es culpa nuestra. Nosotras tenemos muchísima más experiencia con los hombres que tú. Me creía capaz de distinguir a un libertino a kilómetros de distancia con los ojos vendados. Pero este apuesto rufián me engañó tanto como a ti.

—Y a mí también —se sumó Flossie—. Llevaba cuatro años guardando con celo nuestros ahorros hasta que él apareció con sus bonitas palabras sobre querernos y respetarnos por tener la misma profesión que María Magdalena, a quien Jesús quería. Me daría de tortas si eso sirviera de algo. Fui yo quien le dio nuestros ahorros para que los depositara en un banco inglés. Le dejé llevarse el dinero… ¡Hasta le di las gracias! Y ahora se ha esfumado. Soy yo quien tiene la culpa de todo.

—De eso nada, Floss —la corrigió Phyllis—. Todas estuvimos de acuerdo. Eso es lo que siempre hemos hecho: planear juntas, trabajar juntas, tomar las decisiones juntas.

—Pero yo os lo presenté —insistió Rachel con un suspiro—. Estaba tan orgullosa de él por no rechazaros… Yo lo traje aquí. Fui yo quien os traicionó.

—Tonterías, Rachel —replicó Geraldine con brusquedad—. Tú también has perdido todo lo que tenías por su culpa, ¿no es verdad? Lo mismo que nosotras. Y has tenido el valor de volver y contárnoslo sabiendo que, en el peor de los casos, podríamos haberte arrancado la cabeza.

—Discutiendo quién tiene la culpa no vamos a llegar a ningún sitio —repuso Flossie—, mucho menos cuando sabemos claramente quién es el culpable. Como no decidamos ir al lugar de la batalla sin pérdida de tiempo, no quedará nada que recoger.

—Yo pienso ir, Floss, aunque tenga que hacerlo sola —dijo Geraldine—. Estoy segura de que habrá un buen botín y tengo toda la intención de conseguir una parte. Quiero conseguir el dinero con el que perseguir a ese rufián desalmado.

A ninguna se le ocurrió que en caso de conseguir semejante cantidad de dinero de esa manera, podrían usarlo para reemplazar lo que habían perdido y recuperar su sueño sin más, olvidándose del reverendo Nigel Crawley, que sabría Dios dónde estaría. Claro que, en ocasiones, el ultraje y la necesidad de venganza desplazaban a los sueños.

—Tengo un cliente para mañana por la tarde… Bueno, para esta tarde, mejor dicho —dijo Bridget, cruzando los brazos por debajo del pecho y encorvando los hombros—. El joven Hawkins. No dispondré de mucho tiempo, así que no serviría de nada que fuera, ¿verdad? —dijo con voz trémula, según se percató Rachel.

—Y yo no pienso ir aunque carezca de la excusa de Bridget —declaró Phyllis con expresión contrita al tiempo que soltaba la taza de té—. Lo siento, pero me caería redonda al suelo nada más ver la sangre y no os sería de ninguna ayuda. Además, tendría pesadillas toda la vida y os despertaría en mitad de la noche con mis gritos. Seguramente las tendré solo por haberlo pensado. Me quedaré aquí y atenderé la puerta por si aparece alguien mientras Bridget está trabajando.

—¡Trabajando! —exclamó Flossie con un gemido—. A menos que hagamos algo para cambiar nuestra situación, estaremos trabajando hasta que seamos unas viejas decrépitas, Phyll.

—Yo ya lo soy —afirmó Bridget.

—¡Qué vas a serlo! —la corrigió Flossie con firmeza—. Estás en la flor de la vida. Hay un montón de jovenzuelos que te eligen a ti en vez de a una de nosotras, sobre todo los vírgenes.

—Eso es porque les recuerdo a sus madres —adujo Bridget.

—¿Con ese pelo? —preguntó Geraldine con un resoplido nada elegante—. Lo dudo muchísimo.

—Conmigo no se ponen nerviosos ni temen fallar en el intento —insistió—. Les digo que es perfectamente normal que no tengan dominada la técnica las primeras veces. ¿Qué hombre alcanza la perfección a la primera? La mayoría nunca lo hace.

La conversación estaba logrando ruborizarla en contra de su voluntad, se percató Rachel.

—Pues entonces iremos tú y yo, Gerry —decidió Flossie, poniéndose en pie—. No me da miedo ver unos cuantos cadáveres. Ni tampoco me dan miedo las pesadillas. Iremos, haremos una fortuna y después nos encargaremos de que ese tipejo se arrepienta de haber nacido.

—Yo también iría —dijo Bridget—, pero el joven Hawkins insistió en venir hoy. Quiere que le enseñe cómo impresionar a su novia cuando se case en otoño.

Bridget tendría treinta y pocos años, supuso Rachel. Mucho tiempo antes, su recién enviudado padre la había contratado para que fuera su niñera. Sin embargo, cuando él perdió su fortuna en las mesas de juego (cosa que había sucedido con inquietante regularidad a lo largo de su vida adulta), se vio obligado a despedirla. Hacía cosa de un mes, ambas se habían reencontrado por casualidad en una calle de Bruselas y así descubrió cómo se ganaba la vida su querida niñera. Pese a las dudas de Bridget, Rachel había insistido en verla de nuevo.

En ese momento se puso en pie sin ser consciente del todo de lo que iba a hacer… ni de lo que iba a decir a continuación.

—Yo también voy —anunció—. También voy con Geraldine y Flossie.

Su ofrecimiento fue seguido por un coro de comentarios y se convirtió en el centro de atención. Sin embargo, levantó las manos para acallar las protestas.

—Yo soy la máxima responsable de que hayáis perdido vuestros ahorros —afirmó—. Me da igual lo que digáis para hacerme sentir mejor, pero es la pura verdad. Además, tengo una cuenta pendiente con el señor Crawley. Me engatusó para que lo admirara y respetara, para que accediera a ser su esposa. Os robó y me robó a mí, y luego intentó mentirme como si fuera una idiota sin remedio además de una pánfila. Si vamos a ir tras él, cosa para la que necesitamos dinero, yo también pondré mi granito de arena. Voy a ir con Geraldine y Flossie para registrar los cadáveres en busca de objetos de valor.

Ojalá se hubiera quedado sentada, pensó, ya que tuvo la repentina sensación de que sus piernas eran de gelatina.

—No, no, cariño —protestó Bridget al tiempo que se ponía en pie y daba un paso hacia ella.

—Déjala tranquila —dijo Geraldine—. Me caíste bien desde

el primer momento, Rachel, porque eres una persona normal y no una de esas damas de alcurnia que tuercen el gesto y arrugan la nariz cuando pasamos por su lado como si oliéramos a perro muerto. Pero esta noche me caes muchísimo mejor. Porque tienes carácter y no vas a dejar que se vaya de rositas.

—Desde luego que no —le aseguró—. Este último año he sido una dama de compañía anodina y sosa. He odiado todos y cada uno de los trescientos sesenta y cinco días. De no ser por eso, no habría caído tan fácilmente en las garras de un sonriente rufián. Así que vamos a dejarnos de cháchara y a ponernos en marcha.

—¡Un viva por Rachel! —exclamó Flossie.

De camino a su habitación para cambiarse de ropa y ponerse un vestido abrigado y práctico, intentó no pensar en lo que estaba a punto de hacer.

«Voy a ir con Geraldine y Flossie para registrar los cadáveres en busca de objetos de valor», pensó.

de primer momento. Es... por que esto una persona normal y como sucede así fácilmente que dejara de haber y así por la que cuando pasaría por su labio como si acabase a crer muerto. Pero a principio de que esto era cierto así la sangre no les crecían y se venía a coger cualesquiera de éstas.

—Pues lo llevo que no —le repuse—. Esto último que he sido una cosa de la compañía moderna y sea la de cada todos y cada uno de los que suelen tener venido días que no ves por eso, no había sido un testimonio de los grillos de un semblante palúa. Así que vemos a deleitos de ciudadana y a portento así mismo.

—Qué señora saldrá saber lo dicho bueno.

—De cuando a su semejanza para combinar el modo y cómo se ha vestido lodo y no por lo deciente que pesaba a lo que estaba a punto de hacer.

—Nos haría a don Cándido y de hoy para aquí si lo hacemos en buena de cabaña de allí y pronto.

2

A la luz mortecina del amanecer, el camino que partía de Bruselas en dirección sur parecía una escena sacada del infierno. Era casi imposible transitar por él debido a la cantidad de carretas, carromatos y transeúntes, algunos de los cuales portaban andas, ayudaban a otros compañeros a caminar o directamente los llevaban a cuestas. Casi todos estaban heridos, algunos de gravedad. Regresaban de la batalla que había tenido lugar al sur del pueblo de Waterloo.

Rachel jamás había visto un horror tan espantoso e incesante.

Al principio tuvo la impresión de que Flossie, Geraldine y ella eran las únicas personas que caminaban en dirección contraria al tráfico. Aunque, evidentemente, se equivocaba. También había otras personas y algún que otro vehículo que se dirigían al sur. Uno de esos vehículos, un carromato conducido por un soldado andrajoso con el rostro ennegrecido por la pólvora, se detuvo junto a ellas. El soldado se ofreció a llevarlas el resto del camino y tanto Flossie como Geraldine, muy convincentes en su papel de esposas preocupadas, aceptaron al momento.

Ella declinó la invitación. La valentía que la había llevado hasta allí comenzaba a desvanecerse con rapidez. ¿Qué estaba haciendo?, se preguntó. ¿Cómo podía haber pensado siquiera en lucrarse de semejante infortunio?

—Id vosotras delante —les dijo—. En el bosque debe de haber muchos heridos. Yo buscaré por allí. Estaré atenta por si veo a Jack y a Sam —añadió, alzando la voz con la intención de que el conductor del carromato y cualquier otra persona que pudiera estar cerca la oyeran—. Haced lo mismo por mí en el sur y buscad a Harry.

El engaño y las mentiras lograron que se sintiera sucia e inmoral, aunque era improbable que alguien le estuviera prestando atención.

Se apartó del transitado camino para internarse entre los árboles del bosque de Soignes, aunque no se alejó demasiado por temor a perderlo de vista y despistarse. ¿Qué puñetas iba a hacer?, se preguntó. No podía seguir con el plan. Era imposible. Se veía incapaz de arrebatarle siquiera un pañuelo al cadáver de un pobre hombre. La mera idea de encontrar uno hacía que se le subiera la bilis a la garganta. Sin embargo, regresar con las manos vacías sin haberlo intentado sería egoísta y cobarde. Recordó las advertencias del señor Crawley en la salita de la rue d'Aremberg acerca del riesgo de guardar una suma importante de dinero en una ciudad que corría el peligro de acabar saqueada, dado los tiempos tan revueltos que vivían, y su ofrecimiento de llevar el dinero a Londres para depositarlo en un banco que les reportara unos intereses decentes. Durante la conversación, ella estuvo sentada a su lado con una sonrisa orgullosa en los labios por el hecho de haberles presentado a las damas a un hombre tan amable, considerado y generoso. Incluso le dio las gracias después. Creyó que por primera vez en su vida había dado con un hombre sensato, honesto y responsable. Por un instante se creyó enamorada de él.

Apretó los puños a ambos lados del cuerpo y torció el gesto. Sin embargo, la cruda realidad que la rodeaba no tardó en imponerse a los inútiles recuerdos.

Debía de haber miles de heridos en esas carretas y andas, supuso al tiempo que apartaba la mirada del camino que quedaba a su izquierda. Pese a todo ese horror, ella estaba allí para registrar a los muertos y robar cualquier objeto de valor que pudiera llevarse consigo. Era incapaz de hacerlo. Simple y llanamente.

En ese momento sus ojos se clavaron en el primero de los cadáveres que había ido a robar y sintió que se le contraía el estómago como si estuviera a punto de vomitar.

El hombre estaba tendido de costado contra el tronco de uno de los altísimos árboles, oculto a los ojos de aquellos que transitaban el camino y definitivamente muerto. Amén de desnudo. Sintió que el estómago se le contraía de nuevo cuando dio un renuente y titubeante paso hacia él. No obstante, en lugar de vomitar se le escapó una risilla tonta. Se llevó una mano a la boca, más horrorizada por su inapropiada reacción de lo que lo habría estado en caso de haber acabado vomitando en el suelo delante de miles de hombres. ¿Qué gracia tenía el hecho de que no quedara nada que saquear? Alguien había llegado hasta ese hombre antes que ella y lo había dejado en cueros. De todas formas, no habría sido capaz de hacerlo. Lo supo con absoluta certeza en ese preciso instante. No podría haberle quitado nada aunque hubiera estado totalmente vestido y hubiera llevado diez costosos anillos, un reloj de oro con su correspondiente faltriquera del mismo metal y una espada también de oro.

Porque habría sido un robo.

Era un hombre joven y su cabello parecía sorprendentemente oscuro en contraste con la palidez de su piel. La desnudez era patética en extremo en esas circunstancias, concluyó. Solo era un despojo humano inerte con una espantosa herida en un muslo y un charco de sangre bajo la cabeza, señal de que tenía una brecha abierta. Era el hijo de alguien, el hermano de alguien, tal vez el esposo de alguien o el padre de alguien. Su vida habría sido preciosa para él y quizá para muchas otras personas.

La mano que se había llevado a la boca comenzó a temblar. La sentía fría y pegajosa.

—¡Socorro! —gritó con un hilo de voz, girando la cabeza hacia el camino. Carraspeó para aclararse la garganta y volvió a gritar con voz más firme—: ¡Socorro!

Salvo por algunas miradas curiosas, nadie le prestó atención. Saltaba a la vista que tenían bastante con sus propias penas.

En ese momento hincó una rodilla en el suelo junto al cadáver, decidida a hacer algo, aunque no supiera muy bien qué. ¿Iba a rezar por él? ¿A velarlo? ¿Acaso no merecía la muerte de un hombre, aunque para ella fuese un extraño, un poco de atención?

El día anterior estaba vivo. Tenía una historia, esperanzas, sueños y preocupaciones. Extendió una trémula mano y le tocó la cara con delicadeza como si le estuviera dando la bendición.

Pobre hombre. ¡Ay, pobre hombre!, exclamó para sus adentros.

Estaba frío. Pero no helado. Su piel seguía tibia. Apartó la mano con brusquedad y la bajó con gesto inseguro hasta el cuello en busca del pulso.

Descubrió el débil latido del corazón bajo sus dedos.

¡Seguía vivo!

—¡Socorro! —gritó de nuevo, poniéndose de pie e intentando desesperadamente llamar la atención de algún transeúnte. Nadie le hizo el menor caso—. ¡Está vivo! —chilló a pleno pulmón. Necesitaba ayuda. Tal vez todavía pudieran salvarle la vida. O tal vez no. Chilló con más fuerza si cabía—: Y es mi marido. ¡Por favor, que alguien me ayude!

Vio que la miraba un caballero que iba a caballo, aunque no era militar, y por un momento creyó que se acercaría a ayudarla. Sin embargo, un hombre gigantesco (un sargento, comprobó), que llevaba unas vendas ensangrentadas alrededor de la cabeza y sobre un ojo, abandonó el camino y echó a andar a duras penas hacia ella mientras le gritaba:

—Ya voy, señora. ¿Está muy malherido?

—No lo sé. Me temo que está muy grave. —Estaba sollozando, se percató de repente, como si el herido le importara de verdad—. Por favor, ayúdelo. ¡Por favor, ayúdelo!

Rachel había supuesto tontamente que todo iría bien una vez que estuvieran de vuelta en Bruselas; que habría un batallón de médicos y cirujanos esperando para atender única y exclusivamente a los heridos del grupo al que se había sumado. Había hecho el trayecto a pie, junto al carromato en el que el sargento William Strickland había logrado encontrarle un sitio al hombre desnudo e inconsciente. Alguien sacó de algún sitio un deshilachado trozo de arpillera para cubrirlo y ella aportó su chal. El sargento, que caminó en todo momento a su lado, se presentó y le explicó que había perdido un ojo en la batalla, pero que habría regresado con su regimiento después de que lo atendieran en el hospital de campaña si no lo hubieran licenciado del ejército, donde al parecer no había cabida para sargentos tuertos. Le habían dado el finiquito, habían anotado su cese en su cartilla militar y sanseacabó.

—Toda una vida en el ejército tirada a la letrina como si fuese un cubo de agua sucia, por decirlo de algún modo —concluyó con tristeza—. Pero no importa. Ya me las apañaré. Bastante tiene usted con la preocupación por su marido como para tener que aguantar mis penas. Se pondrá bien, Dios mediante.

Cuando por fin llegaron a Bruselas, había tal cantidad de heridos y moribundos en la Puerta de Namur que el hombre inconsciente jamás habría sido atendido por un cirujano si el sargento no hubiera ejercido una autoridad que ya no le correspondía para ordenar a voces que abrieran paso hasta uno de los hospitales de campaña. Apartó la vista mientras le extraían una bala de mosquete del muslo. Gracias a Dios que estaba inconsciente, pensó, un poco mareada ante la mera idea de lo que le estaban haciendo. Cuando volvió a mirarlo, le habían vendado la pierna y la cabeza y estaba cubierto por una tosca manta. El sargento Strickland había conseguido una camilla y le había ordenado a un par de soldados rasos que transportaran al herido.

—El carnicero cree que su marido sobrevivirá si no le da fiebre y si no se ha partido la crisma con el golpe —le dijo el hombre a bocajarro—. ¿Adónde lo llevamos, señora?

La pregunta hizo que lo mirara boquiabierta. ¿Que adónde lo llevaban? Eso mismo le gustaría saber a ella. ¿Quién era el herido y dónde debía estar? No había modo de saberlo hasta que recobrara la consciencia. Entretanto, lo había reclamado. Lo había identificado como su marido en un desesperado, aunque eficaz, intento por llamar la atención de alguien en el bosque.

Pero ¿adónde iba a llevarlo? El único hogar que tenía en Bruselas era el burdel. Y allí solo era una invitada. Una invitada que dependía por completo de sus anfitrionas, para más inri, puesto que apenas tenía dinero para pagar su manutención. Y lo peor de todo era saberse culpable de que tanto Bridget como las otras tres mujeres hubieran perdido también todos sus ahorros. ¿Cómo iba a presentarse allí con el herido y pedirles que lo atendieran y lo alimentaran hasta que averiguaran su identidad para poder llevarlo con los suyos?

Sin embargo, ¿qué otra cosa podía hacer?

—Señora, está conmocionada —dijo el sargento, que la tomó del codo con gesto solícito—. Respire hondo y suelte el aire muy despacio. Al menos está vivo. Hay miles que no lo están.

—Vivimos en la rue d'Aremberg —le informó, meneando la cabeza como si quisiera despejársela—. Síganme, por favor.

Y echó a andar en dirección al burdel.

Pillaron a Phyllis con las manos en la masa… del pan. Los criados habían huido de Bruselas antes de la batalla. Bridget estaba preparándose para recibir al señor Hawkins. Al oír el alboroto en la puerta principal, salió de su dormitorio con la melena pelirroja sujeta en la coronilla por una cinta rosa para mantenerla apartada del rostro. Se había puesto colorete en las mejillas y sombra azul en un ojo ya perfilado con una gruesa línea negra en ambos párpados, lo que hacía que el otro, todavía sin pintar, pareciera sorprendentemente desnudo en comparación.

—¡Que el Señor nos ayude! —exclamó Phyllis con los ojos clavados en el sargento Strickland—. Un gigante tuerto y yo soy la única disponible.

—Rachel está con él —señaló Bridget—. Cariño, ¿qué pasa? ¿Te has metido en problemas? No lo ha hecho con mala intención, sargento. Solo quería…

—¡Ay, Bridget, Phyllis! —la interrumpió con presteza, dispuesta a soltarlo todo de golpe—. Estaba buscando en el bosque cuando me topé con ese hombre que está en la camilla. Pensé que estaba muerto, pero cuando lo toqué me di cuenta de que seguía con vida, aunque le habían disparado en la pierna y tenía una terrible herida en la cabeza. Grité pidiendo ayuda, pero ninguno de los hombres que volvía a la ciudad me hizo caso hasta que dije que estaba vivo y que era mi esposo. Entonces llegó el sargento

Strickland para ayudarme y lo llevó hasta un carromato. Cuando llegamos a Bruselas, lo atendió un cirujano y el sargento le procuró una camilla y la ayuda de estos soldados. Al preguntarme que adónde lo llevábamos no se me ocurrió otro lugar que este. Lo siento mucho. Yo...

—¿No es su esposo, señora? —preguntó el sargento, que observaba a Bridget fascinado.

Los dos soldados sonreían encantados por lo que veían.

—¿Llevaba algo encima? —preguntó Bridget con esa expresión tan desconcertante que provocaba la disparidad en el maquillaje de sus ojos.

—Nada —contestó ella. En ese momento se sintió más culpable que nunca. Aparecía con las manos vacías y encima cargaba a sus amigas con otra boca a la que alimentar. Si acaso el hombre recobraba la consciencia, claro estaba—. Se lo habían quitado todo.

—Pero ¿todo, todo? —Bridget se acercó a la camilla y alzó uno de los extremos de la manta—. ¡Madre mía!

—Sargento, tiene pinta de estar a punto de caerse redondo al suelo —dijo Phyllis al tiempo que se limpiaba la harina de las manos con su enorme delantal.

El hombre había perdido un ojo. Lo observó con detenimiento por primera vez y se avergonzó al darse cuenta de que su preocupación por el desconocido la había llevado a pasar por alto las heridas del sargento. El pobre hombre tenía muy mal color de cara.

—No será sangre eso que le mancha las vendas, ¿verdad? —siguió Phyllis—. Porque si lo es, estoy a punto de desmayarme.

—¿Dónde lo dejamos, sargento? —preguntó uno de los soldados.

—Has hecho lo correcto, cariño —le aseguró Bridget—. A ver dónde podemos acomodar a este pobre hombre. Parece medio muerto.

Aparte de los cuartuchos del ático destinados a la servidumbre, no había habitaciones desocupadas en la casa. El día anterior le habían asignado a ella el último dormitorio libre.

—En mi dormitorio —ofreció—. Podemos darle mi habitación, yo dormiré en el ático.

Condujo a los soldados escaleras arriba y, una vez en su dormitorio, apartó las sábanas para que pudieran acostar al herido en una cama que ni siquiera había llegado a utilizar. Phyllis estaba hablando con el sargento en el pasillo.

—Si no tiene ningún sitio adonde ir, sargento —estaba diciendo su amiga—, y seguro que no lo tiene, le prepararemos una cama en uno de los cuartos del ático. Voy a hacerle un caldito y un té. No, no discuta. Parece medio muerto de cansancio. Lo único que pido es no tener que cambiarle esas vendas jamás. Por favor.

—¿Podría decirme qué sitio es este? —escuchó que preguntaba el sargento—. ¿Por casualidad no será…?

—¡Por el amor de Dios! —exclamó Phyllis—. Además de tuerto debe de estar ciego si necesita preguntarlo. ¡Por supuesto que lo es!

El estado del sargento Strickland empeoró muchísimo debido a un terrible dolor de cabeza y a una fiebre galopante cuando por fin claudicó a la insistencia de Phyllis y se acostó para que lo atendieran. Pese a sus débiles protestas, Rachel y Phyllis se turnaron para velarlo durante el resto del día, al igual que hizo Bridget en cuanto el señor Hawkins se marchó.

Rachel se sorprendió por la indiferencia con la que se enfrentaba al hecho de compartir casa con una prostituta en pleno desempeño de su trabajo. No sentía conmoción, ni bochorno, ni repulsión. Tenía cosas mucho más importantes en las que pensar.

Pasó gran parte de la tarde y de la noche en su dormitorio, velando al desconocido. Un desconocido cuya identidad tal vez nunca descubriera, comprendió. No había dado ninguna señal de mejoría. Estaba extremadamente pálido, casi tanto como las vendas que le rodeaban la cabeza y como la enorme camisa de dormir que Bridget le había buscado y que le había puesto con la ayuda de Phyllis después de echarla a ella del dormitorio. Cosa que le habría hecho gracia si hubiera estado de humor. Ella lo había encontrado desnudo y, sin embargo, su antigua niñera pensaba que debían salvaguardar su pudor.

Estuvo tentada de buscarle el pulso en el cuello en unas cuantas ocasiones para comprobar que seguía vivo.

Flossie y Geraldine volvieron a primera hora de la noche, con las manos vacías.

—Llegamos hasta el pueblo de Waterloo e incluso hasta el lugar donde se libró la batalla ayer —les dijo Flossie en cuanto estuvieron reunidas en la salita, donde todo estaba dispuesto para la velada de cartas de esa noche… Por lo que Rachel dedujo que esa noche trabajaban—. Bridget, no te puedes imaginar lo que es aquello. La pobre Phyll se habría desmayado a las primeras de cambio.

—Había muchas cosas de valor —siguió Geraldine—. Podríamos habernos hecho de oro, de no habernos topado con un par de avariciosas. El primer cadáver que nos encontramos era el de un joven oficial que no pasaría de los diecisiete años, ¿verdad Floss? Había dos mujeres despojándolo de su elegante uniforme con la misma delicadeza que si estuvieran moviendo un saco de patatas. Así que les solté cuatro frescas, ya lo creo que sí.

—Las puso en su sitio, sí, señor —afirmó Flossie con admiración—. Y entonces una de ellas cometió el error de burlarse de Geraldine. La dejé sin sentido de un puñetazo. Mira, Bridget, todavía tengo los nudillos rojos. Tardaré unos cuantos días en volver a tener las manos de una dama. Y se me ha roto una de mis preciosas uñas. Ahora tendré que cortarme las demás para tenerlas iguales. ¡Odio llevar las uñas cortas!

—Monté guardia al lado del cadáver mientras Floss iba en busca de un grupo de enterradores para que trataran al pobre muchacho con respeto —tomó el relevo Geraldine—. Pobrecillo. Me he hinchado a llorar por él, y no me avergüenza decirlo.

—Después de eso —siguió Flossie un tanto avergonzada—, ya no fuimos capaces de saquear ningún cadáver, ¿verdad, Gerry? No podíamos dejar de pensar que todos esos hombres tenían madre.

—Y os aprecio por ello —les aseguró Phyllis.

—Yo también —añadió Bridget—. No lo dije en su momento, pero me alegré de que me tocara atender al joven Hawkins esta tarde porque eso me dio una excusa para no acompañaros. No me parecía correcto. Prefiero acabar en una casa de beneficencia antes que hacer una fortuna a costa de las muertes de esos valientes muchachos.

—Tendremos que encontrar otro modo —replicó Geraldine—. No voy a tomármelo con calma y a olvidarme del asunto, ni tampoco voy a pasarme otros diez años abriéndome de piernas para ganarme las habichuelas, que lo sepas Bridget. No te digo que no acabe haciéndolo, pero no antes de que encontremos a ese tipejo y le demos su merecido. En cuanto lo haga, la prostitución no me parecerá tan desagradable, aunque no recobremos ni un penique de nuestro dinero. Pero cuéntame, Rachel, ¿qué tal te ha ido? ¿Has encontrado algo?

Ambas la miraron con expresión esperanzada.

—Me temo que nada de valor —contestó con un mohín—. Solo más cargas.

—Rachel ha encontrado a un hombre herido e inconsciente en el bosque —les explicó Phyllis—, y se lo ha traído a casa. Estaba desnudo.

—Eso ha debido de ser muy emocionante —repuso Flossie con interés—. ¿Verdad, Rachel? ¿Mereció la pena verlo?

—Desde luego, Floss —contestó Phyllis—, sobre todo allí donde tú ya sabes. ¡Impresionante! Está en la cama de Rachel, todavía inconsciente.

—También tenemos a un sargento en el ático —añadió Bridget—. Ayudó a Rachel a traer al herido, pero el pobre estaba medio muerto. Perdió un ojo en la batalla, así que le hemos preparado una cama.

—De modo que ahora tenéis tres bocas más que alimentar —apostilló ella—, y todo por mi culpa. Si ese joven oficial hubiera estado vivo, ¿habríais sido capaces de dejarlo allí para que muriera? ¿O habríais hecho lo mismo que yo?

—Flossie y yo estaríamos discutiendo para decidir quién le

cedía la cama —respondió Geraldine—. No te preocupes, Rachel. Ya se nos ocurrirá el modo de encontrar a ese rufián para recuperar nuestro dinero. Y el tuyo. Mientras tanto, nos toca hacer de ángeles compasivos. Estoy deseando empezar.

—Será mejor que vayamos a ver a los pacientes mientras tengamos tiempo, Gerry —dijo Flossie, poniéndose en pie—. Dentro de nada tendremos que empezar a arreglarnos para el trabajo. Recuerda que tenemos que ganarnos el pan de cada día.

Al cabo de unos minutos, las cinco debatían acerca del misterio de la identidad del herido reunidas en torno a su cama y sin quitarle la vista de encima. No había forma de descubrir quién era, por supuesto. Pero todas estaban de acuerdo en que se trataba de un caballero. Un oficial. En primer lugar, porque había indicios de que iba a caballo cuando lo hirieron. Tanto el corte como el golpe que tenía en la cabeza no eran heridas propias de alguien que se hubiera caído mientras caminaba por el bosque. Encajaban mejor con una caída de un caballo. En segundo lugar, había otros pequeños detalles, como el hecho de que tuviera las manos suaves y las uñas bien cuidadas, tal como señaló Flossie. Su cuerpo tampoco mostraba señales de sufrir abuso alguno, salvo las heridas recientes. No tenía marcas de latigazos en la espalda que sugirieran su estatus de soldado raso, apuntó Bridget. Su cabello oscuro estaba cortado a la moda, añadió Rachel, aunque en esos momentos quedara prácticamente oculto bajo el vendaje. Tenía una nariz prominente, aristocrática, según Geraldine, aunque el detalle no fuera concluyente a la hora de determinar su posición social.

Rachel lo veló durante toda la noche, aunque no había nada que hacer salvo mirarlo y tocarle las mejillas y la frente de vez en cuando para comprobar si tenía fiebre; buscarle el pulso en el cuello; y escuchar las alegres conversaciones procedentes de la planta baja, que más tarde fueron sustituidas por otros ruidos muy distintos que provenían de las habitaciones.

En esa ocasión sí que la incomodaron. Pero no podía esgrimir una superioridad moral con respecto a sus amigas y tampoco juzgaba el modo con el que habían elegido ganarse la vida, en el hipotético caso de que tuvieran elección. No la culparon por lo que había pasado, aunque sí despotricaron y echaron pestes sobre el señor Crawley, con quien ella había abandonado Bruselas pocos días antes. La estaban manteniendo con el poco dinero que les había quedado y seguirían haciéndolo, sin duda alguna, con el dinero que estaban ganando en esos momentos y con el que ganarían en los días y las noches venideras.

Mientras tanto, ella llevaba la existencia de una dama ociosa, sin contribuir en nada.

Tal vez debiera enmendar ese detalle, se dijo.

No estaba por la labor de ahondar en el tema en ese momento, a pesar de que la única distracción que presentaba esa noche de vigilia era el hombre que estaba en la cama. Supuso que, en circunstancias muy distintas, sería guapísimo. Intentó imaginárselo con los ojos abiertos y el rostro animado, pero sin la venda en la cabeza. Intentó imaginarse lo que diría, lo que le contaría sobre sí mismo.

Subió unas cuantas veces al ático para ver si el sargento Strickland necesitaba algo, pero lo encontró dormido en todas las ocasiones.

Qué impredecible era la vida, pensó. Después de sufrir una infancia y una adolescencia precarias por culpa de un padre que no paraba de apostar y que apenas se mantenía un paso por delante de sus acreedores, después de aceptar un empleo como dama de compañía de lady Flatley cuando él murió (un empleo espantoso, dicho fuera de paso), pocos días antes creyó haber encontrado la seguridad económica y la felicidad en el papel de novia de un hombre que merecía su respeto y su lealtad. Incluso su afecto. Sin embargo, ahí estaba, tan soltera como el día que nació, viviendo en un burdel mientras velaba a un herido anónimo y preguntándose qué sería de su vida.

Bostezó y se quedó dormida en la silla.

3

El dolor lo inundó e intentó escapar de él hundiéndose una vez más en el bendito olvido de la inconsciencia. Pero le resultó imposible. De hecho, el dolor era tan intenso que ni siquiera era capaz de localizar su origen, aunque estaba seguro de que gran parte procedía de la cabeza. En realidad le dolían hasta las pestañas. Aunque tenía los párpados cerrados, sabía que había luz porque atisbaba un brillo anaranjado. Demasiada luz. Ladeó la cabeza para huir de ella, pero sintió que un dolor lacerante le atravesaba el cráneo y lo dejaba paralizado. Solo el atávico instinto de supervivencia evitó que lanzara un alarido, lo que empeoraría todavía más la situación.

—Se está despertando —dijo una voz. Una voz femenina.

—¿Crees que debería traer las sales y ponérselas debajo de la nariz, Bridget? —preguntó otra voz femenina.

—No —contestó la primera voz—. No queremos despertarlo de golpe, Phyll. El dolor de cabeza que va a sufrir será descomunal.

Ya lo sufría, la corrigió para sus adentros. «Descomunal» era quedarse corto.

—¿Eso quiere decir que va a sobrevivir? —escuchó que preguntaba una tercera voz femenina—. Me he pasado la noche y el día temiendo que muriera. Está tan blanco como la almohada. Incluso tiene los labios blancos.

—El tiempo lo dirá, Rachel —respondió una cuarta voz, ronca y seductora—. La herida de la cabeza le habrá hecho perder mucha sangre. Son las peores para las hemorragias. Es un milagro que haya sobrevivido.

—No hablemos de sangre, te lo pido por favor, Gerry —dijo una de las mujeres.

¿Estaba a las puertas de la muerte?, se preguntó Alleyne con cierta sorpresa. ¿Seguía estando en peligro de muerte? ¿De verdad se referían a él?

Abrió los ojos.

La intensa luz hizo que diera un respingo y entrecerrara los ojos. Vio cuatro rostros observándolo desde arriba, todos inclinados sobre él. El que tenía más cerca, a un palmo como mucho, estaba muy maquillado, con los labios y las mejillas de un rojo intenso, los ojos perfilados de negro, las pestañas oscurecidas y los párpados pintados de azul cielo. Era el rostro de una mujer que intentaba aparentar diez años menos y fracasaba estrepitosamente. Un rostro enmarcado por unos rizos cobrizos veteados con mechones escarlatas y naranjas.

Desvió la mirada hacia otra de las mujeres, una belleza morena de aspecto latino envuelta en seda esmeralda, con un elegante peinado ondulado, y penetrantes ojos negros. El atractivo de su rostro quedaba resaltado por un sutil uso de los cosméticos. Lucía un anticuado lunar con forma de corazón en la comisura derecha de los labios. Junto a ella se encontraba una mujer más baja, de curvas voluptuosas y rostro con forma de corazón, rodeado por un halo de rizos castaños. Esos enormes ojos azules de mirada honesta se beneficiaban de un ligero toque de color en el párpado superior. El cuarto rostro, regordete, atractivo, y también maquillado, estaba enmarcado por un brillante cabello castaño claro. Era ligeramente consciente de la presencia de una quinta persona al pie de la cama, agarrada a uno de los postes, pero no se atrevía a mover la cabeza para mirarla. Además, ya había visto más que suficiente para llegar a una conclusión desconcertante.

—He muerto y he ido al cielo —musitó, cerrando los ojos una vez más—. Y el cielo es un burdel. ¿O es que el infierno es un lugar cruel? Porque me temo que no estoy en condiciones de aprovecharme de mi buena suerte.

Las risas satisfechas de las mujeres le provocaron tal agonía que recibió la inconsciencia con los brazos abiertos.

Habían acertado al suponer que era un caballero, pensó Rachel mientras velaba al desconocido otra noche más, ya que había dormido casi todo el día a insistencia de Bridget antes de ayudar en la cocina y de cambiar, junto con Geraldine, los vendajes al sargento Strickland. La tarea no era apta para espíritus apocados. El sargento insistía en levantarse, pero tal como Geraldine le había explicado, ya no estaba con sus soldados y no podría salirse con la suya mediante gritos y juramentos. A partir de ese momento tendría que vérselas con cinco mujeres, que eran muchísimo más temibles que toda una compañía de soldados. Después de la diatriba, el sargento acabó recostándose mansamente sobre los almohadones.

Durante el breve lapso de consciencia, el hombre misterioso había hablado con una dicción propia de un caballero. Tal vez fuera un oficial herido en la batalla. Tal vez tuviera familiares en Bruselas que esperaban con ansiedad noticias de la suerte que había corrido. Qué irritante era no poder decirles que estaba bien, aunque eso todavía estaba por verse, pensó Rachel al tiempo que se levantaba por décima vez para tocarle la frente, que sin duda estaba más caliente que antes. Aún podía morir de esa espantosa herida en la cabeza, una fea brecha que deberían haberle cosido, pero que seguía abierta, y un chichón del tamaño de un huevo. Podía morir si lo asaltaba la fiebre como les sucedía a tantos y tantos hombres tras pasar por el cuchillo del cirujano. Al menos no le habían amputado la pierna.

Debería subir de puntillas al ático para echarle otro vistazo al sargento Strickland. Había oído a dos hombres abandonar la casa durante la última hora, pero las otras dos damas debían de seguir ocupadas. Tal vez debiera bajar a la cocina y preparar té para todas. Sin duda estarían cansadas y hambrientas tras la jornada laboral.

Era sorprendente la rapidez con la que se estaba adaptando al lugar.

O hacía algo en ese mismo momento o acabaría durmiéndose otra vez en la silla.

De pronto, se percató de que el ocupante de la cama se había movido ligeramente. Se quedó muy quieta y suplicó en silencio que viviera, que se recuperara de las heridas, que abriera los ojos. Por extraño que pareciera, se sentía responsable de su vida. Si al menos sobreviviera, pensó, tal vez podría perdonarse a sí misma por haber ido al bosque a hacer algo tan sórdido. Porque de no haber ido, no lo habría encontrado. Nadie lo habría hecho... y él habría muerto casi con total seguridad.

Acababa de convencerse de que se había imaginado el movimiento cuando el desconocido abrió los ojos y clavó la vista en el techo con expresión desorientada. Ella se puso de pie de un salto y se inclinó sobre la cama, de modo que el hombre no tuviera que girar la cabeza para mirarla. Sus ojos se movieron y se clavaron en ella ayudados por la luz de la vela que tenía a la espalda. Eran oscuros y la convencieron de que había acertado en otra cuestión: era muy apuesto.

—He soñado que estaba en el cielo y que el cielo era un burdel —dijo el hombre—. Y ahora estoy soñando que estoy en el cielo con un ángel rubio. Creo que me gusta más esta versión. —Cerró los ojos y esbozó una sonrisa.

Tenía sentido del humor. Sí, señor.

—¡Válgame Dios! —replicó ella—, le aseguro que es un paraíso muy terrenal. ¿Sigue doliéndole mucho?

—¿Me bebí todo un barril de ron? —preguntó él—. ¿O lo de la cabeza me lo hice de otra manera?

—Se cayó y se golpeó la cabeza —contestó—. Creo que se cayó de un caballo.

—Menuda torpeza por mi parte —dijo—. Vaya bochorno si resulta ser cierto. No me he caído de un caballo en la vida.

—Le habían disparado en la pierna —le explicó—. Montar a caballo debió de ser muy difícil y doloroso.

—¿Me habían disparado en la pierna? —Frunció el ceño y

abrió los ojos. Movió las dos piernas y soltó un improperio de lo más soez antes de disculparse—. ¿Quién me disparó?

—Supongo que un soldado francés —respondió—. Espero que no fuera uno de su propio bando.

Sus ojos se clavaron en ella.

—No estamos en Inglaterra, ¿verdad? —quiso saber—. Estoy en Bélgica. Había una batalla.

Ella se dio cuenta de que tenía las mejillas enrojecidas por la fiebre. Y también se apreciaba en sus ojos, demasiado brillantes a la luz de la solitaria vela que brillaba en la estancia. Se giró hacia la palangana llena de agua que había en la mesita de noche, escurrió el paño que había dentro y se lo pasó por las mejillas y la frente. Lo escuchó suspirar, agradecido.

—Es mejor no pensar en eso —le aconsejó—. Pero estoy segura de que le complacerá saber que hemos ganado la batalla. Seguro que seguía en pleno apogeo cuando dejó el frente.

El desconocido la miró con el ceño fruncido un momento antes de volver a cerrar los ojos.

—Me temo que tiene un poco de fiebre —le dijo—. La bala seguía alojada en su muslo y un cirujano tuvo que extraerla. Por suerte, todo se hizo mientras estaba inconsciente. Creo que debería beber un poco de agua. Déjeme ayudarlo a incorporarse para que pueda beber del vaso. No le será fácil, ya que tiene un espantoso chichón en la cabeza. Y una brecha.

—Me da la impresión de que el chichón tiene el tamaño de una pelota de críquet —comentó—. ¿Estoy en Bruselas?

—Sí —respondió—, le trajimos de vuelta a la ciudad.

—La batalla. Ahora lo recuerdo —siguió él con el ceño fruncido. Pero no añadió nada más.

No estaba segura de querer escuchar los detalles más morbosos.

Lo ayudó a beber unos sorbos de agua aunque el dolor de levantar la cabeza debía de resultarle insoportable. Acto seguido, lo recostó sobre la almohada con mucho tiento, le enjugó el hilillo de agua que le corría por la barbilla y apretó nuevamente el paño húmedo sobre su frente.

—¿Tiene familia en la ciudad? —le preguntó—. ¿Algún amigo? ¿Alguien que espere noticias sobre la suerte que ha corrido?

—Yo... —La miró una vez más con el ceño fruncido—. Yo... No estoy seguro. ¿Tengo a alguien?

—Nos encantaría decirles que está a salvo, que se encuentra en Bruselas —le explicó—. Aunque tal vez toda su familia esté en Inglaterra. Si lo desea, mañana puedo escribir una carta por usted.

Lo que el desconocido dijo a continuación la pilló totalmente desprevenida:

—¿Quién demonios soy? —preguntó.

Tuvo la sensación de que era una pregunta retórica.

Aunque de todas formas la dejó helada.

El desconocido, por su parte, volvía a estar inconsciente.

Ya era de día cuando volvió a despertarse, si bien no había pasado toda la noche sumido en el olvido de la inconsciencia. Sabía que la fiebre le había ocasionado momentos de intenso calor seguidos de otros que lo habían dejado tiritando de frío. Sabía que había estado soñando y que había tenido unas extrañas alucinaciones (de las cuales no recordaba ninguna). Y también que había gritado en varias ocasiones. Sabía que alguien lo había estado velando toda la noche, que le había estado refrescando el rostro con paños húmedos, tapándolo con mantas para mantenerlo calentito, obligándolo a beber agua y musitándole palabras de consuelo.

Sin embargo, se despertó totalmente desorientado. ¿Dónde demonios estaba?

Le habían disparado en la pierna, recordó, y había sufrido una caída del caballo que le sacudió todo el cuerpo y que le provocó una terrible conmoción. Lo habían recogido y lo habían llevado a un burdel, donde vivían al menos cuatro prostitutas pintarrajeadas y un ángel rubio. Le había subido la fiebre y había tenido alucinaciones toda la noche. Tal vez todo lo anterior fuera un sueño sin pies ni cabeza.

Abrió los ojos.

El ángel no era producto de su imaginación. Se estaba levantando de la silla que había junto a la cama para inclinarse sobre él. Notó el tacto frío de su mano en la frente. Su cabello era un halo del rubio más puro y su tez, pálida y de mejillas sonrosadas. Sus ojos, de un incierto tono verdoso, eran enormes y estaban bordeados de pestañas varios tonos más oscuras que su cabello. Tenía los labios carnosos y la nariz recta. No era delgada ni regordeta. Tenía unas proporciones perfectas y era muy femenina. Su olor era dulzón, aunque no distinguía perfume alguno.

Era la mujer más hermosa que había visto en la vida.

Acababa de enamorarse, se dijo medio en broma.

—¿Se siente mejor? —le preguntó el ángel.

Quien también vivía, si no se había equivocado, en el burdel. ¿Eso la convertía en una…?

—Tengo un dolor de cabeza colosal —le contestó, concentrándose en su condición física. Algo de lo más sencillo cuando dicha condición le pedía a gritos que le prestara atención—. Es como si me hubieran recolocado todos los huesos del cuerpo a la fuerza, y ni me atrevo a mover la pierna izquierda. Tengo mucho calor, pero también estoy temblando. Me molesta la luz. Salvo por esos detalles sin importancia, creo que sí me siento mejor. —Intentó sonreírle, pero experimentó una punzada de dolor a un lado de la cabeza, donde tendría la brecha, sin duda alguna—. ¿He sido un mal paciente? Creo que sí.

La vio sonreír. Tenía los dientes muy blancos y derechos. La sonrisa suavizó su mirada y aumentó su atractivo, ya que su belleza era patente. También le dio un aire travieso y juguetón.

Desde luego que se había enamorado. Hasta las cejas. Estaba prendadito de ella.

Claro que se había pasado la noche refrescándolo y murmurándole tonterías mientras ardía de fiebre. ¿Qué hombre con sangre en las venas no estaría prendado? Sobre todo cuando la muchacha en cuestión tenía la cara de un ángel.

Además, todavía seguía delirando.

—Ni hablar —le aseguró ella—, salvo por el hecho de que tiene la fea costumbre de mandarme al infierno cada vez que intento levantarle la cabeza para que pueda beber agua.

—¡No! ¿De verdad he demostrado semejante falta de caballerosidad? —preguntó—. Le pido disculpas. Todavía sigo pensando que estoy muerto y he ido al cielo, donde me han asignado un ángel de la guarda para mí solito. Si estoy equivocado, podría besarme para despertarme.

La muchacha rió entre dientes, cosa que no afectó a su dolorida cabeza; pero, por desgracia, no aceptó la invitación.

En ese momento entró en la habitación otra persona. Era la belleza latina de pelo negro y ojos penetrantes que había visto nada más recuperar la consciencia. La vio dejar una palangana de agua limpia, apoyar las manos en sus generosas caderas (postura pensada para resaltar tanto las caderas como sus pechos) y mirarlo de arriba abajo muy despacio. Le dio la sensación de que esos ojos atravesaban las mantas.

—Vaya, con los ojos abiertos y un poco de color en las mejillas estás para comerte —dijo la recién llegada—, aunque creo que estarás mejor cuando te hayas librado del vendaje. ¡Mira que pensar que has ido al cielo y has descubierto que es un burdel…! ¡Menuda suerte la tuya! Es hora de que te acuestes y descanses un poco, Rache. Bridget dice que has estado despierta toda la noche. Ya me quedo yo. ¿Por casualidad necesita que le cambie el vendaje del muslo?

A juzgar por la expresión de sus ojos, supo que le gustaba lo que veía. Hizo un mohín mientras lo miraba. Esa mañana no se había maquillado, pero el halo de sensualidad que la envolvía proclamaba su profesión a los cuatro vientos.

Él se echó a reír, pero dio un respingo de dolor y se arrepintió de haber sucumbido al descarado flirteo, habida cuenta de las consecuencias para su cabeza.

—Solo voy a enjuagarle el rostro una vez más para bajar la fiebre, Geraldine —dijo el ángel de pelo rubio. ¿La había llamado Rachel o Rache?—. Después me echaré un rato. Porque sí que estoy cansada. Pero también debes de estarlo tú.

La belleza de pelo negro, Geraldine, se encogió de hombros, le guiñó un ojo con descaro y se llevó la palangana de agua sucia.

—¿Estoy en un burdel? —preguntó. Tenía que estarlo, aunque no debería haberlo preguntado en voz alta a juzgar por el rubor de Rachel.

—No le cobraremos por el uso de la cama —contestó con cierta tirantez.

Supuso que esa era su manera de decirle que sí. Lo que la convertía en una...

Recorrió la habitación con la mirada. Estaba decorada con buen gusto en beis y dorado, sin rastro de escarlata. La cama era relativamente estrecha... Aunque supuso que sería lo bastante ancha para cumplir con el cometido asignado. Se dio cuenta de que era la habitación de una mujer. Vio cepillos, tarros y un libro en el tocador.

—¿Es su habitación? —le preguntó.

—No mientras siga usted en ella. —Lo miró a los ojos con las cejas enarcadas. ¿Estaba enfadada?—. Y sí, vivo aquí.

—En ese caso, le pido perdón —dijo—. Le he quitado la cama.

—No tiene por qué disculparse —le aseguró ella—. Al fin y al cabo no la ha exigido, ¿verdad? Ni siquiera la ha pedido. Lo traje aquí después de encontrarlo en el bosque. El sargento que me ayudó, que nos ayudó a los dos, también está aquí, acostado en el ático. Perdió un ojo en la batalla y sufre mucho más de lo que está dispuesto a admitir. La pérdida del ojo ha sido especialmente dolorosa porque por su causa lo han licenciado del ejército y esa es la única vida que conoce desde que tenía trece años.

—¿Me encontró en el bosque? ¿En el bosque de Soignes?

¿Qué demonios estaría haciendo allí? Recordaba vagamente las atronadoras descargas de la artillería, pero por más que lo intentaba no recordaba ningún detalle concreto de la batalla. Se había librado contra las tropas de Napoleón Bonaparte y llevaba fraguándose varios meses, hasta ahí alcanzaba. Debió de participar en la lucha. Pero ¿por qué se había internado en el bosque? ¿Y por qué lo habían abandonado sus hombres? ¿Estaba solo? Claro que si lo habían herido en la batalla, ¿por qué no había buscado atención médica en el frente?

—Creí que estaba muerto —explicó ella al tiempo que moja-

43

ba el paño en el agua fresca y lo escurría antes de llevárselo a la frente—. Si no me hubiera detenido para tocarlo, no me habría dado cuenta de que seguía vivo. Habría muerto allí tirado, sin lugar a dudas.

—Entonces estoy en deuda con usted —dijo— y también con el sargento a quien le daré las gracias en persona en cuanto pueda. —De repente se le ocurrió algo y sintió un inmenso alivio, sobre todo teniendo en cuenta que había algo mucho más importante que la batalla y que no podía recordarlo—. ¿Qué han hecho con mis pertenencias?

Antes de responder, enjuagó y escurrió el paño un par de veces.

—Le habían robado —contestó—. Todo.

—Todo… —La miró sin dar crédito—. ¡Todo! ¿La ropa también?

La vio asentir con la cabeza.

¡Madre del amor hermoso! ¿Lo había encontrado desnudo? Sin embargo no fue la vergüenza lo que lo llevó a cerrar los ojos y a apretar los dientes, olvidando por un momento el dolor que el gesto iba a provocarle. Sentía que el pánico se iba apoderando de él y amenazaba con consumirlo. Quería apartar las sábanas, saltar de la cama y huir de la habitación. Pero ¿adónde iría? ¿Qué haría?

¿Buscar su identidad?

No quedaba nada que lo pudiera ayudar a recordar.

Tranquilízate, se dijo. Tranquilízate. Se había caído del caballo y se había dado un golpe en la cabeza lo bastante fuerte como para provocarle una conmoción. El dolor que sentía era prueba de ello. Tenía suerte de seguir vivo. Seguramente tendría un chichón del tamaño de una pelota de críquet en la cabeza. Debía darle a su cerebro una oportunidad para aclararse. Debía darle tiempo a la hinchazón para que bajara, tiempo a sus heridas para que sanaran. Debía darle tiempo a la fiebre para que desapareciera por completo. No había prisa. Ese mismo día, o al día siguiente, o al siguiente, recuperaría la memoria.

—¿Cómo se llama? —le preguntó ella al tiempo que le presionaba el paño contra la mejilla.

—¡Váyase al infierno! —exclamó, y al punto abrió los ojos

para mirarla contrito. La muchacha se estaba mordiendo el labio inferior mientras lo observaba con ojos como platos.

—Lo siento…

—Discúlpeme…

Dijeron al unísono.

—No recuerdo nada —admitió con voz cortante, aplastando deliberadamente el pánico que sentía.

—No debe preocuparse por eso. —Le sonrió—. Pronto recuperará la memoria.

—¡Maldición! Ni siquiera sé cómo me llamo.

Esa espantosa realidad le contrajo el estómago como si alguien se lo estuviera apretando con fuerza. Luchó contra las náuseas al tiempo que la cogía por las muñecas. Era consciente de que le dolían los brazos. Se percató de que tenía el derecho cubierto de cardenales y arañazos.

—Está vivo —le recordó ella, inclinándose un poco— y está consciente de nuevo. Le ha bajado bastante la fiebre. Fue un milagro que no se rompiera ningún hueso al caer. Bridget dice que va a vivir y yo confío en su palabra. Dese un poco de tiempo. Pronto lo recordará todo. Hasta ese momento, deje que su mente descanse a la par que su cuerpo.

Si tiraba un poco de ella, pensó, acabaría besándola después de todo. ¡Qué idea más absurda cuando le protestaban todos y cada uno de los huesos del cuerpo! Si la besaba, seguro que descubría que también le dolían los labios.

—Le debo la vida —le dijo—. Gracias. Las palabras se quedan muy cortas en ocasiones.

La muchacha se zafó de sus manos con sumo cuidado y volvió a empapar el paño.

—¿Es una de ellas? —preguntó de repente mientras cerraba los ojos ante el asalto de una nueva oleada de náuseas—. ¿Es una…? ¿Trabaja aquí?

Durante un rato solo se escuchó el goteo del agua. Ojalá pudiera retirar la pregunta.

—Estoy aquí, ¿no? —respondió ella, de nuevo con voz tirante.

—No parece… Es diferente a las otras —comentó.

—¿Está diciendo que ellas parecen prostitutas y yo no? —quiso saber. El tono de su voz le dejó claro que la había ofendido.

—Supongo que sí —contestó—. Discúlpeme. No debería haberlo preguntado. No es de mi incumbencia.

Ella se echó a reír por lo bajo, aunque el sonido no fue agradable ni mucho menos.

—Ese es mi mayor atractivo —declaró—, que parezco inocente, que parezco una dama. Soy como un ángel, tal como usted mismo me ha dicho. Se necesitan mujeres de todo tipo para que un burdel tenga éxito. Los hombres tienen unos gustos muy variopintos en lo referente a las mujeres cuyos favores están dispuestos a comprar. Yo ofrezco el refinamiento y la ilusión de la inocencia. Fingir inocencia se me da muy bien, ¿no cree?

Y que lo digas, pensó.

Cuando abrió los ojos, vio que estaba sonriendo mientras se secaba las manos con una toalla. Era una sonrisa que encajaba con la voz que estaba usando: no del todo agradable.

—Le pido perdón de nuevo —dijo—. Parece que solo he conseguido insultarla desde que recuperé la consciencia. Espero que este comportamiento tan poco caballeroso no sea propio de mí. ¿Me perdona? ¿Por favor?

Sentía la cabeza como un globo a punto de estallar. El dolor palpitante de la pierna parecía seguir el ritmo de un tambor. Además, había un sinfín de molestias que reclamaban su atención con menor insistencia.

—Por supuesto —le aseguró ella—. Pero no creo que esta profesión sea vergonzosa ni degradante. Ni creo que mis compañeras… prostitutas sean menos humanas o menos importantes que cualquier otra mujer. Vendré luego. Geraldine cuidará de usted mientras tanto. ¿Tiene hambre?

—La verdad es que no —contestó.

Sí que la había ofendido, pensó después de que se fuera. Y tenía todo el derecho del mundo a estar enfadada con él. De no ser por ella, a esas alturas ya estaría muerto. Sus amigas y ella le habían abierto las puertas de su casa. Había renunciado a su habitación por él. Lo estaban cuidando las veinticuatro horas del día. Podría haber salido mucho peor parado si lo hubiera encontrado una dama respetable. De hecho, cualquier dama se habría puesto a gritar y habría echado a correr, o se habría desmayado al ver su cuerpo desnudo y lo habría dejado a su suerte.

Se imaginó la escena y rió entre dientes, aunque eso volvió a provocarle náuseas. Y con ellas volvió el pánico.

¿Y si no recobraba la memoria?

4

La cocina estaba inundada de deliciosos aromas cuando Rachel bajó después de la siesta para ver si podía ayudar en algo. Phyllis estaba removiendo la sopa que se cocía en una enorme olla. El pan recién horneado y un buen número de bizcochos de pasas se enfriaban en una de las encimeras. El agua hervía en la tetera destapada, que estaba sobre uno de los fogones.

—¿Has dormido bien? —le preguntó Phyllis—. Todas están en la habitación de William. Sé buena y prepara el té, ¿quieres? Lo subiremos al ático y lo tomaremos allí. ¿Sigue durmiendo el otro pobrecillo?

No había entrado a comprobarlo. Todavía le avergonzaba un poco lo que le había hecho creer: que formaba parte del burdel, que trabajaba con Bridget, Phyllis y las otras dos. Sin embargo, estaba irritada consigo misma por sentirse avergonzada. Y también le irritaban las preguntas que él le había hecho. Esas mujeres la habían acogido cuando no tenía ningún otro sitio adonde ir. Lo habían acogido a él. ¿Qué más daba que fueran prostitutas? Eran buena gente.

El sargento Strickland se había convertido en el preferido de todas. Aunque había perdido un ojo y también su empleo, se negaba a dejarse llevar por la autocompasión. De hecho, les había costado la misma vida convencerlo de que debía guardar cama durante unos cuantos días más para que sus heridas sanaran por completo. Rachel le tenía mucho cariño, ya que él había ayudado a un extraño con heridas mucho más graves que las suyas.

—No estarás tan mal una vez que la cuenca sane y te pongas un parche —estaba diciendo Bridget cuando entró en el cuartito del ático con la bandeja del té, seguida de Phyllis, que llevaba un plato de rebanadas de pan generosamente untadas con mantequilla. Bridget le había limpiado la herida y estaba colocándole una nueva venda alrededor de la cabeza.

—Acabo de perder el apetito —dijo Phyllis.

—Vas a parecer un pirata, Will —le aseguró Geraldine—, aunque me da que no has sido guapo en tu vida, ¿verdad?

—Desde luego que no, muchacha —contestó él con una alegre carcajada—. Pero al menos tenía dos ojos con los que servir en el ejército. Eso es lo que he hecho desde que era un mocoso. No sé hacer otra cosa. Pero ya encontraré algo para ganarme el pan. Sobreviviré.

—Por supuesto que sí —convino ella, inclinándose para darle unas palmaditas en una de sus grandes manos—. Pero va a quedarse un par de días más en la cama. Es una orden. Yo misma lo meteré en ella si intenta moverse.

—No creo que lo consiga —replicó él—, pero seguro que lo intenta con todas sus fuerzas. Me siento un poco ridículo aquí acostado teniendo en cuenta que solo he perdido un ojo. Pero hace un rato me levanté para ver cómo le iba a ese pobre hombre que trajimos y cuando llegué a la escalera descubrí que temblaba como una hoja, así que tuve que darme la vuelta. Es por estar tanto tiempo acostado.

—¡Vaya, pan recién hecho! —exclamó Flossie—. Nuestra Phyll es la mejor cocinera del mundo. Estás desperdiciando tus talentos siendo puta.

—Debería ayudarla a llevar esa bandeja tan pesada, señorita —le dijo el sargento a Rachel—. Pero me temo que acabaría estampándome contra la mesa y poniendo a todo el mundo perdido de té hirviendo. Mañana estaré mejor, ya lo creo que sí. ¿Por casualidad no necesitaréis de los servicios de un hombre fuerte cuya apariencia ya era bastante feroz antes de verse obligado a ponerse un parche en el ojo y que ahora asustaría al mismísimo demonio? Tal vez para vigilar la entrada mientras estáis ocupadas con vuestro trabajo y poner de patitas en la calle a cualquiera que no se comporte como es debido.

—William, ¿de verdad quieres rebajarte a portero de burdel después de haber sido sargento del ejército? —le preguntó Bridget antes de darle un mordisco a una rebanada de pan con mantequilla.

—No me importaría hasta que me centre, por decirlo de alguna manera —contestó—. Me conformaría con un plato de comida y esta cama como pago.

—Lo que pasa, Will —repuso Geraldine—, es que tenemos pensado marcharnos lo antes posible. Ahora que los ejércitos se han marchado, lo mismo que la mayoría de los visitantes que llegaron a la ciudad para hacerles compañía, el negocio se ha estancado. Tenemos que volver a casa y, cuanto antes lo hagamos, mejor. Nos hemos propuesto atrapar a un malhechor para despedazarlo y estamos dispuestas a perseguirlo hasta el fin del mundo.

—Se llevó todo el dinero que conseguimos ahorrar durante cuatro años de duro trabajo —le explicó Bridget—. Y queremos recuperarlo.

—Sin embargo —apostilló Geraldine—, él nos interesa más que el dinero. Esa sabandija mentirosa y traicionera…

—¿Os han robado los ahorros? —preguntó el sargento con expresión ceñuda mientras aceptaba el plato con dos enormes rebanadas de pan con mantequilla que Phyllis le ofrecía—. ¿Y pensáis ir tras el ladrón? Os acompañaré. Dejará de reírse en cuanto me vea, os lo aseguro. Ya me encargaré de que no se olvide de mi cara en la vida. ¿Adónde se fue?

—Ese es el problema —respondió Bridget con un suspiro—. Estamos casi seguras de que se marchó a Inglaterra, pero no sabemos exactamente adónde, William. Inglaterra es muy grande.

—Bridget y Flossie les han escrito a todas las compañeras del ramo que saben leer —dijo Geraldine—. Seguro que alguna de ellas dará con él, pero aunque no sea así ya lo encontraremos.

Aunque tardemos un año en hacerlo. O más. Solo necesitamos un plan.

—Lo que necesitamos, Gerry —la corrigió Flossie con brusquedad mientras Rachel servía el té—, es dinero. Si vamos a recorrer Inglaterra, nos hará falta muchísimo. Y si vamos a estar de un lado para otro, no podremos seguir trabajando.

—Es posible que la persecución no nos sirva de nada y que jamás recuperemos nuestros ahorros —vaticinó Phyllis—. De modo que habremos gastado mucho dinero sin ganar apenas nada. Quizá fuera más sensato dejar las cosas como están, irnos a casa y comenzar a ahorrar de nuevo.

—Pero, Phyll —protestó Geraldine—, ¡es una cuestión de principios! Por mi parte, no estoy dispuesta a dejar que se vaya sin más. Esa sabandija cree que puede hacerlo simplemente porque somos putas. Con el resto de sus víctimas no se mostró tan desdeñoso. Según Rache, les sacó dinero a lady Flatley y a otras damas, pero les dijo que era para obras de caridad. Es muy posible que nunca lleguen a enterarse de que se metió el dinero en el bolsillo y no va a soltarlo. Pero a nosotras jamás nos mencionó sus obras de caridad. Se limitó a llevárselo todo ¡y encima le dimos las gracias! Por eso me hierve la sangre. ¡Porque se ha reído de nosotras!

—Sí —reconoció Phyllis—. Tenemos que darle una lección, aunque acabemos pidiendo por las esquinas.

—Lo que necesitamos es dinero —repitió Flossie, dando golpecitos en el borde de su plato con un dedo—. Mucho dinero. Eso sí, no sé cómo vamos a conseguirlo… aparte de la forma más obvia, claro.

—Ojalá pudiera disponer de parte de mi fortuna —dijo Rachel con vehemencia.

Los golpecitos cesaron y todo el mundo la miró con interés.

—¿Tienes una fortuna, Rache? —preguntó Geraldine.

—Es sobrina del barón Weston por parte de madre —dijo Bridget.

—Mi madre me dejó sus joyas —siguió ella—. Pero no podré tomar posesión de ellas hasta dentro de tres años, cuando cumpla los veinticinco. Siento mucho haberlas mencionado, porque ahora mismo no nos sirven de nada. Durante los próximos tres años seré la más pobre de las cinco.

—¿Dónde están? —quiso saber Flossie—. ¿En algún lugar donde podamos cogerlas? Porque no sería como si las robáramos, ¿verdad? ¡Son tuyas!

—¿Cubiertas con capas y antifaces, y con dagas en las orejas mientras trepamos por la hiedra de la fachada al amparo de la oscuridad de una noche cerrada? —intervino Geraldine—. Me lo estoy imaginando… Dinos dónde están, Rache.

Se limitó a echarse a reír mientras meneaba la cabeza.

—No tengo la menor idea —respondió—. Solo sé que las tiene mi tío, pero no sé dónde las guarda.

Evidentemente, existía un modo de hacerse con las joyas antes de cumplir los veinticinco años, pero dada la situación era irrelevante.

—¿Y qué pasa con el hombre que descansa abajo? —preguntó el sargento Strickland—. ¿Tenía yo razón o no? ¿Es un aristócrata?

—Es un caballero, sí —respondió ella.

—¿Quién es? —le preguntó el sargento.

—No lo recuerda —le contestó.

El sargento chasqueó la lengua.

—El golpe en la cabeza lo ha dejado sin memoria, ¿verdad? —dijo él—. Pobre hombre. Pero si es un aristócrata, su familia estará buscándolo, os lo aseguro. Incluso es posible que algunos familiares sigan aquí en Bruselas en vez de haberse marchado a las primeras de cambio como hicieron muchos. Seguro que estarán dispuestos a entregaros una generosa recompensa por haberlo salvado y cuidado.

—Pero ¿y si nunca recuerda quién es? —preguntó Phyllis.

—Podríamos poner un anuncio con su descripción en todos los periódicos belgas y londinenses —sugirió Bridget—. Aunque eso nos llevaría tiempo y nos costaría mucho dinero. Y tal vez su familia no quiera pagarnos.

—Lo que podríamos hacer es ocultar su paradero cuando pongamos el anuncio y... —Geraldine hizo una pausa—, pedir un rescate. De esa forma podemos exigir más que si quisiéramos una simple recompensa. Retenerlo no será problemático, ¿no? Al fin y al cabo no tiene más ropa que la camisa de dormir que encontró Bridget. No podrá huir a menos que quiera arriesgarse a que lo vean corriendo desnudo por la calle. Además tampoco puede salir corriendo así como así con la herida que tiene en la pierna. Y, ¿adónde iba a ir? Ni siquiera sabe cómo se llama...

—Yo podría encargarme de que no se escapara —se ofreció el sargento.

—¿Cuánto podemos pedir? —preguntó Bridget—. ¿Cien guineas?

—Trescientas —sugirió Phyllis.

—Quinientas —la corrigió Geraldine, agitando una mano en el aire de modo que parte del té se derramó en el platillo.

—Yo no me conformaría con menos de mil —sentenció Flossie—. Más los gastos.

En ese momento todos estallaron en carcajadas, incluida ella. Sabía, por supuesto, que no estaban hablando en serio en lo que al secuestro se refería. Pese a su curtida apariencia, todas tenían un corazón de oro. El hecho de que no hubieran sido capaces de robarles a los muertos del campo de batalla lo había dejado muy claro.

—Entretanto —prosiguió Phyllis—, tendremos que quitarle la camisa de dormir para dificultarle la huida.

—Y atarlo a los postes de la cama —añadió Flossie—. A los cuatro.

—¡Ay, Dios, me va a dar un soponcio! —exclamó Geraldine, abanicándose la cara con la mano que antes se agitaba en el aire—. No podremos ni taparlo con las sábanas, ¿verdad? Podría anudarlas y escapar por la ventana y, una vez en la calle, liárselas como si fuera una toga romana. Me ofrezco voluntaria para hacer turnos dobles y vigilarlo día... y noche.

—En fin, tendré que quedarme con vosotras —dijo el sargento—. Vais a necesitar mis músculos para levantar los sacos con el dinero del rescate.

—¡William, seremos ricas! —exclamó Flossie, meneando la cabeza de modo que sus rizos se agitaron en todas direcciones.

Todos estallaron de nuevo en carcajadas.

—Ahora en serio —dijo Rachel cuando el ataque de hilaridad pasó—, su pérdida de memoria podría acabar siendo un problema grave, sobre todo porque tardará un tiempo en volver a andar. No sabrá adónde ir y vosotras estáis ansiosas por volver a Inglaterra pronto. Yo también lo estoy.

—Lo pondremos de patitas en la calle en cuanto estemos listas para marcharnos, Rache —afirmó Geraldine.

No hablaba en serio, claro. Todas sabían que serían incapaces de abandonarlo sin más.

Si pudiera tener acceso a su fortuna, pensó, podría hacer mucho más aparte de financiar la búsqueda de Nigel Crawley, cosa que a fin de cuentas era una idea descabellada. Podría devolver a sus amigas todo lo que habían perdido; podría devolverles su sueño. Podría ayudarlas a dejar ese empleo y a llevar las vidas respetables que todas ansiaban. Podría aliviar los remordimientos de haber sido la culpable de que lo perdieran todo. Y, por supuesto, lograría ser independiente.

Sin embargo, soñar era una tontería, concluyó con un suspiro.

—Voy a ver qué tal está el paciente —dijo al tiempo que se ponía en pie y dejaba la taza y el platillo en la bandeja—. Tal vez esté despierto y necesite algo.

Cuando volvió a despertarse por la tarde, Alleyne estaba solo. Se sentía bastante mejor, aunque no se atrevía a mover la cabeza ni tampoco la pierna izquierda. Supuso que la fiebre había remitido. Decidió que se mostraría alegre y despreocupado cuando una de las mujeres entrara en la habitación, de modo que ensayó lo que le diría.

«¡Vaya, buenas tardes!», comenzaría. «Permítame presentarme. Soy…»

Sin embargo, pese a su mente despejada, a la sonrisa que esbozó y al gesto de su mano, siguió sin encontrar el esquivo nombre.

¡Qué ridículo era haberse olvidado de su propio nombre! ¿Qué sentido tenía haber sobrevivido en el último instante para verse obligado a vivir sin saber quién era? No obstante, era absurdo que empezara a agobiarse de ese modo, decidió mientras se tocaba la venda que tenía en torno a la cabeza en un intento por localizar el chichón y comprobar su tamaño.

La puerta de la habitación se abrió en ese momento y apareció el ángel rubio. Rachel. Aunque ya no podía llamarla así.

—¡Ah, ya se ha despertado! —exclamó—. Vine antes, pero estaba dormido.

Cuando le devolvió la sonrisa, descubrió que el gesto ya no le suponía una agonía. Decidió hablar antes de pensarlo mejor y perder el valor.

—Acabo de despertarme —le dijo—. Buenas tardes. Permítame presentarme. Soy…

Como era de esperar, acabó mirándola con expresión bobalicona y la boca abierta, como un pez que alguien hubiera sacado del estanque para sostenerlo por la cola. Apretó con fuerza la mano derecha, que descansaba sobre el embozo.

—Encantada de conocerlo, señor Smith —replicó ella con una breve carcajada mientras se acercaba con la mano derecha extendida—. ¿Jonathan Smith, ha dicho?

—Tal vez sea lord Smith —aventuró él, obligándose a reír entre dientes—. O Jonathan Smith, conde de Nosequé. O Jonathan Smith, duque de Nosedónde.

—¿Debería llamarlo «Excelencia»? —le preguntó con mirada risueña.

Aceptó la mano que ella le ofrecía y se percató de su suavidad; del delicado olor a limpio que la rodeaba.

Era de agradecer que lo animara a reírse de sí mismo. ¿Por qué no? Al fin y al cabo, ¿qué otra alternativa tenía? Sostuvo su mano con más firmeza y se la llevó a los labios. La vio morderse el labio inferior al tiempo que ella desviaba la mirada. ¡Caramba! Desde luego que bordaba el papel de inocente. Ninguna mujer tenía derecho a ser tan hermosa.

—Tal vez sea mejor que no lo haga —le dijo—. Sería humillante descubrir al cabo de un tiempo que no soy ningún duque, sino un simple caballero. Tampoco creo que me llame Jonathan ni que me apellide Smith.

—Entonces, si es un simple caballero sin título, ¿puedo llamarlo «señor» a secas? —le preguntó, sonriendo de nuevo mientras se zafaba de su mano y se inclinaba sobre él para desatarle la venda de la cabeza. Sin tocarlo, examinó el daño que él mismo se había hecho—. La herida ya no sangra, señor. Creo que ya podemos dejarla al aire. Si le apetece, por supuesto... señor.

Esos ojos verdosos lo miraron con un brillo alegre cuando se enderezó.

Era agradable volver a sentir el aire en la cabeza. Alzó una mano para pasarse los dedos por el pelo y descubrió muy a su pesar que estaba grasiento y que necesitaba un lavado con urgencia.

—Debo ser señor Fulanito, ¿verdad? —le preguntó—. Sería una excentricidad no tener nombre. ¿Qué madre bautizaría a su hijo con el nombre de Señor? Claro que no puedo ser un caballero de alta alcurnia, como un duque o un conde. De ser así, no habría estado luchando en esa batalla. Debo de ser el benjamín de la familia.

—Pero el duque de Wellington participó en la batalla —le recordó.

Sus ojos parecían más verdes que marrones, tal vez a causa del color del vestido. Lo estaba mirando con socarronería, aunque tenía la impresión de que también lo hacía con cierta compasión y ternura. Era absurdo sentirse ligeramente turbado por su cercanía, pensó, y se preguntó si pondría ojos de corderito degollado a todas las desconocidas hermosas con las que se cruzaba. Además de absurdo, era ridículo. Tenía la sensación de que le había pasado un elefante por encima.

—¡Sí, por supuesto! —exclamó, chasqueando los dedos de una mano—. Tal vez ese sea yo. Misterio resuelto. La nariz la tengo, desde luego.

—Pero de ser así —objetó ella y en ese momento se percató

por primera vez del detalle más exquisito de su rostro: tenía un hoyuelo junto a la comisura izquierda de la boca—, todo el mundo estaría buscándolo. ¿Recuerda la batalla de Waterloo? Creo que le han puesto ese nombre. —Había enrollado la venda y la dejó en ese momento junto a la palangana. Se sentó en la silla, aunque se inclinó un poco para que siguiera sintiendo su proximidad.

De repente, él cayó en la cuenta de que tal vez fuera toda una profesional y estuviera intentando seducirlo de forma deliberada. De ser así, lo estaba logrando.

—Sí, la recuerdo. —Frunció el ceño e intentó recordar algo. Cualquier cosa, pero fue en vano—. Al menos sé que la batalla tuvo lugar. Recuerdo los cañonazos. Eran ensordecedores. No, eran mucho peor que eso.

—Sí, lo sé —afirmó ella—. Los escuchamos desde aquí. ¿Cómo sabe que su nariz se parece a la del duque de Wellington?

La miró embelesado.

—¿Se parece? —le preguntó.

Ella asintió con la cabeza.

—Geraldine dice que es una nariz aristocrática.

La observó mientras se ponía en pie y atravesaba la habitación hacia una cómoda. Tenía una figura increíblemente femenina de curvas voluptuosas que resultaba muchísimo más atractiva que la de muchas jovencitas delgadas en exceso que ejemplificaban los cánones de belleza vigentes. Sin embargo, debía de ser muy joven o, al menos, lo aparentaba. La vio abrir uno de los cajones y después se giró hacia él llevando un espejo en la mano. Miró el objeto con recelo y se humedeció los labios con nerviosismo.

—No tiene por qué mirar —lo tranquilizó, aunque se lo acercó de todas formas.

—Sí, debo hacerlo. —Extendió un brazo y cogió el espejo con cautela. ¿Y si no reconocía el rostro que estaba a punto de ver? En cierto modo sería mucho más aterrador que no recordar su nombre. Pero sabía que tenía una nariz grande y ella se lo había confirmado.

Alzó el espejo y se miró. Estaba blanco como la cera. Debía de tener el rostro mucho más afilado y demacrado de lo normal. De resultas, su nariz parecía más prominente. Tenía el pelo enmarañado y grasiento. Las mejillas y el mentón estaban cubiertos por una barba en toda regla. Tenía los ojos ligeramente enrojecidos y bajo ellos se apreciaban unas oscuras ojeras. Su aspecto era el de un enfermo descuidado, pero conocía ese rostro. Era el suyo. En ese momento se habría echado a llorar por el alivio. Pero cuando se miró a los ojos, buscando respuestas en sus profundidades, solo encontró un vacío infinito y la impenetrable barrera del anonimato.

Era como mirarse a sí mismo y, al mismo tiempo, ver a un extraño.

—Me extraña que no haya salido chillando de la habitación —dijo mientras ella volvía a sentarse. Se percató de que lo hacía como una dama, con la espalda recta y sin tocar el respaldo de la silla—. Parezco un maleante peligroso… con fobia al agua.

—Me temo que necesitaría una pistola en una mano y un cuchillo en la otra para resultar convincente —señaló ella al tiempo que ladeaba la cabeza y lo miraba de nuevo con expresión risueña—. Gracias a Dios que no tenemos pistolas en la casa y que Phyllis guarda con celo los cuchillos de cocina. ¿Es el rostro que esperaba encontrar?

—Más o menos —respondió, devolviéndole el espejo—, aunque creo que suelo tener un aspecto menos desaliñado. Sin embargo, sigue siendo un rostro sin nombre. Así que será mejor que me las apañe con lo que hay. Jonathan Smith a su servicio. El señor Smith, sin título de cortesía.

—Señor Smith —repitió ella con una alegre carcajada—. Soy Rachel York.

—Señorita York. —Inclinó la cabeza y al instante deseó no haberlo hecho—. Encantado de conocerla.

Se miraron unos instantes antes de que ella se pusiera de nuevo en pie y lo sorprendiera sentándose en el borde del colchón para tocarle la herida. Era muy consciente de la delicada piel que dejaba a la vista el atrevido escote cuadrado de su vestido, adornado con una puntilla de encaje. Era muy consciente del sutil olor a jabón y de su cabello rubio, que a la luz de la tarde parecía un halo dorado recortado contra la ventana. Contuvo el aliento hasta que se dio cuenta de que no podría hacerlo indefinidamente.

La belleza de esa mujer lo afectaba. Le hacía pensar en sábanas arrugadas, extremidades entrelazadas y cuerpos sudorosos. Solo él podía tener la mala suerte de acabar en un burdel sin llevar un penique encima…

—El corte está sanando muy bien —le dijo. Notó el fresco roce de sus dedos, que no le hicieron el menor daño—. Y eso que el cirujano no lo cosió. El chichón está bajando, pero aún sigue ahí. —Lo confirmó rozándolo con exquisita suavidad.

Y en ese momento descubrió que lo estaba mirando y no precisamente a las heridas, sino a los ojos y desde muy cerca. Su expresión ya no era risueña, pero sí tierna y compasiva.

—Dese tiempo para recuperarse —le dijo—. Lo recordará todo. Se lo prometo.

Una promesa absurda, ya que concernía a un aspecto de su vida que escapaba por completo a su voluntad. Pero la promesa lo reconfortó de todas formas. Mientras lo miraba se humedeció el labio superior, de comisura a comisura, con la lengua. Acto seguido se ruborizó y se puso en pie.

Por un instante él se preguntó si volvía a tener fiebre.

Ya no se planteaba si la muchacha se había propuesto seducirlo de forma deliberada. Estaba claro que su forma de coquetear era mucho más sutil que la de sus compañeras, las cuales se comportaban con más atrevimiento y descaro con él. Sin embargo, era un coqueteo en toda regla. Sí, estaba malherido y apenas podía moverse sin sufrir un dolor agónico, pero no estaba muerto. Era capaz de reaccionar a un estímulo sexual aunque no pudiera actuar como deseaba y ella tenía que ser tonta para no saberlo.

No creía que tuviera un pelo de tonta.

—Lo dejaré descansar —le dijo sin mirarlo a los ojos—. Si no hay mucho trabajo, volveré luego. Alguien le traerá la cena. Debe de tener hambre.

Una vez que la muchacha se fue, cerró los ojos. Pero le resultó imposible conciliar el sueño. Se sentía sucio, incómodo, inquieto, hambriento y…

¡Maldita sea! ¡Estaba medio excitado!

Necesitaba lavarse y afeitarse. Pero de repente comprendió que ni siquiera tenía un peine ni una navaja de afeitar. De algún modo, la falta de esos insignificantes utensilios le recordó la magnitud del problema en el que se encontraba. Ni siquiera tenía dinero para comprarlos. Ni un mísero cuarto de penique.

¿Qué demonios iba a hacer si no recuperaba la memoria? ¿Vagar desnudo por las calles de Bruselas hasta que alguien lo reclamara? ¿Entrar en algún cuartel con la esperanza de que alguien lo reconociera o de que algún oficial hubiera sido declarado desaparecido en combate? Ridículo… Habría decenas de desaparecidos en combate a los que nadie habría reclamado. En ese caso, tendría que recurrir a una embajada. Entraría en una embajada y pediría que localizasen una familia de clase alta con un hijo o un hermano desaparecido. Posiblemente el benjamín de la familia. ¿Había alguna embajada en Bruselas? Creía recordar que había una en La Haya, pero cuando intentó hacer memoria, fue incapaz de obtener ningún dato personal.

¿Cuál era su regimiento? ¿Y su rango? ¿Pertenecía a la caballería o a la infantería? ¿A la artillería quizá? Intentó imaginarse con sus hombres en mitad de una carga de la caballería, o liderando un avance de la infantería. Pero fue en vano. Su imaginación era incapaz de despertar recuerdos reales.

«Volveré luego», había dicho la señorita York… «Si no hay mucho trabajo.» Torció el gesto. ¿Dónde llevaba a cabo su trabajo si él estaba ocupando su habitación?

No era de su incumbencia. Como tampoco lo era la muchacha.

Aun así, estaba en deuda con ella y no se le ocurría el modo de pagarle. Además, era una mujer despampanante y él se estaba comportando como un colegial embelesado y excitado con su primer amor.

A partir de mañana, se dijo con firmeza, me esforzaré por

plantar los pies en el suelo (figurativamente hablando, ya que físicamente es una imposibilidad) y recuperarme.

Estaba harto de sentirse indefenso.

Mañana lo recordaré todo, decidió.

Desde luego que sí.

5

*R*achel no regresó a la habitación ese día. Había confirmado una vez más el incómodo poder que tenía sobre los hombres.

Sabía que la consideraban hermosa aunque le habría encantado que la tildaran de meramente atractiva. Sin embargo, el espejo le decía que era verdad. Además, los hombres llevaban observándola con velada (y no tan velada) admiración durante años. Ni una sola vez había decidido utilizar ese poder. Todo lo contrario, de hecho. Pese a la descuidada educación que había recibido de manos de un padre que siempre había vivido en la cuerda floja, al borde de la pobreza, con períodos transitorios de gran abundancia cada vez que la suerte le sonreía en las mesas de juego, había crecido como una dama y las damas no hacían alarde de su belleza. Sin olvidar que el tipo de caballeros que había conocido antes de la muerte de su padre, sus compañeros habituales, distaban mucho de ser personas con las que querría entablar una relación de cualquier tipo. Desde la muerte de su padre, desde que pasara a ocupar la posición de dama de compañía de lady Flatley, había intentado que su aspecto físico pasara inadvertido. Una de las cosas que más le había gustado de Nigel Crawley era que nunca hiciese mención de su belleza. Porque parecía admirarla como persona.

Nada más lejos de su intención que despertar la admiración del herido. Solo quería mostrar su preocupación y su apoyo. Sin embargo, su reacción física había sido evidente, al igual que la tensión que había vibrado entre ellos al inclinarse sobre la cama.

¡Menuda estupidez la suya! La simple idea de estar a solas con un hombre en un dormitorio debería escandalizarla. De modo que sentarse en su cama, inclinarse sobre él, tocarle la frente y mirarlo a los ojos…

Había sido extremadamente insensato.

Y francamente tenía que admitir que él no había sido el único en reaccionar a la cercanía física. Ella también se había sentido muy perturbada. Sí, estaba herido y no podía hacer nada, pero seguía siendo un hombre joven y apuesto. E increíblemente viril. Una idea que le provocó un súbito rubor.

Se mantuvo alejada de su habitación hasta la mañana siguiente, momento en que le pareció más seguro entrar… porque estaba llena de gente.

Las damas se habían tomado la noche libre, como solían hacer una vez a la semana, de modo que habían madrugado y estaban muy animadas. Phyllis le llevó al señor Smith el desayuno y se quedó con él para charlar. Bridget y Flossie llegaron veinte minutos después, armadas con una camisa de dormir limpia, vendas nuevas, agua caliente, paños y toallas. Geraldine le llevó el desayuno al sargento Strickland, que seguía en el ático, porque quería preguntarle si le prestaría al señor Smith los utensilios de afeitar. Habían decidido llamar «señor Smith» al hombre misterioso.

Cuando terminó de lavar los platos y de recoger la cocina, ya estaban todos en la habitación del enfermo, incluido el sargento. Se quedó en la puerta, observando la escena mientras escuchaba la conversación.

—Confieso que me siento cinco kilos más ligero… —estaba diciendo el señor Smith—. No, que sean seis. La grasa del pelo tenía que pesar al menos un kilo.

—Ya te he dicho que sería tan cuidadosa como tu madre, cariño —le dijo Bridget con descaro mientras doblaba la toalla.

—Seguro que eso se lo dices a todos —replicó él.

—Solo a los jovenzuelos —le aseguró Bridget—. A ti no te lo diría en circunstancias normales.

—En realidad —siguió él, y Rachel vio que estaba sonriendo y disfrutando de lo lindo—, anoche recobré la memoria y recordé que soy un monje. Hice votos de pobreza, castidad y obediencia.

—¿Con ese cuerpazo? —preguntó Geraldine al más puro estilo melodramático y con los brazos en jarras—. ¡Qué desperdicio!

—A mí me gusta lo de la obediencia —confesó Phyllis.

—Un monje guapísimo y pobre en un burdel —comentó Flossie—. Haría llorar a la más pintada.

—Estará más guapo todavía sin esa barba —dijo Geraldine—. Le pedí la navaja a Will, pero ha insistido en bajar conmigo.

—¿Un rival? —preguntó el señor Smith al tiempo que se llevaba una mano al pecho—. Acabas de destrozarme.

Todos se estaban divirtiendo, era indiscutible. Todos coqueteaban. Ojalá ella pudiera ser tan descarada. Sus amigas estaban vestidas con sencillez, sin maquillaje ni peinados elegantes ni vestidos escotados. Las cuatro eran muy hermosas y parecían mucho más jóvenes ataviadas de esa manera.

—Te presento al sargento William Strickland —dijo Geraldine—. Lo hirieron en la batalla.

—Perdí un ojo, señor —declaró el sargento—. Aún no me he acostumbrado a ver con uno solo, pero todo se andará.

—Vaya… —dijo el señor Smith extendiendo la mano—, usted debe de ser el sargento que ayudó a la señorita York a salvarme la vida, ¿no? No sabe cuánto se lo agradezco.

El sargento miró la mano extendida con evidente turbación y le dio un rápido apretón al tiempo que ejecutaba una reverencia forzada.

—Queríamos que nos prestaras tu navaja de afeitar, no tu persona al completo, William —puntualizó Flossie—. Deberías estar en la cama.

—No me regañes, muchacha —replicó el aludido—. No puedo quedarme en la cama todo el día. Debería estar de vuelta con mis hombres, pero el ejército no me quiere con un ojo de menos.

—Ya me lo estoy imaginando: tus hombres marchando hacia

el oeste mientras tú, mi querido William, vas hacia el este porque están en tu lado ciego —se burló ella—. No les servirías de nada, ¿no te parece? Y en venganza quieres rebanarle el pescuezo al señor Smith, ¿no? Pues déjame decirte que sería terrible perder a un joven tan encantador. Se me ocurren cosas mucho más interesantes que hacer con él —concluyó, lanzándole una mirada lasciva al señor Smith.

—Si alguien tiene la bondad de ayudarme a incorporarme en la cama —intervino el susodicho—, creo que me afeitaré yo solito.

—Cualquier cosa que tenga que ver con las camas es de mi competencia —afirmó Geraldine—. Quítate de en medio, Will.

—Claro que si en realidad soy un duque —aventuró el señor Smith, que se encogió ligeramente cuando Geraldine lo ayudó a incorporarse y le colocó los almohadones tras la espalda—, es probable que nunca haya hecho esto y esté a punto de cortarme el cuello del mismo modo que lo habría hecho el sargento Strickland.

—¡Que el Señor nos pille confesados! —exclamó Phyllis, que apartó a Geraldine de un codazo—. No quiero escuchar ni una sola mención a la sangre. He afeitado a muchísimos hombres a lo largo de mi vida.

—¿Sobrevivieron todos? —le preguntó él con una sonrisa.

—Casi —contestó Phyllis—. Pero estuvieron de acuerdo en que sería una maravillosa forma de morir. Mira este mentón, Gerry. ¿Has visto alguno tan viril y firme? ¡Por el amor de Dios, está para comérselo!

Justo en ese momento los risueños ojos del señor Smith se clavaron en Rachel, que seguía en la puerta. La mirada alegre continuó, pero pareció quedarse extasiado un instante, detalle que le indicó que sus sentimientos hacia ella eran distintos a los que albergaba por sus amigas. De repente, se quedó sin aliento y muy abochornada. El señor Smith estaba muy pálido; el aseo y la conversación lo habían dejado exhausto y estaba casi segura de que sufría dolor de cabeza. Sin embargo, con la camisa de dormir limpia, el cabello húmedo y esa sonrisa pícara, estaba guapísimo.

El día anterior le había ofrecido una impresión equivocada, se dijo mientras Phyllis le enjabonaba el mentón y hacía una floritura en el aire con la navaja de afeitar. No debería haberse sentado con tanto descaro en la cama.

Sin embargo, cuando los demás abandonaron la habitación unos diez minutos más tarde, aún riéndose y de muy buen humor, fue ella quien se quedó para correr las cortinas e impedir que el sol entrara a raudales. Después se acercó a la cama y alisó las sábanas aunque Bridget lo había hecho antes de irse.

Él la estaba observando. Intentaba disimular la sonrisa, pero sus ojos lo delataban.

—Buenos días —la saludó.

—Buenos días. —Descubrió que sentía un súbito arranque de timidez—. Salta a la vista que está cansado. Y que le duele la cabeza.

—Estoy cansado de no hacer nada. —La sonrisa desapareció y fue reemplazada por una expresión mucho más sombría—. Esta mañana me desperté aterrado, rebuscando una carta en los bolsillos que no tengo.

—¿Qué carta? —Se inclinó ligeramente sobre él y frunció el ceño.

—No tengo la menor idea. —Levantó una mano y se tapó los ojos—. ¿Era un sueño sin sentido o era un retazo de información que intentaba atravesar la niebla?

—¿Era una carta dirigida a usted o usted se la dirigía a otra persona? —preguntó ella a su vez.

Lo escuchó suspirar al cabo de unos momentos y vio que se quitaba la mano de los ojos.

—No tengo la menor idea —repitió, pero había recuperado la sonrisa—. Pero no lo he olvidado todo. Usted es la señorita York. La señorita Rachel York. Y yo soy Jonathan Smith, un señor normal y corriente. ¿Ha visto qué buena memoria tengo cuando se trata de cosas que han sucedido estos últimos días?

Se lo estaba tomando a broma, pero comprendió de repente que la pérdida de memoria constituía para él una herida más grave que las otras, mucho más obvias.

Aunque su intención no era la de quedarse con él, se sentó de todas maneras tras acercar la silla a la cama. Supuso que el terror todavía seguía latente a pesar del despliegue de humor matinal.

—¿Qué le parece si recapitulamos lo que sabemos sobre usted? —sugirió—. Sabemos que es inglés. Sabemos que es un caballero. Sabemos que es un oficial. Sabemos que luchó en la batalla de Waterloo. —Estaba contando con los dedos. Se tocó el pulgar—. ¿Qué más?

—Sabemos que soy un mal jinete —añadió él—. Me caí del caballo. ¿Eso quiere decir que no pertenezco a la caballería? Tal vez nunca había cabalgado antes de ese momento. Tal vez robé el caballo.

—Pero le dispararon en el muslo —le recordó—. La bala seguía alojada allí. Seguramente le dolía muchísimo, y no paraba de sangrar. Y estaba bastante lejos del campo de batalla. No tiene por qué ser un mal jinete.

—Es usted muy amable —replicó con una media sonrisa—. Pero cuando me hirieron ¿por qué demonios...? Perdóneme... ¿Por qué no me llevaron mis hombres hasta el médico más cercano? ¿Por qué estaba solo? ¿Por qué volvía a Bruselas? Porque supongo que me dirigía hacia aquí. ¿Estaba desertando?

—Tal vez tenga familia en la ciudad —aventuró— y estuviera volviendo con ellos.

—Quizá tengo una esposa —dijo él—. Y seis hijos.

No había vuelto a pensar en esa cuestión desde que descubrió que estaba vivo. Claro que no tenía por qué sentirse decepcionada ante la lógica posibilidad de que estuviera casado. Tal vez estuviera felizmente casado. Y tal vez tuviera hijos de verdad.

—En ese caso, ella no habría traído los niños a Bruselas —afirmó—. Se habría quedado en Inglaterra con ellos. ¿Cuántos años tiene?

—¿Está intentando pillarme desprevenido para que recuerde otro detalle, señorita York? —replicó él—. ¿Cuántos aparento? ¿Veinte? ¿Treinta?

—Algo intermedio, supongo —respondió.

—En ese caso diremos que tengo veinticinco —declaró él—.

Tendría que haber sido un hombre muy ocupado para tener seis hijos a mi edad. —Sonrió y su semblante se tornó alegre y travieso a pesar de la palidez.

—¿Tres pares de gemelos? —sugirió.

—O dos pares de trillizos. —Se echó a reír—. Pero no me habría olvidado de una esposa, ¿verdad? Ni de unos hijos. O tal vez sean el motivo de que mi memoria haya decidido tomarse unas vacaciones.

—También sabemos que tiene un gran sentido del humor —apostilló ella—. Todo esto debe de ser muy desconcertante para usted, pero sigue haciendo bromas y riéndose de la situación.

—Mmmm, eso ya me parece más interesante —repuso él—. Tengo sentido del humor. Es una pieza clave del rompecabezas. Ahora podremos averiguar quién soy. Aunque tal vez no… Ya no quedan muchos bufones, ¿verdad? Adiós a nuestra pieza clave. —Se cubrió los ojos con un brazo y suspiró.

Lo miró con lástima. Aunque no podía decirse que su vida hubiera sido alegre, no le apetecía despertarse un buen día y descubrir que todo lo que había sido, que todo lo que había conocido, se había borrado de su memoria. ¿Qué le quedaría?

—Tal vez soy el hombre más afortunado de la tierra, señorita York —siguió él como si le hubiera leído el pensamiento—. Normalmente se nos anima a ver el lado positivo de las cosas, incluso cuando suceden las peores catástrofes, ¿no es así? Gracias a mi pérdida de memoria, no me veo lastrado por el pasado ni por sus cargas. Puedo ser quien me dé la gana. Puedo reinventarme y crear un futuro sin las restricciones de un pasado. ¿En qué cree que debería convertirme? Aunque tal vez la pregunta adecuada sea en quién debería convertirme. ¿Qué clase de persona va a ser Jonathan Smith?

Esas palabras hicieron que cerrara los ojos y tragara saliva.

Había hablado a la ligera, como si la situación fuera graciosa. A ella, en cambio, le resultaba aterradora.

—Solo usted puede decidirlo —le respondió en voz baja.

—Llegué desnudo a esa vida que no recuerdo —dijo él—, y desnudo he llegado a esta otra. Me pregunto si cuando nacemos también olvidamos todo lo que ha sucedido hasta el momento. William Wordsworth habría intentado convencernos de que es así. ¿Ha leído sus poemas, señorita York? ¿Ha leído *Oda a la inmortalidad*? ¿Le suena «Nuestro nacer es solo dormir y olvidar»?

—Pues ya sabemos algo más sobre usted —señaló—. Le gusta leer poesía.

—Tal vez también la escriba —sugirió él—. Tal vez vaya por ahí declamando ripios espantosos. Tal vez esta muerte y mi posterior renacimiento sean el mayor favor que jamás les haya hecho a mis coetáneos.

Rachel soltó una carcajada al escucharlo y él se quitó el brazo de la cara y se echó a reír también.

—Usted, por supuesto —continuó él—, se ha caído del cielo por el agujerito de una nube. He decidido que es la única explicación posible.

Ella se rió de nuevo y bajó la vista mientras se apartaba una mota invisible de la falda. Allí estaba de nuevo, a solas con él, experimentando una vez más el renuente atractivo de su masculinidad. Pero él era un inválido. Y ella su enfermera.

—De modo que he tenido la suerte de disfrutar de dos nacimientos en el transcurso de una sola vida —dijo—. Salvo que en esta ocasión no cuento con una madre que me alimente y me cuide. Estoy completamente solo.

—No, no, no diga eso —lo reprendió al tiempo que se inclinaba hacia él—. Nosotras lo ayudaremos en todo, señor Smith. No lo abandonaremos.

Sus miradas se entrelazaron. Ninguno de los dos habló durante un rato, pero la tensión crepitó en el aire. Volvió a preguntarse si ella era la culpable y apartó la mirada.

—Gracias —dijo él—. Es muy amable. Todas lo son. Pero no quiero ser una carga para ustedes más tiempo del necesario. Ya les debo más de lo que podré pagarles nunca.

La conversación amenazaba con volverse demasiado personal.

—Será mejor que lo deje solo —sugirió—. Estoy segura de que necesita descansar.

—Quédese. —Lo vio extender el brazo hacia ella, pero lo dejó enseguida sobre la colcha, antes de que pudiera preguntarse siquiera si quería que le cogiese la mano—. Si puede, por supuesto, y si le apetece. Su presencia me reconforta. —Se echó a reír por lo bajo—. Bueno, a veces.

Se quedó dormido casi al instante. En ese momento podría haberse escabullido de la habitación. Pero se quedó donde estaba, mirándolo y preguntándose quién era, preguntándose qué haría cuando se recuperara lo suficiente y abandonara la casa.

Preguntándose si era normal sentir una… una atracción física por un hombre al que le había salvado la vida.

Durante la semana siguiente las heridas de la cabeza se curaron lo suficiente como para que pudiera mover el cuello sin problemas, siempre que no hiciera movimientos bruscos. Y ya podía sentarse durante un buen rato sin marearse. Los peores cardenales ya estaban desapareciendo, al igual que los dolores. La pierna se curaba más despacio, dado que la bala parecía haber dañado algún músculo o tendón del muslo, y no podía apoyar el peso sobre ella. Geraldine lo había amenazado con atarlo a la cama si lo intentaba siquiera.

—¡Desnudo! —había añadido mientras salía, arrancándole una carcajada.

Sin embargo, estaba que se subía por las paredes. No podía quedarse en la cama para siempre, debilitándose día tras día. De modo que comenzó a mover la pierna y a hacer ejercicios con el pie y el tobillo bajo las mantas. Cada vez que se quedaba solo, se sentaba en el borde de la cama para ejercitar la pierna de todas las maneras que se le ocurrían, sin apoyar el peso sobre ella y sin que le resultara excesivamente doloroso. Lo que necesitaba, comprendió, eran unas muletas. Pero ¿cómo iba a pedirlas si no podía pagarlas?

Se sentía como un prisionero. Por si su invalidez no fuera suficiente, no tenía nada, ni siquiera las camisas de dormir que se ponía eran suyas. Ansiaba comprarse ropa, ¡pero no podía salir de la casa ni de la habitación desnudo! Ardía en deseos de marcharse, de salir en busca de pistas sobre su identidad aunque, según le había dicho Phyllis, la mayoría de los ingleses ya había vuelto a casa.

Se preguntó por qué seguían ellas allí, ya que lo lógico era que hubiesen ido a hacer negocio, aprovechando la presencia de los soldados y de los visitantes ingleses. En ese momento se dio cuenta de que tal vez fuera su presencia lo que las retenía en Bruselas y dio un respingo.

De todas formas, las damas seguían con su trabajo. Casi todas las noches escuchaba el ruido de las juergas que se corrían en la planta baja y, más tarde, otros sonidos mucho más reveladores en la privacidad de las habitaciones contiguas. Era de lo más irritante.

A quien más veía era a Rachel York. Se sentaba a su lado varias veces al día aunque ya no necesitaba que lo velase constantemente. Solía llevarse alguna labor de costura que la mantenía ocupada mientras charlaban o se sumían en un agradable silencio hasta que se quedaba dormido. En ocasiones le leía del libro que había visto en el tocador, un ejemplar de *Las aventuras de Joseph Andrews* de Fielding. Fue curioso averiguar que sabía leer... Una prostituta ilustrada...

Intentó con todas sus fuerzas no utilizar esa palabra cuando se refería a ella. Era algo muy extraño. Le caían muy bien las otras cuatro damas a pesar de su profesión. Sin embargo, le incomodaba saber que ella era como las demás. Tal vez porque a ningún caballero le gustaba admitir que estaba prendado de una prostituta.

Esperaba con ansia cada una de sus visitas. Le gustaba mirarla y también le gustaba escuchar su voz. Le gustaban sus silencios. Le gustaba su capacidad para excitarlo y hacer que se sintiera pletórico. Sin embargo, no había vuelto a coquetear con él de forma tan descarada como la tarde que se sentó en la cama para tocarle el chichón. Tal vez había malinterpretado la situación, se dijo. Tal vez solo hubo tensión sexual por su parte, tal vez lo excitó su belleza, su cercanía y su compasión.

El sargento Strickland había tomado la costumbre de pasarse por su habitación un par de veces al día para ver si necesitaba algo.

—La situación es la siguiente, señor —dijo un día sin necesidad de que se lo preguntara—, ya estoy lo bastante recuperado como para marcharme. La verdad es que tampoco estaba tan mal como para tener que quedarme, pero las damas me trataron como si estuviera en mi lecho de muerte, para que nos entendamos. Y ahora que estoy bien, no tengo el valor de marcharme. ¿Adónde voy a ir? Ser soldado es el único oficio que conozco.

—Lo entiendo perfectamente —le aseguró.

—He estado dándole vueltas a la idea de acompañar a las damas cuando vuelvan a Inglaterra —prosiguió Strickland—, como una especie de guardaespaldas. Deberían tener uno, señor, porque son damas y las damas deben ir acompañadas de un hombre, aunque habrá quienes se nieguen a referirse a ellas así. Pero no sé si de verdad me necesitan o desean mi compañía.

Todos los días llevaba agua limpia, la navaja de afeitar y se ofrecía a afeitarlo, aunque siempre rechazaba la oferta y lo hacía él mismo. Estaba afeitándose una mañana cuando el sargento le hizo otra proposición.

—Supongo que no necesitará un ayuda de cámara, ¿verdad, señor? —preguntó con un suspiro lastimoso—. Hay mujeres de sobra para atender sus necesidades, pero ningún hombre. Todo caballero debería tener un ayuda de cámara.

—Sargento Strickland —replicó con sorna—, usted tiene sus propios utensilios de afeitado y posiblemente alguna que otra cosa más aparte del uniforme y de las botas. Tal vez incluso algunas monedas en el bolsillo. Yo no tengo donde caerme muerto.

El sargento volvió a suspirar.

—Bueno, si cambia de idea, señor —dijo—, supongo que me quedaré unos cuantos días más. Podríamos llegar a algún acuerdo.

Un ciego guiando a otro ciego, pensó después de que Strickland volviera a su habitación del ático. O el tuerto que guiaba al cojo, para ser más exactos.

Empezaba a temer (en realidad, era un pánico espantoso que

lo paralizaba por completo) que jamás recobraría la memoria.

¿Podía existir alguien sin pasado?

¿Tenía validez humana una persona que no sabía quién era?

¿Qué valor o qué importancia tenía lo que hubiera hecho en la vida si bastaba una caída para borrarlo todo?

¿A quién había dejado atrás con tanta efectividad como si hubiera muerto?

¿Quién lloraba por él?

Era una tontería, lo sabía, pero deseó que Rachel York estuviera a su lado. Deseó que, como si fuera su madre, le diera un besito en la herida para aliviarle el dolor.

Aunque ciertamente no pensaba en ella como en una madre.

Conseguiría unas muletas como fuera, decidió, y ropa. No le quedaba más remedio que salir de allí.

6

*L*as damas estaban ansiosas e impacientes por volver a casa. Estaban desesperadas por seguirle la pista al reverendo Nigel Crawley. La determinación de enfrentarse a él, de castigarlo y recuperar su dinero, no había menguado ni un ápice. Afirmaron que no iban a permitir que se fuera tan tranquilo tras cometer semejante delito… y tras haberse reído de ellas, por muy inmunes a los engaños de los hombres que se hubieran creído. Flossie y Bridget habían escrito a todas las conocidas que sabían leer y escribir, pero habían especificado que enviaran las respuestas a Londres ya que al principio no esperaban demorarse tanto en Bruselas. Estaban ansiosas por descubrir si alguien les había respondido.

Una tarde, aprovechando que el sargento Strickland estaba con el señor Smith, mantuvieron una reunión en la cocina.

Primero tenían que atar algunos cabos sueltos. Todas menos Rachel contaban con numerosos conocidos entre la población masculina de Bruselas. Y Flossie y Geraldine tenían muy buen ojo para medir a un hombre, literalmente, sin necesidad de recurrir a una cinta métrica. Hicieron una lista con la ropa que necesitaría el señor Smith para poder moverse con libertad por la casa hasta que pudiera marcharse y se comprometieron a conseguir las prendas necesarias. Phyllis afirmó conocer a alguien que les daría, o al menos les prestaría, unas muletas.

Sin embargo, tenían que resolver un problema mucho más acuciante antes de poder marcharse.

—Aún no recuerda absolutamente nada de lo sucedido antes de despertarse en la cama de Rachel, ¿verdad? —preguntó Geraldine—. De modo que ni podemos mandarlo a ningún sitio ni tiene ningún lugar al que ir.

—De todas formas —señaló Phyllis—, todavía no puede ni andar.

—Y estará tan débil como un recién nacido después de pasar más de una semana en la cama —añadió Bridget.

—Es un hombre encantador —dijo Flossie con un suspiro—, pero en ocasiones me encantaría mandarlo a paseo.

—Si pudiera retroceder en el tiempo y hacer las cosas de otra manera —replicó Rachel—, lo dejaría en la Puerta de Namur. Seguro que alguien lo estaba buscando. Habrían reconocido que era un oficial en cuanto hubiera recuperado la consciencia y alguien se habría ocupado de descubrir su identidad.

Sin embargo, había sido incapaz de abandonarlo. Y no soportaba que lo tratasen como si fuera una carga.

—¡Madre mía, es guapísimo! —exclamó Phyllis con un suspiro—. Estoy a punto de enamorarme de él.

—A todas nos pasa lo mismo, Phyll, pero no es solo por su físico, ¿verdad? —preguntó Geraldine—. Tiene ese brillo picarón en los ojos. No, no te arrepientas de haberlo traído aquí, Rachel. No envidio los diez días que ha pasado el pobre aquí… Ni los de Will Strickland tampoco.

—Pero tenemos que hacer algo con ellos, Gerry, y pronto —insistió Flossie—. No podemos quedarnos aquí para siempre. Echo tanto de menos Inglaterra que estoy a punto de echarme a llorar.

—¿Alguna sugerencia de lo que podemos hacer con el señor Smith? —preguntó Bridget.

—Podríamos salir a la calle —sugirió Phyllis— e ir de puerta en puerta preguntando si alguien ha perdido a un apuesto caballero con ojos picarones y nariz aristocrática.

Se echaron a reír.

—El problema es que no todas hablamos francés, Phyll —le recordó Flossie.

—Podríamos ofrecerle un trabajo en Londres —sugirió Geraldine—, y así podría trabajar mientras nosotras perseguimos a Crawley.

—Las damas harían cola para verlo y tomarían la calle —aseguró Bridget—. Nuestros clientes no podrían ni acercarse a la puerta cuando fueran a vernos.

—Podríamos cobrarle un tanto por ciento de sus ingresos a modo de alquiler —dijo Flossie—. Nos haríamos tan ricas que podríamos montar dos casas de huéspedes.

Menos mal que tenían buen sentido del humor, pensó Rachel mientras se echaban a reír de nuevo, porque el futuro se les presentaba muy negro. Había pocas posibilidades de que dieran con Nigel Crawley; y en caso de que lo hicieran, era improbable que recuperasen el dinero robado. Sin embargo, sabía que la indignación y el orgullo las obligarían a perseguirlo y, cuando admitieran la derrota y regresaran al trabajo, estarían endeudadas hasta las cejas. Menos mal que al menos podían reírse de sí mismas.

Ojalá se le ocurriera algún modo de ayudarlas. Por muy rica que fuese dentro de tres años, en ese preciso momento era más pobre que las ratas.

—Creo que nos estamos olvidando de algo —intervino—. El señor Smith ha perdido la memoria, pero no la inteligencia. Se está recuperando de las heridas, y no creo que le haga mucha gracia quedarse en la cama y depender de nosotras mucho más tiempo. Tal vez no nos corresponda a nosotras decidir qué hacer con él. Tal vez él tenga algo que decir al respecto.

—Pobrecito mío —replicó Phyllis—. Quizá tenga que ir de puerta en puerta preguntándole a la gente.

—Pues seguro que se lo queda la primera que abra —aseguró Geraldine con un suspiro—. Aunque supongo que sí que deberíamos preguntarle a él.

—Yo lo haré —se ofreció Rachel—. Le haré compañía esta noche mientras vosotras estáis ocupadas. Si no se le ocurre nada, tendremos que volver a reunirnos. Una vez que resolvamos este problemilla, podremos concentrarnos por completo en la tarea de conseguir el dinero necesario para perseguir al señor Crawley.

No le gustaba en absoluto referirse a él como si fuera un problema. Como tampoco le gustaba pensar en el día, muy cercano sin duda, que ya no las necesitara y se fuera.

—Sigo prefiriendo la idea de trepar por la enredadera una noche cerrada para hacernos con tus joyas, Rachel —concluyó Geraldine, haciendo que todas estallaran en carcajadas.

Rachel se puso en pie y se llevó las tazas vacías y los platos para lavarlos en la pila.

Phyllis le llevó la cena y le anunció que tendría unas muletas a la mañana siguiente. Cuando le dijo que estaba tan contento que podría besarla, la muy descarada se acercó contoneándose a la cama y se inclinó con los labios fruncidos para que lo hiciera.

Se echó a reír mientras la cogía por la nuca y la acercaba para darle un casto beso en los labios.

—¿De dónde han salido las muletas? —le preguntó mientras ella se enderezaba y se abanicaba la cara con una mano, pestañeando de forma exagerada.

—No te preocupes —respondió—. Conozco a alguien.

Eso fue lo mismo que dijo Geraldine más tarde, cuando fue a recoger la bandeja de la comida y le comunicó que pronto dispondría de ropa... Tal vez incluso a la mañana siguiente.

—Conocemos a gente —replicó, guiñándole un ojo y adoptando su pose habitual: brazos en jarras y busto hacia fuera.

Esa misma noche escuchó cómo se abría y cerraba la puerta de entrada y también el murmullo de voces masculinas mezcladas con las risas femeninas. Todas las noches se jugaba a las cartas, le había dicho Strickland, y las damas hacían de banca y de anfitrionas. No obstante, había toque de queda a la una, momento en el que ellas pasaban a su otra ocupación.

Como no tenía sentido darle vueltas y vueltas a su situación, se decantó una vez más por analizar la ironía de haber acabado en un burdel y de estar a punto de convertirse en un hombre mantenido. Tenía muy claro de dónde iban a salir las muletas y la ropa. Era evidente que las damas no iban a comprarlas. Cosa que lo tranquilizaba, pero también le provocaba una sensación muy incómoda si lo analizaba en profundidad. Decidió echarse a reír. Algún día no muy lejano, cuando recobrara la memoria y retomara su vida normal, echaría la vista atrás y recordaría ese episodio con una enorme sonrisa.

Al menos al día siguiente ya podría moverse por la habitación. Además, si llegaba la ropa, incluso podría salir. Tal vez en pocos días fuera capaz de ir en busca de su identidad. Iba a ser una tarea hercúlea, dado que se encontraba en una ciudad extranjera y que la mayoría de los visitantes ingleses se había marchado, ya fuera para seguir a las tropas hasta París o para regresar a Inglaterra. Lo importante era que por fin podría hacer algo.

Tal vez así consiguiera controlar el pánico.

Como estaba aburrido, cogió *Las aventuras de Joseph Andrews,* que Rachel York había dejado en la mesita de noche. Sin embargo, al cabo de varios minutos descubrió que estaba mirando la misma página sin leerla y que tenía el ceño fruncido. Esa misma tarde había vuelto a despertarse de la siesta embargado por el pánico, buscando la carta. ¿Qué carta?

¡Maldición!, pensó. ¿Qué carta?

Intuía que si lograba recordar la respuesta a esa pregunta, todo lo demás regresaría en tropel. Sin embargo, lo único que regresó fue el ya familiar dolor de cabeza. Cerró el libro, lo devolvió a la mesilla y clavó la mirada en el dosel de la cama.

Seguía con la vista clavada en el techo cuando se abrió la puerta de la habitación.

Era Rachel York… y se quedó sin aliento al verla.

Llevaba un sencillo vestido de noche de satén azul celeste. Claro que su belleza no necesitaba nada sofisticado. El escote bajo y la cintura alta resaltaban sus pechos. La suave y ligera tela se amoldaba a sus generosas curvas y torneadas piernas. Llevaba un peinado más complicado de lo habitual, formado por trencitas y tirabuzones recogidos en la coronilla, si bien había dejado varios mechones sueltos que le caían sobre el cuello y en las sienes. No sabía si el rubor que cubría sus mejillas era natural o, si por el contrario, se debía a los cosméticos. Fuera como fuese, estaba más encantadora que nunca.

Era la primera vez que la veía ataviada para trabajar, pensó. Y preferiría de todo corazón no haberlo hecho. En ese momento se dio cuenta de que llamaba a las demás por sus nombres de pila mientras que a ella siempre se había dirigido como «señorita York». No le gustaba pensar en ella como en una prostituta.

—Buenas noches —lo saludó—. ¿Se siente abandonado?

—Más bien varado, como una ballena en la playa —respondió—. Pero me han dicho que mañana tendré unas muletas y ropa. No sabe cuánto les agradezco todo lo que están haciendo.

—Estamos encantadas de serle de ayuda. —Le sonrió.

—¿No está trabajando? —quiso saber, pero se arrepintió al punto de preguntarlo.

—Esta noche no —contestó—. He venido para hacerle compañía un rato. ¿Le parece bien?

Señaló la silla a modo de respuesta y la observó mientras tomaba asiento con su elegancia habitual. En ese momento se escuchó una risotada procedente de la planta inferior y le agradó que ella no estuviera allí.

—Seguro que se alegra de poder moverse de nuevo y de recuperar las fuerzas —la escuchó decir.

—Más de lo que se imagina —le aseguró—. Le prometo que no las molestaré mucho más tiempo. En cuanto pueda moverme con un poco de agilidad y tenga algo de ropa, me marcharé para descubrir quién soy y adónde pertenezco.

—¿De verdad? —preguntó—. Esta misma tarde hemos estado hablando de cómo podíamos ayudarlo, pero se nos ocurrió que tal vez usted tenga sus propios planes. ¿Qué va a hacer? ¿Cómo va a intentar averiguar su identidad?

—Todavía deben de quedar militares en la ciudad —respondió—, y algún miembro de la aristocracia inglesa. Alguien podría reconocerme o recordar que me han dado por desaparecido. Si no encuentro respuestas en Bruselas, me las apañaré para ir a La Haya. Allí está la embajada británica. Allí me ayudarán. O al menos podrán ayudarme a volver a Inglaterra.

—Vaya, de modo que ha hecho planes. —Lo miró con esos maravillosos ojos verdosos—. Pero no hay prisa. No hace falta que se sienta obligado a marcharse tan pronto. Esta es su casa durante todo el tiempo que la necesite.

El deseo lo asaltó de súbito y con fuerza.

—Ni hablar —rehusó—. Cabe la posibilidad de que mucha gente haya estado buscándome y pensando lo peor durante las dos semanas que llevo aquí sin saber quién soy ni de dónde provengo. Aunque lo peor es que las he retenido demasiado tiempo cuando es lógico que estén deseando marcharse a Inglaterra.

—El tiempo se nos ha pasado volando —le aseguró ella—. Ha sido un placer para todas nosotras tenerlo aquí. Lo echaré de menos cuando se vaya.

Un placer para todas, pero sería ella quien lo echara de menos. No se le escapó la puntualización.

Él también la echaría de menos.

Sin pensar en lo que hacía, extendió la mano hacia ella, que la miró en silencio un buen rato. La habría retirado si hubiera podido hacerlo sin que resultase incómodo. Sin embargo, ella acabó acercándose para aceptarla. Su mano era cálida, de piel suave y dedos delgados. Le dio un apretón.

—La buscaré —le aseguró— y encontraré la manera de saldar parte de la inmensa deuda que he contraído con usted. Aunque no hay modo de recompensarla por haberme salvado la vida.

—No me debe nada —replicó ella.

De repente, se dio cuenta de que el brillo de sus ojos verdosos era producto de las lágrimas.

Debería soltarle la mano y cambiar de tema. Seguro que había un sinfín de temas de los que charlar sin problemas. Quizá debería pedirle que le leyera otro capítulo de *Las aventuras de Joseph Andrews*. En cambio, le apretó la mano con más fuerza.

—Acérquese —dijo en voz baja.

Por un instante pareció desconcertada, y creyó que iba a negarse… lo que hubiera estado bien considerando la tensión que reinaba en el ambiente. Sin embargo, la vio ponerse de pie y sentarse en el borde de la cama, sin soltar su mano en ningún momento.

Estaba demasiado cerca. La habitación pareció quedarse sin aire. De repente, captó el perfume que siempre asociaba con ella.

—¿Rosas? —le preguntó.

—Gardenias. —Lo estaba mirando a los ojos—. Es el único perfume que utilizo. Mi padre me lo regalaba siempre en mi cumpleaños.

Inspiró muy despacio.

—¿Le gusta? —la escuchó decir y de repente se le ocurrió que estaba coqueteando con él de ese modo tan sutil. ¿Habría planeado la escena?

—Sí —le contestó.

La observó lamerse el labio superior con lenta deliberación de una comisura a otra. El movimiento atrapó su mirada. Tenía los labios más suaves y apetitosos que había visto en la vida… O eso creía, porque era imposible que estuviera seguro al respecto.

—Señorita York —le dijo—, no debería haberla invitado a que se acercara tanto. Me temo que estoy a punto de aprovecharme de su amabilidad al aceptar sentarse a mi lado. Deseo besarla. Le aconsejo que regrese a su silla o que salga por la puerta si me considera impertinente o presuntuoso.

Esos encantadores ojos se abrieron aún más. El rubor de sus mejillas se intensificó. Sus labios, todavía húmedos por el roce de la lengua, se entreabrieron. Pero no se movió.

«Fingir inocencia se me da muy bien, ¿no cree?»

Cuando le dijo esas palabras, unos días antes, las creyó al pie de la letra. En ese momento estaba completamente de acuerdo.

—No lo considero presuntuoso —replicó tan bajo que apenas fue un susurro.

Le soltó la mano y al cogerla por los brazos se dio cuenta de que tenía la piel de gallina. Le frotó los brazos varias veces y después la instó a inclinarse hacia delante. Se apoyó en su torso cuando sus labios se rozaron.

La besó con delicadeza, acariciándole los labios hasta que los separó. Una vez que lo hizo, se los lamió antes de introducir la lengua para explorar su húmedo y cálido interior. Pero, evidentemente, eso no era suficiente. Además ella no hizo el menor intento por ponerle fin al abrazo, como había supuesto que haría. No se separó, ni le sonrió con picardía antes de marcharse para atender a los clientes que sí pagarían. ¡Menos mal!

Se dejó llevar un poco más, la abrazó con fuerza y la atrajo hacia su torso mientras la besaba con avidez y exploraba con la lengua las profundidades de su boca. Una de las trencitas se le escapó del recogido y acabó rozándole la mejilla. Era tan fascinante como en su imaginación, y la relativa inocencia del momento no desmereció su atractivo ni su voluptuosa y delicada belleza.

Sin embargo, era consciente de que había comenzado besándolo como una inocente, con los labios cerrados y un poco fruncidos, y que solo los había separado bajo la insistencia de su lengua. Era una mujer increíblemente excitante. La mezcla de esa inocencia fingida con la abierta sexualidad que exudaba era asombrosa. Dadas las circunstancias, era un poco incómodo estar tan excitado, aunque en ese preciso momento le daba igual.

Ella se separó al cabo de unos minutos para mirarlo con los párpados entornados y expresión interrogante. Cuando la instó a acercarse de nuevo la besó con más ternura y devoró su boca con exquisita minuciosidad.

A la postre fue él quien se apartó, aunque le costó la misma vida.

—Lo siento —dijo—. Tal vez esto no le apetezca mucho cuando había planeado tener la noche libre. Ni siquiera puedo pagar sus honorarios, ya sean seis peniques o cien libras. Además, me gusta y jamás me aprovecharía de su amabilidad.

Atisbó algo parecido a la confusión en sus ojos verdosos y después algo distinto. Sin decir nada, inclinó la cabeza para apoyarse en su hombro y se recostó de nuevo sobre él. Su cabello le hacía cosquillas en la mejilla y en la nariz.

Semejante tontería iba a costarle cara. Rachel York no se merecía algo así después de todo lo que había hecho por él. Si su amistad, porque habían entablado una especie de amistad, sobrevivía a lo que iba a suceder esa noche, podría considerarse afortunado. Sin embargo, antes de enfrentarse al malestar que conllevaba el arrepentimiento tenía que lidiar con las incomodidades de esa noche. Tenía una dolorosa erección.

No tenía ni idea del tiempo que llevaba sin acostarse con una mujer, pero le parecía una eternidad y sospechaba que no le valdría cualquiera.

¡Por todos los demonios!, pensó. Había permitido que su enamoramiento de Rachel York llegara demasiado lejos. Posiblemente por la falta de actividad con la que paliar el tedio y su exceso de energía.

—No estaba pensando en mis honorarios —dijo ella—. Y no creo que se esté aprovechando de mí.

—En ese caso, ha sido justo al contrario —replicó con una breve carcajada, intentando aligerar la situación—. Usted se estaba aprovechando de mí.

—¿Porque está débil a causa de sus heridas? —Levantó la cabeza y, sin apartar las manos de su pecho, lo miró con expresión angustiada—. ¿Eso he hecho? No era mi intención. Me iré ahora mismo.

¡Maldita sea!, pensó. Le había hecho daño con el comentario. No debería haber mencionado su profesión. Era evidente que no estaba trabajando en ese momento. Sabía perfectamente que no podía pagarle.

Le impidió que se apartara cogiéndola por los brazos.

—Rachel —dijo—, no te vayas. Por favor. Solo quería asegurarme de que no te estaba ofendiendo… pero, de todas formas, he acabado haciéndolo. ¿Me perdonas?

En cuanto la vio asentir con la cabeza, le colocó una mano en la nuca y volvió a tirar de ella para besarla otra vez.

—¿Quieres quedarte conmigo? —le preguntó contra los labios.

La escuchó tragar saliva.

—Sí —le respondió.

—¿Tiene cerradura la puerta? —quiso saber.

—Sí.

—Pues echa la llave —le dijo—. Así tendremos un poco de intimidad.

—Sí —volvió a decir al tiempo que se ponía en pie; pero, en lugar de regresar a la cama tras echar la llave, se demoró unos instantes junto a la puerta, dándole la espalda.

Cayó en la cuenta de que estaba a punto de hacerle el amor a esa mujer y de que no se sentía culpable. Acababa de decirle que no estaba pensando en honorarios, lo que significaba que deseaba estar con él de verdad. Muy bien, pensó. Si se deseaban en la misma medida, se lo pasarían bien mientras estuvieran juntos y se despedirían con una sonrisa cuando llegara el momento. Ambos habrían atesorado buenos recuerdos.

Sin embargo, cuando Rachel se giró y vio el intenso rubor que teñía sus mejillas le pareció que era la muchacha inocente que a veces fingía ser… y el intenso deseo que lo embargaba le pareció ligeramente inmoral.

7

Rachel comprendió lo que había hecho y lo que estaba a punto de hacer cuando llegó junto a la puerta y echó la llave.

Él le había advertido que pensaba besarla y no lo había detenido. No había querido detenerlo. Después, le había dicho que se quedara y ella accedió a sabiendas de sus intenciones.

Iba a acostarse con ella.

Y le había dicho que sí.

¿Acaso estaba loca? ¿Había perdido por completo el juicio? ¡Apenas lo conocía! De hecho, ni siquiera sabía su verdadero nombre. Dentro de poco desaparecería de su vida, se iría para siempre pese a su promesa de buscarla algún día para saldar la deuda que había contraído con ella.

La creía una prostituta. Pensaba que para ella solo sería un encuentro placentero sin dinero de por medio.

Aún no era demasiado tarde. Todavía podía decirle que no, abrir la puerta y volar escaleras arriba, hacia su cuarto del ático.

Sin embargo, tenía veintidós años y su vida había carecido por completo de emociones, tanto en el ámbito sensual como en todos los demás. Los hombres que había tenido la oportunidad de conocer, incluyendo los caballeros que cultivaban la amistad de lady Flatley y que la habían creído una presa fácil por el mero hecho de ser una especie de sirvienta, siempre le habían dado repelús. Y cuando eligió de forma deliberada tras meditarlo bien y accedió a casarse con el señor Crawley, porque pensaba que era distinto a todos los demás, descubrió que era un rufián desalmado.

Quería hacer lo que estaba a punto de hacer. Lo deseaba. Deseaba hacerlo con él, con Jonathan Smith. No había ilusiones ni promesas. No había futuro. Solo esa noche. No soportaba la idea de abrir la puerta y marcharse. Estaba segura de que si lo hacía, se pasaría el resto de la vida felicitándose por haber demostrado tener sentido común y fingiendo no sentirse arrepentida por no haber tenido el valor de hacer lo que quería hacer.

Ese hombre la atraía de forma irresistible.

Todos esos pensamientos pasaron por su cabeza en un santiamén. Después, tomó una honda bocanada de aire y se apartó de la puerta. Tal vez se arrepintiera al día siguiente, pero ya habría tiempo para pensar en ello entonces.

El problema, admitió mientras lo miraba y se percataba de que el deseo había demudado ese apuesto rostro atezado, era que no sabía qué hacer. Si no hubiera abandonado la cama, no habría caído en la cuenta de su ignorancia; pero allí estaba, en el otro extremo de la habitación sin saber qué hacer a continuación.

Le sonrió.

—Tendrás que ayudarme a quitarme el vestido y el corsé —le dijo.

Se acercó de nuevo a la cama, se sentó en el borde de espaldas a él e inclinó el torso hacia delante.

Él guardó silencio, pero sintió que sus dedos se afanaban con los botones, las horquillas y las cintas. Ella sostuvo el vestido y el corsé sobre el pecho cuando notó que se abrían por la espalda y sintió la fresca caricia del aire en la piel desnuda. El roce de sus manos en los hombros y en la espalda, mientras la despojaban del vestido, le provocó un escalofrío.

En ese momento se levantó y soltó el vestido, que se deslizó por su cuerpo junto con el corsé hasta que ambas prendas quedaron amontonadas a sus pies. Solo llevaba puestas la liviana camisola, que se le había pegado al cuerpo por el corsé, y las medias. Volvió a sentarse en la cama y las fue enrollando hasta pasárselas por los pies. Entretanto, él se quitó la camisa de dormir, que acabó en el suelo sobre su vestido.

Se giró para mirarlo. A pesar de haber estado en cama durante dos semanas, le pareció ancho de hombros, musculoso y masculino. Esos penetrantes ojos negros la estaban observando a su vez y, de repente, la desmedida pasión que vibraba entre ellos se le antojó aterradora. Aunque ya era demasiado tarde para cambiar de idea.

Además, el miedo iba acompañado de una especie de fascinación, de una atracción abrumadora.

—Suéltate el pelo —lo escuchó decir. Pero antes de que hubiera alzado los brazos, él le inmovilizó las manos—. No, deja que te lo suelte yo.

Geraldine la había ayudado a recogérselo cuando subió a su habitación para charlar un ratito antes de que comenzara la juerga nocturna; nada más llegar, se había apoderado del cepillo sin pedirle ni siquiera permiso. La creación era toda una obra de arte, y a ella le había encantado porque quería estar guapa cuando bajara a hacerle una visita a Jonathan.

Él se tomó su tiempo quitándole las horquillas y deshaciéndole las trenzas. Sus rostros estaban muy juntos, ya que había inclinado la cabeza hacia delante para facilitarle la labor, y a medida que su cabello quedaba suelto los iba ocultando como una cortina. La tarea fue interrumpida en unas cuantas ocasiones porque Jonathan la acercó para besarla con mucha ternura. En los párpados, en la nariz y en los labios. Sentía una especie de tensión en los pechos que resultaba casi dolorosa. También sufría una sensación palpitante en el abdomen y entre los muslos, que reconoció al instante como el efecto físico del deseo sexual.

Todo era terriblemente inmoral, pensó. Pero también increíblemente erótico. Como no le soltara pronto el pelo, acabaría estallando en llamas.

—Me temo… —lo escuchó decir por fin mientras le desenredaba los largos mechones con los dedos y tiraba de ella para volver a besarla en los labios—, que la herida de la pierna me impide moverme como me gustaría. Vas a tener que ponerte encima y hacer la mayor parte del trabajo. Levántate un momento.

Cuando lo hizo, lo vio apartar la ropa para que se metiera en la cama con él. Las rodillas se le aflojaron en ese instante y estuvieron a punto de delatar su nerviosismo. Casi se olvidó de respirar. Colocó una rodilla en el colchón y, justo entonces, él agarró el borde de su camisola con ambas manos. Alzó los brazos para ayudarlo a pasársela por la cabeza y la prenda acabó en el suelo con el resto de la ropa.

Era muy consciente de la vela encendida en la mesita de noche, junto a la cama.

Jonathan la estaba observando con los ojos entrecerrados y los labios fruncidos.

—En solidaridad con el resto de las mujeres —dijo—, deberías tener algún defecto físico. Pero si lo tienes, no lo encuentro. Ven.

Tenía veintidós años y no ignoraba por completo lo que iba a pasar. Sin embargo, él esperaría un derroche de experiencia. Recordó que le había dicho que le gustaba fingir una pudorosa inocencia.

—Debes instruirme —le dijo—. Soy nueva en esto, ¿no lo recuerdas?

Lo escuchó reír entre dientes.

—Siéntate a horcajadas sobre mí —respondió— y te daré toda una lección en lides amatorias, aunque supongo que acabaré siendo un alumno más que un instructor.

En ese momento agradeció que tuviera el muslo vendado. El hecho de tener que ponerse sobre él con cuidado para no hacerle daño sin querer alivió la incomodidad y el intenso bochorno que habría sentido en otras circunstancias al colocarse en semejante postura. Sentía el calor de su cuerpo en la cara interna de los muslos.

La invadió una especie de debilidad que ascendió hasta la garganta, creando a su paso una sensación dolorosa. Apoyó las manos en esos anchos hombros y se inclinó hacia delante sin apartar la mirada de sus ojos.

Jonathan tomó las riendas en ese instante y, tras colocarle una mano en la nuca, tiró de ella para besarla de nuevo con frenesí. Sintió el roce de su lengua en el interior de la boca y la caricia hizo que su cuerpo se viera consumido por una serie de anhelos que jamás habría imaginado.

A partir de ese momento no hubo lugar de su cuerpo que se quedara sin sus caricias. La tocó con las palmas de las manos, con los dedos, con las yemas de los dedos, con los pulgares, con los labios, con la lengua y con los dientes. La tocó de formas que ella ni siquiera conocía. Le besó los pechos, le humedeció los pezones con la lengua, los mordisqueó con suavidad y los chupó hasta que estuvieron endurecidos e insoportablemente sensibles. Le colocó una mano en ese lugar tan íntimo de su cuerpo que parecía palpitar y la dejó al borde de la locura cuando sus dedos comenzaron a indagar, a explorar, a acariciar, a arañarla con delicadeza… y a hundirse en su interior. Primero uno y después dos. Notó que estaba húmeda y que unos músculos cuya existencia desconocía hasta ese momento se tensaban con fuerza en torno a ellos.

Sin embargo, no asumió una postura pasiva mientras él la instruía en los preliminares. Sus manos exploraron ese cuerpo a placer, deleitándose con su firme masculinidad y deteniéndose por puro instinto para acariciar las zonas más sensibles. Puesto que él le había chupado los pezones, inclinó la cabeza y le lamió uno, arrancándole un jadeo y una exclamación. Alzó la cabeza y lo miró con una sonrisa.

—¿Te ha gustado?

—¡Bruja! —contestó.

Se inclinó de nuevo, pero hacia el otro pezón.

—Si sigues así —le advirtió él—, creo que voy a acabar antes de estar dentro de ti.

Pese a todo, no esperó a que ella tomara la iniciativa. La aferró por las caderas y la instó a cambiar de postura hasta que sintió el roce de su dura masculinidad en ese lugar que palpitaba dolorosamente a causa del intenso deseo. La guió todavía más abajo y notó que la penetraba. Lo sintió hundirse en ella y la incómoda invasión alcanzó un punto doloroso tras el cual lo notó más adentro de lo que jamás habría imaginado.

Su mente tardó unos instantes en volver a funcionar con normalidad. La impresión física de la pérdida de la virginidad anuló todos sus pensamientos. Se mordió el labio inferior cuando lo escuchó maldecir entre dientes:

—¡Por todos los…!

Ninguno de los dos se movió durante unos minutos. Pero después Jonathan comenzó a hacerle cosas que volvieron a dejarla medio mareada por la impresión. Le alzó las caderas sin permitir que su miembro saliera de ella y siguió repitiendo el movimiento cada vez más deprisa, una y otra vez hasta que sus manos la aferraron con fuerza y la inmovilizaron. En ese momento notó algo cálido en su interior y comprendió que todo había acabado.

Sintió una extraña desilusión. A pesar del creciente placer que la experiencia le había reportado al principio, todo había acabado muy pronto. El acto en sí le parecía casi anticlimático.

Aun así, no se arrepentiría al día siguiente. Ni hablar. Lo había hecho porque lo deseaba y punto. Y si la última parte no le había resultado deslumbrante, era culpa suya. De todas formas, había sido agradable explorar su feminidad libremente y acostarse con un hombre por el que había experimentado una creciente atracción durante esas dos últimas semanas.

Apoyó la frente en su hombro mientras recobraba el aliento. Ojalá no lo hubiera decepcionado mucho.

—Estoy en ascuas por escuchar la explicación que va a ofrecerme, señorita York —lo escuchó decir con una voz que le resultó sorprendente por su tranquilidad—, pero le pido que me disculpe porque ahora mismo estoy demasiado cansado para escucharla.

Cerró los ojos con fuerza. ¡Qué humillante! No lo había engañado ni por asomo.

El dolor pulsante de la pierna era insoportable.

Lo pasó por alto y se concentró en la irritación. Había cedido a la tentación de pasar una noche con una mujer a la que había creído experimentada y, en cambio, había acabado desflorando a una virgen. Debería haberle hecho caso a su instinto, se dijo, aunque ya fuera demasiado tarde. En su mente siempre había sido una dama. Hasta ese momento siempre la había llamado señorita York.

¿Por qué demonios lo había permitido ella?

¡Por el amor de Dios, se sentía como un violador!

De todas formas, no debería haber cedido a la tentación aunque ella hubiera sido una prostituta con veinte años de experiencia a sus espaldas. Le había salvado la vida. Lo había cuidado sin descanso desde entonces y él se lo agradecía deseándola y acostándose con ella... Desflorándola...

¡Pero no ha sido a la fuerza, por el amor de Dios!, se recordó.

Ella podría haberlo detenido en cualquier momento, cuando hubiera querido.

Estaba molesto con ella, pero mucho más molesto consigo mismo. ¡Por el amor de Dios! Ni siquiera había intentado que la experiencia sexual le resultara placentera. Y todo porque la sorpresa lo había conmocionado...

Ella se había alejado y había abandonado la cama poco después de que le hablara. Tras coger su ropa, había cruzado la estancia en busca de la protección del biombo emplazado en un rincón. Un despliegue de pudor absurdo habida cuenta de lo que acababan de hacer.

Pese al riesgo de empeorar el dolor de la pierna, se acercó al borde de la cama y alargó el brazo en busca de la camisa de dormir, que no tardó en ponerse. Entrelazó los dedos bajo la cabeza, clavó la vista en el sencillo dosel de la cama y esperó.

Al cabo de un rato la vio salir de detrás del biombo de puntillas; tal vez con la esperanza de que se hubiera quedado dormido. Se le habían olvidado las horquillas. Se había apartado el pelo de la cara sujetándoselo tras las orejas, pero los gloriosos rizos dorados caían enredados por su espalda. Estaba más despampanante que nunca, concluyó muy a su pesar.

—Creí que estaría dormido —le dijo después de lanzarle una mirada fugaz.

—¿Ah, sí? —le preguntó—. Siéntese, señorita York, y explíqueme qué significa todo esto.

Se sentó en la silla y lo miró a los ojos.

—¿Por qué no me lo dijo? —le preguntó—. ¿Se sintió coaccionada? ¿He dicho o hecho algo que la haya inducido a sentirse obligada?

Se percató de que un intenso rubor le cubría las mejillas mientras se mordía el labio inferior. Tenía las manos unidas en el regazo y bajó la vista unos instantes. Siguió observándola en silencio con algo parecido al desprecio. Tal vez no debiera importar que fuera una prostituta o una virgen, pero importaba. Muchísimo. Él no era (y estaba convencidísimo) de los que iban por ahí desflorando vírgenes. ¿Querría eso decir que solía ir a burdeles? No lo sabía, pero esperaba que no.

¡Por el amor de Dios, eran todas mujeres! ¡Eran personas! Pensó en Geraldine y las demás. Sí, eran personas.

—Señor Smith —dijo ella por fin—, ¿se le ha ocurrido pensar que siempre hay una primera vez para toda mujer?

—Le recuerdo que para una mujer respetable —replicó—, para una dama, esa primera vez debería ser en el tálamo nupcial. Ni siquiera puedo ofrecerle matrimonio. ¿Se da cuenta? ¡Tal vez esté casado!

La vio morderse el labio de nuevo, pero el gesto ya había perdido el encanto a esas alturas.

—No me casaría con usted aunque fuese libre como un pájaro —le aseguró ella— y me lo pidiera de rodillas con un bonito discurso. No soy tonta, señor Smith, aunque fuera virgen hasta hace unos minutos. Lo he hecho por el mismo motivo que usted. Porque quería hacerlo, porque me sentía atraída por usted. Mi virginidad no cambia las cosas, pero su enfado ha empañado lo que debería haber sido un recuerdo agradable. ¿Por qué está enfadado? ¿Tanto lo he decepcionado? Porque yo sí me he sentido decepcionada, que lo sepa.

La miró embelesado y, muy a su pesar, sintió el asomo de una sonrisa en los labios.

—¡No! ¿La he decepcionado? —le preguntó—. Admito que me he comportado como un colegial inexperto, es verdad. Me pilló totalmente desprevenido.

Ella lo miró con expresión obstinada.

—Estoy deseando escuchar su historia —siguió—, señorita York. Es una dama y era virgen hasta ahora y, sin embargo, vive en un burdel con cuatro prostitutas a las que les profesa tal cariño que incluso afirma ser una de ellas para no dar la impresión de que se cree moralmente superior. Tal vez ahora incluso crea ser una de ellas. ¿Cuánto tiempo lleva aquí?

—Desde el quince de junio —contestó—. Desde el día de la batalla de Waterloo.

—¿Desde el mismo día que yo llegué? —preguntó de nuevo, mirándola con los ojos entrecerrados.

—Desde el día anterior —respondió—. Pero estuvimos despiertas toda la noche y ni siquiera llegué a dormir en esta habitación.

El dolor de la pierna era tan insoportable que cambió de postura en un intento por aliviarlo. Debería pedirle que lo dejara solo. Seguro que ella estaba deseando marcharse. ¡Por Dios bendito, la había decepcionado! Unos minutos antes ardía en deseos de perderla de vista. Sin embargo, sus vivencias en el burdel habían sido de lo más peculiares hasta ese momento, y sospechaba que lo serían aún más si escuchaba la historia de la señorita York. Además, sabía que no iba a pegar ojo aunque lo dejase solo.

—¿Qué la trajo a este lugar? —quiso saber—. ¿Podría contarme los detalles?

Ella volvió a clavar la mirada en sus manos.

—Mi madre murió cuando yo tenía seis años —comenzó—. Mi padre contrató a una niñera para que me cuidara. Se llamaba Bridget Clover y se convirtió en una segunda madre para mí, y eso que debía de ser muy joven por aquel entonces, cosa que he comprendido hace poco. La quería muchísimo. Apenas tenía relación con otros niños o con otros adultos. Vivíamos en Londres y mi padre casi nunca estaba en casa. Me quedé destrozada cuando Bridget tuvo que marcharse. Tenía doce años en aquel momento. Según mi padre, ya no necesitaba ninguna niñera, pero sabía que solo era una excusa. Ya no podía pagarle un sueldo. Siempre estaba ganando y perdiendo grandes sumas de dinero en las mesas de juego, y en aquella época pasaba por una mala racha bastante prolongada. Pasaron diez años hasta que volví a ver a Bridget… en una calle de Bruselas, hará unos dos meses.

—Debió de ser toda una sorpresa —dijo.

—¿Lo dice por su apariencia? —preguntó ella—. Cierto que se había teñido el pelo de un rojo intenso y que iba vestida de forma un tanto llamativa, pero no iba maquillada. El caso es que la reconocí de inmediato y ni siquiera me di cuenta de que había cambiado su aspecto. Era mi querida Bridget, nada más.

Observó cómo se retorcía las manos en el regazo.

—Cuando se quiere mucho a alguien —continuó—, se pierde la objetividad. Se ve con el corazón. En aquel momento me pregunté por qué eludía mis preguntas sobre lo que estaba haciendo aquí y sobre su lugar de trabajo. Me pregunté por qué no dejaba de mirar a los demás transeúntes como si estuviera avergonzada y deseara alejarse de mí al instante. Me sentí muy dolida.

—Pero usted no se deja amilanar tan fácilmente, ¿verdad? —le preguntó.

—No —respondió con un suspiro—. Habría sido mejor para Bridget y para las demás que hubiera alzado la nariz en el aire toda indignada cuando descubrí la verdad, cosa que hice en cuestión de minutos, y le hubiera dado la espalda. No le hice ningún favor al insistir en venir de visita. Aunque solo me lo permitió cuando le conté que yo también tenía un empleo como dama de compañía de lady Flatley, que me sentía sola y que añoraba Inglaterra. Mi padre murió hace un año y lo único que me dejó fueron deudas.

—Así que comenzó a venir al burdel para verla —afirmó. Menuda inocencia la suya. Aunque también se había comportado con valentía, admitió, al regirse por sus principios en lugar de seguir las convenciones sociales.

—Sí —confirmó ella al tiempo que alzaba la mirada y sonreía por los recuerdos—. La primera tarde que vine estaban todas reunidas en la salita de estar, vestidas de forma casi respetable, e hicieron gala de su mejor comportamiento. Les cogí cariño de inmediato. Eran... ni siquiera estoy segura de la palabra que busco. Eran sinceras. Eran personas genuinas, no como lady Flatley y sus estiradas amistades.

Esperó a que continuara y describiera los acontecimientos que la llevaron a vivir en el burdel.

—Conocí al reverendo Nigel Crawley en casa de lady Flatley —prosiguió—. Solía ir a menudo, unas veces solo y otras veces con su hermana. Era un hombre encantador que tenía a todas las damas en el bolsillo. No ocupaba ninguna parroquia en Inglaterra porque, según él, quería libertad para dedicarse en cuerpo y alma a sus obras de caridad y a la recaudación de dinero para causas nobles. Vino a Bruselas porque creyó que podría ofrecerles consuelo a los miles de hombres que se enfrentarían a la muerte en la batalla.

—Pero cada regimiento tiene su capellán —señaló él.

—Lo sé —afirmó—, pero él aducía que dedicaban todo su tiempo a los oficiales, descuidando de ese modo las necesidades de los soldados.

—Supongo que se enamoró de él al instante —aventuró con un deje burlón—. ¿Era guapo?

—¡Guapísimo! —exclamó ella—. Alto, rubio y con una sonrisa maravillosa. Pero al principio solo lo admiraba desde la distancia. De hecho, él ni siquiera reparó en mí. Tenga en cuenta que yo era poco más que una criada.

Quizá, pensó él con ironía, fue más bien porque carecía de dinero para llenar las arcas del piadoso reverendo.

—Empiezo a pensar que el reverendo no era lo que parecía, ¿estoy en lo cierto? —preguntó.

Ella frunció el ceño.

—Cuando por fin se fijó en mí —siguió— y comenzó a cortejarme, lo encontré irresistible. No por su físico o porque me enamorara de él, sino por la pasión con la que abrazaba su fe y su trabajo. Y porque era un hombre virtuoso, sensato, generoso y responsable. No he conocido a muchos hombres en mi vida y en aquel momento me quedé deslumbrada. La señorita Crawley se convirtió también en mi amiga.

—Esto empieza a apestar, definitivamente —replicó—. Aunque supongo que fue su físico lo que lo atrajo, ya que no lo hizo su fortuna. Supongo que será usted pobre, ¿no?

Se percató del rubor que le cubría las mejillas, pero no captó nada más porque volvió a clavar la vista en el regazo.

—Comenzó a hablar conmigo cada vez que iba de visita a casa de lady Flatley —dijo—. Me acompañaba a dar paseos cuando disponía de una hora libre. La señorita Crawley me invitó a tomar el té… ¡Todo parece que pasó hace siglos! Qué inocente fui, por Dios. Cuando me propuso matrimonio, acepté sin titubear. Tal vez me conquistó el día que nos topamos con Geraldine y Bridget durante uno de nuestros paseos y me pidió que se las presentara, aunque debió de resultarle obvio lo que eran. Estuvo charlando amablemente con ellas y en un momento dado, todavía no sé ni cómo pasó, nos invitaron a tomar el té aquí en el burdel.

A tenor de su silencio y del modo en el que tragó saliva en un par de ocasiones, el relato debía de resultarle doloroso. Esperó a que continuara mientras intentaba colocar la pierna en una postura un poco más cómoda. La vio entrecruzar los dedos hacia dentro y luego unir las manos con fuerza.

—Era muy habilidoso a la hora de sonsacarle información a todo el mundo —dijo—. Sin darme cuenta, le hablé sobre mi herencia antes de que empezara siquiera a cortejarme en serio. Y no recuerdo si fue Geraldine o Bridget quien le habló sobre su sueño de ahorrar lo suficiente para comprar una casa de huéspedes en Inglaterra y así poder abandonar su profesión. Creo que incluso llegaron a decirle que ya estaban a punto de conseguir la cantidad necesaria, pero que no confiaban en los bancos para guardar el dinero.

Si era una heredera, pensó sorprendido, ¿por qué demonios se había puesto a trabajar como dama de compañía y después había acabado viviendo en un burdel? Pese a la curiosidad, no pensaba interrumpirla con sus preguntas.

—Me sentí ridículamente agradecida porque tratara a mis amigas con tanto respeto y amabilidad —siguió ella.

—¿Y se llevó todo su dinero? —preguntó, torciendo el gesto—. Debe ser muy listo, sí. Las prostitutas no suelen dejarse timar así como así.

—Fue muy amable y muy amistoso con ellas —adujo—. Un día llegó a decir incluso que sentía especial admiración por las prostitutas porque nuestro Señor Jesucristo las trató con respeto. Las convenció de que el hecho de estar en un país extranjero en unos tiempos tan revueltos las convertía en presas fáciles para los ladrones. Las convenció para que le confiaran el dinero porque estaba a punto de marcharse de Bélgica. Les prometió llevarlo a Londres y depositarlo en un banco, donde les reportaría intereses.

—Pobrecillas —dijo con sinceridad. A esas alturas les había tomado cariño a todas.

—Y así se marchó —prosiguió ella—, con el dinero ahorrado durante años de duro trabajo. Y también con las generosas donaciones que hicieron lady Flatley y la mitad de las damas de Bruselas para sus obras de caridad. Lady Flatley estaba a punto de marcharse también a Inglaterra, pero se ofendió tanto cuando le dije que iba a casarme con el señor Crawley que me despidió sin más. Me marché con los Crawley. Íbamos a casarnos en Inglaterra para poder reclamarle la herencia a mi tío. Pero entonces los escuché por casualidad mientras esperábamos a que quedaran pasajes libres para Inglaterra. Se suponía que iba a quedarme en mi habitación para escribirle una carta de despedida a Bridget, pero decidí ir al comedor de la posada para desayunar. Estaban riéndose a carcajadas mientras planeaban qué hacer con el dinero. No se parecían en nada a las dos personas que yo conocía.

Siguió con la vista clavada en las manos unos instantes y la vio fruncir el ceño, cosa que lo llevó a preguntarse si sería capaz de seguir con el relato. A la postre, lo miró con expresión ausente y preocupada.

—Me encaré con ellos al instante —confesó—. Ni siquiera se

me ocurrió fingir. Les exigí que me devolvieran el dinero de mis amigas y también el mío, ya que se lo había dado al señor Crawley para que lo guardara durante el viaje aunque no fuese una suma considerable. Pero ambos defendieron su inocencia e intentaron convencerme de que habían estado bromeando. Volé escaleras arriba en busca del dinero, pero ellos me siguieron. Evidentemente no lo encontré en ninguna de sus habitaciones. De todas formas sabía que él no me dejaría llevármelo. Y si iba en busca de un alguacil, ¿qué podía decirle? Flossie le había dado el dinero por propia voluntad y con el beneplácito de las demás. Yo le había entregado voluntariamente el mío. ¡Era su prometida! En ese momento recordé que llevaba pistolas por si acaso nos encontrábamos con algún ladrón o con algún salteador de caminos, y me dejé vencer por el miedo. Me disculpé por mis absurdas dudas y volví a mi habitación que, gracias a Dios, estaba en la planta baja. Me escapé por la ventana y volví hasta aquí para contarle a Bridget y a las demás que las habían engañado y que yo había sido, sin querer, la responsable de todo.

—Eso requirió mucho valor —le aseguró.

Ella siguió mirándolo con expresión ausente.

—No me hicieron ni un solo reproche por mi participación en el robo —prosiguió—. Soltaron pestes y despotricaron contra él y contra la fechoría que había cometido, pero Bridget se limitó a abrazarme con fuerza y a llorar. Le preocupaba más la posibilidad de que el engaño del que había sido víctima me hubiera destrozado.

—¿Y fue así? —quiso saber.

—Tal vez destrozó la poca confianza que tenía en los hombres —respondió ella, encorvando los hombros—, y eso sí fue doloroso. Pero mis sentimientos apenas se resintieron. Había accedido a casarme por motivos que tenían bien poco de románticos. Ahora solo siento vergüenza e incredulidad por haber sido incapaz de ver más allá de su disfraz.

—No debería ser tan dura consigo misma —le aconsejó—. Flossie, Geraldine y las demás tampoco sospecharon de su verdadera naturaleza y son mujeres de mundo muy experimentadas.

Aunque supongo que se siente en deuda con ellas por el dinero que su antiguo prometido les robó.

—Sí —afirmó, asintiendo con la cabeza—. Pero poco puedo hacer para ayudarlas. Nuestro primer plan para reunir dinero y darle caza fracasó cuando lo encontré a usted. Ese mismo día Flossie y Geraldine encontraron el cuerpo de un pobre muchacho al que estaban desvalijando. —Se sonrojó y se mordió el labio—. Habíamos ido al bosque de Soignes en busca de algún objeto valioso que pudiera haber quedado tras la batalla, pero volvimos con las manos vacías.

—¡No! —Fue incapaz de contener las carcajadas—. Ya me lo imagino. Tres mujeres marchando con resolución al campo de batalla para desvalijar a los muertos y una vez allí descubren que son incapaces de hacerlo. Así que en lugar de algún tesoro, encontró usted mi cuerpo desnudo. Pobre señorita York…

—¡Pero prefiero haberlo encontrado a usted! —le aseguró ella, avergonzada.

—Gracias —replicó con una sonrisa. Aunque recuperó la seriedad al recordar el motivo de que estuviera despeinada. ¡Maldita sea! No debería haber sucedido. ¿Qué bicho le había picado? Claro que era una pregunta retórica porque la respuesta saltaba a la vista: la lujuria.

—Ojalá pudiera dar marchar atrás y cambiar las cosas —dijo ella con vehemencia—. Ojalá pudiera devolverles su sueño. Pero no puedo. No heredaré mis joyas hasta que cumpla los veinticinco. Tres años es demasiado tiempo de espera. Podría conseguirlas antes, claro, pero para ello tendría que casarme con el consentimiento de mi tío, y no creo que eso suceda. Tardaré muchísimo en volver a confiar en otro hombre.

—¡Ajá! —exclamó—. Por fin entiendo las intenciones de Crawley. Supongo que le habló de las condiciones para tomar posesión de su herencia, ¿verdad?

—Sí —contestó, mirándolo con expresión ceñuda—. Fui una pánfila y una idiota, ¿no?

—Desde luego —convino él mientras volvía a cambiar de postura.

—¿Se encuentra mal? —dijo ella, y su expresión se tornó preocupada.

—Estoy un poco incómodo —admitió—. Supongo que el ejercicio que he hecho no es muy adecuado para mi condición actual. Podría decirse que me lo tengo bien merecido.

—¿Le duele la pierna? —le preguntó al tiempo que se ponía en pie de un brinco—. Iré en busca de agua para limpiarle la herida y la cubriré con más ungüento y vendas limpias. Déjeme ver. ¿Está sangrando?

Sin embargo, alzó la mano para detenerla antes de que se acercara a la cama.

—Creo que sería mejor para mi equilibrio mental que se mantuviera a cierta distancia, señorita York —le dijo—. Puesto que ambos estamos de acuerdo en que lo que ha sucedido esta noche ha sido un error garrafal, y puesto que parece que nos hemos decepcionado mutuamente, sería mucho mejor que evitáramos la posibilidad de una repetición.

Ella lo miró con los ojos como platos unos instantes mientras se ruborizaba al máximo. Acto seguido se dio media vuelta y se acercó a la puerta con tal rapidez que sus movimientos fueron desmañados y le costó trabajo girar la llave en la cerradura. Una vez que abrió, salió de la habitación como si la llevara el diablo y cerró la puerta tras ella sin muchos miramientos.

¡Maldición!, pensó. El discursito no había sido precisamente caballeroso. Acababa de decirle a una dama tras su primera experiencia sexual que había cometido un error garrafal y que lo había decepcionado.

Tendría que arrastrarse para que lo perdonara al día siguiente.

Ni siquiera quería pensar en el día siguiente…

8

Si no se hubiera despertado en pleno ataque de pánico, intentando salir de la cama antes de recordar que no podía hacerlo, habría pensado que no había pegado ojo en toda la noche.

Tenía que llegar a la Puerta de Namur. Ella lo estaba esperando y la posibilidad de que estuviera en peligro era aterradora.

El dolor tuvo un doble efecto, ya que sirvió para despejarlo por completo y para cortar el sueño de raíz… si acaso se trataba de un sueño. Se quedó tendido muy quieto, con una mano sobre la palpitante herida del muslo y la otra aferrando la sábana, mientras hacía un desesperado intento por recordar. ¿Quién le estaba esperando? ¿Por qué? ¿A qué peligro se enfrentaba?

¿Era solo un sueño?

¿O era un recuerdo?

Desistió de su intento unos minutos después y probó por enésima vez a resolver el rompecabezas de lo que le había sucedido antes de recuperar la consciencia en esa casa. Se estaba alejando a caballo de la batalla de Waterloo en dirección a Bruselas. O, al menos, esa era la dirección que debía suponer que llevaba, ya que lo normal era pensar que fue herido en la batalla. Había una carta. Y también había una mujer que lo esperaba a las puertas de la ciudad.

Sin embargo, y por más que lo intentara (y lo intentó con tanto ahínco que acabó con dolor de cabeza y la frente empapada de sudor), fue incapaz de recordar nada más. Para colmo, no parecía haber relación entre los detalles fragmentados que bien podían ser recuerdos reales, o bien meros sueños. Si había tomado parte en la batalla de Waterloo, ¿por qué iba al norte para encontrarse con una mujer? ¿Y por qué era tan importante la carta que llevaba? ¿Se la había enviado ella para pedirle que la protegiera de algún peligro? Pero ¿en mitad de una batalla?

No, no tenía ningún sentido.

Fue un alivio escuchar que llamaban a la puerta, aunque giró la cabeza con cierto recelo, temiendo que fuera Rachel York. Aún no estaba preparado para volver a verla. Sin embargo, se trataba del sargento Strickland, que entró con la navaja de afeitar en la mano, unas muletas bajo el brazo y una enorme sonrisa en el rostro a pesar de los vendajes que seguían cubriéndole una parte de la cara.

—Hoy podrá levantarse, señor —anunció tras saludarlo alegremente. Dejó los utensilios de afeitar en una mesita y soltó las muletas a los pies de la cama—. Seguro que eso lo anima. Le echaré una mano después.

—Me animaré mucho más cuando tenga ropa —le aseguró—. Llevo demasiado tiempo inválido y dependiendo de los demás. Estoy ansioso por levantarme. Necesito descubrir quién soy y retomar mi vida.

—Si no le importa, señor —prosiguió Strickland—, voy a afeitarlo hoy. Ya me estoy acostumbrando a ver con un solo ojo.

Lo miró con expresión interrogante.

—Su ambición de convertirse en ayuda de cámara es real, ¿verdad? —le preguntó.

—Tengo que buscarme una ocupación —contestó el sargento mientras untaba de jabón la brocha de afeitar—. He sido soldado toda mi vida. Era un renacuajo cuando me alisté. O eso o me convertía en ladrón y acababa en la horca. Nunca me llamó la atención lo de robar… y lo de la horca mucho menos. Pero ahora tengo que buscar otro empleo. ¿Por qué no el de ayuda de cámara? Llevo seis años obedeciendo órdenes de aristócratas y llevándoles la corriente, desde que me nombraron sargento. Para vestirlo, afeitarlo y prepararle la ropa no me hacen falta los dos ojos, con uno me basta.

—Seguimos teniendo el problema de mi absoluta pobreza —le recordó. De todas formas, dejó que el sargento le enjabonara el rostro y se hizo a la idea de que iban a rebanarle el pescuezo.

—Tengo dinero, señor —replicó Strickland—. Supongo que no mucho desde el punto de vista de un caballero, pero sí lo suficiente para tirar durante un tiempo. Más que el dinero, lo que necesito es sentirme útil, sentir que tengo un lugar en el mundo, al menos hasta que me centre.

—Comprendo perfectamente cómo se siente —repuso con cierta tristeza—. Pero podría buscarse a alguien mejor. Ni siquiera estamos seguros de que sea un caballero…

—Por supuesto que sí —le aseguró el sargento—. No lo dude ni por un instante, señor. He conocido a caballeros y a otros hombres que no lo son, y también a algunos que fingían serlo. Usted es de los primeros, no le quepa la menor duda. Lo que no sé es quién es, porque no estaba en mi regimiento y no lo había visto hasta que lo encontramos en el bosque. Pero sí sé lo que es.

Se quedó muy quieto mientras la navaja hacía su trabajo y el rostro del sargento, vendado y lleno de cardenales, se cernía sobre el suyo con el ceño fruncido por la concentración.

—¿No tiene miedo, Strickland? —preguntó.

—Debería ser usted quien lo tuviera ahora mismo —le contestó con una enorme sonrisa que dejó al descubierto unos dientes grandes y bastante separados—. Es la primera vez que afeito a otro hombre. Y solo tengo un ojo para ver si lo estoy haciendo bien.

—Me refiero al miedo de haber perdido su modo de vida así de golpe —le explicó— y verse obligado a buscarse otro camino.

El sargento se enderezó tras haberle afeitado media cara.

—¿Miedo? —repitió—. Nunca he tenido miedo en la vida, señor. Bueno, al menos nunca lo he llamado así. Suena muy poco viril, ¿no cree? Pero quizá no sea tanto el miedo como lo que hacemos con él, ¿no? Quizá lo tenga en ocasiones, pero no tiene sentido dejarse llevar por él, ¿verdad? Hay todo un mundo al margen del ejército. Y yo voy a averiguar qué me puede deparar ese mundo. Quizá me guste más que lo que he vivido hasta ahora. O quizá no. Pero si no me gusta, ya me buscaré otra cosa. Nada va a detenerme salvo la muerte, pero llegará cuando ella quiera, con independencia de lo que yo haga. —Se inclinó hacia él para atacar la otra mitad del rostro—. Si le digo la verdad, tener miedo no es una cobardía. Es lo que siempre les decía a mis chicos antes de entrar en combate, sobre todo a los reclutas recién llegados de Inglaterra que acababan de dejar las faldas de sus madres. Si jamás tuviéramos miedo, señor, no descubriríamos nunca de la pasta que estamos hechos ni de qué somos capaces. No mejoraríamos como personas. Quizá sea eso lo que usted descubra; la pasta de la que está hecho y lo que es capaz de hacer. Y cuando por fin recuerde quién es, tal vez descubra que se ha convertido en un hombre mejor que el que era. Quizá fuese un hombre que no llegó a madurar cuando dejó atrás la niñez, o puede que necesitara algo drástico como una pérdida de memoria para salir del pozo donde estaba metido. Sin ánimo de ofender, señor. A veces me pierde la lengua.

—Me da en la nariz que es usted todo un filósofo, Strickland —le dijo—. Me pregunto si tendré la fuerza de voluntad para no defraudarlo y llevar a cabo todo lo que espera de mí. ¿Me ha hecho algún corte?

—Ni uno solo —contestó el sargento, enderezándose de nuevo para contemplar su trabajo antes de quitarle el jabón de la cara con una toalla limpia—. Supuse que ya había perdido sangre para todo un mes.

—Gracias —musitó al tiempo que se pasaba una mano por el mentón, suave una vez más, y reflexionaba sobre las palabras del sargento. Por supuesto, estaba muerto de miedo, aunque le parecía bochornoso admitirlo. Posiblemente el suyo fuese uno de los peores destinos: perderse y carecer por completo de los recuerdos atesorados durante una vida de veintitantos años. ¿Tendría el valor y la voluntad necesarios para crear una nueva identidad y una nueva vida tal vez mejores que las anteriores?

No obstante, ni siquiera el sargento era tan valiente como sus palabras sugerían. Seguía en el burdel a pesar de tener libertad de movimientos, por lo que podría haberse marchado en cualquier momento, y con tal de no enfrentarse solo al mundo estaba dispuesto a atarse a un hombre que no tenía ni un penique para pagarle.

Enfrentarse solo al mundo… Era una idea aterradora. Aunque estaba impaciente por dejar el burdel, de repente se dio cuenta de que también se moría de ganas de quedarse allí, de encontrar cualquier excusa que retrasara el inevitable momento.

El sargento Strickland se estaba tomando su tiempo para limpiar la brocha y la navaja en la palangana.

—Me caen bien las damas, señor —dijo sin mirarlo a la cara y después de carraspear—. Anoche estuve vigilando la puerta para que pudieran atender a sus clientes con la tranquilidad de saberse seguras si alguno de los caballeros se ponía difícil. No me importa lo que hacen para ganarse las habichuelas. Pero me pregunto por qué vive con ellas la señorita York. No es una de ellas. ¿Verdad?

Miró al sargento con los ojos entrecerrados.

—Según tengo entendido —contestó—, es una dama.

—Ya lo sabía, señor —replicó Strickland—. Desde el primer momento que la vi, gritando que usted era su hombre y que estaba malherido, supe que era una dama. Pero siempre existe el riesgo de que su nombre quede mancillado por vivir en un burdel. No queremos dificultarle las cosas, ¿verdad, señor? Seguro que sabe a qué me refiero. ¿Qué quiere que haga con estas horquillas? No me gustaría que las otras damas las vieran cuando le trajeran el desayuno y se hicieran una idea equivocada.

De repente se sintió como un soldado raso a quien su sargento acababa de poner en su sitio con una sutil aunque inconfundible reprimenda. ¡Horror, se le han olvidado las horquillas!, pensó. Ojalá todo hubiese sido un sueño. Pero la presencia de las horquillas era una prueba irrefutable de que no era así.

—Recójalas, sargento, si es tan amable —le dijo— y guárdelas en el primer cajón de la cómoda. Sufrió un dolor de cabeza anoche mientras me hacía compañía y se quitó las horquillas para aliviarlo un poco.

¡Qué excusa más ridícula!

—Desde luego, señor —replicó el sargento con cordialidad mientras recogía las horquillas—. Protegería con mi vida a la dama si alguien intentara hacerle daño… al igual que haría usted, estoy segurísimo. Jamás la olvidaré mientras lloraba sobre su cuerpo después de que confesara que no era su hombre. La dama tiene un corazón de oro, señor.

—Soy muy consciente de que le debo la vida, sargento, y muchísimo más que eso —le aseguró.

El sargento Strickland no insistió más. Recogió los utensilios de afeitar y se marchó. Sin esperar siquiera a que llegara el desayuno, apartó las sábanas, pasó las piernas por el borde de la cama con mucho cuidado y cogió las muletas.

Se sentía inquieto, débil, irritable y culpable… y decididamente inmoral. Al menos podía hacer algo para remediar las dos primeras aflicciones. ¿Y las otras? Iba a tener que ingeniárselas para hacer las paces con Rachel York, pero tenía la impresión de que no bastaría con una simple disculpa.

Tendría que pensar en algo.

Se colocó las muletas bajo los brazos y se irguió, apoyando todo el peso en la pierna derecha.

Rachel se mantuvo ocupada en la cocina gran parte de la mañana, ayudando a Phyllis a amasar pan y galletas y a pelar patatas y cortar verduras. Las otras damas no abandonaron sus habitaciones hasta bastante tarde, cosa que agradeció mucho. Le sorprendió que Phyllis no se percatara de ninguna diferencia en su persona. Tenía la sensación de que las actividades de la noche anterior se reflejaban en su rostro con absoluta claridad.

También agradecía enormemente que el sargento Strickland hubiera asumido el papel de ayuda de cámara del señor Smith y se encargara de todas sus necesidades esa mañana.

Antes del almuerzo se ofreció voluntaria para ir a comprar y se apresuró a salir de la casa. Había intentado estar fuera lo menos posible desde su regreso a Bruselas por temor a que alguna de las amistades de lady Flatley la viera y la acusara de ser cómplice del señor Crawley, aunque reconocía que era muy poco probable que estuvieran al tanto de su perfidia. De hecho, quizá la mayoría no se enterara nunca a menos que quisieran informarse de las obras de caridad a las que creían haber contribuido. Pero ese día en concreto estaba desesperada por disfrutar del aire libre y hacer un poco de ejercicio, y le importaba muy poco con quién se encontrara. Ni siquiera cayó en la cuenta de que en Londres jamás había salido sin carabina mientras su padre vivía.

Se alejó más de lo que sus recados requerían. Incluso dio un pequeño paseo por el parque de Bruselas, donde se entretuvo observando a los cisnes en el lago y se dejó envolver por la calidez del sol. Era media tarde cuando por fin decidió regresar a la casa, pero temía hacerlo. Tendría que enfrentarse de nuevo con el señor Smith, una idea que le provocaba pavor. ¿Cómo iba a mirarlo a la cara después de lo que había pasado la noche anterior? Al escuchar voces y risas procedentes de la salita, decidió que primero se pasaría por allí para tomarse una taza de té y recobrar un poco el ánimo.

Abrió la puerta muy despacio y echó un vistazo, temerosa de que sus amigas estuvieran recibiendo clientes, aunque rara vez lo hacían durante el día. Su sorpresa fue que se encontró con un caballero… un caballero muy apuesto. Al principio no lo reconoció, pero se percató de la presencia de unas muletas apoyadas en una silla cercana a la que él ocupaba.

—¡Rachel! —la llamó Bridget—. Entra, cariño, para que te presentemos al caballero que ha venido de visita.

—¿A que es guapísimo? —preguntó Phyllis alegremente.

Geraldine estaba de pie junto a la ventana con los brazos en jarras.

—Con ropa está estupendo, lo admito —dijo—. Es una lástima que tenga los bolsillos vacíos.

—No sé yo si a mí me importa, Gerry —comentó Phyllis.

—Vamos a hacer que el pobre se ruborice —les advirtió Flossie mientras Rachel entraba en la estancia y cerraba la puerta—.

Pero reconozco que cualquier muchacha sensata acabaría peleándose con sus mejores amigas por él.

Estaban flirteando y bromeando como de costumbre. El señor Smith sonreía y soportaba sus bromas con buen talante. Sin embargo, echó mano de las muletas y se levantó del sillón en cuanto la vio. Le hizo una reverencia muy elegante dadas las circunstancias.

—Señorita York —la saludó.

Cuando la miró a los ojos, vio que su expresión no era tan risueña como antes. Ella no quería ruborizarse. Viéndolo en ese momento, le resultaba inconcebible que hubieran estado desnudos y juntos menos de veinticuatro horas antes. Pero la cosa ya era irremediable, y deseó que se la tragara la tierra en ese instante.

«Puesto que parece que nos hemos decepcionado mutuamente…», recordó.

Escuchaba esas palabras con tanta claridad como si las estuviera pronunciando en ese preciso momento.

No se había dado cuenta de lo alto que era. Aunque sus ropas no hubieran sido confeccionadas por el mejor sastre del mundo, la camisa era de un prístino blanco, la corbata estaba almidonada y anudada con elegancia, la chaqueta azul resaltaba la anchura de sus hombros y de su pecho, y los estrechos pantalones grises se amoldaban a sus esculturales y musculosas piernas… Siempre que se pasara por alto el vendaje del muslo izquierdo. Llevaba zapatos de piel en vez de botas altas, que habría sido lo más indicado para ese atuendo, pero aun así Phyllis tenía razón. Estaba para comérselo. Acababa de lavarse el cabello y un mechón oscuro le caía de forma tentadora sobre la ceja derecha.

—¿Le queda bien la ropa nueva, señor Smith? —le preguntó, haciendo un gran esfuerzo por mostrarse amigable y natural.

—Salvo una chaqueta —contestó él—. Y por desgracia es la que más me gusta. Pero ni con la ayuda de la considerable fuerza del sargento Strickland he sido capaz de ponérmela.

—Nos equivocamos, Floss —anunció Geraldine con pesar—. Es más ancho de pecho de lo que supusimos.

—Y también de hombros, Gerry —añadió la aludida, observándolo sin disimulos—. Le prestamos demasiada atención a ese apuesto rostro y a la sonrisa pícara que lo acompaña. No volveré a cometer el mismo error.

—Podríais haberme preguntado mis medidas —dijo el señor Smith, que se volvió a sentar con mucho cuidado una vez que ella hizo lo propio.

—Les asustaba la posibilidad de que no te acordaras porque habría sido yo la encargada de tomarte las medidas —le explicó Phyllis—. A ver si así aprenden a no salir de casa sin su cinta métrica.

Y así continuó la conversación durante diez minutos con las consiguientes risas mientras ella intentaba recuperar la compostura y pensar en lo que le diría cuando por fin se quedaran a solas, cosa que sucedería inevitablemente tarde o temprano.

Y fue antes de lo que esperaba.

—Durante mi inestable excursión por la casa —dijo el señor Smith—, he descubierto que hay un precioso jardín en la parte trasera y que alguien ha tenido la consideración de colocar un banco de madera bajo el sauce que hay junto al estanque de los nenúfares. Si me disculpáis, voy a dar un paseo por los senderos empedrados antes de sentarme en el banco a disfrutar del aire libre.

—No vayas a hacer demasiado ejercicio —le advirtió Bridget—. Recuerda que es el primer día que te levantas de la cama.

—Y no nos gustaría tener que llevarte en brazos —le dijo Phyllis.

—Habla por ti, Phyll —señaló Geraldine.

—Tendré cuidado —les prometió—. Señorita York, ¿sería tan amable de acompañarme?

Bridget sonrió y le dio su consentimiento con un gesto de cabeza como si todavía fuera su niñera. De modo que soltó la taza y el plato y se puso en pie. Habría dado cualquier cosa por evitar ese encuentro, se dijo. Aún no estaba preparada para ese momento. Pero ¿lo estaría alguna vez? Además, como no podía retroceder en el tiempo y cambiar lo sucedido la noche anterior, la única solución era seguir adelante y enfrentarse al bochorno de estar a solas con él. Abrió la puerta de la salita y la sostuvo mientras el señor Smith pasaba junto a ella con ayuda de las muletas.

Avanzaba con paso lento pero seguro, se percató de camino al jardín. Después de cerrar la puerta trasera, se puso a su lado y se llevó las manos a la espalda.

—Bueno, señorita York —le dijo sin rastro del deje alegre y bromista que había utilizado en la salita—, tenemos que hablar.

—¿De verdad? —le preguntó con la vista clavada en el empedrado por el que avanzaban. Al igual que hacían los niños, evitó pisar las juntas—. Preferiría no hacerlo. Lo hecho, hecho está. No fue nada del otro mundo, ¿verdad?

—¡Menudo revés para mi orgullo masculino! —exclamó—. ¿Que no fue nada del otro mundo? Soy consciente de que en circunstancias normales ahora mismo le estaría proponiendo matrimonio.

Se sintió más avergonzada que nunca.

—No lo aceptaría —replicó—. ¡Menuda tontería!

—Me alegro de que piense así —siguió él—. Porque, evidentemente, no puedo proponerle nada… al menos todavía. No tendría nombre con el que firmar en la licencia ni en el acta matrimonial. Y es posible que ya esté casado.

Se había olvidado de esa posibilidad. Sintió que se le revolvía el estómago.

—No lo aceptaría nunca —reiteró con vehemencia—. Aunque descubra que no está casado cuando recupere su identidad. Ya he aceptado un compromiso matrimonial este año sin pensármelo mucho, señor Smith. No tengo intención de repetir la experiencia tan pronto.

—¿Y qué tiene pensado hacer? —preguntó él.

Se sentía en desventaja con él de pie. Estaba acostumbrada a mirarlo desde arriba. Incluso la noche anterior, mientras estaban… No, era mucho mejor no pensar en eso.

—No lo he decidido —contestó—. Quizá busque otro empleo.

—Supongo que necesitará una carta de referencia de lady Flatley —apostilló—. ¿Se la dará?

La pregunta hizo que torciera el gesto.

—Las damas quieren salir en busca del señor Crawley en cuanto regresen a Inglaterra —dijo—, siempre y cuando consigan el dinero suficiente para sufragar los gastos, claro está. He pensado en acompañarlas. No creo que sea fácil dar con él y hay muy pocas probabilidades de que puedan recuperar el dinero, pero me siento en la obligación de ayudarlas en la medida de lo posible.

—Esas damas no necesitan su ayuda, señorita York —le aseguró él—. Son mujeres curtidas por la vida. Sobrevivirán.

—Sí —convino al tiempo que se detenía en mitad del camino y se giraba para mirarlo echando chispas por los ojos—, por supuesto que lo harán. Sobrevivirán. Da igual que eso sea lo único que consigan, aunque nunca puedan ser libres ni felices ni tengan sus propios recursos. Al fin y al cabo, solo son prostitutas.

Lo escuchó suspirar.

—Lo único que quería decir es que usted no es responsable de ellas, de la misma manera que no es responsable de mí —le señaló—, ni yo lo soy de usted. En ocasiones debemos dejar simplemente que los demás tomen sus propias decisiones en la vida por mucho que nos duelan los resultados.

Lo miró con el ceño fruncido. Se había preparado para una buena discusión. Pero él no había mordido el anzuelo.

—Si le parece —prosiguió—, podríamos sentarnos antes de continuar con esta conversación. No me gustaría tropezar y caer a sus pies, dándole así una impresión equivocada.

Se adelantó hasta el banco, pero esperó a que él se sentara con cuidado y apoyara las muletas en el reposabrazos de hierro antes de tomar asiento en la otra punta. Ojalá fuera un poco más ancho.

—Hábleme de su tío —le pidió.

—Es el barón Weston de Chesbury Park, en Wiltshire —dijo—. Y poco más le puedo decir. Era el hermano de mi madre, pero la desheredó cuando se fugó a los diecisiete años para casarse con mi padre. Solo lo he visto una vez, después de la muerte de mi madre, cuando fue a Londres para asistir a su funeral y se quedó unos cuantos días.

—¿Es el único pariente vivo que le queda? —quiso saber.

—Hasta donde sé, sí —contestó.

—Tal vez debería recurrir a él —sugirió—. No creo que le diera la espalda, ¿no?

Giró la cabeza para mirarlo con incredulidad.

—Desde que tenía seis años solo he recibido noticias suyas dos veces —replicó—. Una cuando se negó a darme mis joyas al cumplir los dieciocho y otra cuando se las volví a pedir hace un año, después de la muerte de mi padre. En esa última ocasión me respondió que no me las daría, pero me invitó a vivir con él si estaba desamparada y se ofreció a buscarme marido.

—De modo que puede recurrir a él —musitó él.

—Si estuviera en mi lugar —repuso, enfadada de nuevo—, ¿recurriría usted a él, señor Smith? ¿Recurriría a alguien que cortó toda relación con su madre cuando se casó y que jamás se ha preocupado por usted salvo por un breve período de tiempo cuando tenía seis años? ¿A alguien que estaba tan ansioso por volver a verlo que lo invitó a vivir con él solo si se encontraba en una situación de desamparo y con la velada amenaza de casarlo con una persona de su elección si lo hacía? ¿Recurriría a esa persona?

Su cercanía era desconcertante. Sobre todo porque incluso sentada tenía que levantar el rostro para mirarlo a los ojos. Parecía un gigante a su lado; era mucho más grande e imponente de lo que le había parecido cuando estaba en la cama.

—Supongo que no —respondió—. Un simple «no» se queda corto. Seguramente le diría a ese malnacido que se fuera al diablo.

El comentario la sorprendió y escandalizó tanto que se echó a reír. Él esbozó una sonrisa torcida. Se percató de que le estaba mirando el hoyuelo, un rasgo físico que siempre le había parecido muy infantil.

—Hábleme de las joyas —le pidió él.

—Nunca las he visto —dijo al tiempo que desviaba la vista hacia el estanque—, pero sé que son muy valiosas. Mi abuela se las dejó a mi madre con la condición de que estuvieran en manos de mi tío hasta que se casara con alguien de su aprobación o cumpliera los veinticinco años. Aunque se casó sin el consentimiento de mi tío y murió a los veinticuatro años, debió de mantener algún tipo de contacto con él antes de su muerte. Me legó las joyas con las mismas condiciones.

—Tal vez las creyera más seguras con su tío que con su padre —aventuró.

La humillante posibilidad ya se le había ocurrido a ella mucho antes. Pobre papá, pensó, lo habría perdido todo en las mesas de juego y se habría echado a llorar por los remordimientos antes de volver a jugar con la esperanza de recuperarlo todo.

—Tal vez mi tío crea que están más seguras con él que conmigo —puntualizó—. Mi padre ya había muerto cuando se las pedí el año pasado. Y son mías. Si fuera un hombre, jamás se le habría ocurrido retener mi herencia al ser mayor de edad. Ojalá fuera mía en este momento. Les devolvería a mis amigas todo lo que han perdido para que pudieran hacer realidad su sueño. Eso las alegraría muchísimo. A mí también me alegraría.

Se mordió el labio inferior al sentir que se le llenaban los ojos de lágrimas.

—Pero existe un modo de echarle el guante a su herencia antes de tiempo, ¿verdad? —le preguntó.

La pregunta le arrancó una carcajada desdeñosa. Se giró para mirarlo y vio que él la observaba con expresión arrobada.

—Tendría que casarme —dijo.

Lo vio enarcar una ceja.

—Con la aprobación de mi tío —añadió.

La otra ceja también se alzó al tiempo que asomaba a sus ojos la misma expresión risueña con la que solía enfrentarse a las bromas de sus amigas.

—Señor Smith —dijo con voz cortante—, no podemos casarnos. Usted mismo lo ha dicho y, además, sería incapaz de casarme con el único propósito de heredar mis joyas.

—Admirable —musitó él con una sonrisa.

—De todas maneras, ¿cómo iba a conseguir su aprobación? —le preguntó—. Ni siquiera sabe cómo se llama.

De repente, comenzó a menear las cejas y el gesto le otorgó un aspecto juvenil, travieso… e increíblemente irresistible.

—¿Sabe lo que es una farsa, señorita York? ¿O debería llamarla Rachel? —le preguntó.

—¿Cómo dice? —Lo miró con ojos desorbitados.

—Fingiré ser su esposo —especificó él— e iré a Chesbury Park con usted para arrancar su fortuna de las garras de ese sinvergüenza avaro y sin corazón que tiene por tío. Después podrá hacer con ella lo que se le antoje, aunque le advierto que le costará la misma vida convencer a esas damas para que acepten un solo penique de usted.

—¡Pero si está deseando marcharse de aquí para encontrar su familia y su hogar! —exclamó.

Su reproche hizo que torciese el gesto y borró la alegría de sus ojos.

—Sí, tiene razón —reconoció—, pero no sabe lo que me aterra la idea. ¿Y si después de buscar no encuentro pistas sobre mi identidad? ¿Y si descubro una gran familia y un montón de amigos, totalmente desconocidos para mí? Eso sería muchísimo peor. ¿Se da cuenta de que es una idea aterradora? Quizá si pospongo el periplo en busca de mi personalidad, recupere la memoria sin más.

—Pero… —protestó mientras las ideas se arremolinaban en su cabeza hasta tal punto que le impedían pensar con claridad—, no puedo pedirle que haga eso por mí.

—No me lo ha pedido. —Volvió a sonreírle de nuevo y, de repente, ella sintió el impulso de extender la mano para acariciar su vibrante energía—. Yo me he ofrecido. Sálveme de la terrorífica experiencia de verme abocado a enfrentarme a lo desconocido, señorita York. Diga que sí.

Posiblemente habría un millón de razones para negarse a hacer algo así… Un millón como poco. Sin embargo, lo único que veía en esos momentos era la cara de Flossie cuando le entregara la cantidad exacta de dinero que le dio aquel día a Nigel Crawley con ella como sonriente testigo. Podía hacer realidad esa imagen. Además, no tenía por qué sentirse culpable por representar una farsa. Se trataba de su dinero, y el tío Richard se había comportado de una forma espantosa con ella. No le debía nada.

—Muy bien —dijo con una sonrisa.

Lo vio apoyar un brazo en el respaldo del banco sin que lo abandonara esa sonrisa de colegial travieso… que no acababa de encajar con su desconcertante apostura.

—Espero que no me salga con que tengo que clavar una rodilla en el suelo para declararme —comentó él—. Me temo que no sería capaz de levantarme.

9

*U*na hora después de volver del jardín, seguía despierto en la cama. Le dolían todos los huesos y articulaciones, y sospechaba que se le había hinchado ligeramente la pierna izquierda. Era desconcertante saberse tan débil, aunque al mismo tiempo se sentía satisfecho de poder moverse porque así podría comenzar a recuperar las fuerzas y la vitalidad.

Sin embargo, había descubierto que era un cobarde, y se preguntaba si lo habría sido siempre. Llevaba casi dos semanas deseando salir de la cama, deseando volver a ponerse en pie para salir de la casa y descubrir su dichosa identidad; sin embargo, llegado el momento de la verdad, se había dejado llevar por el pánico. Le había dicho la verdad a Rachel York.

Y, ¡por todos los santos!, en menudo berenjenal se había metido.

Lo único que pretendía era ayudarla. Hacer algo positivo por ella, por muy molesto que se hubiera sentido la noche anterior al descubrir que no lo había avisado de lo que estaba a punto de hacer, privándolo así de la oportunidad de dejar intacta su virginidad. Después de todo, le había salvado la vida. Tenía muy claro que habría muerto en el bosque de Soignes si ella no hubiera aparecido y le hubiera conseguido ayuda. Además, lo había cuidado toda una semana. Y se había encariñado con ella. Falso. Se había prendado de ella desde que abrió los ojos y la vio.

De modo que deseaba hacer algo por ella. La había invitado

a salir al jardín con la intención de averiguar algo sobre su tío y descubrir si era posible que pudiera irse a vivir con él. Su idea era ofrecerse a acompañarla hasta allí. No habría sido mucho en comparación con lo que había hecho por él, pero al menos habría sido un detalle.

Un detalle racional, sensato y honorable.

Además, había decidido que si descubría que era soltero, sabría adónde ir a buscarla para ofrecerle matrimonio tal como dictaba el honor.

¿Y qué había hecho en cambio?

Lo más curioso de todo era que el pánico que lo había invadido a lo largo del día se esfumó en cuanto hizo la proposición y fue sustituido por la euforia que provocaba un desafío imprudente.

¿Qué le decía eso de su carácter? ¿Tenía la costumbre de comportarse de ese modo? ¿Como un jovenzuelo de veinticinco años dispuesto a hacer cualquier locura? Si acaso tenía veinticinco años, claro estaba. Tal vez tuviera treinta.

Torció el gesto.

Ya era demasiado tarde para cambiar de opinión acerca de esa locura en concreto, aunque quisiera. Y no estaba seguro de quererlo. Iba a asumir una nueva identidad y una esposa en el proceso, a la que tendría que amar con locura. Porque definitivamente tenía que ser un matrimonio por amor. Debía convencer al barón Weston de su notable respetabilidad y firmeza de carácter.

Chasqueó la lengua. Un desafío era justo lo que necesitaba, y ese era de proporciones colosales. Se sentía… estaba seguro de que volvía a sentirse el mismo de siempre.

Aunque la idea volvió a sumergirlo en la melancolía. Cerró los ojos y los cubrió con el dorso de la mano.

Esperaba pasar el resto del día en la cama, o al menos en su dormitorio, pero el sargento Strickland apareció en el vano de la puerta a última hora de la tarde para informarle de que era la noche libre de las damas, quienes lo habían enviado para invitarlo a cenar con ellas si le apetecía.

—Aunque debo advertirle —añadió—, señor, de que yo también estoy invitado.

—Y tal vez no me parezca apropiado cenar con un sargento, ¿se refiere a eso? —le preguntó con las cejas enarcadas—. Strickland, ni siquiera sé qué posición ocupa mi verdadera identidad en el escalafón social, pero le aseguro que la identidad que le habla está encantada de cenar con un sargento… y con cuatro damas de la noche también.

Tener compañía le iría de perlas, decidió mientras el sargento lo ayudaba a ponerse la chaqueta y a peinarse al tiempo que él intentaba anudarse la corbata de forma medianamente decente. De repente, sus manos se detuvieron al caer en la cuenta, no sin cierto humor, de que alguien se quedaría horrorizado si lo viera de semejante guisa.

Sin embargo, pese a la firmeza de la idea, fue incapaz de hallar un rostro o un nombre.

¿Quién se quedaría horrorizado?

Por un momento creyó estar a punto de encontrar un nombre en el fondo de su mente. Como si un velo ocultara las profundidades de sus recuerdos y de súbito se viera agitado por una ráfaga de aire que amenazaba con apartarlo y dejar a la vista todo lo que había tras él.

Pero el obstinado velo siguió en su sitio.

Intentó dilucidar algo al menos. ¿Se trataba de un hombre o de una mujer? ¿Quién demonios cruzaba por su mente cuando estaba totalmente desprevenido?

Todos sus esfuerzos fueron en vano.

—¿Le duele, señor? —le preguntó el sargento.

—No, no me pasa nada —respondió.

En cuanto entró en el comedor pensó que el sargento debía de estar confundido acerca de la noche libre. Las damas iban de punta en blanco. Faldas de satén de brillantes colores, escotes que corrían el riesgo de dejarlo todo a la vista, corsés apretadísimos, complicados recogidos con tirabuzones, altísimos tocados de plumas, perfumes florales intensos y cosméticos faciales. La imagen le recordó su primera impresión al conocerlas. Saludó con una reverencia tan pronunciada y elegante como le permitieron las muletas.

—Sigo convencido de que he muerto y estoy en el cielo —les dijo.

Se percató de que el diminuto lunar negro con forma de corazón que Geraldine llevaba en ocasiones cerca de la boca descansaba esa noche sobre el pecho izquierdo.

Se habían arreglado para él, concluyó. Porque iba a cenar con ellas. Se habría echado a reír, pero no quería arriesgarse a ofenderlas. Les tenía muchísimo cariño.

Rachel York iba vestida igual que la noche anterior con la salvedad de su peinado, que en esa ocasión era un sencillo recogido. Su cabello brillaba como oro bruñido a la luz del candelabro emplazado en el centro de la mesa. Se reprendió mentalmente. Debía de haber perdido el uso de la razón al haberla tomado por una trabajadora más del burdel. Una vez caída la venda de los ojos, estaba clarísimo que era una dama intachable y elegante.

Todavía estaba molesto con ella; o tal vez consigo mismo por haber sido tan tonto.

Fue una cena extraña. No había criados, tal como había supuesto. Al parecer, Phyllis se encargaba de la cocina y, por suerte, era bastante buena en los fogones. Sin embargo, las cinco colaboraron a la hora de servir la comida, de llevar al comedor las bandejas con los platos calientes y de retirarlos después. La conversación fue amena e inteligente. Hablaron sobre Bruselas; sobre el contraste entre lo que había sido la ciudad unas cuantas semanas atrás, inmersa en los deslumbrantes eventos organizados por la aristocracia, y lo que era en esos momentos una vez que todos los visitantes se habían marchado. Hablaron sobre la guerra y sus consecuencias; sobre las probabilidades de conseguir la paz y la prosperidad para Europa después de haber atrapado de nuevo a Napoleón Bonaparte. Le pidieron al sargento Strickland su impresión acerca de la estrategia utilizada en la batalla. Hablaron sobre Londres, sus teatros y sus galerías de arte.

Rachel York, que se había mantenido muy callada durante toda la cena, habló por fin después de que hubieran dado buena cuenta del postre. Clavó la mirada en él y con un profuso rubor en las mejillas dijo:

—Creo que he dado con el modo de hacerme con mis joyas.

—Vas a dejarme trepar por la hiedra, ¿verdad? —le preguntó Geraldine.

—El señor Smith me acompañará a Chesbury Park —explicó— y fingirá ser mi marido. Conseguiremos que mi tío apruebe nuestro matrimonio y así me entregará la herencia. Después venderé un par de piezas e iremos en busca del señor Crawley, si aún queréis hacerlo, mientras el señor Smith va en busca de su familia y su hogar.

Se produjo un incomprensible alboroto cuando cuatro voces femeninas se alzaron al unísono. Fue Bridget quien ganó la batalla.

—Cariño, ¿va a fingir ser tu marido? —preguntó—. ¿Y por qué no se casa contigo de verdad?

—Bridge, si lo hace, me vestiré de luto riguroso —protestó Geraldine—, en solidaridad con el resto de las mujeres del mundo. El negro me favorece.

—¡Es una idea estupenda! —exclamó Flossie—. No sé cómo no se nos ha ocurrido antes. Seguro que funciona.

—No puede ser un matrimonio legítimo —les explicó ella—. El señor Smith ni siquiera recuerda quién es. Además, he decidido que si alguna vez me caso, será por amor. Fue una estupidez conformarme con menos cuando el señor Crawley me propuso matrimonio. Gracias a Dios que me percaté a tiempo del error.

—Será todo un éxito —dijo Phyllis, llevándose las manos al pecho—. En cuanto el barón lo mire, saldrá corriendo a por las joyas.

—Phyll, no creo que debamos dar por sentado que el barón va a caer rendido a los pies del señor Smith como nos sucedió a nosotras —le advirtió Flossie—. Tendrá que utilizar su encanto de un modo muy distinto, pero me atrevo a decir que estará a la altura de las circunstancias. Ese brillo picarón que tiene en los ojos me dice que le encantan estas situaciones y que bordará el papel.

—Además —añadió Geraldine—, tiene ese aire aristocrático

que huele a familia de abolengo, a dinero y a poder. ¡Ay, que se me sale el corazón! Rache, ¿crees que tu tío se lo tragará si me hago pasar por ti y finjo ser la señora Smith?

—Ni en sueños, Gerry —respondió Phyllis—. Pero ¿has visto lo romántico que es todo esto? Seguro que el señor Smith se enamora de Rachel y ella de él, y acaban casados, felices y comiendo perdices.

—No me sorprendería nada —le aseguró el sargento Strickland—, si me disculpa por expresar mi opinión aunque nadie la haya pedido, señorita. Y si usted me disculpa, señor. A veces me pierde la lengua.

La situación era tan cómica que le arrancó una sonrisa. La señorita York parecía muy incómoda.

—Pero antes de nada tenemos que idear una historia para el señor Smith —dijo Bridget, intentando poner orden—. Tenemos que inventarnos toda una vida y no dejar nada al azar. Después tendrá que aprendérsela de memoria, lo mismo que Rachel tendrá que aprenderse su parte.

Se sucedió un torrente de sugerencias, la mayoría descabelladas, por lo que las carcajadas fueron la tónica durante un rato. Entretanto, él se mantuvo en silencio, pero acabó alzando la mano para llamar la atención de los presentes.

—Me niego a ser un deshollinador que acaba de descubrir que es un príncipe —dijo— o un duque que resulta ser el hijo ilegítimo del rey y su amante preferida, aunque reconozco que las dos sugerencias son brillantes y muy tentadoras. Tal vez me decida por un baronet con una propiedad en el norte de Inglaterra. Aunque creo que sería mejor que fuéramos la señorita York y yo quienes decidiéramos los detalles y después los expusiéramos para pediros opinión.

—¡La señorita York! —exclamó Phyllis—. ¡A partir de este momento debes llamarla Rachel! Y ella debe llamarte Jonathan. A menos que te decidas por el nombre de Orlando, tal como he sugerido hace un momento, que es muchísimo más romántico.

—Nos queda una botella de vino —dijo Flossie—. Está en la despensa, debajo de la última balda de la estantería, en el suelo.

¿Puedes ir a por ella, William? La teníamos reservada para una ocasión especial y creo que ya ha llegado. Debemos celebrar un matrimonio ficticio.

Se percató de que Rachel York estaba abrumada cuando llegó el momento de los brindis, como si realmente estuvieran celebrando su boda. Los demás, en cambio, parecían rebosantes de alegría.

Sin embargo, lo que hasta entonces era un plan descabellado estaba a punto de transformarse en una locura en toda regla.

—Señor, no puede usted aparecer en la puerta del barón sin un ayuda de cámara —le dijo el sargento Strickland, que acababa de dejar la copa vacía en la mesa —. No puede decirse que sea la mejor opción como ayuda de cámara, sobre todo por mi corpulencia, mi brusquedad al hablar y mi pasado militar, pero menos da una piedra. Iré con usted. No hace falta que se preocupe por la falta de salario. Como ya le he dicho, tengo lo suficiente para pagarme el pasaje a Inglaterra y cubrir mis necesidades durante un mes más o menos, así que esto me dará la oportunidad de hacer algo mientras me centro, por decirlo de algún modo.

Lo miró con las cejas enarcadas. El tipo estaba en lo cierto. ¿Qué impresión iba a causar si aparecía en Chesbury Park como marido de Rachel sin un ayuda de cámara? Sin dinero, ni equipaje. A decir verdad, solo tenía lo que llevaba puesto. De repente, comprendió que debían trazar planes muy detallados antes de partir hacia Wiltshire.

No obstante, Bridget tomó la palabra antes de que pudiera darle una respuesta al sargento.

—Además, Rachel no puede llegar con la única compañía del señor Smith —señaló—, aunque supuestamente esté casada con él. Al fin y al cabo, el matrimonio es muy reciente y debemos darle al barón Weston la impresión de que ha contado con la compañía de una dama decente en Bruselas. Yo seré tu dama de compañía, cariño. Que no se nos olvide que, puesto que no están realmente casados, no sería adecuado que viajaran juntos sin carabina.

—Pero, Bridge —apostilló Flossie—, con ese pelo el barón Weston sabrá que eres una puta aunque esté ciego.

—Puedo teñirlo —afirmó—. Me lo teñiré de mi color natural. Un bonito y respetable castaño claro.

—Sin embargo, Bridget —intervino Geraldine—, no podemos dejar que seas tú la única que se divierta. Si te tomas unas vacaciones durante unas semanas, no veo por qué las demás no podemos hacer lo mismo. Por mi parte, no tengo ni pizca de ganas de volver a trabajar en Londres antes de haberle dado su merecido a esa sabandija de Crawley y no podremos hacerlo hasta que alguna de las chicas nos dé una pista sobre su paradero, ¿verdad? Si vamos a pasarnos ese tiempo mirando a las musarañas, bien podríamos divertirnos un poco. Ya me imagino en el papel de doncella de una dama. Se me da bien eso de arreglar el pelo, todas me lo habéis dicho, y también lo de escoger las prendas que mejor os sientan. Iré con vosotros en el papel de tu doncella, Rachel. Sería extraño que no tuvieras una. Con suerte, me encontraré con que la servidumbre del barón Weston está plagada de altos y guapos lacayos, de mozos de cuadra apuestos y fuertes, y de jardineros guapos y bronceados. Pero no te preocupes porque te haga quedar mal. Sé cómo portarme con decoro cuando la ocasión lo requiere.

Sentado al otro lado de la mesa, dividido entre la risa y la consternación, Alleyne se preguntó si Rachel también sentiría que la situación se le escapaba de las manos. A tenor de su silencio, eso era justo lo que estaba pensando.

—Y nosotras ¿qué? —preguntó Phyllis con voz ofendida—. ¿Qué vamos a hacer Flossie y yo mientras vosotras dos os divertís en Chesbury Park?

—¡Por Dios, Phyll, utiliza la imaginación! —exclamó Flossie, parpadeando de forma exagerada al tiempo que se llevaba una mano a sus tirabuzones rubios en un gesto de lo más coqueto—. Damas y caballeros, les presento a la señora Flora Streat, respetable y respetada viuda del difunto capitán Streat, y buena amiga de la señorita Rachel York, a quien vio salir de su casa para contraer matrimonio. Y tú, preciosa —añadió, sonriendo a Phyllis con elegancia—, eres mi querida cuñada si no me equivoco. La hermana de mi difunto marido, casada con el capitán Leavey quien, en estos momentos, se encuentra de servicio en París.

—¡Floss, no me lo puedo creer! —replicó Phyllis tras apurar su copa de vino—. ¿Es que tienes problemas para reconocer a tu cuñada, después de haber partido juntas de Inglaterra adonde volveremos también juntas?

—Pasando por Wiltshire antes de regresar a casa —prosiguió Flossie—, porque queremos acompañar a nuestra querida amiga, la flamante lady Smith, y a su marido a Chesbury Park.

—¡Vaya por Dios! —protestó Geraldine—. Ahora me arrepiento de haberme condenado yo solita a la cocina. Aunque tal vez no. Al menos tendré a todos esos lacayos, mozos de cuadra y jardineros para mí cuando no esté cepillándole el pelo a Rachel. Y podré cotillear con Will.

En ese momento Alleyne decidió carraspear y los cuatro tocados de plumas se agitaron en el aire cuando las damas giraron la cabeza para mirarlo.

—No obstante, debemos tener presente que esto no es una broma —les recordó—. Lo principal es conseguir que la señorita York… que Rachel y yo le demos una impresión lo bastante buena a su tío como para que le entregue lo que de todos modos sería suyo al cumplir los veinticinco años.

Eso hizo que recobraran la seriedad al punto y lo miraran expectantes.

—Pero también puede ser divertido —replicó Geraldine tras un breve silencio.

Y la alegre cháchara comenzó de nuevo.

—De todas formas, tendremos que esperar al menos una semana o un poco más antes de marcharnos —dijo Rachel, hablando por fin—. Hasta que el señor Smith se sienta un poco más fuerte y el sargento Strickland se haya librado de las vendas.

—Se llama Jonathan, Rachel —le recordó Phyllis—. Tendrás que empezar a llamarlo Jonathan. U Orlando. ¿Le veis pinta de llamarse Orlando?

—He conseguido un parche para el ojo —anunció el sargento—. Pero no me lo he puesto todavía porque los cardenales no han desaparecido. No quiero asustar a las damas.

—Pues yo creo, Will, que te sentará divinamente con cardenales o sin ellos —replicó Phyllis—. Siempre que no haya sangre, claro está.

—No hace falta que retrasemos los planes por mi culpa —les aseguró él—. Cuanto antes comencemos con la farsa, mejor.

Así que él, un hombre sin dinero, sin identidad y sin posesiones, estaba destinado a viajar a Inglaterra con una esposa ficticia, rodeado de un séquito compuesto por un ex militar con pinta de pirata como su ayuda de cámara y cuatro prostitutas despampanantes en el papel de damas de compañía y sirvientas. Por si eso fuera poco, su objetivo al viajar al país no era otro que el de arrebatarle a un caballero respetable una fortuna en joyas.

Y todo había comenzado con la impulsiva sugerencia que había hecho esa tarde en el jardín.

—Le duele la pierna, señor Smith —le dijo Rachel de repente—, y se cae de cansancio. Seguro que se ha excedido hoy y ya no puede más. Mañana tendrá que ser más cuidadoso.

Estaba en lo cierto, por supuesto. Llevaba ya un rato sin querer hacerle caso a los síntomas, aunque no sabía cómo se las había apañado para seguir erguido en la silla a esas alturas. El dolor pulsante de la pierna no le daba tregua y comenzaba a sentir un dolor de cabeza en un punto situado tras los ojos.

La vio ponerse en pie.

—Vamos —le dijo—, lo llevaré a su habitación.

Sus palabras le hicieron enarcar las cejas. ¿Que iba a llevarlo a su habitación? ¿Como si no pudiera llegar solo? Decidió no rechistar.

—Sí, acompáñalo, Rache —le dijo Geraldine—. Y arrópalo para que no pase frío esta noche.

—Pero a ver si se te va a ocurrir meterte en la cama con él, ¿eh? —soltó Flossie—. Te recuerdo que este es un establecimiento respetable y que tu matrimonio es ficticio.

—Y no te quedes mucho tiempo, cariño —añadió Bridget, como si su antigua pupila no hubiera pasado días enteros en su habitación durante las últimas dos semanas—. Deja la puerta entreabierta.

—¡Ay, cómo me gustan las historias románticas! —exclamó Phyllis con un suspiro—. Aunque sean de mentirijilla.

—Hay algo cierto sobre las mentiras —le dijo Alleyne a Rachel cuando salieron del comedor y se cercioró de que no los oían—. En cuanto se sueltan, crecen como la espuma. ¿Estás preocupada por lo que acabas de escuchar ahí dentro?

—Estoy preocupada por todo lo que llevo escuchando desde esta tarde —le contestó ella mientras cerraba la puerta de su dormitorio, aunque no echó la llave—. Pero no voy a ponerle trabas a nadie. Gracias a su ayuda podré hacerlas felices, y necesitan alejarse un tiempo de la vida que han llevado estos últimos años. A pesar de lo que pueda parecer, no son personas vulgares. Son mis amigas, señor Smith. Y aunque acaben por descubrirlas, o acaben por descubrirlo a usted, ¿qué más da? No puedo acabar peor de lo que ya estoy, ¿verdad? Mi tío no podrá negarme la herencia que me corresponde una vez que cumpla los veinticinco.

—Deberíamos seguir los consejos que nos han dado —repuso—. Será mejor que me llames Jonathan y yo voy a llamarte Rachel de ahora en adelante. Supuestamente vamos a estar enamoradísimos y no vamos a ser la clase de pareja que se trata de usted.

Ella lo miró ceñuda.

—Muy bien, de acuerdo —cedió—. Pero debemos dejar una cosa clara desde el principio, señor… Jonathan. Lo de anoche no puede repetirse y no va a haber ningún coqueteo; por ninguna de las dos partes. Es posible que estés casado pero, aunque no fuera así, no te gustaría acabar cargando con una esposa antes incluso de haber recuperado tu vida normal. Además, no estoy por la labor de casarme. Aunque lo estuviera cuando conocí al señor Crawley, desde que me libré de él me he dado cuenta de que valoro mucho mi independencia, demasiado como para renunciar a ella sin un motivo de peso.

—Por no mencionar —añadió para no ser menos— que anoche nos decepcionamos mutuamente.

—Sí... eso —convino ella, que incluso tuvo la delicadeza de ruborizarse.

—A pesar de las muestras de cariño que nos veremos obligados a hacer delante de otras personas, no habrá nada entre nosotros en el ámbito privado —acordó mientras Rachel desviaba la mirada.

Descubrió que se lo estaba pasando en grande, y eso que estaba muerto de cansancio y que le dolían hasta las pestañas.

Se sentó en el borde de la cama, apoyó las muletas en el cabecero y alzó una mano para detenerla antes de que acudiera presta a ayudarlo.

—Rachel —le dijo—, ya no hace falta que estés a mi entera disposición para complacer mis necesidades... A decir verdad, me quedaría muchísimo más tranquilo si a partir de este momento te mantuvieras alejada de mí.

Sus palabras la dejaron sin respiración.

—Muy bien. En ese caso —replicó—, le diré al sargento Strickland que suba.

Y con eso dio media vuelta y salió sin decir ni media palabra más. Desde luego que no era una prostituta, sino una inocente de pies a cabeza. Ni siquiera había entendido lo que le había dejado caer. Había supuesto que no soportaba que lo tocara. Y estaba en lo cierto, pero no por las razones que seguramente se estaba imaginando.

Seguía molesto con ella y admitía que tal vez su sentido común lo hubiera abandonado a tenor de los acontecimientos del día... No, se corrigió, no había «tal vez» que valiera. Pero no estaba muerto. Y Rachel seguía siendo la criatura más hermosa y seductora que había visto en la vida.

Ya era demasiado tarde, pero acababa de comprender que trazar un plan que lo mantuviera cerca de ella (muy cerca, en realidad) era quizá la estupidez más grande del mundo. Y se quedaba corto...

¿Quién iba a pensar que una caída del caballo podría causar semejante caos en la vida de un hombre?

Intentaba levantar la pierna izquierda para subirla a la cama cuando el sargento Strickland llegó para ayudarlo.

—Ha hecho lo correcto, señor, y le pido disculpas por expresar mi opinión a pesar de no habérmela pedido —dijo el hombre mientras le quitaba la chaqueta y le colocaba las piernas sobre la cama.

—Gracias, Strickland —replicó—. Pero como sospecho que está acostumbrado a dar su opinión se la pidan o no, no es necesario que se disculpe cada vez que lo haga.

—Se lo agradezco, señor —repuso el sargento, que en ese momento le estaba quitando los pantalones—. Se le ha aflojado la venda. ¿Quiere que vuelva a colocársela?

—Sí, por favor —respondió—. Supongo que le ha quedado claro que mi matrimonio con la señorita York será totalmente ficticio, ¿verdad?

—Lo que me ha quedado claro es que se ha comprometido a actuar como marido y protector de la dama, señor —contestó Strickland—, sin importar si el matrimonio es o no ficticio. Y puesto que es un caballero y un caballero jamás rehúye una relación de semejante naturaleza a menos que la dama le ponga fin, no creo que haya nada ficticio en el asunto. Ha hecho usted lo correcto y lo honorable después del dolor de cabeza que la obligó anoche a quitarse las horquillas mientras le hacía compañía. El siguiente paso le corresponde a ella, ¿no le parece? Tendrá que decidir si quiere que el matrimonio sea real o ficticio. Evidentemente, me refiero a cuando recobre usted la memoria y descubra si es o no un hombre casado.

—Gracias, sargento —replicó con brusquedad y, mientras su nuevo ayuda de cámara le quitaba la venda y la enrollaba para volver a colocársela, se percató de que la herida estaba sanando con rapidez aunque todavía tuviera la pierna hinchada y el dolor no hubiera desaparecido—. Me hacía falta ese rapapolvo sobre mis obligaciones como caballero.

—No, señor, no le hacía falta —lo corrigió el hombre—. Pero es que yo tengo la lengua muy larga. No hay señal de putrefacción en la herida, ¿ve? En un par de semanas estará usted como nuevo, aunque seguro que las heridas internas son más graves que las externas.

Sus palabras le hicieron mirarlo de forma pensativa mientras se enderezaba, una vez completada su labor.

—Strickland, ¿estaría usted dispuesto a prestarme la mitad de su dinero? —le preguntó.

El sargento cuadró los hombros y le contestó sin titubear:

—He estado pensando cómo podría ofrecerle dinero, aunque no sea mucho, sin ofenderlo, señor. Un caballero debe disponer de fondos, ¿no? No estaría bien que esperase que las damas aflojaran el bolsillo cada vez que le apetezca refrescarse el gaznate con una cerveza. Y no hace falta que lo considere un préstamo. Es un regalo de mi parte. Tengo de sobra.

—Aun así, será un préstamo —insistió con firmeza—. Y espero devolvérselo pronto. ¿Qué sabe de Bruselas? ¿Estaba destinado en la ciudad antes de la batalla de Waterloo? ¿Conoce algún establecimiento donde se acepten apuestas fuertes? Aparte de este, por supuesto.

—¿Juegos de cartas? —preguntó Strickland a su vez mientras lo ayudaba a despojarse del resto de la ropa y le ponía la camisa de dormir—. Conozco un par de sitios, sí, pero no suelen frecuentarlo los de su clase, señor.

—No importa —le aseguró. Aunque apetecible en cierto modo, la posibilidad de que pudieran reconocerlo si pisaba algún establecimiento frecuentado por la clase alta podría complicar mucho las cosas después de haber accedido a acompañar a Rachel York a Inglaterra—. El que usted elija estará bien.

—¿Va a jugar, señor? —quiso saber el sargento, que en esos momentos le estaba colocando un almohadón bajo la rodilla izquierda, lo cual alivió el dolor de inmediato—. ¿Está seguro de que recuerda las reglas?

—La pérdida de memoria es algo extraño —respondió—. O, al menos, la mía lo es. Creo recordarlo todo salvo los detalles concernientes a mi identidad.

—¿Tenía suerte con las cartas, señor? —volvió a preguntar Strickland.

—No tengo la menor idea —contestó—. Pero así lo espero. Si no, el matrimonio que aparecerá a las puertas de Chesbury

Park dentro de unos días será tan pobre como las ratas. Y estaré endeudado de forma vergonzosa con usted además de con las damas que me han atendido.

—La suerte le ha sonreído en el amor —comentó el hombre con voz alegre, decidido al parecer a creer que el matrimonio acabaría siendo de verdad y encima contraído por amor—. Lo tomaremos como un buen presagio, señor. Preguntaré por ahí cuál es el mejor establecimiento. Puede que las cosas hayan cambiado un poco después de la batalla. Si me lo permite, lo acompañaré, señor. Para echarle un ojo en caso de que alguien quiera pasarse de la raya, cosa que no espero ni por asomo. Y también para probar suerte.

—Trato hecho —accedió—. ¿Tan temprano me va a dejar usted en la oscuridad para que duerma?

Strickland estaba apagando las velas antes de marcharse.

—Está cansado, señor —dijo, a modo de respuesta—. No hacía falta que la señorita York me lo dijera, porque salta a la vista.

Cansado y atrapado en una cama en la oscuridad, a una hora en la que suponía que la mayoría de sus pares se disponía a salir de juerga, pensó. Ojalá pudiera recordar una sola noche en la que él hubiera hecho lo mismo. Ojalá pudiera apartar ese tupido velo y recobrar algún recuerdo. Uno solo. Porque estaba seguro de que tras él, los demás acudirían en tropel.

Sin embargo, la carencia de recuerdos con los que distraerse para conciliar el sueño lo llevó a rememorar las últimas horas.

Y al cabo de unos instantes estaba riéndose entre dientes.

10

*R*achel no se creía capaz de reconocer a su tío cuando volviera a encontrarse con él. No lo había visto desde que tenía seis años. En aquella época le había parecido alto, fuerte y musculoso, noble y simpático. Sin embargo, sus impresiones no tardaron en agriarse.

Aunque llevaba una hora sin llover, el carruaje dio una sacudida a causa de un bache lleno de barro y el movimiento hizo que una de sus rodillas rozara la de Jonathan Smith, que estaba sentado enfrente. Por suerte, era la rodilla de su pierna sana, si bien la otra se había curado con bastante rapidez a lo largo de las dos semanas y media que llevaba utilizando las muletas. Ya podía apoyar un poco de peso sobre esa pierna, aunque aún utilizaba un bastón para caminar.

Se apresuró a apartar la pierna y sus ojos se encontraron antes de que desviara la vista para aparentar que estaba interesada en el paisaje que se veía al otro lado de la ventanilla. Ambos habían cumplido a rajatabla el pacto que acordaron después de que le sugiriera esa farsa. Apenas se habían tocado, apenas se habían quedado a solas, apenas habían mantenido una conversación privada.

De resultas, en lugar de encontrarse más cómoda en su presencia, era todo lo contrario. Aún no daba crédito a lo ocurrido aquella dichosa noche. Le resultaba imposible. Debía de haberlo soñado. Pero, cada vez que llegaba a esa conclusión, acudían a su mente una serie de imágenes increíblemente detalladas de sí misma, de él, de los dos… y le entraban ganas de tirarse de cabeza al pozo más cercano para esconderse y refrescarse.

El hecho de que él estuviera cada día más fuerte, más saludable, más atractivo, más masculino y más… ¡más de todo!, tampoco ayudaba mucho.

Jamás de los jamases habría imaginado que su vida tomaría semejante rumbo, pensó al tiempo que se aferraba al asidero de cuero que tenía sobre el hombro cuando el carruaje dio otra sacudida. Era demasiado raro.

La sacudida espabiló a Bridget, que se había quedado dormida. Se enderezó y se colocó bien el bonete.

—Casi me quedo dormida —soltó.

—Me encanta tu nuevo aspecto, Bridget —le dijo.

—Eso es porque parezco una respetable mujer casada, cariño —adujo la aludida con sorna.

—No, es porque vuelves a parecerte a mi querida niñera —la corrigió, dándole un apretón en el brazo.

Flossie, Phyllis y Geraldine viajaban en el carruaje que los seguía, con el sargento Strickland. Las cuatro damas habían abandonado su escandalosa vestimenta antes de dejar Bruselas y lucían unos atuendos que casi resultaban cómicos por su respetabilidad. Bridget, con el rostro lavado y el cabello de un castaño sospechosamente uniforme, había recuperado su antigua apariencia. También parecía más joven, aunque jamás lo habría admitido.

Jonathan también parecía más apuesto y elegante de lo que debiera. Su nuevo guardarropa era muy caro. Tenía dinero.

Aunque no sabía a ciencia cierta cómo lo había conseguido, tampoco hacía falta ser un genio para adivinarlo. Había salido un par de veces con el sargento Strickland, y en la segunda ocasión regresó con un baúl lleno de ropa nueva, unas botas y un bastón… y también con cantidades ingentes de comida para la casa. Se había pagado el pasaje de vuelta a Inglaterra y también le había pagado el suyo, aunque tenía toda la intención de devolverle el dinero en cuanto tomara posesión de sus joyas y vendiera unas cuantas piezas. También había corrido por su cuenta el alquiler de los caballos una vez que pisaron suelo inglés.

Si en su otra vida fue un jugador, estaba claro que no había perdido su habilidad. Debía de haber ganado una fortuna.

No obstante, si había alguien a quien despreciara por encima de cualquier cosa era a los jugadores. Su padre lo había sido. Menos mal que no se había encaprichado de Jonathan Smith y que su matrimonio no era real. Los jugadores no eran maridos responsables ni personas de las que se pudiera depender… Y eso era un eufemismo como una catedral. Había momentos de abundancia y extravagantes caprichos, pero también semanas, meses e incluso años de pobreza extrema y de deudas asfixiantes.

Para colmo, tenía otros defectos. ¿A qué otro caballero se le habría ocurrido un plan semejante y lo habría llevado a cabo? ¿Quién lo habría puesto en marcha con tanto entusiasmo? Habían pasado horas discutiendo los detalles con él y siempre había dado muestras de estar disfrutando de lo lindo.

Sus ojos ya eran bastante bonitos de por sí, pensó con resentimiento, sin necesidad de que los iluminara ese brillo pícaro y travieso que aparecía tan a menudo. En ese momento los miró y descubrió que estaban clavados en ella.

—Pronto llegaremos —lo escuchó decir.

Durante el último cambio de caballos les habían asegurado que no haría falta ninguno más. Deseó por un momento encontrarse en cualquier lugar del mundo menos allí, en las inmediaciones de Chesbury Park. Sentía un terrible nudo en el estómago y el pánico la consumía por momentos.

¿Qué narices estaba haciendo?

Reclamar lo que era suyo, lo que su madre le había legado, simple y llanamente. De todos modos, ya era tarde para cambiar de planes, aunque a juzgar por la expresión con la que Jonathan la estaba mirando sospechaba que él sabía que estaba a punto de hacer precisamente eso. La miraba con expresión risueña. Y eso también la irritaba. ¿Cómo era posible que sus ojos se rieran de ella mientras mantenía el rostro impasible? Seguro que era consciente de lo atractivo que estaba con esa expresión.

—¿Te suena este lugar? —le preguntó.

—Es Inglaterra —respondió él, encogiéndose de hombros—. No he olvidado el país, Rachel, solo el lugar que ocupo en él.

Apenas prestó atención a su respuesta. El carruaje acababa de dejar atrás una verja de hierro forjado, momento en el que se dio cuenta de que habían llegado a Chesbury Park.

Más allá de la verja discurría un camino de gravilla que atravesaba una arboleda de robles y castaños. Todo le parecía enorme y grandioso. La audacia del plan que habían tramado volvió a dejarla perpleja.

A partir de ese momento vislumbró entre los árboles breves retazos de una imponente mansión de piedra gris, mucho más grande de lo que había esperado. ¿Allí había crecido su madre? ¿Ese era su hogar? Alrededor de la mansión se extendían inmensos prados salpicados de árboles, según comprobó cada vez que la arboleda se lo permitía, y también vio un enorme lago más allá de los establos. Además de un extenso jardín con flores paralelo a la fachada principal de la mansión.

Cuando el carruaje llegó a la altura del lago y tomó la curva cerrada que dejaba atrás el establo y conducía a la terraza que separaba la mansión del parterre, se percató de que tal vez su tío no se encontrara en casa.

¡Menuda decepción se llevarían todos! Ojalá sucediera, deseó. Claro que de ese modo se quedarían tirados en mitad de Wiltshire sin un penique y sin un plan alternativo.

Jonathan se había inclinado hacia delante para colocarle una mano en la rodilla.

—Tranquila —le dijo—. Todo saldrá bien.

Lo único que consiguió fue que diera un respingo por el contacto y que se sintiera de lo más intranquila.

El carruaje se detuvo al pie de una amplia escalinata de piedra que conducía a una enorme puerta de doble hoja. Estaba cerrada a cal y canto y nadie salió a averiguar la identidad de los viajeros que acaban de llegar en dos carruajes desconocidos. Tampoco apareció ningún mozo de cuadra desde los establos. El cochero saltó desde el pescante, abrió la portezuela y bajó los escalones. El cálido aire estival inundó el interior del carruaje, que estaba bastante cargado. Jonathan descendió con cuidado y después la ayudó a apearse, apoyándose en el bastón.

Los demás también estaban bajando del otro carruaje, según comprobó. Geraldine y el sargento Strickland se quedaron junto al vehículo. A pesar del anodino vestido gris, de la capa y de la voluminosa cofia que llevaba bajo el bonete, su amiga seguía teniendo el aspecto de una voluptuosa actriz italiana. Un aspecto que otras criadas odiarían a primera vista y que provocaría más de una pelea entre sus colegas masculinos. El sargento Strickland, con un parche negro sobre la cuenca vacía y el rostro cubierto de cardenales cuyos tonos iban del amarillento al grisáceo, parecía un feroz pirata tal como Geraldine había predicho.

Las otras dos ocupantes del segundo carruaje caminaron por la terraza mientras Jonathan ayudaba a Bridget a descender. Phyllis tenía el aspecto de una mujer agradable y sencilla que no había tenido un pensamiento pecaminoso en la vida. Flossie, con el cabello rubio recogido bajo un bonete negro y embutida en un vestido del mismo color, presentaba una imagen frágil, atractiva y tan respetable como la de la esposa de cualquier párroco.

—No acabo de acostumbrarme a mirarte el pelo sin tener que entrecerrar los ojos, Bridget —dijo Phyllis.

—Pellízcate las mejillas, Rachel —le aconsejó Flossie—. Pareces un fantasma.

Jonathan volvió a sorprenderla al cogerle la mano para colocársela en el brazo. Cuando lo miró, vio que la observaba con manifiesta adoración.

—Que empiece el juego —lo escuchó decir.

—Sí —respondió con una sonrisa deslumbrante.

La ayudó a subir los escalones de la entrada y llamó a la puerta con el mango del bastón. Pasó un minuto, o eso les pareció, antes de que un anciano abriera y los mirara a todos como si tuvieran dos cabezas.

—La señora Streat, la señora Leavey, la señorita Clover y sir Jonathan con lady Smith, de soltera York, para ver al barón Weston —dijo Jonathan con voz brusca al tiempo que le tendía al anciano una tarjeta—. ¿Se encuentra en casa?

—Voy a ver, señor —fue la evasiva respuesta del criado, aunque se hizo a un lado para dejarlos pasar.

¡Jonathan se había acordado hasta de las tarjetas de visita!

Desde el suelo ajedrezado del vestíbulo se alzaban hileras de altas columnas estriadas para soportar el peso del piso superior. El techo era dorado y estaba decorado con lo que parecían ángeles. Varios bustos de mármol sobre sus correspondientes pedestales los miraban desde las hornacinas con expresiones severas. Una amplia escalinata se alzaba justo enfrente de la puerta y se dividía en dos tramos al llegar al descansillo, desde donde ascendían en curva. Sobre ella colgaba una enorme araña.

Era un vestíbulo diseñado para asombrar al visitante, pensó. Y con ella lo había conseguido.

El criado desapareció escaleras arriba.

Siempre había imaginado que Chesbury Park sería una casa de considerable tamaño, rodeada de jardines, pero no esperaba que fuera una gran mansión ni que estuviera rodeada por una inmensa propiedad. Por primera vez comprendió la magnitud del desafío de su madre cuando se casó en contra de la voluntad del tío Richard. Había cambiado todo eso por los oscuros y destartalados alojamientos que solían alquilar en Londres.

—Es enorme —murmuró Phyllis.

Todos estaban mirando a su alrededor con los ojos desorbitados, salvo Jonathan, se percató. En su rostro atisbó cierto interés, pero parecía estar como pez en el agua. ¿Quería decir que estaba acostumbrado a semejante esplendor?

Al cabo de lo que le pareció una eternidad, el criado regresó y les pidió que lo acompañaran. Los guió por el tramo izquierdo de la escalinata hasta el segundo descansillo, desde donde partían dos amplios pasillos. Sin embargo, no enfilaron ninguno, sino que los condujo a toda prisa hacia la puerta que tenían justo delante y que daba a un salón. Las paredes, revestidas con brocado color burdeos, estaban repletas de retratos y paisajes con marcos dorados. El techo abovedado estaba decorado con escenas procedentes de la mitología griega, y los enormes ventanales lucían cortinas de lujoso terciopelo. Una alfombra persa cubría casi todo el suelo, y las piezas del mobiliario, todas ellas doradas y voluminosas, estaban distribuidas en pequeños grupos, si bien el principal se hallaba delante de la enorme chimenea de mármol tallado.

De espaldas a la chimenea había un caballero. No era muy mayor, aunque a primera vista daba esa impresión. Era delgado, con el pelo veteado de gris (de hecho, ese parecía ser el color predominante en su persona, porque tenía hasta la piel grisácea) y los hombros encorvados. Sin embargo, aunque hubiera estado erguido, su altura no habría sobrepasado la media. Llevaba dieciséis años sin ver a su tío, de modo que lo estudió con detenimiento. No se parecía en nada al hombre que recordaba. ¿Sería el mismo?

Unos ojos penetrantes situados bajo unas cejas pobladas y canosas la observaron mientras se adelantaba y le hacía una reverencia formal. Lo reconoció en ese momento. Recordaba esos ojos, que siempre la habían mirado directamente. Pocos adultos miraban a los niños de verdad.

—¿Tío Richard? —Se preguntó si debería acortar la distancia que los separaba y darle un beso en la mejilla, pero había dudado demasiado y ya le fue imposible hacerlo. Además, ese hombre era un extraño para ella aunque fuera su único pariente conocido.

—¿Rachel? —Correspondió, con las manos a la espalda mientras inclinaba la cabeza de forma elegante, pero fría—. Te pareces a tu madre. Así que te has casado, ¿no?

—Sí —contestó—. La semana pasada en Bruselas, donde estaba desde antes de la batalla de Waterloo. —Giró la cabeza y esbozó una sonrisa radiante cuando Jonathan se colocó a su lado—. ¿Me permites que te presente a sir Jonathan Smith, tío? Jonathan, este es el barón Weston.

Se saludaron con un gesto de cabeza.

—Antes de contraer matrimonio vivía con unas buenas amigas —siguió explicando— y puesto que también tenían planeado regresar a Inglaterra esta semana, han sido tan amables de acompañarnos hasta aquí. Tengo el placer de presentarte a la señora Streat, a su cuñada, la señora Leavey, y a la señorita Clover, que tuvo la amabilidad de ser mi carabina cuando dejé mi empleo con lady Flatley.

La presentación fue seguida por los saludos y reverencias de rigor.

—Phyllis y yo insistimos en acompañar a nuestra querida amiga hasta su puerta antes de seguir nuestro camino —explicó Flossie—. Evidentemente era de lo más innecesario puesto que se ha casado con sir Jonathan y cuenta con la compañía de nuestra querida Bridget. ¡Pero es que la queremos muchísimo! —De algún modo, se las compuso para parecer hermosa y agotada al mismo tiempo, como si el viaje hubiera sido un noble sacrificio y un calvario a la vez.

—Le aseguramos a nuestra querida Rachel que usted se enfadaría con nosotras si la abandonábamos en cuanto llegáramos a Inglaterra —añadió Phyllis con una sonrisa amable, como si fuera una reina rebajándose a hablar con un plebeyo—. Aunque estoy segura de que no se habría enfadado demasiado, ya que ahora es una dama casada. Aún no damos crédito, ¿no es así, Floss… Flora? Fue un cortejo vertiginoso y una boda muy emotiva.

—Por favor, señoras, siéntense —sugirió su tío—. Y usted también, Smith. El té llegará enseguida. Ordenaré que les preparen las habitaciones. Nadie se irá de aquí sin haber descansado como es debido.

—Es usted muy amable, milord —dijo Flossie—. Me temo que no soporto demasiado bien los viajes y confieso que estoy exhausta tras varios días de camino.

—Y yo sufro de unas arcadas espantosas cada vez que me separa un simple tabloncito de madera de las profundidades marinas —afirmó Phyllis—. Supongo que «vómito» sería una palabra menos vulgar, ¿no? Me temo que soy famosa por hablar sin tapujos, ¿no es así, Flora?

Rachel se sentó en un diván y Jonathan lo hizo a su lado. Sus miradas se encontraron. El ligero malestar que expresaban sus ojos contrastaba con el velado humor que asomaba a los de su supuesto esposo, aunque hasta el momento hubiera interpretado a la perfección el papel de digno caballero. Deseó que Flossie y Phyllis no hablaran demasiado.

Sus pensamientos no tardaron en regresar a su tío. Lo observó con preocupación. ¿Ese era el mismo hombre alto, fuerte y jovial que recordaba de su niñez? Aun considerando el hecho de que era muy pequeña por aquel entonces y de que lo había mirado con los ojos de una niña, había cambiado muchísimo durante esos dieciséis años. Parecía enfermo. No, no lo parecía. Lo estaba. Estaba escuálido y parecía agotado.

Había supuesto que se vería obligada a medir su ingenio con el de un hombre robusto, vociferante y cabezota... con el de un hombre a quien no tendría reparos en mentir y desafiar. De modo que se sintió mal al ver su aspecto tan frágil.

También la inquietaba un poco y la asustaba en cierta medida.

Ese hombre era, hasta donde sabía, el único familiar que le quedaba con vida, la única persona que hacía que no estuviera sola en el mundo. Era una preocupación absurda cuando el único contacto que había tenido con él durante veintidós años se reducía a los pocos días que habían pasado juntos cuando ella era una niña y a las dos cartas donde le negaba lo que le había pedido.

De todas formas, se sentía mal.

Alleyne se alegraba de estar en Inglaterra. Tenía la sensación de estar en casa, aunque no supiese el lugar exacto donde estaba su hogar. También se encontraba muy cómodo en Chesbury Park, aunque la propiedad le era totalmente desconocida. Al igual que lo era lord Weston, si bien había considerado la posibilidad de que el barón lo reconociera. Claro que las cosas se habrían complicado mucho en ese caso.

Weston no se parecía en nada a lo que había imaginado, un hombre intransigente y grosero. Por supuesto, los inválidos podían ser petulantes y bastante desagradables, y saltaba a la vista que Weston era un inválido. Fuera como fuese, estaba entusiasmado por el desafío implícito en la farsa que acababan de poner en marcha. Esas últimas semanas se le habían hecho interminables, sobre todo desde que se recuperó de la herida de la pierna lo bastante como para viajar.

Sin embargo, saltaba a la vista que Rachel estaba desconcertada. Algo comprensible. Ese hombre era su tío, su único pariente. Le cogió la mano y se la colocó sobre el brazo antes de darle un apretón. Flossie estaba alabando la belleza de la mansión e informándolos del enorme parecido que guardaba con la casa de su cuñado en Derbyshire… La casa del hermano de Phyllis, debió de recordar de pronto.

—¿No te parece, Phyllis? —preguntó con una sonrisa afable.

—Estaba pensando lo mismo, Flora —convino la aludida.

—¿Cómo estás, tío Richard? —preguntó Rachel, que se inclinó ligeramente hacia él.

—Bastante bien —respondió Weston mientras se sentaba en un sillón cercano a la chimenea, aunque más bien parecía tener un pie en la tumba—. Todo esto es bastante repentino, ¿no, Rachel? Viajaste a Bruselas como la dama de compañía de lady Flatley. ¿Ya conocías a Smith por aquel entonces?

—Sí —contestó ella. Evidentemente la respuesta formaba parte de la historia que se habían inventado—. Nos conocimos en Londres el año pasado, poco después de la muerte de mi padre. Y después volvimos a encontrarnos en Bruselas, donde Jonathan comenzó a cortejarme. Lady Flatley decidió regresar a Londres antes de la batalla de Waterloo y Bridget se ofreció a acogerme en su casa, junto con estas damas, sus amigas.

—Bridget es nuestra amiga del alma —apostilló Flossie por si Weston no había entendido bien que era una relación especialmente estrecha.

—Y fue mi niñera durante seis años, después de la muerte de mi madre —añadió Rachel—. Me llevé una grata sorpresa al reencontrarme con ella en Bruselas, de modo que acepté encantada su invitación, sobre todo cuando Flora y Phyllis insistieron en que lo hiciera. Y después Jonathan me convenció de que nos casáramos antes de volver a casa.

Weston lo estaba observando con detenimiento, pero antes de que pudiera decir algo, llevaron el té. Phyllis se colocó junto a la bandeja sin decir palabra y procedió a servir y a repartir las tazas.

—Llegamos a la conclusión, milord —le dijo Bridget a Weston—, de que debía acompañar a lady Smith hasta aquí ya que está recién casada. Flora y Phyllis no pudieron resistirse y se sumaron al viaje.

Todavía le parecía gracioso mirar a Bridget y ver a una mujer bastante joven, respetable y hermosa cuya voz, casualmente, era la misma que había utilizado la Bridget Clover de Bruselas.

Mientras tanto, Weston había vuelto a clavar la mirada en él.

—¿Y usted, Smith? —quiso saber—. ¿Quién es usted exactamente? Smith es un apellido de lo más corriente. Hay una familia bastante decente en Gloucestershire. ¿Está emparentado con ellos?

—Lo dudo mucho, señor —contestó—. Soy de Northumberland y la mayor parte de mi familia reside allí desde hace generaciones.

Northumberland era la región más septentrional donde ubicar sus orígenes sin mandarlo a Escocia directamente.

Procedió a explicarle al barón que dos años atrás había heredado de su padre una modesta fortuna y una propiedad de considerable tamaño, que no era ni excesivamente extensa ni excesivamente próspera, aunque Geraldine y Phyllis lo habrían convertido en un hombre más rico que Creso si se hubieran salido con la suya. Con la ayuda de Rachel les había hecho entender que debía ser la clase de caballero que lord Weston aprobara y para ello su existencia en Northumberland no resultaría sospechosa.

Había ido a Bruselas, siguió explicando, porque el regimiento de su primo estaba apostado en la ciudad.

—Y allí me encontré de nuevo con Rachel —dijo, girando la cabeza para sonreírle con afecto al tiempo que le daba un apretón a la mano que tenía sobre el brazo—. No la había olvidado.

Habría sido imposible hacerlo. Me enamoré perdidamente de ella en cuanto volví a verla.

Fue muy interesante ver cómo se ruborizaba y se mordía el labio inferior.

—Nunca he visto nada tan bonito como la ternura del amor que se desarrollaba bajo la atenta mirada de nuestra querida Bridget —confesó Phyllis con un suspiro— y bajo la benevolente mirada de Flora y la mía propia, milord.

—Sir Jonathan me recuerda muchísimo a mi querido y difunto esposo, el coronel Streat —dijo Flossie, que de repente tenía un pañuelo en la mano—. Murió como un héroe en la Península hace dos años.

Streat había sido ascendido de forma vertiginosa, pensó. Porque hacía un par de semanas solo era un capitán, ¿no? Ojalá las damas no planearan explayarse con las mentiras... a menos, por supuesto, que tuvieran muy buena memoria.

El barón soltó la taza de té.

—Les confieso que estoy decepcionado —dijo— al ver que Rachel consideró apropiado casarse sin comunicármelo. Soy consciente de que ya es mayor de edad y de que podía casarse con quien quisiera desde hace más de un año. No necesitaba mi permiso ni mucho menos. Pero me habría gustado que solicitara mi bendición. Y si hubiera llegado a la conclusión de que el enlace merecía mi aprobación, me habría gustado celebrar la boda en Chesbury Park. Pero nadie me consultó.

Ese era el motivo de la desventaja que sufría a ojos del barón, pensó Alleyne. Weston lo veía como a un hombre al que la pasión lo había llevado a cometer una indiscreción. No había llevado a Rachel a casa para casarse, no la había llevado a Northumberland para presentársela a su familia y no la había llevado a Chesbury Park para solicitar la bendición de su tío. Cualquiera con dos dedos de frente se preguntaría por qué no había hecho ninguna de esas tres cosas.

Pero, en fin... Weston nunca había demostrado el menor interés por su sobrina. La preocupación que demostraba era, cuanto menos, hipócrita.

—Sir Jonathan es increíblemente romántico e impulsivo —adujo Phyllis, que se había llevado las manos al pecho—. No hubo modo de convencerlo, milord, porque estaba decidido a que la boda se celebrase en Bruselas para traer a Rachel a casa como su esposa. Mi querido coronel Leavey es igualito.

—Lo mismo le pasaba al coronel Street —añadió Flossie—. Insistió en que siguiera a las tropas por toda la Península, ya fuera invierno o verano.

Vaya, otro coronel. ¿Y no se había quejado Flossie de que los viajes no eran lo suyo?

—Pero la pareja ha venido por fin —dijo Weston, pendiente de ellos dos—. No es difícil suponer para qué.

Se dio cuenta de que Rachel estaba mirando fijamente a su tío con la barbilla en alto.

—Me he casado con un hombre contra el que no puedes objetar nada —declaró—, aunque creas que nos hayamos casado con excesiva precipitación. ¿Por qué iba a venir a Chesbury Park a casarme? Jamás has demostrado el menor interés por mi persona. Jamás has querido conocerme. Cuando murió mi padre y me invitaste a vivir contigo, tu única intención era la de casarme a la menor oportunidad y librarte de mí de una vez por todas. Bueno, pues te he ahorrado la molestia. He venido en busca de mis joyas, la herencia que me dejó mi madre. Ya no tienes ningún motivo para negarte.

Sus beligerantes palabras y su hostilidad no eran muy acertadas ni formaban parte del plan que habían trazado. Sin embargo, la admiraba por no haber elegido regalarle el oído. Al menos había decidido mostrar sus verdaderos sentimientos, aunque todo lo demás fuera una mentira. Le apretó la mano con fuerza.

—No era consciente de que necesitara un motivo, Rachel —dijo Weston.

La escuchó jadear por la sorpresa. Sin embargo, le dio unas palmaditas en la mano y tomó la palabra antes de que ella pudiera hacerlo.

—Su preocupación por el bienestar de su sobrina y sus reservas con respecto a mi persona son comprensibles, incluso encomiables, señor —afirmó—. Me habría extrañado mucho que las noticias de nuestra inesperada boda lo hubieran alegrado, sobre todo si seguidamente le pedimos que le entregue a Rachel las joyas que la difunta señora York le encomendó. Lo único que le pido es que me dé tiempo para demostrarle que soy merecedor de la mano de su sobrina, que ella ha escogido con la cabeza además de con el corazón, que no soy un cazafortunas y que ninguno de los dos despilfarrará su herencia. De hecho, le ruego que nos permita quedarnos todo el tiempo que estime conveniente como período de prueba. Por supuesto, estoy ansioso por llevar a mi esposa a casa, pero haré lo que a ella le haga feliz. Y ganarse su confianza y su bendición la hará feliz.

El problema de interpretar un papel, acababa de descubrir, era la facilidad con la que uno podía dejarse llevar. A pesar de hablar con convicción, casi todo lo que salía de su boca era una mentira. Salvo su intención de verla feliz, obviamente.

—Muy bien —accedió Weston, que asintió con brusquedad tras haberlo sometido a un enervante y pensativo escrutinio—. Ya veremos qué pasa dentro de un mes, Smith. Aunque he descuidado mis deberes como anfitrión. ¿Cuánto tiempo pasó en la Península con su esposo, señora? —le preguntó a Flossie.

¡Un mes!

Flossie se lanzó a una exuberante y detallada descripción de sus años en la Península mientras él observaba al barón con más detenimiento. El hecho de que estuviera enfermo había quedado patente desde el principio. Sin embargo, su tez había adquirido un tinte mucho más apagado durante los últimos minutos. ¿Por el esfuerzo de atender a cinco huéspedes inesperados? ¿Por la emoción de volver a ver a Rachel y de enfrentarse a su hostilidad?

¿O por algo distinto?

Alleyne clavó la mirada en Rachel. Al ver que también estaba muy pálida, primero le sonrió y después le guiñó un ojo. Para bien o para mal, era su devoto esposo durante el mes que tenían por delante. ¡Estaban apañados!, pensó. Había supuesto que bastarían unos días o una semana a lo sumo... En fin, solo les restaba continuar con el plan.

Se llevó sus manos unidas a los labios y le besó el dorso mientras la miraba a los ojos con ternura, muy consciente de que el gesto no pasaría inadvertido para el resto de los ocupantes de la estancia. De hecho, esperaba que todos lo vieran. Apenas la había tocado en esas dos semanas y media, y acababa de darse cuenta de que mantener las distancias había sido lo más sensato.

Era demasiado hermosa y demasiado atractiva para su tranquilidad. Sería mejor que redujera las muestras de afecto al mínimo.

¡Por el amor de Dios, un mes!

Un mes completo.

En fin, él era el culpable de todo, ¿no?

11

*L*os lacayos parecen ranas y los mozos de cuadra, comadrejas —dijo Geraldine—. Todavía no he visto a ningún jardinero, así que aún me quedan esperanzas, pero tampoco parece que haya muchos. La cocinera está enfurruñada porque ahora tiene más bocas que alimentar.

—¡Geraldine! —exclamó Rachel entre carcajadas—. ¿Cómo eres capaz de juzgar a la gente con esa rapidez? No hace falta que me peines. Puedo hacerlo sola.

Sin embargo, Geraldine cogió el cepillo con un gesto resuelto y lo agitó en el aire.

—Si voy a ganarme la vida como la doncella de una dama —adujo—, tendré que peinarte, atarte las cintas del corsé, abrocharte y ajustarte los vestidos y arroparte por las noches. Aparte de eso, no tendré mucho que hacer. El señor Edwards, el mayordomo que nos abrió la puerta, no para de decirles a los criados lo elegantes que son Floss y Phyll, esas dos grandes damas, así que ya puedes hacerte una idea de lo perspicaz que es el hombre. He sido incapaz de mirar a Will por temor a estallar en carcajadas.

—Ahora en serio —replicó—, esto no es para tomárselo a broma. Mi tío está enfermo y su recibimiento ha sido frío, por decirlo de modo suave, aunque ha sido muy educado, sobre todo con Flossie y Phyllis. Desaprueba mi matrimonio o, al menos, las circunstancias en las que se ha celebrado. Vamos a tardar muchísimo en convencerlo de que estamos hechos el uno para el otro, de que nuestra unión será próspera y estable, y de que soy yo quien debería tener las joyas que me pertenecen por derecho. Me da la sensación de que jamás podremos salir en busca del señor Crawley.

—No te preocupes por eso —la tranquilizó Geraldine mientras comenzaba a cepillarle el pelo de la raíz a las puntas—. Un hombre como Crawley seguirá haciendo de las suyas hasta que alguien le pare los pies. Lo encontraremos y le daremos su merecido, aunque tengamos que esperar un año para hacerlo. Floss ha mandado un aviso a Londres para que reenvíen aquí cualquier carta de nuestras hermanas. Además, Rachel, no tienes que sentirte en la obligación de financiar la búsqueda. Pero, aunque lo hicieras, te devolveríamos hasta el último penique. Si te digo la verdad, estamos aquí porque fuimos incapaces de resistirnos a tomarnos unas vacaciones y a participar en una aventura semejante. Así que no tienes que preocuparte en absoluto por nosotras.

Mientras Geraldine la peinaba, su mente insistió en recordarle que su vestidor y el de Jonathan estaban separados por un arco carente de puerta y que cada estancia se comunicaba con sus respectivos dormitorios. Menos mal que ninguno de los dos deseaba profundizar en su relación más allá de los límites que marcaba la farsa. Sin embargo, era muy embarazoso descubrir que les habían asignado una suite completa sin separación real entre sus dormitorios, como si fueran un matrimonio de verdad. Jonathan estaba en esos momentos en sus aposentos con el sargento Strickland, arreglándose para la cena. Escuchaba el murmullo de sus voces.

—¡Caramba, estás increíble! —exclamó Geraldine cuando acabó de peinarla—. Con tu permiso, voy a desmayarme.

Sobresaltada, Rachel alzó la vista, pero descubrió que no se refería a ella. Jonathan las observaba desde el arco que separaba sus vestidores. Y Geraldine no había exagerado en absoluto. Estaba elegantísimo vestido con el atuendo formal: calzas de color marfil, medias blancas, zapatos negros, chaleco de color oro viejo, frac negro y camisa blanca. Debía de haberse anudado la corbata él mismo, ya que era imposible que el sargento Strickland hubiera realizado un nudo tan elaborado. Llevaba el cabello peinado hacia atrás (le había crecido muchísimo en un mes), aunque el mechón rebelde le caía sobre la ceja derecha como de costumbre.

Habría preferido que la torturasen antes que admitirlo, pero se alegraba de estar sentada. Se le habían aflojado las rodillas. Hasta el bastón que llevaba era elegante.

—La doncella de mi señora esposa demuestra ser exquisita en sus comentarios… —replicó él con una sonrisa. Acto seguido, clavó la mirada en ella y la observó de la cabeza a los pies. Había elegido un vestido de noche verde claro que ya tenía tres años, aunque estaba prácticamente nuevo porque apenas había tenido oportunidad de ponérselo—. De todas formas, seguiremos contando con tus servicios, Geraldine. Haces maravillas con el cabello de lady Smith. O tal vez la responsable de que se me haya desbocado el corazón sea la mujer que hay bajo dicho cabello.

Dado que su tío no estaba presente, semejantes palabras eran innecesarias. Sin embargo, cuando se percató de que Jonathan le guiñaba un ojo a Geraldine, comprendió que se estaba riendo de ella. Se puso en pie de inmediato mientras hacía girar la alianza que él se había acordado de comprar cuando llegaron a Inglaterra.

—Son las dos cosas —escuchó decir a Geraldine—. Ese cabello dorado forma parte de la mujer y a veces hace que me dé coraje que mi madre fuese italiana. Será mejor que vaya a hablar con Will para ver qué opina de este lugar.

Y con eso desapareció por el arco.

—Bueno, Rachel —le dijo Jonathan, llevándose las manos tras la espalda—, ¿qué opinas tú?

—Opino… —contestó con la barbilla alzada—. Opino que deberíamos fingir que hay un muro muy ancho justo debajo de ese arco.

Aun a sabiendas de que Geraldine y el sargento Strickland probablemente se encontraran a escasos metros de distancia, la situación se le antojaba demasiado íntima.

El comentario hizo que Jonathan enarcara una ceja, gesto que acentuó su apostura y le otorgó un aire bastante arrogante.

—¿Bajamos, milady? —le preguntó con una elegante reverencia al tiempo que le ofrecía un brazo.

—No puedo dejar de pensar que este fue el hogar de mi madre hasta que cumplió los diecisiete años y se fugó con mi padre —dijo mientras aceptaba el brazo y salían de la habitación—. Aquí fue donde creció. Si las cosas fueran distintas, estaría familiarizada con este lugar. Habría venido de visita con ella en numerosas ocasiones. Habría pasado aquí las Navidades y otras vacaciones, incluso después de su muerte. Habría conocido bien a mi tío. Habría tenido otro pariente además de mi padre.

—Pero Weston nunca perdonó a tu madre —señaló él.

—¡Cuánto deseé tener hermanos, primos y tíos mientras crecía! Aunque solo fuese un tío… —confesó con un suspiro, si bien al punto se sintió ridícula por haberse sincerado de ese modo.

—Espero que no te arrepientas de estar haciendo esto, Rachel —le dijo Jonathan—. Ya es demasiado tarde, ¿verdad? Así que tendremos que seguir con la farsa.

—No me arrepiento —le aseguró—. Mi tío estaba mintiendo cuando afirmó que le habría gustado que llegáramos antes de la boda para poder celebrarla aquí. Y también al afirmar que esperará un mes para decidir. No me quiere. Lo único que me afecta es saber que está enfermo. ¿Crees que se está muriendo?

La posibilidad seguía perturbándola, aunque no sabía por qué. Ese hombre no significaba nada para ella… él mismo se había encargado de eso.

Jonathan le dio unas palmaditas en la mano que descansaba sobre su brazo.

Flossie y Phyllis ya estaban en el salón, charlando con su tío. Bridget también estaba presente. Todas se comportaban con mucha educación y tenían un aspecto la mar de respetable. Qué fácil era mentir, pensó. Salvo que tendrían que seguir haciéndolo durante un mes entero. ¿Serían capaces de mantener la farsa todo ese tiempo?

Su tío estaba como un pincel, aunque seguía pareciéndole

demacrado y encorvado. Sintió una punzada de remordimientos y se reprendió por ello. Si gozara de buena salud, seguro que le daría igual estar engañándolo. ¿Qué más daba que estuviera enfermo? Al fin y al cabo, no la quería. Y eso que era su sobrina, el único familiar cercano que tenía.

La cena fue mucho menos tensa de lo que se había temido. Todos hicieron un esfuerzo para que la conversación no decayera, y nadie dijo nada acerca de la insípida comida y del hecho de que los platos estuvieran casi fríos. Jonathan expresó su interés por la propiedad cuando la cena tocaba a su fin.

—Le diré a mi administrador que lo acompañe en una visita —dijo el tío Richard—. Últimamente he estado un poco indispuesto y no he salido mucho de casa. Drummond lo llevará adonde usted quiera. Y a Rachel también, si le apetece, aunque supongo que no le interesará mucho. Las damas suelen tener otros intereses.

—Me interesa, tío Richard —lo corrigió, molesta—. Admito mi total ignorancia sobre el tema, ya que salvo estos últimos meses, mi vida ha transcurrido en Londres. Pero estoy ansiosa por aprender ahora que me he casado con Jonathan y voy a vivir en el campo.

Estaría más familiarizada con la vida rural si él la hubiera invitado alguna que otra vez a lo largo de su infancia.

—En mi caso, las vacas, los cerdos y la cosecha de heno no me interesan en lo más mínimo —admitió Flossie—. Pero estoy deseando explorar los jardines y los bosques durante los próximos días. Con su permiso, milord, por supuesto.

—Me sentiría profundamente decepcionado si no estuviera cómoda durante su estancia en Chesbury Park, señora.

—¿Cómo es su cuadra, señor? —preguntó Jonathan—. ¿Podría utilizar uno de sus caballos mientras esté aquí?

—¿Le parece sensato, sir Jonathan? —intervino Bridget—. Su pierna aún no ha sanado del todo.

Le habían explicado al tío Richard que Jonathan se había herido la pierna mientras intentaba controlar un caballo desbocado en las calles de Bruselas.

—Necesito hacer ejercicio —declaró él.

—Ya no tengo tantos caballos como antes —dijo su tío—, pero siéntase libre de elegir el que quiera.

Rachel miró a Jonathan con una sonrisa y extendió el brazo para tocarle la mano. Fingir le costaba más que a los demás. Pero debía acostumbrarse a hacerle gestos cariñosos en público al hombre que supuestamente era su flamante marido.

—Ten mucho cuidado, Jonathan —le dijo.

—Tienes que montar conmigo, amor mío —repuso él, sonriéndole con tal ternura que tuvo que hacer un tremendo esfuerzo para no apartarse y agrandar la distancia que los separaba.

—No sé montar —replicó—. ¿Acaso se te ha olvidado?

Se percató del brillo sorprendido que asomó a sus ojos.

—Ni yo tampoco, Rachel —comentó Bridget—. Y no me siento mal por ello.

—Yo me pasaba los días montando mientras estaba en la Península con el coronel Streat —afirmó Flossie—. Me encariñé mucho con los caballos.

Jonathan le cubrió la mano que descansaba en la mesa.

—Por supuesto que no se me ha olvidado, amor mío —le aseguró—. Pero debemos remediar la situación sin demora si queremos pasar los días juntos. Tendrás que aprender a montar. Yo te enseñaré. —Sus ojos habían adquirido esa expresión risueña que ya le resultaba tan familiar.

—Pero no me apetece hacerlo —protestó, intentando zafarse de su mano en vano, ya que se la agarró al instante mientras la sonrisa le llegaba a los labios.

—¡No me digas que tienes miedo! —exclamó. Se llevó sus manos a los labios al igual que hiciera antes en el salón—. Si vas a vivir en el campo como mi esposa, tendrás que montar conmigo. Te daré la primera clase por la mañana.

—Jonathan —dijo, deseando que el tema hubiera surgido estando solos para así poder negarse en redondo—, preferiría no hacerlo.

—Pero lo harás —insistió él sin perder la sonrisa. Y era una sonrisa que destilaba ternura, admiración, cariño… y picardía.

Soltó un suspiro de lo más sentido.

Al mismo tiempo que Phyllis.

—¡Ay! —exclamó esta—. Me encantan las escenas entre enamorados. Me ayuda a sobrellevar, en cierta medida, la separación de mi querido coronel Leavey, cuyas obligaciones lo mantienen en París con su regimiento.

Rachel dio un respingo. ¿Un coronel con un solo regimiento bajo sus órdenes?

Menos mal que su tío no pareció darse cuenta del desliz.

—Pero ya has montado a caballo, Rachel —dijo lord Weston—. Cabalgamos juntos cuando fui a Londres para asistir al funeral de tu madre.

Había olvidado ese detalle en concreto de su visita, pero lo recordó al punto. Aquella niña de seis años que era entonces debió de entender que su madre estaba muerta. Incluso recordaba haber llorado de forma inconsolable junto a la tumba, aferrada a la mano de su padre y con la cara pegada contra uno de sus muslos. No obstante, tal vez por la forma de ser de los niños, había sido muy feliz los días siguientes precisamente porque el tío Richard había estado con ella desde que se levantaba hasta que se acostaba y la había llevado a sitios en los que nunca había estado… y a los que no había vuelto desde entonces en algunos casos. La había llevado a la Torre de Londres a ver los animales y a la exhibición ecuestre del Astley's Amphitheater. Le había comprado helados en Gunter's. Le había regalado una muñeca de porcelana que uno de los amigotes de su padre destrozó poco después al tirarla al suelo. Pero lo mejor y lo más divertido de todo fue montar a caballo con él.

Sin embargo, no quería recordar. La había abandonado a los pocos días. No había vuelto a saber nada de él hasta que ella misma le escribió a los dieciocho años para informarle de que necesitaba desesperadamente sus joyas porque su padre llevaba meses endeudado hasta las cejas y tenían que comprar a cuenta la poca comida que se llevaban a la boca.

—De eso hace mucho tiempo —replicó con tirantez.

—Sí —convino él—. Mucho.

Estaba ceniciento y demacrado y parecía mortalmente exhausto. Aun así, la irritaba que hubiera sacado a colación el pasado. La irritaba la fragilidad de su aspecto. Y al mismo tiempo ansiaba arrojarle los brazos al cuello y echarse a llorar por alguna extraña razón que no atinaba a comprender.

—Hace bastante tiempo que no acepto invitaciones y que no recibo visitas —dijo—, pero tengo que subsanar los errores del pasado. Invitaré a mis vecinos para que conozcan a mi sobrina, a su flamante esposo y al resto de mis huéspedes. Organizaré algún tipo de evento para celebrar tu reciente matrimonio, Rachel, puesto que ya es demasiado tarde para celebrar la boda en sí. Un baile, tal vez.

Abrió los ojos de par en par, consternada. Ni siquiera se le había pasado por la cabeza que tuvieran que fingir delante de otras personas además de su tío. Claro que tampoco había pensado que tuvieran que quedarse tanto tiempo. ¿Iba a invitar a sus vecinos? ¿Iba a organizar un baile para celebrar su boda?

Miró a Jonathan, pero él no le ofreció ninguna solución. Se limitó a sonreírle mientras la contemplaba con una mirada rebosante de… adoración.

—Será espléndido, amor mío —dijo—. No tendremos que esperar a estar en Northumberland para bailar.

Para bailar. Su tío había dicho algo de celebrar un baile. Aunque había aprendido a bailar, jamás había asistido a un baile. Ese había sido uno de sus sueños más recurrentes durante la infancia y la adolescencia. Un anhelo arrollador reemplazó por un instante la consternación. Tal vez hubiera un baile en Chesbury Park. Y ella sería la invitada de honor. ¡Iba a bailar!

Con Jonathan.

—¡No, tío Richard! —exclamó, de vuelta a la realidad—. No hace falta que te tomes tantas molestias. No esperábamos nada semejante y Jonathan no puede bailar. Todavía tiene que utilizar el bastón para poder andar.

—Pero mi pierna mejora día a día —protestó él.

—¡Un baile! —exclamó Flossie, radiante de alegría—. Lo ayudaré a organizarlo, milord.

—Y yo también —se ofreció Phyllis—. ¡Ay, cómo me gustaría que estuviera aquí mi querido coronel Leavey para poder bailar con él! —exclamó, tras lo cual soltó un hondo suspiro.

—Desde luego que lo haremos, Rachel —le aseguró su tío—. No será ninguna molestia, todo lo contrario. No tengo hijos, ya que mi esposa murió hace ocho años sin descendencia. Y mi única hermana solo tuvo una hija, tú. Sí, desde luego que la ocasión merece celebrarse. —La idea parecía complacerlo muchísimo.

No obstante, algo la confundió. ¿Su tío había estado casado? ¿Ella había tenido una tía? Se sintió abandonada, entristecida por la muerte de alguien cuya existencia había ignorado hasta ese preciso momento. Y se sintió muy molesta porque la hubieran dejado al margen, porque nadie se lo hubiera dicho nunca. Y a pesar de todo ¿su tío se empeñaba en celebrar un baile aduciendo que era la hija de su única hermana?

Se puso en pie de repente, apartando la mano de la de Jonathan y empujando la silla con las piernas al hacerlo.

—Flora, Phyllis, Bridget —dijo—, dejaremos a Jonathan y a mi tío y nos trasladaremos al salón. —Pero cuando miró a su tío sin esforzarse por disimular su enfado, comprobó que su piel tenía de nuevo ese tinte grisáceo y que estaba demacrado—. Tío Richard, me temo que hemos abusado de tus fuerzas. Pareces cansado. Por favor, no te sientas obligado a reunirte con nosotras para seguir con tus deberes de anfitrión.

Al igual que Jonathan, se había puesto en pie cuando ella lo hizo.

—Tal vez me retire temprano —replicó—. Ahora mismo, de hecho. Smith, ¿sería tan amable de acompañar a las damas al salón? El té ya estará preparado. Me despido de ustedes hasta mañana. Buenas noches.

No había esperado algo así, concluyó mientras abría la marcha hacia el salón unos minutos después. No había esperado sentirse unida emocionalmente a un hombre con el que llevaba resentida desde hacía años ni a una mansión en la que jamás había puesto un pie. Cuando accedió a llevar a cabo el descabellado plan de Jonathan para obtener sus joyas mediante el engaño, ni se le había pasado por la cabeza la posibilidad de que pudiera albergar sentimientos por un pasado del que ni siquiera había formado parte.

No había sido consciente de lo profundas que eran las heridas que sufrió en su infancia.

—Habrá visitas —dijo Flossie la mar de contenta cuando llegaron al salón y tomó asiento en un sillón—. Y una celebración por todo lo alto. Posiblemente un baile. ¡Veréis cómo protesta Gerry cuando se entere!

—Ese hombre está enfermo —comentó Bridget.

—Habría que poner a la cocinera de patitas en la calle —declaró Phyllis—. No deberían permitir que volviera a pisar una cocina en lo que le queda de vida.

—Creo que eso es parte del problema, Phyll —aventuró Bridget—. Necesita comer platos sabrosos, que le abran el apetito y que estén preparados como es debido.

—Todo esto es intolerable —dijo ella cuando llegó al centro de la estancia, con los puños apretados a ambos lados del cuerpo—. No podemos permitir que los vecinos vengan a conocernos a Jonathan y a mí como si realmente fuéramos marido y mujer. No podemos permitir que se celebre un baile en nuestro honor. ¡Tenemos que hacer algo! ¿Qué podemos hacer? Jonathan, borra esa odiosa sonrisa de tu cara ahora mismo. Tú nos has metido en esto. Así que tú nos sacarás.

Su semblante adoptó de repente una expresión sospechosamente indescifrable mientras tomaba posesión de sus manos.

—Rachel, amor mío —dijo—, esto es justo lo que habíamos planeado, ¿no? Tu tío te ha aceptado como sobrina y aprueba nuestro matrimonio, aunque no acaben de gustarle las prisas con las que lo celebramos. Nos está ofreciendo la ocasión perfecta para que deslumbremos a sus vecinos, para que nos mostremos frente a él y frente a todo este universo rural como la pareja perfecta. ¿Qué más se puede pedir?

—Tiene razón, Rachel —señaló Bridget—. No había imaginado que el barón Weston llegara a caerme tan bien. Está más que dispuesto a reconocerte como su sobrina y a tratarte como se merece su pariente más cercano.

—Pero ¿no veis que ese es el problema? —les preguntó al tiempo que intentaba zafarse de las manos de Jonathan, aunque solo consiguió que él la sujetara con más fuerza—. Lo último que necesito es su cariño, si es que es eso lo que siente. Estoy aquí para estafarlo, para engañarlo a fin de que me dé las joyas.

—Podrías decirle la verdad —sugirió Bridget—. De hecho, eso sería lo mejor, cariño. Necesitas a tu tío en la misma medida que él te necesita a ti.

—¡Decirle la verdad! —exclamó, horrorizada—. Imposible.

—Además, el barón Weston cancelaría el baile si lo hace —apostilló Flossie—. Eso sería una lástima, ¿no os parece? Aunque supongo que a Gerry le encantaría.

Jonathan alzó las manos de Rachel y se las pegó con fuerza contra el pecho.

—Rachel —le dijo—, estamos aquí porque yo lo sugerí y es muy posible que subestimara tanto tus sentimientos como los de Weston. ¿Quieres que vaya a verlo y se lo confiese todo ahora mismo? Lo haré si es lo que quieres.

Lo miró a los ojos y descubrió con horror que todos estaban hablando en serio. ¡Que él estaba hablando en serio! La decisión era suya. Podía poner fin a la farsa en ese mismo momento, esa misma noche, si así lo deseaba. Podrían marcharse a cualquier otro lugar ahora mismo o a primera hora de la mañana con solo decirlo.

Era muy consciente de la expresión interrogante con la que esos ojos oscuros la estaban observando. Y de sus tres amigas, que la miraban desde sus respectivos sillones conteniendo el aliento.

Si la verdad salía a la luz esa noche, si se marchaba por la mañana, jamás volvería a ver a su tío. No le cabía la menor duda al respecto.

—Es demasiado tarde —dijo, alzando la barbilla—. Y está claro que sus planes no nacen del cariño que me profesa. Todavía se cree con derecho a no entregarme lo que me pertenece. Lo que quiere es tenernos en la incertidumbre todo este mes solo porque le ha molestado que no le pidiéramos permiso para casarnos. ¿Por qué tendríamos que haberlo hecho? No es mi tutor. Y tampoco significa nada para mí.

Jonathan le estaba sonriendo, pero justo cuando más necesitaba ver ese brillo picarón en su mirada, no había ni rastro de él.

—Todavía no han traído la bandeja del té —comentó Phyllis—. Me apuesto a que no llegará nunca. Mis sentimientos hacia la cocinera y sus ayudantes no son muy benévolos que digamos.

—Ha sido un día muy ajetreado —dijo Jonathan sin soltarle las manos y sin apartar la mirada de sus ojos—. Tal vez sería mejor que siguiéramos todos el ejemplo de Weston y nos retiráramos temprano a descansar.

—Una buena idea —replicó Bridget, que se puso en pie.

—Además —añadió él, sonriéndole por fin con su habitual picardía, cosa que la tranquilizó—, mañana tienes que madrugar, amor mío. Es el mejor momento del día para montar.

Apartó las manos de su pecho con brusquedad.

—No tengo la menor intención de aprender a montar —le dijo—. He vivido muy contenta durante veintidós años con los pies bien plantados en el suelo y no me apetece convertirme en una consumada amazona, o en una desastrosa.

—Eres una cobarde —la acusó él con un brillo alegre en los ojos.

—Rachel, todas las damas deben saber montar —intervino Bridget—, y por fin tendrás la oportunidad de aprender.

—Piensa en la maravillosa estampa que le ofreceréis a lord Weston cuando se levante mañana y os vea ocupados con vuestra primera clase de equitación —añadió Flossie—. Si no quieres recibir lecciones de manos de sir Jonathan, yo estaré encantadísima de sustituirte.

—Pero, Flossie, tú ya eres una consumada amazona —le recordó él, ensanchando la sonrisa—. Has recorrido la Península a caballo con el coronel Street.

—En fin, tenía que intentarlo por si colaba… —replicó la aludida, que lo miraba pestañeando de forma exagerada.

—Sir Jonathan y tú ofreceréis una estampa muy romántica cabalgando juntos bajo el sol de la mañana, Rachel —dijo Phyllis.

—Amor mío, no me obligues a llamarte cobarde en serio —insistió Jonathan.

—No te preocupes, se levantará temprano —le prometió Flossie mientras se ponía en pie—. Le diré a Gerry que le eche una jarra de agua fría por la cabeza si se niega a salir de la cama por su propia voluntad.

—Y si Geraldine no lo hace —repuso él—, lo haré yo.

—Podréis obligarme a ir a los establos si queréis —les dijo, indignada, al tiempo que su mirada pasaba de uno a otro—, pero no me subiré a lomos de un caballo. Os lo aseguro.

Todos hicieron oídos sordos a sus protestas mientras se deseaban buenas noches con alegría y echaban a andar hacia sus respectivos dormitorios.

Habría dado cualquier cosa por estar de nuevo en Bruselas, en la casa de la rue d'Aremberg, en su cuarto del ático. En cambio, estaba en Chesbury Park, en la que fuera la casa de su madre, en la mansión de sus antepasados.

12

Se levantó al alba, después de haber pasado una mala noche. Al principio le costó conciliar el sueño por el hecho de que solo dos vestidores sin puerta lo separasen del dormitorio de Rachel. El vestido verde claro y el peinado que Geraldine le había hecho para la velada le sentaban de maravilla y, en cierto modo, le irritaba que le resultara tan atractiva cuando estaba más que decidido a evitar cualquier vínculo emocional con ella. No obstante, suponía que tampoco era de extrañar después de haberse acostado con ella en una ocasión. Un acontecimiento que prefería olvidar… aunque eso era imposible, por supuesto. Ojalá tuviera más recuerdos con los que mantenerlo apartado de su mente.

Después, cuando por fin se quedó dormido, su descanso se vio perturbado por una serie de sueños confusos que le parecieron verídicos hasta que intentó recordarlos una vez despierto. El de la carta y la mujer que lo esperaba en la Puerta de Namur era recurrente. Sin embargo, tuvo uno nuevo del cual solo recordaba una fuente de mármol circular emplazada en el centro de un jardín florido, con un chorro de agua que se alzaba a casi diez metros de altura. La luz del sol se reflejaba en el agua y transformaba las gotitas en un resplandeciente arco iris. Por más que lo intentó, no fue capaz de reconocer el lugar donde estaban la fuente y el jardín. Al principio pensó que tal vez estuviera recordando la fachada principal de Chesbury Park, pero al punto cayó en la cuenta de que lo único que había frente a la mansión era un extenso parterre alargado.

Claro que si se trataba de un recuerdo, era de suponer que había aflorado por el ambiente rural en el que se encontraba.

¡Qué sueño más absurdo e inútil!, pensaba mientras caminaba hacia los establos con ayuda del bastón, si bien intentó en todo momento no apoyarse demasiado en él. Claro que los otros sueños tampoco eran de mucha utilidad, ya que se trataban de fragmentos de otros recuerdos o lo que fuera que fuesen.

Había madrugado demasiado, pero quería echar un vistazo a los caballos para elegir sus monturas antes de que Rachel apareciera. Y, sobre todo, ansiaba comprobar si era capaz de subirse a la silla. Todavía no había recuperado el uso normal de la pierna izquierda. Muy a su pesar, le había pedido al sargento Strickland que lo acompañara.

Al llegar al patio adoquinado de los establos vieron que solo había un mozo de cuadra levantado, y no podía decirse que se estuviera deslomando, ya que estaba plantado en una de las cuadras con la mirada perdida mientras se rascaba. Cuando los oyó llegar, los miró y bostezó antes de desaparecer en el interior de la cuadra.

—El establo tiene la misma pinta que la cocina —dijo el sargento—. Es como si no hubiera nadie al timón, señor.

Y tuvo que darle la razón, porque la dejadez que padecía el lugar saltaba a la vista. Mientras exploraban le quedó claro que a los caballos no les faltaba comida ni agua, pero ninguno parecía particularmente bien cuidado, salvo el semental negro, que pertenecía al administrador de la propiedad, el señor Drummond, como descubrió poco después. El aspecto y el olor delataban que las cuadras llevaban varios días sin limpiarse a conciencia.

—Ensilla estos dos caballos y sácalos al patio —le ordenó al mozo, que volvió a dejarse ver en cuanto le quedó patente que no iban a dejarlo tranquilo para que siguiera mirando a las musarañas mientras se rascaba—. Este con una silla de amazona.

—Quiero esas dos cuadras limpias y con el suelo cubierto de heno fresco para cuando vuelvan —añadió Strickland.

—Aquí las órdenes las da el señor Renny —replicó el muchacho con insolencia.

En ese momento y frente a los asombrados ojos del mozo de cuadra, el ayuda de cámara se transformó en el sargento del ejército que había sido hasta hacía bien poco.

—¿Ah, sí? —le preguntó—. Pues si el señor Renny todavía está durmiendo debido al duro trabajo que hizo ayer, tú obedecerás las órdenes de quien te diga qué tienes que hacer y cómo tienes que hacerlo para ganarte el jornal que te paga el barón. Deja de rascarte las picaduras de las pulgas y ponte firme.

Por sorprendente que pareciera, el muchacho lo obedeció, lo mismo que lo haría un soldado raso sometido al escrutinio de su sargento.

—Vete espabilando —añadió Strickland con voz más amable— y busca las sillas.

La escena lo hizo reír entre dientes, aunque recobró la seriedad al punto. El barón había soltado el timón hacía ya un tiempo. Su enfermedad había hecho que se relajara la disciplina en los trabajadores de los establos y, al parecer, también en la cocina. Cosa que había quedado patente con la cena de la noche anterior, que Weston apenas si había probado. Sin embargo, era difícil creer que la propiedad hubiera estado siempre tan descuidada. Las dependencias no parecían haber sufrido años de negligencia.

Subirse a la silla cinco minutos después resultó tan difícil como había supuesto. Tras unos cuantos intentos fallidos y tras negarse a que el sargento lo alzara, solucionó el problema subiéndose no sin cierta dificultad por el lado derecho del caballo, de modo que lo único que tuviera que soportar su pierna izquierda fuera el movimiento al pasarla por encima del animal. Por suerte, una vez que estuvo sentado, las molestias cesaron.

—Strickland —le dijo al sargento mientras cogía las riendas—, ¿se da cuenta de que esto debió de ser lo último que hice antes de caerme en el bosque de Soignes y de que el golpe me privara de la memoria?

—Pero salta a la vista que es un jinete consumado, señor —respondió Strickland, que se apartó cuando el caballo se encabritó y se movió hacia un lado entre resoplidos, reacción que les dejó bien claro que llevaba un tiempo sin que lo montaran.

Ni siquiera se había percatado de que el animal no había reaccionado con docilidad a su presencia en la silla. El sargento estaba en lo cierto, pensó, y esa idea le subió muchísimo la moral. Había respondido al caballo y lo había controlado de forma inconsciente, como si hubiera echado mano de unas habilidades adquiridas mucho tiempo atrás en su vida anterior.

—Espere aquí —dijo—. Voy a dar una vuelta por el patio.

Se sentía tan a gusto a lomos de un caballo que supo que había montado durante toda su vida. Guió al animal hasta la parte posterior del establo y trotó por el prado que se extendía tras el edificio mientras intentaba imaginarse a sí mismo cabalgando con otras personas, galopando con ellos, saltando cercas y setos, o cazando. Intentó imaginarse cargando hacia la batalla. A la cabeza de una carga de la caballería o dirigiendo un avance de la infantería. Intentó recordar los últimos momentos en el bosque, atormentado por el agónico dolor de la pierna y preocupado tanto por la carta como por la mujer que lo esperaba en la Puerta de Namur. Intentó recordar qué había provocado la caída y cómo se había golpeado la cabeza con tanta fuerza que había perdido la memoria.

Sin embargo, lo único que consiguió fue provocarse un ligero dolor de cabeza, según comprobó al regresar al establo.

Rachel ya había llegado y estaba conversando con el sargento sin quitarle el ojo de encima al caballo con evidente aprensión. Llevaba un práctico vestido de viaje azul y se había recogido el cabello, que quedaba parcialmente oculto por un sombrerito que le caía hacia los ojos en un ángulo atrevido. Estaba a plena luz del sol y, si no hubiera llevado el sombrero, habría vuelto a ser su ángel rubio.

Se sintió un tanto incómodo. El día anterior no había transcurrido ni por asomo según lo esperado. Mucho se temía que Weston no era el monstruo frío que Rachel describía y que ella no era tan indiferente hacia él como les quería hacer creer o, tal vez, como ella misma creía.

—Buenos días. —Se quitó el sombrero e inclinó la cabeza.

—Buenos días —replicó ella.

A medida que se acercaba y, por tanto también lo hacía su caballo, la vio abrir los ojos de par en par al tiempo que el color abandonaba sus mejillas.

—¡Ay, no! Ni hablar. No puedo hacerlo. Es inútil. Si hubiera aprendido de niña, a estas alturas sería una amazona medianamente competente. ¡Pero no puedo empezar a aprender a los veintidós años! De todas maneras, ya va siendo hora de que te bajes de ahí antes de que vuelvas a hacerte daño en la pierna.

Por increíble que le resultara el hecho de que hubiese pasado veintidós años sin montar a caballo, comprendió que era imposible esperar que se subiera a una silla de amazona y saliera al galope sin más. Tal vez ni siquiera fuese capaz de subirse a un caballo sola el primer día. Pero iba a montar. Por supuesto que iba a hacerlo.

Acababa de descubrir que poseía una vena obstinada.

—Tienes que ver la vida desde la perspectiva que otorga un caballo —le dijo—. En cuanto lo hagas, sentirás tal euforia que sabrás que no hay nada comparable en el mundo.

—Te creo sin necesidad de comprobarlo —replicó—. Me vuelvo a la casa.

Le cortó el paso con el caballo.

—No hasta que me hayas demostrado que no eres una cobarde —la retó—. Primero montarás aquí conmigo. No te pasará nada, de verdad. Aunque está claro que en Bélgica me caí del caballo, no dejaré que a ti te suceda lo mismo, te lo prometo.

—¡Montar contigo! —exclamó, echando la cabeza hacia atrás de modo que sus miradas se entrelazaron.

Vaya… La comprendió al instante aunque no se hubiera explicado con palabras. El mero hecho de sentir sus manos contra el pecho la noche anterior le había subido la temperatura. Saber que estaba durmiendo en una habitación a escasos metros de distancia de la suya y sin puertas de por medio lo había mantenido en vela durante la mitad de la noche. ¿Cómo se le había ocurrido invitarla a montar con él? En realidad, había ido más allá. No la había invitado, la había retado.

En fin, que sea lo que Dios quiera, pensó. Había decidido que aprendería a montar y desde luego que iba a aprender.

—En circunstancias normales, te diría que apoyaras un pie en mi bota izquierda para poder alzarte hasta aquí —dijo—. Pero mucho me temo que soy incapaz de hacer semejante alarde de virilidad y fuerza. Strickland, ¿podrías alzar a lady Smith?

La pregunta hizo que Rachel soltara una especie de chillido ronco.

—Desde luego, señor —contestó el sargento—. Si me perdona el atrevimiento, señorita. El señor Smith… digo, sir Jonathan. Se me ha olvidado y también se me ha olvidado llamarla lady Smith. Ejem. Sir Jonathan la mantendrá a salvo mientras esté sentada con él. Salta a la vista que es un jinete consumado, tal como le he dicho hace un momento. Y me atrevo a afirmar que una vez que esté con él, se lo va a pasar en grande.

Puesto que el sargento también la veía como una especie de ángel, dudaba mucho que hiciera nada en contra de los deseos de ella. Sin embargo y por suerte, o tal vez por desgracia, Strickland se adelantó, la agarró por la cintura mientras ella abría la boca (sin duda para protestar) y la alzó hasta la silla. Una vez sentada, Alleyne la sujetó rodeándola con un brazo.

—¡Ay! —exclamó—. ¡Ay! —repitió al tiempo que se aferraba a él, aterrada.

—Relájate —le dijo, abrazándola con más fuerza—. Solo correrás peligro si te pones a forcejear conmigo. Relájate, amor mío. —Le sonrió mientras la miraba a los ojos, abiertos como platos y con una expresión aturdida.

—Ya está, señorita… digo, lady Smith —comentó el sargento—. No parece usted muy suelta en la silla, pero está estupenda entre los brazos de sir Jonathan.

Acto seguido se dio la vuelta mientras reía entre dientes por su ocurrencia y desapareció en el interior del establo, sin duda para meter en cintura a los mozos de cuadra, supuso.

Entretanto, Rachel pareció relajarse un poco, aunque seguía sin mover ni un músculo. De hecho, ni siquiera había girado la cabeza y seguía con la vista clavada en el frente.

—Supongo que estás fingiendo estar sentada en un salón —aventuró él—, intentando decidirte entre la costura o una novela.

—Jamás te perdonaré por esto —dijo con voz tirante y remilgada.

Hizo girar al caballo mientras reía entre dientes y volvió a salir al patio.

Tal vez él tampoco se perdonara nunca, pensó mientras lo abrumaba el calor de su cuerpo y el perfume a gardenia.

Cuando se miraba a un jinete desde el suelo, no se tenía la impresión de que estuviera tan alto. Sin embargo, cuando uno se convertía en el jinete, o al menos en el acompañante del jinete (que era más o menos lo mismo), la tierra parecía quedar a una distancia alarmante.

Rachel era horriblemente consciente del espacio vacío que se extendía frente a ella, bajo ella y a su espalda. Si el caballo se hubiera estado quieto, quizá se habría repuesto de la impresión al cabo de un momento; pero lo de estarse quieto no era propio de los caballos. El animal comenzó a encabritarse y a avanzar de lado mientras resoplaba.

Y después se movió todavía más. Dio un giro completo haciendo que los cascos resonaran en los adoquines y echó a andar hacia el patio.

Estaba convencida de que en cualquier momento acabaría cayéndose de bruces, o de espaldas, al suelo y de que alguien tendría que recoger sus pedacitos. O tal vez acabaría despertándose al cabo de unos días en algún lugar desconocido con un chichón del tamaño de un huevo y sin recuerdos. Ni siquiera de ese mismo instante, su primer paseo a caballo en dieciséis años.

La solidez y cercanía del torso de Jonathan parecía de lo más reconfortante, así vista por el rabillo de ojo. Estaba a escasos centímetros de su hombro izquierdo. Si quería, podría apoyarse en él y así sentirse relativamente segura. Sin embargo, se negaba a mostrar semejante signo de debilidad. Enderezó la espalda a conciencia. Jonathan le rodeaba la cintura con un brazo, notó en ese instante. La sujetaría e impediría que se fuera al suelo aunque se resbalara de la silla. Sostenía las riendas con el otro brazo, que a su vez la sujetaba por la parte delantera de la cintura, ofreciéndole una barrera lo bastante sólida entre su persona y el suelo.

De hecho, se sentía arropada por el calor de su cuerpo y el olor que desprendía, ya fuera de su colonia o de su jabón.

Además, había otra cosa que la protegía de acabar de espaldas en el suelo. El muslo derecho de él, comprendió de repente al sentirlo pegado a su trasero. Porque pegada a sus rodillas estaba la cara interna del muslo izquierdo.

Le resultó raro que su presencia hubiera quedado relegada a un segundo plano, por detrás del caballo y del peligro. Claro que tampoco había tardado tanto en darse cuenta. Acababan de salir al patio, donde volvieron a cambiar de dirección para alejarse de la entrada principal de la mansión y avanzar siguiendo el lago por un prado que se extendía hasta una lejana arboleda.

—Esto es inútil —le dijo—. Jamás me convertirás en una amazona.

—Sí que lo haré —replicó él—. He decidido que aprenderás y también me he dado cuenta de que debo de ser un hombre muy obstinado que impone su voluntad a todos aquellos que lo rodean. Seguro que era un general o, como poco, un coronel. Tal vez fuera amigo íntimo del coronel Leavey y del coronel Streat.

Sin girar la cabeza, porque no se atrevió a hacerlo, supo que Jonathan estaba sonriendo. Se lo estaba pasando en grande, al igual que el día anterior, como si no tuviera ninguna preocupación en la vida.

—Supongo que todos tus hombres te odiaban —comentó con voz desagradable, arrancándole una carcajada.

—Es imposible vivir en el campo sin montar a caballo —le aseguró—. Sería una ridiculez como la copa de un pino.

—Salvo por los últimos meses, he pasado toda la vida en Londres —le recordó— y allí volveré cuando todo esto acabe.

—¿Qué vas a hacer cuando regreses? —quiso saber él.

—Encontraré un nuevo empleo —respondió—. O, si logro

hacerme con mi herencia, viviré de lo que me quede de la venta de las joyas tras haberles devuelto a mis amigas lo que les debo. ¿Qué estás haciendo?

—Azuzando al caballo para que deje de arrastrarse como un caracol y vaya al paso —contestó Jonathan.

—¿De verdad crees que vas a persuadirme para que haga esto sola algún día? —le preguntó—. ¿Yo solita en mi propio caballo?

—Esperaba que ese día fuese hoy —contestó—. Pero ya veo que fui demasiado optimista cuando pedí que te ensillaran un caballo. Tendrá que ser mañana.

—¿Qué estás haciendo? —le preguntó de nuevo.

—Haciendo que vaya al trote. —Chasqueó la lengua—. Rachel, relájate. No voy a ponerlo al galope tendido contigo y tampoco vamos a saltar ninguna cerca. Nos limitaremos a trotar por este prado tan mullido para que te acostumbres al paso del animal. No dejaré que te pase nada.

—¿A trotar? —Incluso a ella le pareció que su voz sonaba lastimera.

El fresco aire matutino era revigorizante, se percató de repente. Se había dado cuenta nada más salir de la mansión, pero en ese momento lo sintió en la cara y, cuando reunió el valor necesario para relajar los músculos del cuello y girar la cabeza con la intención de echar un vistazo a su alrededor, vio la bonita estampa que presentaba el lago junto al prado. Sus aguas estaban tranquilas y los árboles que se alzaban al otro lado teñían de verde la superficie. El prado por el que trotaban también era muy bonito, aunque llevaran tiempo sin cortar la hierba. Estaba cubierto de margaritas, ranúnculos y tréboles, lo que le confería un aspecto más agreste. Un grupo de mariposas y otros insectos alzaron el vuelo al paso del caballo. Las coloridas mariposas siguieron revoloteando sobre esa alfombra verde, blanca y amarilla que se extendía bajo sus pies. Los pájaros volaban sobre sus cabezas. Los cascos del caballo golpeaban la tierra con una relajante cadencia.

De repente, afloró a su memoria el recuerdo de aquel paseo a caballo que disfrutó cuando tenía seis años, sentada en la silla con el tío Richard mientras recorrían las calles de Londres y Hyde Park, y que la llevó a pensar que no había nada más emocionante en el mundo que cabalgar. Aquella niña había estado en lo cierto, de eso no cabía la menor duda, pensó al tiempo que se percataba de que estaban trotando, o más bien cabalgando a medio galope.

Se escuchó reír y giró la cabeza para compartir la euforia que la embargaba con el hombre sentado tras ella. Esos ojos oscuros la miraron con una expresión muy seria.

Decidió no decir nada, ya que descubrió que las mariposas también revoloteaban en su estómago. Jonathan tampoco dijo nada.

Giró la cabeza para seguir contemplando el paisaje, aunque se sentía confundida. La euforia no se había desvanecido y a ella se sumaba la poderosa reacción física que le provocaba la cercanía de ese hombre. Se preguntó de repente si habría tenido el valor de hacer lo que había hecho con él en Bruselas si lo hubiera visto vestido y en movimiento, ya fuera a pie o a caballo, y se hubiera percatado de lo viril y vital que era cuando no estaba postrado en la cama a causa de las heridas.

Posiblemente habría salido corriendo de la habitación y no habría vuelto a entrar jamás. O no. Al fin y al cabo, no se había acostado con él porque lo hubiera visto débil e indefenso, ¿verdad?

Se había dejado llevar por la locura y punto. Había cometido una terrible insensatez. Una tremenda irresponsabilidad.

Y después había accedido a poner en marcha esa descabellada farsa.

En cierta época de su vida había llegado a considerarse una mujer tremendamente sensata. No le había quedado más remedio si quería evitar que la casa de su padre fuese un caos.

Aunque no pensaba darle más vueltas a ese asunto. Se estaba divirtiendo en contra de todo pronóstico. Los árboles que antes parecían estar a tanta distancia se acercaban con rapidez. Pronto volverían al establo y su primera clase (si acaso podía llamarse así) de equitación habría concluido. Admitió a regañadientes que no le apetecía.

—¿Y bien? —le preguntó Jonathan, rompiendo el largo silencio al llegar a la linde de la arboleda. Había refrenado al caballo, de modo que iban al paso.

—Debo confesar que me ha resultado agradable —contestó con voz remilgada—. Pero estoy total y absolutamente convencida de que no podré hacer esto sola.

—Sí que podrás y lo harás —la contradijo.

Jonathan no azuzó al caballo para volver de inmediato tal como ella había esperado. En cambio, siguió hacia delante y se internó entre los árboles. En más de una ocasión se vieron obligados a agachar la cabeza cuando consideraron que las ramas eran demasiado bajas. En la linde la hierba seguía siendo alta; pero a medida que avanzaban entre los troncos, prácticamente desapareció. La espesura de las copas haría difícil que creciera algo allí abajo.

No avanzaron mucho pero, cuando se detuvieron, les llegó el sonido burbujeante del agua.

—¡Ajá, tal como sospechaba! —exclamó Jonathan—. Sabía que debía de haber un arroyo que alimentara el lago. ¿Vamos a investigar?

—La espesura es muy densa —le señaló.

—Iremos a pie —dijo él—. Quédate quietecita. Solo será un momento.

Y con eso desmontó, tras lo cual hizo una evidente mueca de dolor.

—Te has olvidado de la herida, ¿verdad? —lo reprendió, invadida de repente por la inseguridad—. Y ni siquiera te has traído el bastón.

Sin embargo, la sonrisa había vuelto a sus labios cuando alzó los brazos para bajarla, a pesar del tremendo dolor que debía de estar sufriendo a tenor de la fuerza con la que apretaba los dientes.

—Estoy harto de ser un inválido, Rachel —le dijo—, y de caminar con un bastón como si fuera un octogenario gotoso —prosiguió mientras guiaba al caballo hacia un árbol—. Vamos a buscar el arroyo.

Por suerte, ya que Jonathan iba cojeando, no estaba muy lejos. De todas formas, el paisaje mereció la pena. El arroyo no era muy ancho, pero discurría por la falda de la colina, a su derecha. La pendiente no era suficiente como para crear una cascada, pero el agua bajaba con fuerza sobre un lecho formado por piedras de diferentes tamaños que en algunos puntos quedaban cubiertas por la espuma. Los árboles se alzaban junto a ambas márgenes, creando un paraje precioso. Aunque la belleza del lugar trascendía lo que veía con los ojos. También estaba el borboteo del agua y el olor de la hierba húmeda que crecía en sus orillas. Y los trinos de los pájaros, de cientos de ellos según parecía, aunque estuvieran ocultos entre las ramas de los árboles.

Después de haber pasado toda la vida en la ciudad, aquello le pareció un trocito del paraíso. Estaba deslumbrada. Tenía la impresión de que le hubieran asestado un puñetazo en el estómago que la había dejado sin aliento.

—¿Nos sentamos? —sugirió él.

Se dio cuenta de que estaban de pie sobre una roca plana, a cuyo alrededor corría el agua con rapidez. Y también se percató de que Jonathan se estaba apretando el muslo izquierdo con la mano.

—Idiota —dijo—. Deberías seguir en la cama.

—¿Ah, sí? —replicó, regalándole su expresión más altiva. Había arqueado las cejas y la miraba por encima de esa prominente nariz—. ¿Contigo como enfermera? Creo que la inocencia de aquellos días ha desaparecido para siempre. No me regañes. La pierna está mejorando y no pienso mostrarme blando con ella ni mucho menos.

Dicho lo cual se agachó con mucho cuidado para sentarse con la pierna izquierda extendida al frente y la derecha doblada. Dejó el brazo sobre ella y se apoyó en la mano izquierda. Rachel se sentó a su lado, tan lejos como las dimensiones de la piedra se lo permitieron, y se rodeó las rodillas con ambos brazos. A veces parecía tan pícaro y divertido que se le olvidaba que también era un hombre atenazado por el pánico.

No era sir Jonathan Smith. Ella no sabía quién era. Y tampoco lo sabía él.

—Pero ¿cómo vas a volver a montar? —le preguntó.

—Eso mismo me estaba preguntando yo —respondió con una breve carcajada—. Ya lo pensaré cuando llegue el momento. Este sitio es muy bonito, y está muy resguardado. Es perfecto para disfrutar de un interludio romántico, si se está por la labor, claro.

—Pero no lo estamos —se apresuró a asegurarle.

—No —convino él—, desde luego que no.

Por extraño que pareciera, sus palabras le resultaron ofensivas. ¿Por qué tenía que recalcar tanto que la torpeza que demostrara aquella noche le había robado todo el atractivo? Lo había decepcionado. ¡Qué humillación más espantosa!

Apoyó la barbilla en las rodillas y paseó la mirada por los alrededores. Decidió que un lugar como ese podría curar las heridas del alma. No recordaba que la belleza natural la hubiera afectado tanto como en ese momento. Siempre había pensado que aborrecería el campo.

—La vida en la ciudad nos priva de muchas cosas —dijo.

—Esto es precioso —replicó él.

—¿Creciste en el campo? —quiso saber.

—¿Una pregunta capciosa, Rachel? —preguntó Jonathan a su vez tras un breve silencio—. Pero creo que puedo contestarla. Debo de haber crecido en una propiedad rural, o al menos debo de haber pasado gran parte de mi vida en una. El entorno no me resulta familiar y no creo haber estado nunca aquí. Además, tu tío no ha dado muestras de reconocerme, ¿verdad? Pero me siento cómodo. Como si este fuera mi sitio, como si perteneciera a este mundo, aunque no al lugar en concreto.

Giró la cabeza para mirarlo, pero dejó la mejilla apoyada sobre las rodillas.

—Estás encontrándote contigo mismo, creo —aventuró—. ¿Has recordado algo aunque sea insignificante?

Lo vio negar con la cabeza. Había entrecerrado los ojos para mirar el agua, que resplandecía a la luz del sol de la mañana.

—No —contestó—. Salvo los sueños recurrentes, que ni siquiera estoy seguro de que sean más que eso, sueños. Si me concentro demasiado en ellos, es posible que acabe aún más perdido. Tal vez me lleven a crear una realidad que no se parezca en lo más mínimo a la verdad. Y la mujer que me estaba esperando en la Puerta de Namur… ¿Había alguna mujer por allí cuando Strickland y tú me llevasteis a la ciudad?

—Muchísimas —respondió—, además de cientos o miles de hombres. Todo era caótico, aunque había algunas personas intentando mantener un poco de orden. Nadie te reclamó, y eso que había varias mujeres buscando frenéticamente entre los rostros de los heridos con la esperanza de reconocer a algún familiar, supongo.

—En ese caso, tal vez la mujer solo sea producto del sueño —dijo—. Pero si no es así, ¿quién era? ¿Quién es?

Era imposible encontrar una respuesta que lo tranquilizara. Se abrazó las rodillas con más fuerza.

—Y anoche tuve un sueño nuevo —prosiguió él—. Una fuente con un altísimo chorro de agua, situada en el centro de un jardín circular. Nada más. No vi los alrededores. Cuando escuché correr el agua del arroyo, creí que tal vez recordaría el origen del sueño. Pero el entorno de la fuente era un jardín muy bien cuidado. El sol se reflejaba en el agua, igual que aquí, pero allí creaba un arco iris. Hay gente que se niega a admitir que soñamos en color. Pero yo vi ese arco iris en todo su esplendor. Me pregunto si eso será una prueba de que la fuente existe de verdad en algún lugar. ¿Qué significado puede tener para mí?

—Tal vez esté en la casa donde creciste —aventuró—. En tu casa.

Jonathan guardó silencio y ella volvió a concentrarse en el sonido del agua, en los trinos de los pájaros y en el solaz que brindaba el lugar. Se preguntó si su madre habría ido a ese mismo sitio para jugar cuando era pequeña o para soñar ya de adolescente. ¿Habría ido para meditar la decisión que le cambiaría la vida? ¿Para decidir si renunciaba a su padre o si, por el contrario, desafiaba al tío Richard fugándose con él?

Hubo un tiempo (un tiempo ya lejano, tal vez anterior incluso a la muerte de su madre) en el que su padre había sido muchísimo más vital, encantador y alegre que en los últimos años de su vida, cuando la adicción al juego y, en menor medida, a la bebida lo convirtieron en un hombre amargado, de temperamento volátil e impredecible. Era fácil entender en aquel lejano entonces por qué su madre lo había arrojado todo por la borda por él. Aunque, claro estaba, de haber vivido un año más, habría tenido acceso a las joyas que en esos momentos estaban fuera de su alcance. Habrían tenido más dinero... hasta que su padre lo hubiera perdido todo en las mesas de juego, como era de esperar.

—Creo que siempre he sentido un gran apego por la tierra —dijo Jonathan—. Me pregunto si eso llegó a entristecerme, por aquello de que tal vez sea el benjamín de la familia, destinado desde el principio a acabar en el ejército. O tal vez enterrara ese apego a sabiendas de que jamás heredaría ninguna propiedad y de que nunca podría vivir cerca del lugar donde crecí.

—Has hablado de los riesgos de depositar demasiadas esperanzas en los sueños —le recordó—. ¿Te has parado a pensar en la posibilidad de que ni siquiera las suposiciones que haces sobre ti mismo sean reales? ¿Cómo puedes estar seguro de que eras un oficial del ejército?

Lo vio girar la cabeza y mirarla con las cejas enarcadas. Mientras la observaba en silencio, descubrió que le resultaba imposible escapar de esos ojos oscuros.

—No lo estoy —respondió a la postre. Se echó a reír, aunque sus carcajadas no eran ni mucho menos alegres—. No sé si lo era o no, ¿cómo voy saberlo? Pero si no soy militar, ¿qué estaba haciendo en el frente? ¿Intentar que me pegaran un tiro por gusto? Parezco un tipo temerario, ¿verdad? De modo que si asumimos que era un civil, es más fácil entender por qué estaba solo y por qué me alejaba del frente a caballo.

—Solo es una posibilidad —le recordó—. Yo sé tanto como tú. Pero se me ha ocurrido otra cosa. Suponiendo que tengas veinticinco años más o menos, lo normal es que lleves cinco o seis años en el ejército. Sin embargo, aparte de las heridas que sufrías el día que te encontré, no tienes ninguna cicatriz en el cuerpo. Me refiero a cicatrices producidas por antiguas heridas de guerra. Eso es bastante raro, ¿no? Más bien improbable, diría yo.

—Quizá siempre he sido un tipo con suerte —respondió—. O quizá tuviera la costumbre de ocultarme tras un sargento corpulento o algún soldado raso cada vez que se me acercaba alguien con un mosquete o un sable en la mano. Incluso es posible que no hubiera salido de Inglaterra antes de que me mandaran a Waterloo.

Apartó la mirada de él y volvió a apoyar la barbilla en las rodillas. Ojalá pudiera hacer algo para ayudarlo a recordar, porque así se libraría de la sensación de que su único mérito había sido salvarle la vida. Podría verlo recuperar su verdadera identidad y a sus seres queridos. Podría albergar buenos recuerdos de él cuando se fuera, una vez que se asegurara de que se había encontrado a sí mismo.

¿Habría algo que pudiera hacer?, se preguntó. ¿Algunas pesquisas que pudiera llevar a cabo por su cuenta? Tenía algunas amistades en Londres. ¿Y si les escribía y les preguntaba si sabían de algún aristócrata que hubiera desaparecido durante la batalla de Waterloo? Sería una tontería preguntarlo siquiera. Habría cientos de desaparecidos. Pero las familias de los oficiales sí habrían sido notificadas, ¿no? Claro que sus amistades no se movían en los círculos más selectos de la sociedad. ¿Debería intentarlo al menos?

Jonathan había ido a Chesbury Park con la intención de ayudarla.

—Supongo —lo escuchó decir, interrumpiendo de ese modo el hilo de sus pensamientos tras varios minutos de silencio— que ya hemos estado aquí el tiempo suficiente como para convencer a tu tío de que estoy dispuesto a educarte y de que mi naturaleza es lo bastante apasionada como para aprovechar todo lo posible los momentos que pasemos a solas.

Volvió a mirarlo a la cara. Sonreía con indolencia, olvidada una vez más la seriedad que mostrara antes o tal vez enterrada bajo la superficie de nuevo.

De repente, se inclinó hacia ella y, antes de que pudiera comprender sus intenciones, la besó en la boca.

Alejarse habría sido sencillísimo. Habría bastado con ponerse en pie, sacudirse las faldas y regresar al lugar donde el caballo los aguardaba entre los árboles. Salvo los labios, ninguna otra parte de su cuerpo la tocaba.

Sin embargo, la idea ni siquiera se le pasó por la cabeza. Siguió sentada, paralizada por la sorpresa y alguna otra emoción bastante más seductora.

Fue un beso tierno y pausado durante el cual se humedecieron los labios con las lenguas sin que estas llegaran a rozarse. No fue lascivo ni los puso en peligro de acabar enzarzados en un abrazo mucho más carnal. Pero tampoco fue fraternal ni amistoso, porque había un matiz muy sexual en él.

El beso, las emociones y sus pensamientos acabaron mezclándose con las sensaciones que le provocaba el entorno, con la belleza del lugar, con el borboteo del agua, con el susurro de las hojas y con los trinos de los pájaros. Eso era lo que su corazón llevaba deseando toda la vida, pensó. Claro que en realidad no estaba pensando, y habría sido una conclusión extraña de haberlo hecho.

Cuando Jonathan se apartó, lo miró con expresión arrobada, los labios separados y con las emociones a flor de piel.

—Eso es —dijo él—. Ya estás sonrojada y tienes toda la pinta de que acaban de besarte, Rache. Ese es el aspecto que debes tener cuando volvamos a la mansión. —Y sonrió.

Se sintió como una pánfila. Todo formaba parte de la farsa, nada más. Se puso en pie sin pérdida de tiempo y se limpió las manos en la falda.

—No recuerdo haberte dado permiso para que me llames Rache —le recriminó tontamente.

Jonathan se echó a reír.

—Eso sí que es tentar a la suerte —replicó—. A partir de ahora te llamaré Rache. Si quieres, puedes vengarte llamándome Jon.

Echó a andar entre los árboles sin esperarlo, aunque la prudencia hizo que se detuviera a cierta distancia del caballo. Y justo entonces se dio cuenta de que Jonathan era incapaz de disimular la cojera. El hecho de haberse sentado en el suelo después de la cabalgada debía de haberle agarrotado los músculos de forma considerable.

—Será mejor que vaya caminando a los establos para ver si pueden venir a buscarte con una calesa, una carreta o algo por el estilo —dijo.

—Rache, como se te ocurra dar un solo paso en esa dirección —replicó él—, olvidaré haber escuchado alguna vez la palabra «joya» y me perderé por el manido horizonte… o más bien renquearé ayudado por mi fiel bastón y serás tú quien se verá obligada a explicarle a Weston por qué debería entregarte tu herencia antes de que cumplas los veinticinco años cuando tu marido acaba de abandonarte.

—Podrías haberte limitado a decirme que no —protestó.

En ese momento ya estaba junto al flanco derecho del caballo y eso hizo que se subiera a la silla con torpeza. Pero se subió, por supuesto, y para que se quedara tranquila, supuso, solo la fuerza con la que apretaba los dientes delató el dolor que sentía, si bien no tardó en disimularlo con una sonrisa mientras la miraba desde arriba.

—Será mejor que te pongas también por este lado, Rachel —le dijo—, aunque acabarás mirando al lado contrario.

—Volveré caminando —repuso.

—Es una lástima que no podamos saber si tu tío nos está mirando desde alguna ventana —apostilló—. Si lo supiera con certeza, te cruzaría la espalda con la fusta para dejarle bien claro que has elegido un marido que sabe cómo meterte en cintura. Pon el pie en mi bota derecha si no quieres que baje ahora mismo y te suba al caballo como si fueras un saco de patatas.

Pese a la indignación que le provocaron sus palabras y al deseo de mantenerse en sus trece, la última amenaza hizo que lo obedeciera entre carcajadas. A ninguno de los dos le habría gustado ejecutar la maniobra delante de testigos, pero tras muchos forcejeos, tirones, jadeos y risas (por ambas partes), al final acabó sentada delante de él, aunque mirando hacia la derecha en lugar de a la izquierda.

—Tendré la misma vista que cuando vinimos —protestó.

—¿Eso es una queja? —le preguntó Jonathan—. Si quieres, puedo hacer que el caballo camine hacia atrás hasta los establos, aunque no creo que le gustara mucho. O también podrías pasar las piernas por encima del cuello y sentarte mirando hacia el otro lado.

Ambos estallaron en carcajadas otra vez, como si fueran un par de niños tontos, concluyó mucho después. ¿Qué tuvieron esas palabras para que se tomara su ridícula sugerencia como un desafío? Al fin y al cabo, solo había sido una broma. Aún tenía la sensación de estar a kilómetros del suelo. Sin embargo, vio que había una rama a mano y cuando se agarró a ella, experimentó una falsa sensación de seguridad y un valor que no sentía de verdad.

Pasó primero una pierna y luego la otra por encima del cuello del caballo, dejando expuestos tanto los tobillos como las pantorrillas en el proceso. Cuando por fin estuvo sentada con las piernas colgando por el flanco izquierdo del caballo y con la cintura rodeada por uno de los brazos de Jonathan al igual que antes, descubrieron que se las habían apañado para no caerse del animal y que los dos estaban muertos de la risa.

Jamás se había visto involucrada en una escena tan bochornosa.

—¿Y si te sugiriera que hicieras el trayecto a la pata coja sobre el lomo de caballo, mientras haces girar unos cuantos aros en la cintura, en el cuello, en los brazos y en la pierna alzada? —le preguntó él.

Soltó un chillido como respuesta.

—Podrías ganar una fortuna en el Astley's Amphitheater… —le aseguró mientras conducía al caballo hasta el prado, donde lo puso a un trote suave y luego a medio galope.

—Que disfrutaré cuando me haya roto todos los huesos del cuerpo —siguió ella—. Ni siquiera me harán falta las joyas.

En el trayecto de ida había estado observando el lago y sus

alrededores. En esa ocasión se extendían frente a ella los pastos, que a lo lejos daban paso a una serie de cerros medio cubiertos por zonas boscosas. Todavía le sorprendía que eso fuera Chesbury Park, el hogar de su madre, un lugar que siempre había imaginado mucho más pequeño y modesto.

—Y pensar que solo nos quedan treinta días por delante… —dijo Jonathan—. Creo que este mes tiene treinta y uno, igual que el siguiente. Julio y agosto. Treinta y un días cada uno.

—Pues los vas a necesitar todos si quieres engatusarme para que me suba a la silla de amazona y cabalgue por este prado —le advirtió.

—¡Caramba! —exclamó él—. Ya veo que la experiencia te ha encantado.

En realidad, así era. No quería que el paseo a caballo acabara. Estaba deseando que llegara el siguiente. Claro que la próxima vez cabalgaría sola e indudablemente estaría aterrada. Pero ya se había perdido demasiadas cosas en la vida al haberse visto obligada a llevar una precaria existencia en Londres por culpa de su padre. Tal vez no fuera demasiado tarde para recuperar el tiempo perdido.

—Pues no mucho, la verdad —mintió—. Pero no tengo la intención de pasarme treinta y un días mirando las musarañas.

—Tal como me imaginaba —replicó Jonathan—. Te ha encantado —repitió, echando la cabeza hacia atrás y estallando en carcajadas.

13

Desayunó solo… una triste loncha de beicon frío, salchichas medio crudas, una tostada quemada y una taza de café recalentado y aguado. Optó por no tocar los huevos, que parecían estar helados a pesar de encontrarse en el calientaplatos del aparador.

Tras regresar de los establos, Rachel había subido directamente a su habitación. Para escribir una carta, o eso había dicho.

Cuando salió a echar un vistazo por el jardín, se encontró a dos de las damas frente al parterre. Estaban sentadas en un enorme banco, una a cada lado del barón. Flossie iba vestida de negro de los pies a la cabeza, incluida la sombrilla de encaje, mientras que Phyllis iba de rosa. Conformaban una estampa la mar de respetable. Reprimió las ganas de echase a reír mientras se acercaba, intentando no apoyarse demasiado en el bastón. La pierna estaba aguantando bastante bien después del paseo a caballo.

—Vaya, aquí llega sir Jonathan —dijo Flossie, haciendo girar la sombrilla.

—Buenos días. —Weston inclinó la cabeza al tiempo que él los saludaba con una reverencia.

—¡Los vimos por la ventana hace un rato, sir Jonathan! —exclamó Phyllis—, ¿verdad, Flora? Y convencimos al querido lord Weston para que saliera con nosotras y echara un vistazo. Se las ha arreglado a las mil maravillas para que Rachel no corriera peligro mientras montaba. Y déjeme decirle que hacían una pareja maravillosa y muy romántica.

Alleyne premió sus palabras con una sonrisa.

—Hemos dado con el arroyo que discurre por la arboleda, señor, y nos hemos demorado un rato. Es un lugar maravilloso.

Weston asintió con la cabeza. Su aspecto no parecía haber mejorado tras una noche de sueño.

—El encargado de los establos me ha transmitido sus quejas —dijo el barón—. Según él, su ayuda de cámara ha estado interfiriendo en el manejo de los establos.

Cuando salieron de allí después de soltar el caballo, Strickland estaba sin camisa, limpiando las cuadras ayudado por unos cuantos mozos. Se había ofrecido a acompañarlo a la mansión para ayudarlo a quitarse el traje de montar, pero había declinado la oferta.

—Le pido disculpas, señor —le aseguró—. Mi ayuda de cámara fue sargento de infantería hasta que perdió el ojo en la batalla de Waterloo. Está acostumbrado a trabajar duro y a ordenarles a otros hombres que hagan lo propio cuando hay trabajo por hacer.

—¿Y había trabajo por hacer en los establos? —preguntó el barón con el ceño fruncido.

Titubeó al responder. Permitir que su ayuda de cámara les diera órdenes a los mozos de cuadra de Chesbury Park para adecentar los establos era una falta de etiqueta que no lo ayudaría a granjearse la amistad del barón Weston.

—Era muy temprano, señor —adujo—, cuando Strickland me acompañó a los establos para ayudarme a montar, ya que era la primera vez que me subía a un caballo desde que me herí la pierna. Solo había un mozo y un sinfín de cosas que hacer para atender a los caballos y limpiar las cuadras. Estoy seguro de que las tareas ya se habrían hecho o estarían a punto de completarse si hubiéramos llegado una hora más tarde. Le diré a mi ayuda de cámara que en el futuro restrinja sus servicios a mi persona.

Weston seguía frunciendo el ceño.

—No he salido de la casa desde que tuve el ataque hace varios meses —dijo—. Tal vez la disciplina se haya relajado un tanto. Me encargaré del asunto.

Le hizo gracia ver que Flossie le colocaba al barón una mano en el brazo.

—Pero no debe fatigarse, milord —le recordó—. De ninguna de las maneras, ni siquiera para entretenernos. Le aseguro que somos perfectamente capaces de hacerlo solas. Y nos esforzaremos para hacerle más agradable la vida, ¿no es así, Phyll?

—Es muy amable, señora —replicó el barón. Pero su expresión seguía siendo ceñuda y parecía distraído—. El jardín está plagado de malas hierbas.

También había hierbajos por los senderos de gravilla.

—Hasta las malas hierbas tienen su encanto —dijo Flossie—. La verdad es que nunca he comprendido por qué algunas plantas son calificadas de flores mientras que otras, igual de hermosas, son tachadas de malas hierbas.

—Está intentando que me sienta mejor, señora Street —protestó lord Weston con una sonrisa—, y lo está consiguiendo. De todas formas, hablaré con el jardinero jefe.

—A mí sí que me gustaría decirle un par de cosas a su cocinera —replicó ella al tiempo que bajaba la sombrilla abierta de modo que la punta quedó apoyada en el suelo—, milord. Sin ánimo de ofender, creo que necesita algunos consejos.

El comentario lo sobresaltó. Ese día iban a acabar de patitas en la calle si no se andaban con cuidado con lo que decían.

Flossie se echo a reír, una risilla comedida totalmente opuesta a las carcajadas que solía proferir cuando algo le hacía gracia.

—No hace falta una larga relación con mi cuñada para saber que es una apasionada de la cocina, milord —comentó—. El coronel Leavey tiene su propia cocinera cuando está en casa, pero la pobre suele acabar de brazos cruzados. Phyllis es incapaz de pasar el día fuera de la cocina. Es muy exigente con los platos de los demás, solo los suyos superan su listón. Y déjeme decirle que está bastante alto.

El barón suspiró.

—Últimamente no he tenido mucho apetito —les confesó—,

pero a pesar de todo me he dado cuenta de que la comida que prepara mi cocinera deja mucho que desear. Encontrarle una sustituta aquí en el campo va a ser difícil. De todas maneras, no puedo permitir que una invitada trabaje en la cocina, señora.

—Le aseguro que será un placer para mí, milord —lo tranquilizó Phyllis—. Creo que iré ahora mismo a la cocina y le echaré un vistazo al menú para hoy. Estoy segura de que se me ocurrirán unos cuantos cambios la mar de oportunos. —Se puso en pie sin más demora, ansiosa, encantada y radiante.

Flossie también se levantó y miró al barón mientras le daba vueltas a la sombrilla sobre su cabeza.

—Ha sido muy amable al acompañarnos aquí fuera, milord —le dijo—, pero ahora debería volver a la casa y descansar un poco. Sobre todo si vamos a recibir visitas esta tarde. Lo acompaño al interior. Tengo que escribir algunas cartas, así que le agradecería mucho que me indicara dónde encontrar papel y pluma.

Se cogió del brazo de Weston cuando el barón se puso en pie y los dos se alejaron por el sendero con paso tranquilo y, al parecer, muy bien avenidos.

Phyllis se quedó con él.

—Pobre hombre —dijo cuando se alejaron lo bastante como para que no pudieran oírla—. Se están aprovechando de él con total desvergüenza. Parece que los establos están mal atendidos, igual que los jardines. Gerry dice que la cocinera le da a la ginebra, y el ama de llaves, a la ginebra y al oporto y apenas sale de su habitación. Además, el mayordomo es uno de esos viejos chochos incapaces de controlar a la servidumbre.

—No me cabe duda de que, entre Geraldine y tú —replicó con una sonrisa—, solucionaréis al menos la situación de la cocina. Te confieso que mi estómago ha estado protestando por lo que le han servido hasta el momento, aunque sea de mala educación que un invitado se queje.

—Pues ya te puedes preparar para un almuerzo de chuparse los dedos —le prometió—. Rodarán cabezas cuando entre en la cocina. Me respalda toda la autoridad del coronel. —Soltó una maliciosa carcajada.

Se echó a reír mientras la veía alejarse. Flossie ya estaba ayudando al barón a subir los escalones. ¡Vaya par! Parecían estar disfrutando de lo lindo. ¿Esa tarde iban a tener visita? La farsa se enmarañaba cada vez más. En fin, era inútil darle más vueltas. Ya estaban metidos en ella hasta el cuello y, como un personaje literario (tal vez Macbeth) dijo, retroceder a esas alturas era tan difícil como avanzar.

Se sentó en el banco que habían dejado libre. Había salido con la intención de buscar al administrador para que lo llevara a ver los campos de labor, pero tal vez sería mejor dejarlo para otro día y estar con Rachel cuando llegaran las visitas. Además, Strickland ya estaba dejando su sello en los establos y Phyllis iba a invadir la cocina. Tenía que evitar que el interés que pudiera mostrar por la propiedad fuera tildado de interferencia.

El problema era que le interesaba de verdad. Seguía dándole vueltas a las palabras que le había dicho a Rachel un poco antes. Sí, debía de haber crecido en el campo. Se sentía inmerso en ese tipo de vida. Y sin duda debía de haber amado la tierra. Echó un vistazo a su alrededor y lo que vio lo alegró tanto después de las semanas pasadas en Bruselas y en el viaje que se habría puesto a llorar de buena gana.

¿Era el benjamín de alguna familia? ¿Era un oficial del ejército? Qué mal debió de sentirse al saberse incapaz siquiera de considerar la opción de quedarse en una tierra que no era suya, sino de su padre y, posteriormente, de su hermano mayor. ¿Cómo se había enfrentado a sus sentimientos? ¿Se había enfadado, se había convertido en una persona insufrible y rencorosa? No se imaginaba de esa manera, pero ¿quién sabía? ¿La pérdida de memoria podría explicar un cambio de personalidad? ¿Había suprimido lo que sentía, la inquietud y la insatisfacción? ¿Había odiado la vida militar o había fingido que le gustaba? ¿Se había limitado a sacarle el mejor partido a las circunstancias? Tal vez ni siquiera fuese un oficial. ¿Se había dedicado a dar tumbos por la vida sin más? ¿Había disfrutado de los medios para permitírselo?

Tal vez buscara empleo como administrador si no recuperaba nunca la memoria y le era imposible encontrar a su familia. Tal vez hubiera sido precisamente eso. Al fin y al cabo, era una posición respetable para un caballero, y, aunque se sabía un caballero, desconocía su relevancia en el escalafón social. Tal vez el trabajo siempre hubiera sido una obligación para él. Pero ¿qué pintaba un administrador merodeando por el bosque de Soignes con una bala en el muslo mientras se libraba la batalla de Waterloo?

Envidiaba a Rachel y a Flossie por estar escribiendo cartas. Quizá no fuera una actividad que le gustase especialmente, pero deseó que hubiera alguien, cualquiera, a quien escribir. ¿Había sido él el autor de la carta que aparecía constantemente en sus sueños?, se preguntó. ¿O se la había enviado alguien? Una tercera posibilidad que no se le había ocurrido hasta el momento era que ni la hubiera escrito él ni tampoco estuviera dirigida a su persona. Tal vez solo fuera el mensajero.

Cerró los ojos e intentó imaginarse el posible escenario. ¿De quién? ¿Para quién? ¿Y a santo de qué estaba él involucrado?

El ya conocido dolor de cabeza hizo su aparición detrás de los ojos.

Cuando los abrió de nuevo, le alegró ver a Bridget y a Rachel paseando por el jardín. Se puso en pie para saludarlas.

Rachel se había puesto un vestido mañanero de muselina bordada. En ese momento recordó con cierta incomodidad que había vuelto a besarla junto al arroyo. Se había prometido no volver a hacerlo jamás. Aunque había intentado enmendar el error con una excusa plausible, no había sido su intención besarla. El problema era que estaba radiante en el campo. ¡Maldición!, pensó. Para colmo, sus piruetas a lomos del caballo habían hecho que se desternillaran de la risa como dos niños, y le habían otorgado un atractivo irresistible.

Cuando le sugirió acompañarla a Chesbury Park no pensaba encontrarla irresistible. Quería sentirse libre cuando la dejara con su tío. No podía averiguar de ningún modo las cargas emocionales y personales que había dejado atrás por la pérdida de memoria y que volvería a recuperar cuando la recobrara. Evidentemente no le hacían falta más problemas.

Se dio cuenta de que Rachel no llevaba bonete. Su cabello

brillaba como oro bruñido al sol. Bridget llevaba una cesta larga y estrecha bajo el brazo. Con el cabello castaño, el bonete de paja y la sonrisa relajada, parecía mucho más joven que en Bruselas. Era una mujer muy agradable y bonita aunque debía de tener más de treinta años.

—Pensaba cortar unas flores para alegrar la casa —le dijo cuando estuvieron más cerca—. Siéntate, que Rachel se quedará contigo. Deberías descansar la pierna todo lo posible.

—Sí, señora —accedió con una sonrisa y aguardó a que Rachel se sentara para hacer lo propio—. ¿Estás segura de que distingues las flores de las malas hierbas?

—¡Está todo plagado de malas hierbas! —exclamó al tiempo que recorría el parterre con una mirada crítica—. Tendría que haber traído una azada. Me encantaría ponerme manos a la obra con el jardín. Está que da pena.

—Pues a mí me parece perfecto, Bridget —dijo Rachel.

—Eso es porque has crecido en la ciudad, querida —replicó la aludida.

—¿Y tú no? —le preguntó él.

—No —contestó—. Crecí en una casa parroquial. Mi padre era párroco, pero muy pobre. Y éramos siete hermanos. Yo era la mayor. Me encantaba ayudar a mi madre en el jardín y en el huerto. Las flores estaban en la parte delantera y las hortalizas, en la trasera. Hundir las manos en la tierra es la sensación más maravillosa del mundo. Creo que me habría casado con Charlie Perrie si su casa hubiera tenido un jardín, unas cuantas gallinas e incluso un cerdo, pese a su seriedad y a su tacañería. Pero no tenía jardín, de modo que me fui a Londres con dieciséis años para labrarme un porvenir. El señor York me hizo la mujer más feliz del mundo cuando me contrató como niñera de Rachel y el trabajo me duró seis años. No me quejo de la vida que he llevado desde entonces, pero tener un jardín es un sueño hecho realidad. Si podemos permitirnos la casa de huéspedes, va a tener un jardín enorme. Y una cocina muy grande para Phyll. En fin, ya os he aburrido bastante. Será mejor que me vaya a cortar algunas flores.

Caminó entre las flores antes de agacharse y ponerse manos a la obra.

—¿Fue Bridget quien te enseñó a leer? —le preguntó a Rachel.

—Creo que debió de ser mi madre —respondió ella—. O tal vez mi padre. Le gustaba leer y era un hombre muy culto. Solía leerme cuando era muy pequeña.

—¿Cómo era tu vida? —quiso saber.

—Creo que tenía una relación muy estrecha con mi madre —contestó tras meditar un momento la respuesta—. Recuerdo que armé unos cuantos berrinches cuando Bridget apareció… para ocupar su lugar, tal como lo veía entonces. Pero pronto llegué a quererla como a una segunda madre. Así de inconstante es la niñez. Me entristecí muchísimo cuando se marchó y la cosa fue empeorando debido a la afición de mi padre por el juego y la bebida. Aunque sí me gustó hacerme con las riendas, ser la responsable de la casa, y creo que se me dio bastante bien. Aprendí a llevar una vida frugal y a ahorrar todo lo posible durante los buenos tiempos para poder sobrevivir a las malas rachas, aunque durante los últimos años fueron una constante. Quería a mi padre y guardo con mucho cariño los recuerdos de aquellos días en los que me demostraba su amor incondicional con alegría y me permitía quererlo. Pero hacia el final de su vida era muy raro que eso sucediera.

—¿Nunca fuiste a la escuela? —le preguntó.

—No. —Meneó la cabeza.

—¿Tenías amigos?

—Unos cuantos. —Bajó la vista hacia las manos—. Teníamos unos buenos vecinos con quienes sigo manteniéndome en contacto.

Había sido una niña muy solitaria y falta de cariño, pensó mientras contemplaba su perfil con los ojos entrecerrados. Y supuso que, desde que Bridget se marchó, había pasado años deseando que alguien la quisiera. Deseando tener amigos. Pero le había sacado el mayor partido a su situación. No era ninguna pusilánime.

Había tomado la decisión equivocada, concluyó. En lugar de lanzarse de cabeza a esa farsa como un niño atolondrado, debería haber insistido para que aceptara su primera idea. Ese era el lugar donde debería vivir para siempre. Debía ser la señorita York de Chesbury Park. Comenzaba a tener serias dudas sobre la opinión que Rachel tenía de su tío.

En ese momento ella giró la cabeza para mirarlo.

—No fue una mala vida —le aseguró—. No quiero darte la impresión de que mi padre era cruel conmigo, de que no me trataba bien o de que yo lo odiaba. Porque no fue así ni mucho menos. Creo que estaba enfermo. No pudo evitar que acabáramos en la ruina. Después cogió lo que parecía un resfriado inofensivo y murió a los tres días.

—Lo siento —le dijo.

—Yo no. —Esbozó una sonrisa tirante—. Su vida acabó siendo un tormento. Para él y para mí.

Sin embargo, se mordió el labio superior y apartó la vista con rapidez para ocultarle las lágrimas. Vio que una caía sobre el dorso de su mano. Resistió el impulso de pasarle un brazo por los hombros. No agradecería su lástima.

—Y ahora crees que tus joyas pueden resolver todos tus problemas —concluyó— y que te permitirán vivir feliz para siempre.

La vio levantar la cabeza bruscamente, con los ojos aún llenos de lágrimas.

—¡No, por supuesto que no! —gritó mientras se ponía en pie de un salto y lo fulminaba con la mirada—. El dinero no me devolverá a mi padre ni hará que vuelva a ser como era antes, ni como lo fue cuando conoció a mi madre y se enamoraron. El dinero no me hará feliz. No soy estúpida, Jonathan. Pero solo la gente que nada en dinero puede hacerle ascos. Para el resto de los mortales es importante. Al menos puede poner un plato de comida en la mesa y puede comprar ropa, y al menos puede alimentar nuestros sueños. Debes de proceder de una familia muy rica, de lo contrario jamás habrías dicho algo así. Y creo que te pareces mucho a mi padre. Eres un jugador. La última vez que jugaste, cuando estábamos en Bruselas, dio la casualidad de que la suerte estuvo de tu parte y ganaste lo suficiente como para despreocuparte del dinero. Puede que la próxima vez no seas tan afortunado.

—Rachel, no era eso lo que quería decir —le aseguró, inclinándose hacia delante para intentar cogerle la mano, si bien ella la apartó de un tirón.

—¡Desde luego que sí! —exclamó—. Es lo que se suele decir cuando se ofende a alguien. ¿A qué si no te ibas a referir? Soy la hija de un manirroto y he tenido que vivir de mi ingenio, eso es lo que estabas pensando. Y crees que si consigo echarle el guante a mis joyas, despilfarraré la fortuna de la misma manera que mi padre despilfarraba sus ganancias, de modo que volveré a ser pobre. Para colmo, solo soy una mujer. Eso era lo que estabas pensando, ¿no? ¿Qué saben las mujeres de hacer planes de ahorro y de moderarse en los gastos?

—Estás haciendo muchas conjeturas sobre lo que pienso —replicó—. De todas formas, siento no haber medido mis palabras. Lo siento mucho.

Lo que él había querido decir era que necesitaba mucho más que dinero. Necesitaba una familia y amigos. Necesitaba un hogar. Necesitaba encontrar el amor, o que el amor la encontrara a ella. No necesariamente un amor sexual, aunque sin duda alguna también lo encontraría con el tiempo. Necesitaba un hogar. Necesitaba Chesbury Park y a Weston, pero había sido demasiado terca tras la muerte de su padre como para darse cuenta y en esos momentos se había puesto en una situación muy comprometida que tal vez imposibilitara una reconciliación entre ellos.

¡Maldición!, pensó. Él era el culpable.

Lo que había querido decir era que tal vez esa mansión escondiera un tesoro mucho más fabuloso que sus joyas. Y que Weston estaba tan solo y tan falto de cariño como ella.

Sin embargo, reconocía que se había expresado con suma torpeza y que había sido el inductor de ese fraude urdido para que se hiciera con las joyas antes de tiempo.

—No —lo corrigió—, no lo sientes. Los hombres nunca lo sienten. Los hombres establecéis las reglas y las mujeres solo somos unas criaturas estúpidas e incapaces de saber qué nos hará felices. Pero yo sé que no quieres estar aquí y eso que fuiste tú quien sugirió que viniéramos así, fingiendo lo que no somos. Estás atrapado durante un mes. ¡No me importa nada lo que opines de mí o de mi deseo de manejar mi fortuna! ¡Nada!

Se puso en pie sin la ayuda del bastón. Saltaba a la vista que ella estaba muy alterada; demasiado alterada para la ofensa que había sufrido. De modo que lo achacó al descubrimiento de que la realidad de encontrarse en Chesbury Park era totalmente distinta a lo que se había imaginado. Eso aumentaba sus remordimientos.

—Rachel, tal vez debiéramos acabar con esta farsa —dijo, y no por primera vez—. Le explicaré la situación a tu tío, las damas podrán marcharse para reorganizar su vida según les convenga y tú podrás quedarte a vivir aquí.

—¡Claro, cómo no! —exclamó—. Típico de ti el sugerir algo así una vez pasada la novedad de la broma. Sabía que me dejarías aquí donde no me quieren y donde yo no quiero estar, que me obligarías a abandonar a mis amigas a la suerte de una vida que no quiero ni imaginar. Pues no va a ser así, tenlo por seguro. —Extendió el brazo y le dio un empujón en el pecho.

Aunque no lo hizo con mucha fuerza, lo pilló desequilibrado porque estaba intentando apoyarse un poco en la pierna izquierda. Así que cayó de espaldas con muy poca elegancia sobre el banco. Enarcó las cejas.

—Mira lo que me has obligado a hacer —protestó, enfadada—. ¡Es la primera vez que tiro a alguien de un empujón!

—Yo diría que es la primera vez que me tiran de un empujón —replicó—. Aunque supongo que me lo merezco. No elegí bien las palabras, cosa que recordaré para la próxima vez que quiera ser amable contigo cuando estés susceptible.

—¡Amable! —repitió con desdén—. ¡Yo no estoy susceptible!

Sin embargo, antes de que pudiera seguir con su diatriba, Bridget apareció de la nada con la cesta llena de flores.

—¿Qué ha pasado? —preguntó—. ¿Te has caído? Te dije que…

—Es solo una riña de enamorados —contestó con una sonrisa, aunque se sentía bastante tonto—. La primera. Y es culpa mía, por supuesto. Rachel me ha empujado.

—Todo esto parecía una idea muy brillante en Bruselas —musitó Rachel—. Todo el mundo creyó que sería muy divertido. Y así ha sido, y así seguirá siendo. Creo que el tío Richard se está muriendo. —Se alzó las vaporosas faldas del vestido tras pronunciar el discordante comentario y se alejó casi a la carrera por el sendero, de vuelta a la casa.

Habría ido tras ella, pero Bridget lo detuvo poniéndole la mano en el brazo.

—Deja que se vaya —le aconsejó—. Recuerdo que solía llorar desconsolada todas las noches por su madre. Y también recuerdo el día que uno de los amigotes del señor York hizo añicos su preciosa muñeca de porcelana. Recogió los pedazos en una vieja manta y lloró sobre ellos un sinfín de noches. Pero en realidad lloraba por su tío. Tras la muerte de su madre irrumpió en su vida como un rayo de sol y le regaló la muñeca. Después desapareció tan rápido como había llegado. Se sobrepuso a todo en un año y luego se convirtió en una niña de increíble fortaleza y fuerza de voluntad. Ahora me pregunto si de verdad se sobrepuso. Odia a lord Weston. Aunque en realidad está desesperada por quererlo y jamás lo admitirá, ni siquiera ante sí misma. Es el hermano de su madre… El único vínculo que le queda con sus raíces.

—¡Válgame Dios! —musitó con un suspiro—. Justo lo que me imaginaba. Mira el embrollo en el que la he metido.

—No te preocupes —lo tranquilizó—. Todo saldrá bien, ya lo verás.

Ojalá pudiera ser tan optimista…

14

*M*edia hora después, sin que Rachel hubiera tenido apenas tiempo para recuperar la compostura tras la pelea que parecía haber surgido de la nada y que la había alterado hasta el punto de atacar a otro ser humano, llamaron a su puerta y Geraldine entró sin esperar a que le diera permiso.

—¡Menuda se ha armado, Rache! —exclamó—. Phyll está librando una batalla en la cocina. Se ha hecho cargo de las ayudantes de la cocinera y también de los fogones, pero la cocinera se ha retirado para reagruparse y lanzar el contraataque. El ama de llaves y ella han recurrido a la ginebra para fortalecerse. Cuando se armen de valor, las cacerolas y los juramentos empezarán a volar de un lado para otro, te lo digo yo. Y como no quiero perdérmelo, iré al grano: el barón quiere verte en sus aposentos. Será mejor que vayas. Si descubres dónde tiene tus joyas, esta noche me planto la capa y la máscara, me pongo un cuchillo entre los dientes y busco alguna hiedra por la que trepar cuando la luna haya desaparecido.

Se echó a reír muy a su pesar, aunque deseó estar en cualquier otro lugar mientras caminaba hacia los aposentos de su tío. De repente, todas las mentiras y los engaños le parecieron despreciables. Sin embargo, ¿qué otra cosa podía hacer sino seguir con el plan? De todas formas, no era la única implicada en esa farsa. No desenmascararía a sus amigas.

Odiaba a Jonathan. Lo odiaba de verdad. Seguro que era un

ricachón arrogante, frío y desalmado en su otra vida. Pasó por alto el detalle de que no le había devuelto el empujón, sino que se había disculpado con ella.

—Entra y siéntate, Rachel —le indicó su tío después de que su ayuda de cámara la hiciera pasar.

Se percató de que no se ponía en pie para recibirla. Tenía las piernas alzadas sobre un escabel. Aunque parecía exhausto, sus ojos la observaron con detenimiento mientras atravesaba la estancia y se sentaba donde le había indicado. Estaban de frente a un ventanal con vistas al jardín de la fachada principal y a los prados.

—Tío Richard —le dijo—, ¿cómo estás? Quiero saber cómo estás de verdad.

—Es un problema de corazón —le contestó—. Me está fallando lentamente… o rápidamente. ¿Quién sabe? He sufrido unos cuantos ataques durante los últimos tres años, el más reciente fue en febrero. Me estaba recuperando bastante bien, pero sucedió algo que me alteró. Y después apareciste tú.

¿La metía en el mismo saco que ocupaba el acontecimiento que lo había alterado hacía poco? Bueno, tampoco tenía derecho a protestar. Después de rechazar la invitación que su tío le hizo el año anterior, iba y se presentaba de repente. Ni siquiera le había escrito para avisarle de su llegada. Y para colmo llevaba a una caterva de personas consigo.

Ni siquiera se le había ocurrido que habría envejecido en esos dieciséis años. Ni que estuviera delicado de salud. Había esperado encontrarse con el mismo hombre fuerte y seguro de sí mismo… pero en ese caso habría sabido a qué atenerse.

—Nos iremos mañana si quieres —dijo—. Hoy mismo.

—No me refería a eso —señaló él—. ¿Conoces bien al señor Smith, Rachel? ¿Hasta qué punto? Es apuesto y encantador, lo admito… Al menos, cuando le conviene. No te habrás casado con él porque como dama de compañía tus opciones eran limitadas, ¿verdad? Porque eso habría sido una tontería. Algún día serás una mujer muy rica. Ya lo serías si te hubieras casado con mi consentimiento durante este último año.

—Amo a Jonathan —le aseguró—. Y sé que es un hombre con el que puedo llevar una vida tranquila y feliz. No podrías haber escogido mejor hombre para mí del que he elegido yo, tío Richard.

—Y, sin embargo —replicó—, esta mañana habéis mantenido una violenta discusión. Supongo que te insultó y por eso tú lo empujaste.

Cerró los ojos un instante. ¡Por supuesto! Habría visto el altercado con todo lujo de detalles desde el ventanal. Veía perfectamente el banco donde se habían sentado sin tener siquiera que estirar el cuello. Menos mal que no había abierto la ventana y, por tanto, no había escuchado ni una sola palabra.

—No ha sido nada —afirmó—. Un par de comentarios salidos de tono que olvidamos enseguida. De verdad.

—No en el momento de la discusión —recalcó su tío—. Te marchaste enfadada y él no intentó detenerte.

—No ha sido nada serio —repitió, abriendo las manos sobre el regazo.

—Espero de todo corazón que no hayas cometido el mismo error que tu madre, Rachel —dijo.

Levantó la cabeza con brusquedad para mirarlo.

—¿Cómo sabes que fue un error? —le preguntó—. Te opusiste a su matrimonio y después, cuando se fugó, cortaste la relación con ella y no volviste a verla hasta que murió. ¿Cómo sabes si fue o no feliz durante todos esos años? ¿Cómo sabes si habría sido feliz o no de haber sobrevivido a mi padre?

Su tío suspiró.

—No hablaré mal de York —dijo—. Era tu padre y estoy convencido de que lo querías. Sería antinatural que no lo hicieras.

—Lo adoraba —replicó con vehemencia, aunque era muy consciente de que estaba a la defensiva. Había querido a su padre hasta el final, pero no había sido una tarea sencilla. En ocasiones lo había detestado—. ¿Qué derecho tienes a juzgarnos? —le preguntó—. ¿Qué derecho tenías a cortar la relación con tu única hermana porque no aprobabas al hombre que había elegido como esposo y a aparecer años después para regodearte sobre su tumba? ¿Qué derecho tenías a ganarte el cariño de una niña, a comprarlo con helados, muñecas y paseos a caballo, para desaparecer de su vida al poco tiempo y dejarla con la creciente sospecha de que se había mostrado indigna de tu amor? ¡Era tu sobrina! ¿Qué culpa tenía yo de que desaprobaras a mi padre? Olvidaste que también era la hija de tu hermana. Una persona por derecho propio.

—Rachel… —Lo vio cerrar los ojos y apoyar la cabeza contra el respaldo del sillón mientras se llevaba la mano al pecho—. Rachel…

Se puso en pie con las piernas temblorosas.

—Lo siento —le dijo—. Lo siento mucho, tío Richard. Por favor, perdóname. Nunca discuto… y esta mañana ya lo he hecho en dos ocasiones y con dos personas distintas. He venido a Chesbury Park libremente. Es imperdonable que las haya pagado contigo como si fueras tú quien ha invadido mi casa. Todo eso sucedió hace mucho tiempo y la verdad es que me ofreciste tu hogar cuando mi padre murió, aunque el ofrecimiento llevara la amenaza implícita de casarme con alguien de tu elección.

—La amenaza… —Se echó a reír por lo bajo—. Rachel, tenías veintiún años y, hasta donde yo sabía, no habías tenido la oportunidad de conocer a ningún pretendiente aceptable. Tu padre no había organizado ningún tipo de presentación en sociedad. Solo quise hacerte un favor.

—En fin —replicó—, esa no fue la impresión que me dio tu carta. Aunque tal vez fue porque estaba predispuesta en tu contra. No me diste el pésame por la muerte de mi padre.

—Porque me alegré —confesó con un deje fatigado en la voz—. Creí que su muerte te brindaría por fin la oportunidad de disfrutar de la vida y de tu juventud. Fui muy desconsiderado al no comprender que tú estarías apenada.

—Ya no importa —le aseguró—. He aprovechado mi oportunidad de ser feliz, pero no a ciegas, tío Richard. He escogido a un hombre que es aceptable y agradable. He elegido a alguien a quien puedo querer y que a su vez me quiere.

En ese momento se encontraba tan metida en el papel que estaba absolutamente convencida de que adoraba a Jonathan.

—¿Te traigo algo? —le preguntó—. ¿Algo de beber, quizá?

—No. —Negó con la cabeza.

—No sabía que estabas enfermo —le aseguró—. Te he disgustado al venir. Debería haberme mantenido alejada.

—Hace veintitrés años que tu madre se marchó de esta casa —replicó su tío—. Era quince años más joven que yo; para mí era más una hija que una hermana. La quería muchísimo. Pero era impulsiva, testaruda y una romántica sin remedio. No manejé bien la situación con York y, aunque mi matrimonio fue satisfactorio, ha habido un vacío en mi vida desde que tu madre se fue. Me alegro de que hayas venido. —Cerró los ojos.

Un vacío que ella podría haber llenado en cualquier momento desde la muerte de su madre, pensó, dividida entre un dolor indescriptible y una ira galopante. Pero no volvería a pelearse con él. Realmente había sido una persona muy tranquila hasta ese momento. Gracias a eso había podido manejar a su padre, a sus amigos y al caos de sus vidas.

—Tío Richard, dame mis joyas —le pidió—. Sabré utilizarlas, al igual que Jonathan. Nos quedaremos unos cuantos días más y luego te dejaremos en paz. Te escribiré. Vendré de visita.

Le escribiría, se juró. Se lo confesaría todo. Y si la perdonaba, iría a visitarlo siempre que pudiera. Intentaría no esgrimir el pasado en su contra. Tal vez incluso pudieran entablar una relación normal entre tío y sobrina.

—No tengo prisa por que te marches —le dijo él—. Ha pasado mucho tiempo desde la última vez que hubo gente joven en esta casa. Y me gustan tus amigas. Son unas damas encantadoras. Ha pasado mucho tiempo desde la última vez que tuve invitados. Solo veo a mis vecinos en la iglesia. Han pasado por lo menos veinte años desde la última vez que se celebró un baile en Chesbury Park. Celebraremos uno este mes. Quédate para que podamos conocernos y para que pueda conocer a tu esposo.

Se mordió el labio. La magnitud del engaño se hacía más evidente y dolorosa con cada hora que pasaba.

—¿Y las joyas? —le preguntó.

Su tío se tomó su tiempo antes de contestar:

—No puedo prometer que te las daré, Rachel, ni siquiera a final de mes —contestó—. Ya veremos. Smith es capaz de mantenerte si lo que dijo es cierto, de modo que no necesitas venderlas. En cuanto a lo de ponértelas… Bueno, son piezas antiguas y demasiado recargadas para una muchacha tan joven. Son una herencia de familia encomendada a mi cuidado. Primero por mi madre y después por la tuya.

De modo que la farsa no serviría para nada, pensó… Solo tenía el rayito de esperanza de ese «Ya veremos».

Podría haber discutido. Pero se percató de que había vuelto a llevarse la mano al pecho y de que su rostro había adquirido ese tono ceniciento. No había abierto los ojos. Lo miró alarmada. Sin embargo, aunque se inclinó hacia él, fue incapaz de tocarlo.

—Te he agotado, tío Richard —dijo—. ¿Quieres que avise a tu ayuda de cámara?

Salió a toda prisa de la habitación sin esperar respuesta, pero no hizo falta que fuera a buscar al ayuda de cámara porque estaba al otro lado de la puerta, paseándose con nerviosismo de un lado para otro.

Había sido una mañana muy extraña, pensó mientras bajaba las escaleras. Le había parecido tan larga como un día… o como una semana. Emocionalmente se sentía exhausta. Jamás había habido grandes pasiones en su vida, ni positivas ni negativas. En ese momento la pasión parecía inundarlo todo.

La cocinera y el ama de llaves contraatacaron exponiéndole su situación al barón Weston. El ama de llaves sacó el as que guardaba en la manga de inmediato. Si su señoría no confiaba en ella para contratar a las personas más cualificadas para cada puesto de la casa, dimitiría al punto, anunció. No pensaba tolerar que una completa desconocida invadiera su cocina y molestara a su cocinera hasta el punto de que la pobre mujer fuera incapaz de preparar un plato decente mientras la señora Leavey siguiera en Chesbury Park.

El barón Weston despidió a la cocinera y aceptó la dimisión del ama de llaves.

—No me había percatado de lo insulsas que habían llegado a ser las comidas —dijo esa noche en el salón después de la cena—. Se lo agradezco de todo corazón, señora. Ni en Carlton House habrían servido una cena más deliciosa que la que nos ha preparado esta noche. Creí que no tenía apetito, pero he comido bastante.

Phyllis se sonrojó.

—Y las pastas que tomamos esta tarde con el té estaban exquisitas —continuó—. Todos mis vecinos intentarán quitarme a mi cocinera. —Se echó a reír y su aspecto mejoró de pronto, pensó Alleyne.

El señor y la señora Rothe habían ido esa tarde a tomar el té, acompañados por su hijo y sus dos hijas. Al igual que la señora Johnson, su hermana, la señorita Twigge, y el reverendo y su esposa, la señora Crowell. Todos habían confesado estar encantados de conocer a la sobrina del barón y a su flamante esposo. Todos se habían quedado maravillados con Flossie y Phyllis, que había abandonado sus deberes culinarios durante una hora. La señora Crowell había disfrutado de una agradable charla con Bridget. Habían hablado de flores, hortalizas, setos y varios temas relacionados con la jardinería, a juzgar por lo poco que había escuchado.

—Por supuesto, no espero que siga trabajando en la cocina, señora —concluyó con un suspiro—. Mañana veré qué solución propone mi administrador.

—Pero, milord, ¡estaré encantada de hacerlo! —protestó Phyllis—. Me gusta mantenerme ocupada… tal como le diría el coronel Leavey si estuviera aquí. Cocinar es mi gran pasión, al igual que lo son la costura o la pintura para otras damas.

—Con su permiso, milord —intervino Flossie—, mañana bajaré a los aposentos del ama de llaves y le echaré un vistazo a las cuentas. También organizaré las tareas de los criados. No será ninguna molestia. Aunque el coronel Streat contrataba a toda una legión de criados cuando estábamos en casa, yo siempre insistía en supervisarlos de cerca.

—Es un ofrecimiento muy amable de su parte, señora —dijo lord Weston, comprensiblemente sorprendido por esas palabras—. Estoy abrumado.

Mientras el barón hablaba, Bridget cogió un cojín para colocárselo detrás de la cabeza y también un escabel para que alzara los pies. Ya le había dicho durante la cena que le prepararía una infusión beneficiosa para el corazón que tendría que tomarse antes de irse a la cama.

Era sorprendente que no los hubiera echado a todos por haber removido tantos avisperos en tan poco tiempo. Claro que las comidas habían mejorado muchísimo. Y en cuanto a los establos, Strickland le había dicho mientras lo ayudaba a vestirse para la cena que habían tenido que limpiar por lo menos un mes de suciedad acumulada mientras el encargado daba órdenes a diestro y siniestro, pendiente de que se cumplían a rajatabla.

—Le he dicho que posiblemente esté deprimido porque el barón ha vendido la mayoría de los caballos de caza y ya ni monta ni saca el carruaje —le explicó el sargento—. Pero que esa no es excusa para no estar orgulloso de un trabajo bien hecho ni para desatender su deber cuando le dan paga, techo y comida por lo que hace. Le dije que si fuera un soldado, se esperaría de él que tuviera el fusil limpio y cargado, el equipo bien cuidado y poco ron en el estómago aunque no estuviera en mitad de una guerra, porque nunca se sabe cuándo se van a pelear nuestros gobernantes con los de otro país y se va a armar el lío de nuevo.

Sin embargo, no los había puesto de patitas en la calle. Al contrario, Weston parecía estar disfrutando de su compañía. Pasó gran parte de la cena observando a Rachel, a sabiendas de que lo hacía con expresión meditabunda. Ella era la única que no se esforzaba por engatusar al barón... ni por representar el papel de feliz recién casada que había acordado interpretar.

Comprendió que todavía seguía enfadada con él. Eso era, claro.

Se acostaron temprano, tal como habían hecho la noche anterior. Según dijo Bridget cuando el barón no la escuchaba, acostarse temprano era un lujo del que nunca se cansaría, y Phyllis le dio la razón, más que nada porque tendría que levantarse temprano para preparar el desayuno.

Él no estaba tan seguro de que el horario que se seguía en el campo fuera de su agrado. Se sentía inquieto. Se le ocurrió bajar de nuevo y salir a dar un paseo, pero comprobó desde la ventana de su dormitorio que se había nublado en algún momento de la noche. En el exterior reinaba la oscuridad y no conocía la propiedad lo bastante como para aventurarse a salir sin luz. Además, si Weston lo oía, se preguntaría por qué el marido de su sobrina abandonaba su cama cuando estaban de luna de miel.

Dejó que Strickland lo ayudara a quitarse la ajustada chaqueta y charló con él varios minutos, pero lo despachó antes de desvestirse por completo. Era muy consciente del silencio mientras miraba por la ventana. Geraldine también debía de haberse retirado, porque poco antes la había escuchado hablar y reírse con Rachel.

Entró en el vestidor. No había luz en el de Rachel, pero se distinguía el resplandor de una vela en el dormitorio contiguo. Eso quería decir que seguía despierta. Titubeó un instante. Un dormitorio no era el mejor escenario para un enfrentamiento a esas horas de la noche, pero al menos disfrutarían de cierta intimidad.

—Voy a entrar —dijo en voz alta—. Si quieres salvaguardar tu virtud, ahora es el momento.

Estaba frente a la ventana, igual que él poco antes, ataviada con un discreto y práctico camisón de algodón que, cómo no, resaltaba su atractivo del mismo modo que lo haría uno de encaje transparente en cualquier otra mujer. Geraldine le había cepillado el pelo hasta dejarlo brillante. Lo llevaba suelto por la espalda. Tenía los pies descalzos. Su rostro mostraba sorpresa e indignación al mismo tiempo. Se aferraba con fuerza los brazos, cruzados por delante del pecho.

—No te preocupes —le dijo—, no he venido para exigir mis derechos conyugales.

—¿Y para qué has venido? —le preguntó mientras sus ojos recorrían su persona, ataviada con la camisa, las calzas y los calcetines… había prescindido del bastón—. Aquí no se te ha perdido nada. Vete.

—Se supone que somos marido y mujer, Rachel —le recordó—. Se supone que nos casamos por amor. Se supone que debemos estar radiantes de felicidad por la dimensión que nuestras noches de pasión le otorgan a nuestro amor. Sin embargo, apenas nos hablamos y casi no podemos vernos. ¿Te parece que es la mejor manera de convencer a tu tío de que nuestro matrimonio es ideal?

Le dio la espalda y clavó de nuevo la mirada en el exterior mientras él apoyaba un hombro en la jamba del arco que separaba el vestidor del dormitorio.

—Cuando planeamos esta farsa —dijo ella—, se nos olvidó que tendríamos que llevarla a cabo juntos. Eres muchísimo mejor actor que yo.

—¿Eso quiere decir que me detestas? —Suspiró y la miró con exasperación—. Hubo un tiempo bastante reciente en el que alegrabas mis días solo con entrar en mi habitación. Me quedé prendado de ti en cuanto abrí los ojos y te vi. ¿Lo sabías? Y hubo un tiempo en el que buscabas mi compañía y te sentabas conmigo para hablar o leer cuando ya no había razón médica para que lo hicieras. ¿Crees que es posible que olvidemos el acontecimiento que cambió las cosas?

—No —respondió ella tras un largo silencio—. No es posible. Algo así no se puede olvidar por más que se quiera. Me mostré torpe y desmañada, y conseguí que me aborrecieras.

—¡Maldita sea, Rachel! —exclamó nuevamente exasperado—. ¿De verdad crees que me importó la torpeza o la falta de experiencia? Lo que me molestó fue que no me lo dijeras. Pero eso pertenece al pasado. Es hora de que lo olvidemos.

—Es imposible olvidarlo —insistió ella—. Es una tontería que lo sugieras siquiera.

—¡Por el amor de Dios! —masculló—. Solo estamos hablando de una noche de pasión. No fue una experiencia trascendental, bueno, tal vez sí aunque por motivos diferentes, pero tampoco fue tan malo. Solo fue sexo.

—Exactamente —recalcó ella.

Las mujeres, por supuesto, se tomaban esos asuntos de una manera distinta a los hombres. Lo sabía, aunque no sabía de dónde había salido esa certeza. Había sido una estupidez decir eso. A ojos de Rachel, el hecho de que solo hubiera sido sexo era lo peor de todo. Sabía que para ella había sido trascendental, aunque no de un modo agradable.

¡Maldita sea!, pensó, a esas alturas podría estar cojeando por las calles de Bruselas o de Londres, descubriendo amigos y parientes debajo de las piedras. ¿Cómo demonios se había involucrado hasta el punto de idear ese plan? Aunque conocía la respuesta. Rachel quería ayudar a sus amigas y él quería ayudar a Rachel porque le debía la vida y porque tal vez seguía un poco enamorado de ella.

—Bueno —dijo al fin—, pues mañana vas a tener que esforzarte un poco más a la hora de interpretar, Rachel. Vas a tener que fingir que estás enamorada de mí y vas a dejar que ese amor rezume por todos los poros de tu cuerpo. Porque si no, nuestro viaje habrá sido en balde y nos iremos dentro de un mes tal como vinimos.

Se giró para mirarlo.

—Mi tío tiene el corazón delicado —le recordó—. Podría morir en cualquier momento. Dice que se alegra de que haya venido y que quiere que nos quedemos para poder conocernos mejor… a pesar de que esta mañana nos vio discutir por la ventana. Dice que ha habido un vacío en su vida desde que mi madre se fugó con mi padre. Está decidido a celebrar un baile en nuestro honor. Pero podría haber hecho todo esto hace años. Podría haberme invitado a venir con frecuencia durante estos dieciséis años. Podría haber perdonado a mi madre antes de que muriera para que las dos viniéramos a verlo. Y ahora se está muriendo. —Se cubrió la boca con la mano, pero era evidente que se estaba mordiendo el labio superior para controlar sus emociones.

—Rachel —dijo—, tal vez haya llegado el momento de que lo perdones.

—¿Cómo voy a perdonarlo? —quiso saber ella—. ¿Cómo? Mi vida también ha estado vacía. A veces pensaba que era más una madre que una hija para mi padre. Cuidar de él fue una carga muy dura.

La miró con tristeza. Qué lastre arrastraban las personas por culpa de su pasado... ¿Sería una ventaja haber perdido la memoria por completo? ¿Qué carga llevaba él encima cuando se cayó del caballo y se golpeó la cabeza?

—Odio esto —confesó ella de repente al tiempo que echaba a andar hacia la cama para apartar las sábanas de un tirón—. Odio esta autocompasión, esta tristeza, esta melancolía. No soy así. Esta no soy yo. Jamás he ido por ahí diciendo que mi vida ha sido terrible y vacía. Me limité a vivirla. ¿Por qué de repente la veo así?

—Tal vez porque al venir has abierto una puerta a tu pasado —aventuró—. Y tal vez la fuerza de esas emociones tan negativas se deba al hecho de haber venido por los motivos equivocados. Cosa de la que yo soy culpable.

—No me vengas otra vez con que vas a confesarle la verdad al tío Richard. —Se sentó en la cama y se aferró al colchón, ajena a la invitación que podría estar enviando—. Es demasiado tarde para eso.

—No sé si te has dado cuenta de que aunque consigas hacerte con tu fortuna, estas cuatro damas no aceptarán ni un solo penique en compensación por lo que perdieron a manos de Crawley.

—Por supuesto que lo aceptarán. —Abrió los ojos de par en par—. Es culpa mía. Su sueño es lo único que las ayuda a seguir adelante.

—Lo dudo mucho —replicó—. Son mujeres curtidas, Rachel. Han sobrevivido a algunas de las pruebas más duras de la vida y seguirán haciéndolo a su modo. No son responsabilidad tuya... ni mía. No querrían serlo.

—Encontraré el modo de convencerlas —le aseguró—. Tengo que hacerlo. Pero antes tengo que convencer a mi tío. Esta mañana me dijo que no tiene prisa por darme las joyas. Adujo que tú podrás mantenerme y que por tanto no las necesito de verdad. ¡Es tan injusto! No debería suplicar para conseguirlas. Si me quisiera, no pondría objeciones a darme lo que me pertenece.

De repente, cayó en la cuenta de que lo que Rachel necesitaba con urgencia por encima de todas las cosas era un poco de alegría. No parecía haberse reído mucho a lo largo de su vida. Sin embargo, la risa la había transformado por completo esa mañana cuando se dio la vuelta a lomos del caballo y se le enredaron las faldas, dejando a la vista una indecente cantidad de pantorrilla.

Era el responsable de que estuviera metida en ese embrollo y era su responsabilidad sacarla del mismo. Pero en el proceso tal vez se le ocurriera la manera de hacerla reír otra vez... y muchas más.

Era algo que podía hacer por ella.

—Mañana, Rachel —le advirtió—, vamos a actuar como si hubiéramos pasado la noche haciendo el amor en esa cama. Vamos a entregarnos, los dos, en cuerpo y alma a esta farsa, ya que no me permites ponerle fin. Sonríeme.

—¿Cómo? —Lo miró sin comprender.

—Que me sonrías —repitió—. Seguro que no es tan difícil. Ya lo has hecho antes. Vamos, sonríe.

—¡Menuda tontería!

—Sonríe.

Lo hizo. Sus labios se tensaron con una expresión desafiante y avergonzada.

Le devolvió la sonrisa.

—Vuelve a intentarlo —le dijo—. Imagínate que me quieres con locura. Imagínate que acabamos de disfrutar de un momento de lujuria y que ahora mismo voy a por otro. Sonríeme.

Se alegró de no haberse movido y de seguir con el hombro apoyado en la jamba y las piernas cruzadas a la altura de los tobillos. Porque cuando Rachel le sonrió esa vez se le hizo un nudo en las entrañas. Sintió el asalto del deseo, pero lo reprimió, consciente de que las calzas que llevaba eran extremadamente reveladoras.

Le devolvió la sonrisa con lentitud y se percató de que la fuerza con la que se agarraba al colchón le había dejado los nudillos blancos.

—Nos veremos en el establo mañana a la misma hora —le dijo en voz baja—. Buenas noches, amor mío.

Rachel no le respondió. El silencio lo siguió hasta su dormitorio, donde pagó el precio de su pequeño experimento con una hora de incomodidad por el deseo insatisfecho.

15

*L*a clase de equitación matutina tuvo que ser cancelada porque las nubes de la noche anterior habían llevado la lluvia consigo y no escampó hasta pasado el mediodía.

Tan pronto como clareó, fue en busca de Paul Drummond, el administrador de Chesbury Park, que había accedido a enseñarle los campos de labor y la granja que abastecían a la propiedad. La experiencia lo convenció aún más de que había pasado largas temporadas en un entorno rural. Las vistas, los sonidos y los olores de la granja y los establos hacían que se sintiera como pez en el agua.

El recorrido le resultó fascinante: el ondulante mar verde de las espigas de los cereales mecidas por la brisa; los terrones del barbecho oscurecidos por la lluvia; las vacas y las ovejas que pastaban en los prados; los cerdos en sus pocilgas; las gallinas y los patos que correteaban por los corrales; las extensas parcelas dedicadas al cultivo de hortalizas; las huertas de frutales; y el granero con su olor a heno y a estiércol, donde no podía faltar la vaca con un ternerillo enclenque, los carros con heno, el arado y las horcas.

—A primera vista parece una propiedad próspera —comentó mientras regresaban al establo.

—Lo es, señor —le aseguró el administrador—. Y lo sería aún más con unas cuantas mejoras y reformas, por supuesto, pero su señoría ha perdido interés en la tierra desde que cayó enfermo. Me permite llevar las riendas, pero no quiere oír ni una sola palabra sobre hacer cambios.

No intentó sonsacarle nada más. No era asunto suyo. Aunque entendía el desánimo del administrador. Si se rebosaba de energía y de entusiasmo pero no se les daba salida, un hombre podía perder la ilusión por la vida.

¿Le había pasado lo mismo en algún momento de su vida? ¿Había pensado que su vida carecía de sentido? ¿Que estaba perdido?

De repente, recordó lo que el sargento Strickland le dijo en Bruselas: «Cuando por fin recuerde quién es, quizá descubra que se ha convertido en un hombre mejor que el que era. Quizá fuese un hombre que no llegó a madurar cuando dejó atrás la niñez. Quizá necesitaba algo drástico como una pérdida de memoria para salir del pozo donde estaba metido».

De algo estaba seguro. Su vida estaba en el campo. Con la tierra. Si después del mes que debía pasar en Chesbury Park descubría que era verdaderamente un oficial, vendería su cargo. Si era el benjamín de la familia y no contaba con fortuna ni con ingresos, buscaría un empleo como administrador aunque sus parientes, quienesquiera que fuesen, creyeran que estaba mancillando el apellido familiar.

No sabía con certeza qué clase de hombre había sido. Pero el hombre que era en ese momento estaba preparado para coger las riendas de su vida y hacer de ella exactamente lo que quería.

Sus reflexiones se vieron interrumpidas en el momento en que Drummond comenzó a hacerle preguntas sobre su propiedad en Northumberland. La facilidad con la que respondió y creó una propiedad ficticia reafirmó su opinión de que al menos tenía el conocimiento necesario para lograr que las mentiras fueran convincentes.

Cuando dejó el caballo en los establos a primera hora de la tarde y echó a andar hacia la mansión, se sentía revitalizado y mucho más alegre que los dos últimos días.

Bridget estaba arrancando hierbajos en un extremo del parterre. Había dos jardineros haciendo lo mismo, uno en el centro y otro en el extremo opuesto. Cuatro hombres más estaban diseminados por el prado que se extendía al otro lado, cortando la hierba con otras tantas guadañas mientras dos muchachos la amontonaban. El intenso olor a hierba húmeda y recién cortada flotaba en el aire.

Rachel estaba en el sendero de gravilla, observándolo todo, pero se giró al escuchar sus pasos para recibirlo con una sonrisa deslumbrante. Se preguntó qué habría hecho para congraciarse con ella, pero después recordó la conversación que mantuvieron la noche anterior en la que le dijo que el gabinete privado de su tío daba hacia la fachada principal. Le devolvió la sonrisa, le rodeó la cintura con un brazo y la besó en los labios. Se las arregló para que el despliegue afectuoso no fuera ni muy largo (lo que se habría considerado vulgar habida cuenta de que Bridget y varios sirvientes estaban presentes) ni muy corto. Cuando alzó la cabeza, sonrió de nuevo y mantuvo el brazo en torno a su cintura.

—He estado lejos de ti dos horas —dijo— y me han parecido toda una eternidad, amor mío.

—Yo me he pasado la mañana arrepintiéndome por no haberte acompañado —le aseguró ella—. Se me ha hecho interminable.

Se preguntó si los actores se encontrarían en estado de perpetua excitación en el escenario. Sonrió y la apretó fugazmente contra su cuerpo antes de echar un vistazo a su alrededor.

—Supongo que esto… —dijo, señalando con la cabeza el torbellino de actividad que se desarrollaba frente a ellos— es cosa de Bridget, ¿no?

—Flossie convocó a toda la servidumbre —le explicó— y Bridget estuvo presente. Según lo que me ha contado Geraldine, parece que Flossie hizo que se ahogaran en llanto mientras los arengaba para que demostrasen la lealtad que merecía un señor que siempre había sido amable y generoso con ellos, pero que se encontraba tan abatido por la enfermedad que no se daba cuenta de que estaban desatendiendo sus obligaciones. Esta ha sido la respuesta de los jardineros. Como era de esperar, Bridget no ha podido resistir la tentación de unirse a ellos.

Cuando lo miró a los ojos, ambos se echaron a reír.

Esa mañana había elegido un vestido amarillo limón y Geraldine había vuelto a hacer maravillas con su pelo, convirtiéndolo en un halo dorado de rizos y tirabuzones. Claro que Rachel no necesitaba de semejantes adornos. Era el epítome de la belleza, aunque llevara un sencillo camisón de algodón y se dejara el pelo suelto.

Le dio un beso en la punta de la nariz, por si acaso su tío los estaba mirando desde la ventana.

—¿Ves la diferencia, Rachel? —le preguntó Bridget, que se enderezó en ese momento para enjugarse el sudor de la frente con una mano protegida por un guante.

—Sí —contestó ella al tiempo que paseaba la mirada por la zona del parterre que ya estaba libre de malas hierbas—. Los colores de las flores parecen mucho más alegres. ¡Y la hierba recién cortada huele a gloria!

La vio cerrar los ojos para respirar hondo. La felicidad que irradiaba era cautivadora.

—Conseguiremos convertirla en una mujer de campo, Bridget —dijo.

La mirada de la aludida pasó de uno a otro antes de que sonriera.

—Eso espero —repuso—. Por el bien de los dos, sir Jonathan.

Después de la visita de Jonathan, Rachel se había pasado casi toda la noche despierta, desvelada por una miríada de pensamientos, ninguno demasiado agradable. Sin embargo, había llegado a la conclusión de que lo único que podía hacer durante lo que quedaba de mes era continuar con lo que había empezado e interpretar su papel lo mejor posible. Decidió dejar los prejuicios de lado y aprovechar la oportunidad para conocer de verdad a su tío. Al fin y al cabo, tal vez no dispusiera de otra. Tal vez el tío Richard no lograra recuperarse de otro ataque al corazón. De todas formas, no podía decirse que hubiera ido a robarle exactamente…

Se desentendería del sentimiento de culpa, se dijo, y también de la tristeza. Ya estaba harta de ambas cosas. Había una verdad irrefutable: jamás podría cambiar el pasado. Solo podía vivir el presente y conformar el futuro en la medida de lo posible.

De modo que las siguientes dos semanas aprendió a montar a caballo, con sumo cuidado, determinación y empeño, y fue recompensada con la gratificación del triunfo y con una euforia que le resultaba desconocida. Pasó mucho tiempo con su tío, al que buscó de forma deliberada en algunas ocasiones en vez de resignarse a soportar su compañía. Recibió a todos los vecinos que fueron a visitarlos y devolvió algunas visitas acompañada de Jonathan y Bridget. Incluso Flossie la acompañó en ocasiones, si bien pasaba gran parte de su tiempo enfrascada con los libros de cuentas del ama de llaves, intentando cuadrar las cifras o escuchando cómo el señor Drummond le explicaba con la paciencia del santo Job las distintas columnas de cifras anotadas en los libros de contabilidad general. También asistió a misa. Y ayudó a Bridget y a Flossie en la tarea de redactar las invitaciones para el baile, siguiendo la lista que su tío les había proporcionado.

Además y haciendo caso de lo que le dijera, dejó que el amor que sentía por Jonathan saliera por todos los poros de su cuerpo. Compartió sonrisas y carcajadas con él; paseos a caballo y caminatas; visitas a los campos de labor atenta a sus explicaciones mientras se cogían de la mano. Le permitió que le besara la mano y los labios cada vez que se presentaba la oportunidad. Se sentó a su lado, conversó con él, lo miró con admiración y devoción. En resumidas cuentas, se comportó como cualquier recién casada en su luna de miel. En ocasiones incluso se le olvidaba que todo era una farsa. Por ambas partes.

El espejo le decía que sus ojos no habían estado tan brillantes ni sus mejillas tan sonrojadas desde que era niña. Por mucho que deseara que el calvario de ese mes llegase a su fin, y a pesar de saber que sus amigas debían de estar impacientes por conseguir los fondos con los que iniciar la largamente pospuesta búsqueda de Nigel Crawley, en parte temía que llegara el momento de abandonar Chesbury Park y volver a Londres, donde tendría que buscar otro empleo si su tío seguía negándose a entregarle las joyas.

Durante un abundante y sabroso almuerzo elaborado por Phyllis y que consistía en sopa de verdura, pan recién hecho, queso, budín de manzana y natillas, se percató de lo mucho que había mejorado el aspecto de su tío a lo largo de la última semana. Había ganado peso. Tenía el rostro más lleno y mejor color de cara. Aún parecía melancólico y abatido en ocasiones, sobre todo cuando la miraba a ella, pero había recuperado las fuerzas suficientes para participar en algunas actividades y parecía mucho más feliz. También daba la sensación de que se había encariñado mucho con Flossie, Bridget y Phyllis.

Lo miró con una sonrisa.

—El rector y su esposa vendrán esta tarde de nuevo —le dijo él—. Supongo que querrá tratar algún asunto conmigo y su esposa se entretendrá hablando de jardinería con la señorita Clover. Drummond va a mostrarle la herrería a la señora Streat y la señora Leavey insiste, como siempre, en preparar el té y la cena. ¿Por qué no aprovechas para escaparte con tu esposo, Rachel? Hemos tenido un tiempo muy desapacible, pero hoy hace un día cálido y soleado. Sería una pena que lo desperdiciarais quedándoos en casa.

Aparte del tiempo que pasaban juntos durante las clases matutinas de equitación, casi nunca estaban solos. Y tampoco tenía muy claro querer estarlo sin caballos ni ninguna otra cosa que la distrajera.

Se giró hacia Jonathan con expresión interrogante, pidiéndole sin palabras que se le ocurriera alguna excusa. Ella no era la única cuyo aspecto físico había cambiado gracias al aire del campo, pensó. Jonathan estaba bronceado pese a esos últimos días nublados, y parecía más guapo que nunca.

Él le devolvió la sonrisa y la miró con total admiración mientras le cubría las manos con una de las suyas.

—Una idea espléndida —dijo—. ¿Adónde nos sugiere que vayamos, señor?

—Al lago, quizá —respondió el tío Richard—. Todavía no

habéis paseado en barca, ¿verdad? Podéis remar hasta la isla. Supongo que este año estará algo descuidada, pero siempre ha sido un refugio muy tranquilo. Hay una cabaña de piedra desde la que se puede admirar una preciosa panorámica de la propiedad.

—¡Ay, sí! Lleve a Rachel a la isla, sir Jonathan —dijo Flossie—. Tiene que ser un lugar preciosísimo. Y allí estarán a solas —soltó, mirándola con una expresión picarona.

—Llévate una sombrilla para protegerte del sol, Rachel —le advirtió Bridget.

—Me da miedo el agua —adujo ella.

—¡Tonterías, amor mío! —Jonathan le sonrió y le dio un apretón en una mano—. Durante la travesía desde Ostende te pasabas el día pegada a la barandilla de la cubierta y no parecías asustada en absoluto.

—Pero era un barco grande —protestó—. Ahora estaremos en una barca, justo encima del agua.

—¿Acaso no confías en mí? —le preguntó al tiempo que inclinaba la cabeza hacia ella.

—¡Caramba! —exclamó—. Sabes que pondría mi vida en tus manos, Jonathan —contestó.

—Muy bien. —Se llevó sus manos a los labios—. Decidido. Señor, le doy las gracias por excusarnos de la visita de esta tarde. Le confieso que la idea de pasar la tarde a solas con mi esposa es de lo más emocionante.

—Os preparé una cesta con la merienda —dijo Phyllis, llevándose las manos al pecho.

Y así, menos de una hora después, Jonathan colocaba la cesta con la comida en la barca que el jardinero jefe les había señalado como la más segura mientras ella contemplaba el agua y la barca con recelo. El lago siempre le había parecido grande, pero en ese preciso momento se le antojaba inmenso, casi como un pequeño mar. No sabía nadar, detalle que no había tenido la menor importancia durante la travesía de Inglaterra a Bélgica y viceversa. En ambas ocasiones había llegado a la conclusión de que si el barco se hundía, de poco le serviría a un náufrago el saber nadar.

—¿Crees que esto era necesario? —preguntó.

—¿Después de que tu propio tío lo sugiriera? —preguntó él a su vez—. Yo diría que sí. Además, ¿preferirías tener que pasar la tarde soportando al honorable rector y a su esposa?

Supuso que se trataba de una pregunta retórica, aunque no estaba muy segura de que le hubiera dado la respuesta que él esperaba de haber insistido en conocer su opinión. En ese instante lo vio extender una mano para ayudarla a subir a la barca. Parecía bastante seguro de sí mismo, y eso que apenas habían pasado dos días desde que dejó de utilizar el bastón.

La barca se balanceó de forma alarmante cuando se subió, de modo que se apresuró a ocupar uno de los asientos, resignada a su destino. Jonathan se quitó la chaqueta antes de sentarse en el asiento opuesto y la dejó en el fondo, junto con la cesta. Después hizo lo propio con el sombrero. Cuando la brisa le alborotó los largos mechones, se percató de que tenía un aspecto saludable y viril.

—Pareces muy contento —le dijo al tiempo que abría la sombrilla para protegerse la nuca de los rayos del sol.

—¿Por qué no iba a estarlo? —le preguntó mientras cogía los remos y hacía las maniobras necesarias para que la barca se adentrara en el lago. Entretanto, ella se agarró al lateral con la mano libre—. Este sol animaría a cualquiera.

—Creía que los dos íbamos a evitar con todas nuestras fuerzas quedarnos a solas —señaló.

Bajó la vista hasta su pierna izquierda, cuyos músculos se tensaban y se relajaban al remar. Le costaba creer que ese fuera el mismo hombre que había estado a un paso de la muerte en su cama del burdel. ¿Quién era?, se preguntó. A veces se le olvidaba que no era Jonathan Smith. Era extraño no conocer siquiera su verdadero nombre.

Para él debía de ser aún peor.

—Pero no somos niños para estar peleándonos a todas horas, ¿verdad, Rache? —le preguntó él—. ¿Qué te parece si nos limitamos a disfrutar juntos de la tarde libre?

—Supongo que tienes razón —contestó, girando la cabeza para echar un vistazo a su alrededor. La superficie del lago brillaba a la luz del sol. Los árboles de la orilla opuesta parecían más verdes de lo habitual. En cierto modo, el agua no resultaba tan amenazadora vista desde «dentro». Tal vez porque era evidente que Jonathan era un experto a los remos—. ¿Sabes nadar?

—¿Otra de tus preguntas capciosas? —preguntó él a su vez—. ¿Me tiro al agua y lo comprobamos? ¿Qué harías si descubriéramos que la respuesta es negativa y lo último que vieras de mí fuese una burbuja en la superficie del lago? Podrías quedarte a la deriva el resto de tu enviudada vida. Sí, Rachel, sé nadar. Qué raro que sepa esas nimiedades sobre mi persona, ¿no te parece? ¿Tú sabes nadar?

—No. —Meneó la cabeza mientras metía la mano libre en el agua. No podía decirse que estuviera fría, más bien fresca—. Nunca he tenido oportunidad de aprender.

—Pues esa será otra de las carencias que tendremos que remediar —replicó él.

No discutió. Siempre había creído que nadar sería muy agradable. Le encantaría ser capaz de moverse en un medio distinto al habitual y flotar envuelta en el misterio de la aparente delicadeza del agua. En ese momento ansió más que nunca aprender todo aquello que se había perdido por haber crecido en Londres, lejos del campo. Jamás había salido de la ciudad ni para hacer una visita fugaz.

—¿Cómo te divertías cuando eras pequeña? —le preguntó Jonathan.

Ni siquiera estaba segura de que hubiera conocido el significado del verbo «divertirse» durante su infancia.

—Leía —contestó—, cosía y bordaba. A veces pintaba. Bridget me llevaba a pasear a Hyde Park y a otros lugares. Y creo que mi madre también lo hacía. A veces nos llevábamos una pelota.

—¿Y cuando Bridget se fue? —volvió a preguntarle.

—Tenía prohibido salir sin una doncella —respondió—. A veces iba a la biblioteca… cuando teníamos doncella, claro. En unas cuantas ocasiones fui de compras con los vecinos.

—Ir a Bruselas debió de ser una gran aventura para ti —señaló él.

—En cierto modo. —Sonrió—. Pero te recuerdo que fui en calidad de dama de compañía y mis obligaciones me mantuvieron muy ocupada.

—¿Acompañabas a lady Flatley cuando salía? —quiso saber Jonathan—. ¿A bailes, veladas o fiestas?

—No. —Meneó la cabeza—. Fue a Bruselas porque su hijo era oficial de caballería. Su prometida, la señorita Donovan, también se trasladó a la ciudad acompañada de sus padres. Mi presencia no era necesaria salvo por las mañanas y aquellas tardes en las que había visitas, ya que me encargaba de servir el té y de atender a los invitados.

—¡Vaya! —exclamó él—. En ese caso es imposible que me vieras.

—Cierto —convino—. Lo más cerca que estuve de asistir a un evento social fue la noche de la cena al aire libre en el bosque de Soignes. Lady Flatley quería que fuese para cargar con sus chales por si refrescaba. Pero el señor Donovan decidió a última hora que acompañaría a su esposa y a su hija, de modo que ya no hubo sitio para mí en el carruaje.

Cosa que le provocó una horrible desilusión.

Jonathan la estaba mirando, parpadeando con rapidez. Había dejado de remar.

—¿Qué pasa? —Se inclinó hacia delante—. ¿Estuviste allí? ¿En la cena al aire libre?

Se percató de la tensión de su rostro, del esfuerzo que estaba haciendo por recordar. Vio cómo el sudor le perlaba la frente. Sin embargo, al cabo de unos instantes, acabó meneando la cabeza.

—¿Quién la organizó? —le preguntó.

—No lo recuerdo —respondió tras unos momentos de reflexión—. Creo que era un conde. No tenía muy buena reputación, y después de esa noche se convirtió en la comidilla de la ciudad porque estuvo a punto de comprometer a una jovencita que fue lo bastante tonta, o eso supongo, como para sucumbir a su encanto. No. Su nombre se me escapa. No estaba entre los caballeros que visitaban a lady Flatley.

—A veces —dijo él con un suspiro—, tengo la sensación de

que hay un velo en mi mente que se agita y está a punto de levantarse. Pero siempre vuelve a caer sin dejarme ver lo que hay detrás. Supongo que asistiría a la cena si estaba en Bélgica en aquella época. Durante un momento he tenido la certeza de que era así. Pero estas interminables reflexiones sobre el lamentable estado de mi mente deben de resultarte pesadas. Te he traído al lago para disfrutar de la tarde. ¿Te lo estás pasando bien?

—Sí —contestó.

Y era cierto. De hecho, a medida que pasaban los días la vida campestre la subyugaba cada vez más. Montar a caballo, explorar los bosques, visitar a los vecinos, pasear por los jardines en flor y remar en el lago… Todo parecía un largo idilio. Si se olvidaba, claro estaba, de todos los aspectos negativos que estaban ligados a su estancia en Chesbury Park y que podrían estropearle el momento si pensaba demasiado en ellos. Sin embargo, llevaba varios días relegándolos al fondo de su mente.

Jonathan remaba de nuevo y estaba maniobrando para acercarse sin incidentes al pequeño embarcadero que había en la isla. Amarró la barca a uno de los postes y la ayudó a bajar.

La isla era más grande de lo que parecía desde la orilla del lago y su terreno se elevaba conforme se adentraba. Realizaron el empinado ascenso entre la maleza, tras descartar los caminos cubiertos de hierba que se alejaban a izquierda y derecha y que presumiblemente recorrían el perímetro de la isla. Jonathan llevaba la cesta con la merienda aunque ella se había ofrecido a hacerlo en consideración a su pierna izquierda, que aún protegía ligeramente al caminar.

La falda de la colina estaba cubierta por algunos árboles y arbustos, pero al llegar a la cima descubrieron que solo había una amplia extensión de hierba y una especie de cabaña de piedra semiderruida que a todas luces había sido diseñada de esa manera para darle un toque pintoresco al paisaje. Bajo el alero del empinado tejado de pizarra había un banco de madera donde uno podía refugiarse de las inclemencias del tiempo y también disfrutar de una espléndida panorámica del lago, los establos y la mansión.

Sin embargo, el atractivo del día soleado y de la brisa templada no invitaba a buscar el refugio de la sombra. Una vez que Jonathan dejó la cesta en el suelo, que ella protegió del sol clavando la sombrilla a su lado, dieron un paseo por la explanada mientras disfrutaban de las vistas en todas direcciones. La más bonita era la del arroyo que corría sobre el lecho pedregoso hasta desembocar en el lago cerca de la isla.

Sentía la cálida caricia del sol en los brazos desnudos y también en todo el cuerpo. Sobre sus cabezas reinaba el intenso azul del cielo. El aire olía a hierba húmeda, a flores y a agua. No recordaba haberse sentido jamás tan a gusto en toda la vida. Ni siquiera la mañana que pasaron sentados junto al arroyo podía compararse con ese momento.

Echó la cabeza hacia atrás para dejar que la luz y el calor del sol le bañaran el rostro, extendió los brazos en cruz y fue girando lentamente.

—¿No te parece que el mundo es un lugar preciosísimo? —preguntó.

Jonathan había regresado al lugar donde descansaba la cesta. Apoyado en una rodilla, estaba sacando la manta que Phyllis había guardado para extenderla en el suelo. El sombrero y la chaqueta se habían quedado en la barca. La brisa agitaba su camisa. Y también su pelo. La miró con los ojos entrecerrados para protegerse del brillo del sol.

—Desde luego que sí —afirmó—. Y la mujer que está en su cima no lo es menos.

La embargó una emoción abrumadora que despertó todos sus sentidos. Dejó caer los brazos y se arrepintió del pueril arranque de euforia que había sufrido. La isla le pareció de repente un lugar muy apartado. Y allí estaba Jonathan, más vital y atractivo de lo que cualquier hombre debía ser.

Siguió arrodillado un buen rato mientras la tensión crepitaba en el aire que los rodeaba. Él fue el primero en apartar la mirada. Se puso en pie, bajó la tapa de la cesta y extendió la manta en el suelo.

—El problema, Rachel —dijo con una nota irritada en la

voz—, es que cada vez que nos miramos más de la cuenta volvemos a sentir esta atracción mutua, pero siempre aparece el recuerdo del desagradable episodio que estropeó lo que teníamos. Yo cedí a la lujuria, tú a la tentación y nuestra amistad se desintegró. Desde entonces nada ha sido igual.

La belleza y la alegría del día se esfumaron. Como si unos nubarrones hubieran aparecido de repente para ocultar el sol, aunque en realidad el cielo siguiera tan despejado como antes. Cruzó los brazos por delante del pecho y se aferró los antebrazos como si quisiera protegerse del frío.

Lujuria.

Tentación.

¿Había existido una amistad entre ellos alguna vez? Sí, por supuesto que existió. Y cierta ternura, tal vez por parte de los dos.

—Llévame a la casa —le dijo—, haz el equipaje y vete. Se lo explicaré todo al tío Richard. Ya no tienes que preocuparte, no estás en deuda conmigo.

—No quería decir eso —replicó él con un suspiro—. Es que echo de menos la relación que teníamos y me pregunto si a ti te pasa lo mismo.

—¡No teníamos ninguna relación! —lo contradijo.

—Por supuesto que sí —insistió Jonathan con cierta impaciencia—. No me cabe duda de que la incertidumbre que siempre ha acompañado a tu vida te impulsa a conseguir el dinero necesario para establecerte con seguridad antes de pensar en casarte y tener hijos. Yo estoy deseando descubrir mi pasado, para así recuperar de algún modo mi presente y mi futuro. Cuando el mes llegue a su fin, tomaremos caminos distintos y probablemente no volveremos a vernos jamás. Pero siempre quedará algo entre nosotros. Una especie de relación. Jamás nos olvidaremos, lo queramos o no. Nunca olvidaré a la mujer que me salvó la vida y estoy seguro de que tú nunca olvidarás al hombre que salvaste de la muerte. ¿O prefieres que nos recordemos tal como nos sentimos ahora mismo? El mes que ha pasado desde aquella noche no ha sido agradable ni nos ha reportado felicidad a ninguno de los dos, ¿no crees?

Sin embargo, ella había sido feliz esa última semana. Jonathan había rebosado alegría y vitalidad. Se habían comportado como un par de recién casados locamente enamorados cada vez que estaban con más personas. Pero tenía razón. Con la salvedad de las lecciones de equitación matutinas, no se habían sentido cómodos el uno con el otro como sucedió en Bruselas, durante las dos semanas previas a que acabaran en la cama.

—Entonces, ¿qué sugieres que hagamos? —preguntó ella—. ¿Que arreglemos las cosas con un apretón de manos?

Giró la cabeza y paseó la mirada por el lago hasta detenerla en el arroyo. Tenía ganas de llorar. Podía decirse que había estado enamorada de él hasta aquella noche. Desde entonces solo sentía atracción, una atracción puramente física, y el sentimiento no era muy reconfortante.

Y también habían sido amigos. Aquella noche perdió a un amigo.

—Lo que tenemos que hacer, Rachel —contestó él—, es retroceder y atesorar nuevos recuerdos que nos acompañen en el futuro. Recuerdos más agradables.

—¿Como qué? —le preguntó, mirándolo por encima del hombro.

—Tenemos que volver a hacer el amor —respondió—, pero de forma mucho más placentera, alegre y tierna. Con una conclusión satisfactoria y plena. Aquí, al aire libre, bajo el sol, bajo el calor del verano. Necesitamos hacerlo, Rachel.

16

*L*a idea se le ocurrió mientras la miraba. Mientras hablaban. Sin embargo y pese a saber que seguramente acabaría arrepintiéndose de sus palabras en cuanto se parara a reflexionar (a esas alturas ya se había dado cuenta de que debía de ser una persona muy impulsiva), no lamentaba haberlo dicho. La idea no se debía solo a su innegable belleza, ni tampoco a la oportunidad que les brindaba la soledad de la isla. La lujuria tampoco era la culpable, aunque sabía que la deseaba con todas sus fuerzas. Que la deseaba a todas horas.

No obstante, había hablado con sinceridad. No podía mirarla sin recordar aquella noche. Si en aquel momento lo que habían hecho les pareció ligeramente inmoral, el episodio había adquirido proporciones épicas desde entonces. Había afectado su relación y, por tanto, había mancillado los recuerdos que albergarían en el futuro. Entre ellos hubo algo muy tierno, una amistad, pudiera ser que algo más, antes de aquella noche, y quería recordar a la Rachel de aquellos días, quería recobrar las emociones que despertó en él. Quería que ella lo recordara como el hombre al que apreciaba hasta el punto de velarlo cuando sus heridas no necesitaban atención constante.

Tenían que enmendar el error de aquella noche en Bruselas.

Rachel lo estaba mirando por encima del hombro con los ojos desorbitados.

—¿Te has vuelto loco? —le preguntó.

—¿Loco como para creer que un error se enmienda con otro error? —preguntó a su vez—. Es posible. Aunque en aquella ocasión el afecto estuviera mezclado con la lujuria, en pocas palabras: yo creía estar con una prostituta. Me resulta horrible pensarlo siquiera, pero no puedo negarlo. Y moralmente no me deja en muy buen lugar que digamos. Cuando descubrí la verdad, te culpé por no habérmelo dicho. Después de haberte decepcionado, por supuesto… Fue tu primera vez, y yo la convertí en una experiencia espantosa para ti.

—Tú no tuviste toda la culpa —le aseguró ella—. No me sedujiste. Más bien fue al contrario. Te hice creer que trabajaba allí y que esa noche estaba disponible. Y después fui tan torpe que… En fin, qué más da.

De repente, mientras la contemplaba, cayó en la cuenta de que era una joven de buena cuna, ataviada con un elegante y favorecedor vestido de muselina, con el pelo recogido bajo un sombrerito de paja y una sombrilla que en esos momentos protegía de la luz del sol la comida que había guardada en la cesta. Debería estar cortejándola con sutileza, no invitándola a acostarse con él en el suelo. Sin embargo, la vida de Rachel no había discurrido por los derroteros habituales. Y desde el quince de junio la suya tampoco.

Vio que seguía mirándolo fijamente a pesar de la distancia que los separaba, unos cinco metros. Sin embargo, habían perdido el hilo de la conversación y de repente fue consciente del calor del sol, de los destellos del agua del lago, del zumbido de los insectos que revoloteaban sobre la hierba y de los trinos de un pajarillo oculto en algún árbol.

La mirada de Rachel descendió hasta el suelo.

—No te pondré un dedo encima sin tu permiso —la tranquilizó—. Si es lo quieres, nos olvidaremos de todo lo que hemos dicho y nos sentaremos en la manta para disfrutar de la merienda que Phyllis nos ha preparado antes de volver a la mansión. Retomaremos la farsa e intentaremos sacar el mayor partido a esta situación hasta que llegue el momento de separarnos y de intentar olvidarnos el uno del otro. Nada más lejos de mi intención que empeorar las cosas entre nosotros.

Rachel estuvo a punto de decir algo, porque la vio abrir la boca, pero debió de pensárselo mejor porque la cerró y clavó la mirada en sus manos. Las había extendido a la altura de la cintura con las palmas hacia abajo. El ala del sombrero le ocultaba el rostro.

—No sé nada sobre… hacer el amor —confesó—. Llevé una vida muy protegida con mi padre y muy restringida con lady Flatley… hasta que conocí a Nigel Crawley. Aunque él ni siquiera llegó a besarme la mano. Aquella noche en Bruselas no sabía lo que estaba haciendo. No sé cómo hacer que sea… placentero.

Su confesión le hizo cerrar los ojos con fuerza y de repente se dio cuenta de que los sentimientos que albergaba por Rachel York tal vez fueran mucho más profundos de lo que se atrevía admitir.

—No hace falta que sepas cómo hacerlo —le dijo—. Yo sí sé. Quiero que tengas buenos recuerdos de mí. Quiero llevarme buenos recuerdos de ti. Solo quiero saber una cosa, Rachel. ¿Aquella noche ha tenido consecuencias? Ha pasado un mes. Ya debes saberlo.

La pregunta tiñó de rosa sus mejillas e hizo que volviera a mirarlo.

—No —respondió.

—Y tampoco habrá consecuencias después de esta tarde —le aseguró—. Te lo prometo. Déjame hacerte el amor.

La vio alzar la barbilla sin dejar de mirarlo a los ojos.

—Muy bien. De acuerdo —dijo.

Y echó a andar. No se detuvo al llegar a la manta, sino que siguió caminando por encima hasta colocarse frente a él. La escasa distancia le permitió desatarle la lazada del sombrero, que llevaba anudado bajo la barbilla. En cuanto lo arrojó al suelo, le aferró la cara con ambas manos y la besó en la boca.

Evidentemente aquello no era un ejercicio desapasionado y clínico con el mero propósito de arreglar las cosas entre ellos. La atracción había sido mutua desde el primer momento y no había disminuido con el paso del tiempo a pesar de que su amistad sí se hubiera resentido. De hecho, era más que amistad. Siempre lo había sido. Era un profundo anhelo, una pasión desmedida.

Por ambas partes. Y fue consciente de ello al instante.

Se deseaban y, una vez que decidieron ponerle remedio a ese anhelo mutuo, no hubo restricciones impuestas por la moral o el pudor que apagaran el fuego que los consumía y que poco tenía que ver con el calor del sol. Rachel le arrojó los brazos al cuello y se apoyó contra su cuerpo mientras él le rodeaba la cintura con fuerza y extendía la otra mano sobre su trasero para pegarla más si cabía.

El beso se tornó incendiario. Devoró su boca con la lengua y cuando ella se la chupó, estuvo a punto de perder el control. Sin embargo, quería que entre ellos hubiera algo más aparte de ese deseo irrefrenable y enloquecedor.

Se apartó de sus labios para mirarla a los ojos, y tuvo que entornar los párpados debido a su proximidad y al brillo del sol. Ella lo miró a su vez con los labios húmedos y entreabiertos y los ojos entrecerrados a causa de un deseo tan potente como el suyo. Era Rachel. Era su ángel rubio.

Le sonrió y ella respondió con otra sonrisa.

La besó en la frente y luego en los párpados, primero en uno y luego en otro. Después la besó en las sienes y en ambas mejillas. Para endulzar la pasión. Cuando regresó a su boca, la besó con ternura, saboreando sus labios con la lengua y mordisqueándolos con suavidad. Ella lo imitó con una sensualidad ingenua y conmovedora.

El deseo lo consumió.

En ese instante pensó que siempre se debería hacer el amor al aire libre para sentir el frescor de la brisa y el calor del sol. Para percibir su brillo a través de los párpados y escuchar el zumbido de los insectos en la hierba, cuya suavidad sentía bajo los pies. Y pensó también que siempre querría tener a una mujer de pelo dorado entre los brazos.

Sin embargo, recordó de repente que estaban en un lugar desde donde se veía la mansión. Eso quería decir que cualquiera que estuviese observando desde allí podría verlos. Tampoco importaba mucho, al fin y al cabo se suponía que eran marido y mujer. Pero en cuanto estuvieran tumbados en el suelo quedarían ocultos por los árboles y los arbustos, según había comprobado poco antes, cuando se agachó para sacar la manta.

—Será mejor que nos echemos en la manta —le dijo sin separarse de sus labios.

—Sí.

Rachel se sentó y se colocó las faldas primorosamente en un repentino alarde de modestia. Volvía a estar nerviosa y avergonzada. De modo que hincó una rodilla en el suelo a su lado y se inclinó para besarla de nuevo en los labios con delicadeza. Le acarició un pecho por encima del vestido y lo rodeó con la palma de la mano. Pasó el pulgar repetidamente sobre el pezón hasta que el roce hizo que se endureciera y se tensara contra la delgada muselina que lo cubría. Después repitió la operación con el otro pecho y siguió descendiendo, pasando por encima del abdomen hasta detenerse en su entrepierna. Allí extendió los dedos mientras la besaba, aunque no tardó en apartarse un poco para mirarla a la cara.

La vio sonreír. Lo hizo despacio, casi con indolencia, y el resultado fue de lo más sensual.

Su mano siguió el descenso, dispuesta a explorar los contornos de esas piernas torneadas. Una vez satisfecho, le alzó las faldas por encima de las rodillas, pero no demasiado, ya que no quería que se sintiera incómoda. Le quitó los zapatos y después las medias, que enrolló despacio por sus piernas antes de arrojarlas sobre la hierba. Se inclinó para besarle los pies, los tobillos, la cara interna de las rodillas y los muslos. No fue más allá. Ella no tenía experiencia y él estaba decidido a hacerla disfrutar. A que ambos disfrutaran. No quería arriesgarse a escandalizarla.

Le bajó el corpiño y le deslizó las mangas por los brazos. En cuanto estuvo desnuda de cintura para arriba, inclinó la cabeza para chuparle un pezón y luego el otro. Mientras tanto, ella le enterró los dedos en el pelo, pero no tardó en bajar las manos para sacarle la camisa de los pantalones e introducirlas bajo la prenda. Sus caricias en la espalda le provocaron un sinfín de escalofríos y lo dejaron sin aliento.

Sin embargo, los preliminares fueron lánguidos y sensuales. La pasión estaba al acecho bajo cada movimiento, pero quería aguardar al momento oportuno para liberarla. No había prisa.

La pasión iba acompañada de un intenso placer.

—Mmm —murmuró mientras la besaba de nuevo en la boca.

—Mmm —lo imitó ella.

Aprovechó ese instante para alzarle las faldas aún más y acariciar su piel desnuda. Y lo hizo con suavidad. Descubrió que estaba húmeda y muy excitada. Los sonidos que sus caricias provocaron en ese lugar empapado hicieron que la erección que ya tenía se tornara insoportable. Una erección que Rachel acarició con mucha delicadeza, aunque no hizo ademán de desabrocharle los pantalones. Separó sus pliegues con dos dedos, la penetró y supo que no podía seguir obviando el deseo que latía en sus venas. Que ya no hacía falta seguir obviándolo. Estaba preparada.

—Excitada y húmeda —dijo, mordisqueándole los labios—. ¿Sabes lo irresistible que es esa combinación para un hombre que está invitado al festín?

—¿No es un poco bochornoso? —preguntó ella a su vez con una trémula carcajada.

Su ingenuidad le pareció enternecedora. ¿Tan ciego había estado como para pasarla por alto la primera vez? Claro que aquel episodio ya no importaba. Esa vez era la importante. Esa vez lo era todo.

Comenzó a deslizar los dedos dentro y fuera de su cuerpo.

—Imposible de resistir —la corrigió—. El cuerpo de una mujer lista para el sexo. Tu cuerpo preparado para recibirme.

—¡Oh! —la escuchó exclamar mientras volvía a besarla.

Se desabrochó el pantalón para liberarse y fue ascendiendo por la manta hasta colocarse sobre ella, separándole los muslos con la rodilla en el proceso.

—Rachel —dijo contra sus labios cuando deslizó las manos bajo su trasero para alzarle las caderas y ponerla en la posición adecuada para penetrarla—, este es el momento que siempre recordaré y que quiero que recuerdes. La otra vez ya está borrada y olvidada... para siempre.

Sus labios esbozaron una sonrisa bajo los suyos.

Alzó la cabeza mientras la penetraba despacio pero sin detenerse y se percató de que ella seguía sonriendo, si bien la vio morderse el labio inferior y cerrar los ojos cuando estuvo enterrado hasta el fondo en ella. Se detuvo un instante que ella aprovechó para doblar las piernas y plantar los pies en el suelo. En cuanto afianzó la postura, notó que sus músculos lo apresaban con fuerza en su interior. Le quitó las manos del trasero y se apoyó en los antebrazos.

El instinto lo impulsaba a seguir y alcanzar el clímax, pero el placer de la experiencia lo refrenaba. La mujer con la que estaba haciendo el amor era hermosa hasta lo indecible, y tanto sus ojos como su cuerpo eran conscientes de ese hecho. El día era perfecto, al igual que el lugar donde se encontraban. Le alegraba que todo estuviera sucediendo al aire libre en lugar de en una cama situada en un espacio cerrado. De algún modo tenía la impresión de que contaban con la bendición de la naturaleza, como si formaran parte de ella.

Parte de su belleza, de su luz y de su calor. Parte de su exuberancia.

Alargó el momento todo lo que pudo y siguió inmóvil, saboreando la sensación de estar enterrado en su cuerpo, saboreando su imagen y su olor. Saboreando el instante en el que abrió los ojos, rebosantes de deseo, y esa sonrisa soñadora y sensual se ensanchó. El placer era tan intenso que rayaba en el dolor, pero se tornaba magnífico por la certeza de que pronto, muy pronto, les reportaría la paz y la tranquilidad a los dos.

Tal vez incluso el éxtasis.

Y entonces sintió cómo se contraía de nuevo en torno a él y la vio cerrar los ojos. En ese instante supo que no habría paz hasta que hubiera aliviado su dolor.

Inclinó la cabeza para apoyar la frente sobre la manta, al lado de la de Rachel, y se retiró de su interior sin llegar a salir del todo antes de hundirse de nuevo en ella. Repitió el movimiento despacio pero con firmeza, pendiente de las respuestas de su cuerpo y sin olvidar ejercer un férreo control sobre sus propias necesidades, por temor a que todo acabara demasiado pronto y ella volviera a quedarse insatisfecha y decepcionada.

Porque tenía que complacerla. Solo así lograría la redención y la paz.

El ambiente se fue caldeando por momentos. Al cabo de unos minutos ambos estaban acalorados, sudorosos y jadeantes por culpa del sol y del esfuerzo. Pero Rachel no adoptó un papel pasivo. Ni siquiera al principio, a pesar de que sus movimientos fueron torpes y desmañados. Por extraño que pareciera, esa falta de experiencia logró excitarlo aún más. Notó cómo se adaptaba poco a poco al ritmo, contrayendo y relajando los músculos internos al tiempo que alzaba las caderas del suelo y las movía para incrementar la fricción y el placer.

Complacerla era una dulce agonía. Y acabó siendo una agonía sin más.

No obstante, la esperó hasta que supo por instinto y sin lugar a dudas que estaba a punto de alcanzar el clímax. En ese momento la sorprendió al incrementar el ritmo y comenzó a penetrarla con embestidas rápidas y profundas. La escuchó jadear y gemir mientras tensaba el cuerpo y alzaba aún más las caderas. Al cabo de un instante se estremeció y dejó escapar un grito.

Pese a la agonía que había sufrido, el momento de redención fue glorioso. Como si hasta entonces hubiera estado sucio y acabara de purificarse.

Sus brazos lo rodearon con fuerza mientras los estremecimientos la sacudían hasta que la tensión la abandonó por fin. Él sabía que, para la mujer, alcanzar el clímax no era algo habitual. Lo que no sabía era si en sus encuentros sexuales se preocupaba de dar placer además de recibirlo. En caso de no ser así, su nueva personalidad había descubierto un secreto: la satisfacción sexual era insuperable cuando se compartía con la otra persona.

Cuando por fin notó que se relajaba entre sus brazos, aumentó el ritmo de sus envites en busca de su propio placer y cuando llegó al límite de su resistencia salió de su cuerpo.

Al fin y al cabo, poca redención iba a encontrar en la experiencia si la dejaba embarazada...

Siguió inmóvil sobre ella durante unos minutos, disfrutando del placer, y con la certeza de que Rachel estaba haciendo lo mismo a tenor de la laxitud que la embargaba. Después se apartó y se tendió a su lado, protegiéndose los ojos del sol con un brazo mientras recobraba el aliento y se normalizaban los latidos de su corazón. La fresca caricia de la brisa en la cara le supo a gloria.

Buscó la mano de Rachel, se la agarró y entrelazó los dedos con los suyos.

Y ahora ¿qué?, se preguntó de repente. ¿Había cerrado una herida para abrir otra? Recordó que se había enamorado de ella antes de la dichosa noche en Bruselas, pero en aquel entonces había achacado sus sentimientos a la debilidad física que padecía. En cambio, lo que acababa de hacer le parecía muy romántico. ¡Había hecho el «amor»! En fin, ya pensaría en ese problema más adelante.

Exhausto, se dejó vencer por el sueño arrullado por el zumbido de los insectos.

La hierba le hacía cosquillas en las piernas y en los pies. El sol le había calentado el vestido y le daba en la cara, que no contaba con la protección del sombrero ni de la sombrilla. Además, en el costado izquierdo sentía el calor que irradiaba el cuerpo de Jonathan. Le sudaba la mano que él le había aferrado. Una pareja de pájaros pasó volando sobre ellos hacia algún lugar desconocido.

No creía haber sido tan feliz en toda la vida. No, eso no era cierto. Sabía sin lugar a dudas que jamás había sido tan feliz.

Y también sabía, por supuesto que lo sabía, que estaba enamorada de él. Que posiblemente llevara mucho tiempo enamorada. Pero no podía permitir que esa complicación le estropeara la felicidad del momento. Jonathan pertenecía a un mundo diferente al suyo. Si sus sospechas eran ciertas, estaba por encima de ella en el escalafón social, a pesar de que su madre hubiera sido la hija de un barón. Y lo más importante de todo: había toda una vida oculta en algún lugar de su extraviada memoria y, aunque dicha vida no incluyera una esposa o una prometida, no le cabía la menor duda de que era una vida llena de gente y de experiencias en las que ella no tenía cabida. Era a Jonathan Smith a quien amaba. El hombre que fue antes de que ella lo encontrara era un completo desconocido. Hasta su nombre lo era.

Amaba a un espejismo, a una ilusión, que por casualidad tenía el aspecto de un hombre de carne y hueso.

Estaba enamorada, pero jamás sería un sentimiento posesivo, no podría serlo. Era algo efímero, temporal, y no pensaba hacer nada por cambiar las cosas. No se arriesgaría a que se le partiera el corazón cuando él se marchara. Se limitaría a recordarlo. Porque contaba con el más maravilloso y perfecto de los recuerdos, uno que atesoraría para rememorarlo a lo largo de ese futuro que tendría que vivir sin él.

Qué maravilloso don era la memoria.

¡Y él la había perdido!

De repente comprendió la magnitud de su pérdida y giró la cabeza para mirarlo. Estaba contemplando el cielo con los párpados entornados y el dorso de la mano, que poco antes había estado protegiéndole los ojos, apoyado en la frente.

—No sé tú, Rache —le dijo—, pero yo estoy empapado de sudor de los pies a la cabeza.

De haber estado esperando algún comentario romántico, se habría llevado un buen chasco.

Se rió por lo bajo.

—Jonathan, ¿no sabes que las damas no sudan? —le recriminó.

—En ese caso, ¿quieres que te deje aquí con tu perfección femenina mientras yo voy a darme un chapuzón? —le preguntó él a su vez.

Hasta ese momento el calor del sol le había parecido agradable, pero cuando giró el cuerpo notó que tenía el vestido pegado a la espalda. Y cuando alzó la mano libre para apartarse un mechón de pelo de la mejilla, descubrió que estaba empapado. Al igual que lo estaba su frente. De repente, el calor del que había estado disfrutando le pareció opresivo.

—Seguramente sea demasiado profundo para mí —respondió con tristeza—. No sé nadar.

—No hay mucha profundidad en la zona del embarcadero —le aseguró él—. Y, aunque no sepas nadar, puedes… chapotear.

Se rió de nuevo.

—No he chapoteado en mi vida —confesó. Aunque sentía un súbito deseo de hacerlo, de comportarse como una niña, de divertirse… sin más.

Jonathan se incorporó y le soltó la mano para quitarse la camisa, que se pasó por la cabeza. Acto seguido se quitó las botas de montar y se puso de pie para despojarse de los pantalones. Le sonrió cuando estuvo cubierto solo por los calzoncillos. La única imperfección que distinguió en su persona fue la cicatriz del muslo izquierdo. Tenía un cuerpo maravillosamente esculpido y de proporciones perfectas.

De repente, recordó las palabras que él le dijera en una ocasión, cuando le aseguró que si había alguna imperfección física en ella, era incapaz de distinguirla.

—No te dará vergüenza, ¿verdad? —le preguntó con una sonrisa al tiempo que separaba los brazos del cuerpo—. Me has visto aún con menos ropa.

—Claro que no —contestó. ¿Por qué iba a darle vergüenza? Acababa de estar dentro de su cuerpo. Todavía sentía un agradable escozor en ese lugar, como si estuviera muy sensible.

—Si vamos a chapotear, Rache —le dijo—, tendrás que quitarte el vestido.

Se puso en pie y se quitó el vestido para quedarse solo con la camisola. Lejos de sentirse avergonzada, la invadió una sensación eufórica y liberadora. Iba a bañarse al aire libre por primera vez en su vida. Se quitó las horquillas del pelo y meneó la cabeza para que le cayera por la espalda antes de girarse hacia él con una carcajada. Una carcajada que no tenía una causa concreta salvo la felicidad que la embargaba.

Jonathan la estaba mirando con los ojos entrecerrados.

—Estoy lista para chapotear —afirmó.

—Llévame hasta el agua ahora mismo porque corro el riesgo de estallar en llamas —le dijo.

De modo que lo precedió colina abajo y corrió entre carcajadas hacia la orilla del lago. Gritó cada vez que sus pies descalzos encontraban una piedra afilada, pero no se detuvo en ningún momento.

17

*T*al vez uno de los principales atractivos de Rachel York, concluyó cuando la alcanzó, la adelantó y se lanzó al agua antes que ella, era que parecía totalmente ajena a su extraordinaria belleza. Porque era poco menos que deslumbrante.

No sabía qué tipo de vida encontraría al marcharse de allí, cuando descubriera la parte que faltaba de su persona. No sabía qué tipo de relaciones, compromisos o devociones conformaban la vida de ese hombre que de alguna manera había dejado atrás en el bosque de Soignes. Evidentemente eso conllevaba la necesidad de no echar raíces en la vida que se había forjado desde entonces.

Sin embargo, en ese preciso instante estaba enamorado de Rachel. E iba a disfrutar del momento. Ni más ni menos. El pasado se ocultaba tras un velo en su cabeza y el futuro le era mucho más indescifrable que para la mayoría de las personas. Pero ese día era maravilloso.

Al igual que ella… deslumbrante y maravillosa.

La vio meter un pie en el agua y apartarlo con una carcajada. Tenía las piernas largas y torneadas.

A escasa distancia de la orilla, donde él se encontraba, el agua llegaba al pecho. Si daba unos cuantos pasos más, pasaría a llegarle por los hombros y un poco más allá lo cubriría por entero. Pero la zona donde se hacía pie era lo bastante amplia para que alguien que no supiese nadar se sintiera a salvo.

La vio probar el agua con el otro pie antes de apartarlo también.

Alleyne metió las manos en el agua y las sacó con fuerza para salpicarla. Rachel profirió un grito. Acto seguido se lanzó al agua, se metió hasta la cintura y en un abrir y cerrar de ojos solo se vio de ella su cabello rubio flotando en la superficie. Volvió a salir escupiendo agua y frotándose los ojos cerrados.

Estaba mirándola con una sonrisa embelesada cuando un enorme chorro de agua le dio de lleno en la cara, haciendo que se pusiera a toser y escupir.

Tal vez no supiera nadar, pero era una digna oponente en las guerras de agua.

—¡Esto es maravilloso! —exclamó tras volver a sumergirse y aparecer de nuevo—. El agua está calentita. —Se apartó el pelo de la cara. La larga melena se le adhería a la cabeza, a la espalda y flotaba en la superficie—. ¿Cómo hago para nadar?

—Primero necesitas unas cuantas lecciones y mucha práctica —le contestó—. ¿Estabas pensando en retarme a una carrera de ida y vuelta a la otra orilla?

—Enséñame —le exigió.

Parecía que la reticencia con la que se enfrentaba a los caballos, y que estaba superando a base de agallas y determinación, no se aplicaba al agua.

Le enseñó a flotar, una habilidad que aprendió con sorprendente rapidez después de hundirse unas cuantas veces y tragar agua, situaciones que requirieron unas fuertes palmaditas en la espalda. Incluso después de aprender a hacerlo, solo era capaz de mantenerse flotando unos instantes antes de ir sumergiéndose poco a poco. Pero era un comienzo muy prometedor.

—Antes de que termine el verano conseguiré que nades incluso de espaldas —le aseguró antes de recordar que se marcharían de allí mucho antes de que el verano llegase a su fin.

La dejó en la zona donde hacía pie y se adentró en el lago con unas poderosas brazadas, disfrutando del reencuentro con su fuerza física y con la frescura del agua.

Junto a la orilla, no muy lejos del embarcadero, se alzaba un árbol cuyas ramas se extendían sobre el agua. Nadó hacia ellas y se percató de que en ese punto en concreto el lago era más profundo.

—¿Adónde vas? —preguntó Rachel cuando lo vio salir e impulsarse hasta la orilla, que en ese punto estaba bastante escarpada, mientras el agua le chorreaba por el cuerpo.

—A lanzarme de cabeza —respondió con una sonrisa.

Trepar a un árbol estando casi desnudo no era muy agradable, evidentemente, aunque tenía la certeza de que lo había hecho en incontables ocasiones. Se sentó en una de las ramas y se acercó al extremo muy despacio, yendo con sumo cuidado para no llevarse una sorpresa si resultaba ser más frágil de lo que parecía. Sin embargo, aguantó su peso sin doblarse ni partirse.

—¡Ten cuidado! —exclamó Rachel desde cierta distancia. Estaba de pie en el lago, con una mano sobre los ojos para protegerse del brillo del sol.

Le sonrió desde la rama y se puso en pie muy despacio, guardando el equilibrio con los brazos. La rama aguantó. Tenía que lucirse frente a ella. Caminó hasta el extremo de la rama, hizo una pose con el cuerpo muy erguido y los brazos extendidos por delante. Después dobló las rodillas y se lanzó con los brazos por encima de la cabeza, la barbilla contra el pecho, las piernas juntas y los pies estirados hacia atrás.

Se zambulló de cabeza y descendió hasta casi rozar el fondo, momento en el que dio media vuelta para regresar a la superficie. Lo invadió la euforia que siempre acompañaba a las hazañas peligrosas y atrevidas que le habían prohibido en la niñez y emergió enjugándose el agua de los ojos para sonreírles a sus igualmente osados compañeros de travesuras.

Pero solo vio a Rachel York, con la mano en la boca, aunque la apartó para sonreír con evidente alivio.

Sintió una repentina y profunda desorientación.

¿A quién había esperado ver?

¿A quiénes? Porque había más de una persona. Solo quiero recordar a una persona, dijo para sus adentros. Solo a una. ¿Sí? Por favor, solo a una.

Rachel avanzó hacia él, con expresión preocupada, pero se detuvo cuando el agua le llegó a la altura de los hombros y sintió que el fondo del lago seguía bajando.

—¿Qué pasa? —le preguntó—. Te has hecho daño, ¿verdad? Pero cómo eres. ¿Te has golpeado la cabeza? Ven aquí.

Comenzó a flotar en el agua. La miró pero no se acercó a ella, sino que nadó hacia la orilla, salió del agua y comenzó a subir la pendiente sin mirar atrás.

No había motivo alguno para que no pudiera recordar, ¿no? La herida de la cabeza ya debía de estar curada, tanto por dentro como por fuera. Ya no sufría dolores de cabeza salvo cuando se esforzaba por recordar. Había decidido ser paciente. Había sido paciente. Pero en ocasiones lo asaltaba el pánico como un ladrón en plena noche.

Se sentó en la manta con las piernas cruzadas, apoyó las muñecas en las rodillas y bajó la cabeza. Intentó concentrarse en la respiración. Intentó concentrarse en otra cosa que no fuera el miedo vertiginoso que le atenazaba la mente en esos momentos.

No la oyó acercarse. Se percató de que estaba a su lado cuando notó el frío roce de sus brazos en los hombros y la cintura. Le apoyó la cabeza en el hombro, sin mirarlo. Sentía el tacto húmedo de su pelo en el brazo. Comprendió que se había arrodillado a su lado. Pero no dijo nada.

—A veces —musitó al cabo de un rato—, me siento completamente a la deriva.

—Lo sé —dijo ella—. ¡Ay, Jonathan...!

—Ese no es mi nombre —replicó—. Me han robado hasta el nombre. No sé ni quién ni qué soy, Rachel. Me conozco menos de lo que os conozco a Geraldine, al sargento Strickland o a ti. Al menos tú puedes contarme anécdotas de tu vida con las que formarme una opinión de tu persona, que es producto de tu educación aunque también la hayas forjado con tu particular forma de ser. Yo no tengo anécdotas. Mi primer recuerdo es el momento en que me desperté en la casa de la rue d'Aremberg bajo la mirada de cuatro damas maquilladas. Y de eso hace poco más de un mes.

—Yo sí sé quién eres —afirmó ella—. No sé qué hacías antes. No conozco ninguna anécdota de tu vida salvo las que hemos protagonizado juntos. Pero sí sé que eres un hombre alegre, vital, generoso y atrevido. No creo que hayas cambiado tanto. Sigues siendo tú mismo. He sido testigo de tu valor durante estas semanas. Tal vez en momentos como este creas que te derrumbarás y dejarás que la vida se te escape de entre los dedos porque es algo que ya no merece la pena. Pero te sobrepondrás a estos momentos. Lo sé porque te conozco. Te conozco de verdad. Ojalá pudiera llamarte por tu verdadero nombre porque los nombres son importantes, se convierten en parte de la identidad de una persona. Pero incluso sin ese nombre te conozco.

Volvió a concentrarse en su respiración, pero pasados unos minutos se percató de que había girado la cabeza hasta apoyarla sobre la de Rachel.

—¿Sabes por qué sugerí esta farsa? —le preguntó—. Ni siquiera me había dado cuenta del motivo hasta ahora. No fue solo por tu bien, aunque en su momento creí que arrebatarle tu fortuna a un tirano que no se preocupaba por ti sería lo mejor que te podía pasar. Pero también fue por mí, para no tener que salir en busca de mi identidad.

—¿Tenías miedo de no averiguar quién eres? —quiso saber ella.

—¡No! —Apretó la mejilla contra su cabello húmedo—. Tenía miedo de hacerlo. Temía reencontrarme con mis padres y no reconocerlos. O con mis hermanos o hermanas. O con una esposa e hijos. Me daba miedo mirarlos a la cara y ver a unos desconocidos. Podría ver a un niño, Rachel, a un niño que yo engendré y a quien quería, y que se habría convertido en un desconocido para mí. Y por eso me inventé un motivo para retrasar el momento. Creí que tal vez mi memoria volvería por sí sola si esperaba un poco. O supongo que eso es lo que creí. No tomé la decisión de manera consciente.

—Jonathan… —dijo ella en voz baja y lo abrazó un buen rato mientras se enfrentaba a la más oscura desesperación.

—Como no nos comamos hasta el último bocado —dijo

cuando por fin levantó la cabeza—, Phyllis se sentirá mortalmente ofendida.

—Sí —convino ella.

—¿Tienes hambre?

—Un poco —admitió—. La verdad es que me muero de hambre.

—Pues yo podría comerme una vaca —confesó, un poco sorprendido al darse cuenta de que era verdad, aunque no literalmente, por supuesto—. ¿Deberíamos sorprendernos de estar famélicos después de habernos deleitado con un ardoroso interludio y un buen chapuzón?

Rachel no le respondió. La observó mientras se acercaba a la cesta y la abría para buscar algo en su interior. Tenía el rostro oculto tras el cabello, que le caía a ambos lados de la cara como un velo dorado, de modo que le impedía ver su expresión. Parecía haberse olvidado de vestirse antes de comer.

La miró detenidamente, pero no con lascivia. ¿Qué habría hecho sin ella durante todas esas semanas?

¿Qué haría sin ella cuando el mes llegara a su fin?

La vida en Chesbury Park adquirió cierta rutina después de la tarde de la isla. Y, a pesar de saberse metida en un buen lío del que se veía incapaz de salir, Rachel casi era feliz.

Le encantaba vivir en el campo. Pasear por los jardines y los prados; montar a caballo con Jonathan (con creciente soltura y confianza); aprender a nadar y a remar; merendar en algunos de los lugares más pintorescos de la propiedad, sentarse en la ventana del salón durante los días tormentosos para contemplar la lluvia; visitar diferentes zonas de la granja con Jonathan, Flossie y el señor Drummond; llevarles a los trabajadores las cestas de comida que preparaba Phyllis; visitar a los vecinos con el carruaje; explorar las tiendas del pueblo y dejar que el señor Crowell le enseñara la iglesia y el cementerio… Estaba convencida de que jamás se cansaría de esas cosas.

Podría ser feliz en Chesbury Park sin echar de menos las frenéticas actividades de Londres. Tenía la sensación de estar haciendo lo correcto, de que pertenecía a ese lugar.

También disfrutaba de la compañía de su tío; aunque al principio lo hizo con cierta reticencia, poco a poco esta se fue transformando en evidente gratitud y alegría. Cogió por costumbre visitarlo por las mañanas en su gabinete privado mientras descansaba. A veces se sentaban mirando la ventana, sin apenas hablar, si bien sus silencios jamás eran incómodos. En ocasiones su tío llegaba a quedarse dormido. Otras veces le contaba historias de sus abuelos y de su madre. Era como si estuviera reconstruyendo poco a poco una herencia de la que ni siquiera había sido consciente.

Una tarde lluviosa que no recibieron visitas los llevó a Jonathan y a ella a la galería de los retratos de familia, situada en la planta alta. Aunque la estancia no estaba cerrada con llave, la había evitado hasta ese momento. Su tío le fue explicando el parentesco con el nutrido grupo de ancestros retratados y, a medida que el vacío y la soledad que habían imperado en su vida comenzaban a desaparecer, la recorrió una oleada de emoción. Ese era su hogar.

El único retrato de su madre era de un cuadro de familia, pintado cuanto tenía tres años y el tío Richard era un jovencito delgado y apuesto de cabello rubio. Al principio le dio cierto reparo mirarlo, pero después observó con avidez a esa niñita de mejillas sonrosadas y tirabuzones rubios. No obstante, fue incapaz de asociar el rostro de esa niña con el vago recuerdo que tenía de su madre.

—Te pareces a ella en su adolescencia —le dijo el tío Richard.

—Mi padre siempre se arrepintió de no haber encargado su retrato —comentó—. A veces no consigo recordar su cara por más que lo intento.

Iba de la mano de Jonathan, pero no se había percatado hasta ese instante, cuando él entrelazó los dedos y le dio un apretón. La estaba consolando, y eso que ella al menos sabía quién era su madre. Recordaba a su padre a la perfección. El tío Richard seguía vivo. Ese era el hogar de su familia y allí estaban los retratos de sus antepasados.

Giró la cabeza para sonreírle a Jonathan. Desde la tarde que había pasado en la isla su relación estaba teñida de una especie de ternura, aunque habían hecho un gran esfuerzo para no repetir lo del lago. Ninguno había puesto un pie en el vestidor del otro. Y, sin embargo, quedaba esa ternura, que ninguno de ellos fingía, pero que de todos modos se estaba ganando el favor del tío Richard con mucha más eficacia que los anteriores esfuerzos por parecer una pareja locamente enamorada.

Se alegraba de poder recordarlo después de esa manera… aunque sentía un dolor casi insoportable en el pecho cada vez que pensaba que se acercaba el día de su separación.

Y Jonathan también se sentía contento en cierta forma. Era evidente que le gustaba la agricultura. Pasaba mucho tiempo en los campos de labor o charlando con el señor Drummond. También pasaba mucho tiempo con el tío Richard, y sabía que hablaban sobre cultivos y ganado, y que a menudo Jonathan sacaba a colación las ideas o las mejoras que el señor Drummond le había sugerido o que se le habían ocurrido a él solo.

El tío Richard incluso había aprobado algunas sugerencias. A su tío le gustaba Jonathan. Lo respetaba.

Ojalá hubiera una manera sencilla e indolora de salir del embrollo en el que se habían metido, pero no la veía por ningún sitio. Y se negaba a darle vueltas al asunto. En cuanto todo acabara, confesaría la verdad y pediría perdón, después sería cosa de su tío que la perdonase o no.

Sus cuatro amigas también parecían ser más felices que nunca en Chesbury Park.

Geraldine había asumido casi todas las obligaciones del ama de llaves salvo las cuentas de la casa, debido al hecho de que no sabía leer ni escribir. Organizaba con sumo gusto y eficiencia las tareas de los criados, incluso los de más alto rango, dado que el mayordomo era muy mayor y ni se había dado cuenta de que había perdido el control; de modo que su amiga había reclutado a toda la servidumbre para llevar a cabo un inventario de la ropa blanca, la porcelana, la cristalería, la vajilla y cualquier otro objeto de valor. La casa comenzaba a relucir como una patena bajo su mando. Aún insistía en oficiar como su doncella, pero en sus ratos libres se sentaba en la salita del ama de llaves y zurcía.

No se parecía en nada a la Geraldine que había conocido en Bruselas, pero parecía estar en su salsa por extraño que pareciera. Además, había estado dándole la matraca al sargento Strickland hasta que aceptó (sin protestar mucho, la verdad) la tarea de dirigir a los criados y asumir las tareas del mayordomo, aunque el señor Edwards conservó el título.

Phyllis cocinaba y gobernaba más contenta que unas castañuelas sus nuevos dominios: la cocina de Chesbury Park. Y como era una cocinera excelente y también una persona muy agradable, a nadie pareció importarle la intromisión.

Flossie, además de llevar los libros de cuentas de la casa con meticulosidad, estaba muy ocupada dejándose cortejar por el señor Drummond.

—No tenéis que preocuparos por nada, de verdad —les aseguró Flossie una noche en su vestidor mientras el sargento Strickland las observaba desde el arco que separaba los vestidores con los brazos cruzados por delante de su enorme pecho—. Le he contado la verdad al señor Drummond sin hablarle de vosotras. Sabe quién soy y aun así el muy tonto sigue queriendo casarse conmigo.

—¡Por el amor de Dios, Floss! —exclamó Phyllis, llevándose las manos al pecho—. ¡Qué romántico! Creo que voy a echarme a llorar. O a desmayarme.

—Ni se te ocurra, Phyll —le aconsejó Bridget—, porque entonces te golpearías la cabeza contra el lavamanos… y después te desmayarías de nuevo al ver tu propia sangre.

—¿Vas a aceptar su proposición? —le preguntó Geraldine—. Me encantaría ser tu dama de honor, Floss, pero sería raro teniendo en cuenta que soy la doncella de Rachel, ¿no te parece?

—Es un caballero —dijo Flossie con tono dramático.

—¿Y qué? —Geraldine puso los brazos en jarras y la miró con expresión beligerante.

Flossie no respondió.

Bridget visitaba la rectoría varias veces al día para ver a la señora Crowell y su jardín. También desaparecía por la propiedad con diferentes utensilios de jardinería, un enorme delantal y su sombrero de paja de ala ancha cada vez que se le presentaba la ocasión.

Ninguna de las cuatro parecía impaciente por salir en pos del malhechor que les había robado tanto su dinero como sus sueños. Y Jonathan ya le había hablado de su renuencia a emprender la búsqueda de su identidad.

De modo que se relajó, decidida a disfrutar de las semanas que precedieron al baile que el tío Richard había insistido en celebrar.

Los numerosos preparativos habían hecho que el baile se convirtiera en todo un acontecimiento, y todo el vecindario bullía ante el feliz evento. Ninguna otra familia en varios kilómetros a la redonda contaba con un salón de baile y, aunque se organizaban fiestas en los salones de la posada del pueblo, era evidente que la idea de un baile privado en un salón de baile también privado tenía a todo el mundo maravillado.

Lo que haría, decidió, sería disfrutar del baile al máximo y después, en cuanto terminara, tomaría las decisiones sobre su futuro. Le pediría una vez más las joyas al tío Richard y si por casualidad se las daba en esa ocasión, se marcharía, vendería unas cuantas y procedería con el plan según lo previsto. Si no accedía a dárselas, cejaría en su empeño y se marcharía sin más.

Sus amigas tendrían que apañárselas solas. Al igual que Jonathan.

Había intentado ayudarlo. Le había escrito a tres conocidos que vivían en Londres y ya había recibido las respuestas de dos de ellos. Ninguno sabía de un caballero que llevara desaparecido desde la batalla de Waterloo. Claro que tampoco había esperado que tuvieran noticias. Aun así, tuvo que admitir que se sintió decepcionada. Le habría gustado ayudarlo a recuperar lo que perdió al caerse del caballo a las afueras de Bruselas.

Suponía que ya no volvería a verlo más una vez que se fueran de Chesbury Park. Posiblemente tampoco volvería a saber de él, jamás sabría si se había reencontrado con su familia y su pasado.

Era una idea demoledora. Pero se negaba a darle muchas vueltas.

Tampoco estaba dispuesta a pensar en lo que haría cuando se marchara de Chesbury Park. En gran parte dependería de si se llevaba las joyas consigo o no.

¿Y qué pasaría con su tío? ¿Cómo se sentiría al averiguar la magnitud del engaño? También dependía de si le entregaba las joyas o no.

Seguía sin estar segura de la profundidad de los sentimientos de su tío.

Pese a todo eso, esperaba la llegada del baile casi con gran emoción. Jamás había asistido a un evento de semejante calibre, ni a un baile más sencillo. Solo sabía bailar porque a su padre le gustaba hacerlo y le había enseñado durante los momentos alegres y despreocupados, mientras tarareaba las melodías y le enseñaba a ejecutar los pasos con precisión y elegancia.

Pero bailar con otros caballeros en un salón de baile y con una orquesta de verdad...

Bailar con Jonathan...

No había palabras para expresar lo que sentía.

El tío Richard había mandado llamar a la modista del pueblo y le había encargado que se quedara en Chesbury Park unos días para confeccionar los trajes de las damas si así lo deseaban. A ella no la dejó replicar. Iba a tener un vestido de noche para el baile y no debían reparar en gastos. Hubo una pequeña discusión entre Jonathan y su tío sobre quién debía pagar el vestido, pero este último no admitió que le llevaran la contraria.

—Rachel es mi sobrina, Smith —adujo al tiempo que levantaba la mano para acallarlo—. Si me hubiera salido con la mía, la habríamos presentado en sociedad a los dieciocho años y las facturas habrían corrido de mi bolsillo. Tal cual están las cosas, este baile es tanto para celebrar el matrimonio como para presentarla en sociedad, y no consentiré que me nieguen el placer de vestirla para la ocasión.

La extraña elección de palabras la inquietó un poco, pero ¿quién era ella para indignarse por una mentira? De todas formas, la predisposición que mostraba su tío para enmendar los errores del pasado la emocionó mucho más de lo que estaba dispuesta a admitir.

—Gracias, tío Richard —dijo al borde de las lágrimas—. Eres muy generoso y amable.

Jonathan se limitó a plegarse a sus deseos y dejó de discutir. ¿Habría podido pagarle el vestido?, se preguntó. ¿Cuánto le quedaba de lo que había ganado en Bruselas?

Los días previos al baile pasaron felizmente, como si el tiempo volara. Y por fin llegó el tan ansiado día. La mañana pasó en un constante ir y venir de criados, muchos de los cuales habían sido contratados para la ocasión, que se afanaban por tenerlo todo listo a tiempo. Y la tarde pasó en un santiamén, hasta que por fin llegó el momento de retirarse a las habitaciones para arreglarse.

No fue consciente de lo que estaba pasando hasta que entró en el vestidor y vio el elegante vestido que la esperaba y a Geraldine junto a una bañera humeante. Tenía el estómago un poco revuelto por los nervios… A fin de cuentas, ese era su primer baile. Pero también era el principio del fin.

Al día siguiente…

No pensaría en el día siguiente.

Primero tenía que disfrutar de esa noche.

18

—¡Ay, Dios, Rachel, me echaría a llorar! —exclamó Geraldine—. Pero en vez de eso, voy a buscar un rinconcito tranquilo donde pueda pasar toda la noche bailando con Will, lo quiera él o no.

Rachel también sentía un nudo en la garganta. Jamás se había visto con un aspecto tan espléndido.

Llevaba un vestido verde y blanco de encaje sobre unas enaguas de satén blanco. Pese a la cintura alta que marcaba el estilo imperio, las faldas eran muy amplias, si bien se le pegaban al cuerpo si no se movía. El volante que remataba el bajo estaba compuesto por una ancha tira de encaje ribeteado con hojitas verdes y bordado con un delicado motivo floral. El diminuto corpiño era de satén verde claro. Las mangas, pequeñas y de farol, de satén a rayas verdes y blancas. Los escarpines también eran de satén verde y los guantes, largos y de seda blanca.

Geraldine le había recogido el pelo en la coronilla, aunque había dejado unos cuantos mechones sueltos en las sienes y en la nuca para suavizar el efecto. Su tocado constaba de dos plumas blancas sujetas en la parte posterior de la cabeza y dispuestas de tal manera que se inclinaban hacia delante en un ángulo muy coqueto.

—Has hecho maravillas con mi aspecto, Geraldine —le dijo con un suspiro mientras se observaba en el espejo de pie de su vestidor.

—Creo que el mérito es de la naturaleza —repuso otra voz—. Geraldine se ha limitado a dar unos retoques finales.

Jonathan estaba bajo el arco que separaba sus vestidores. Se giró para mirarlo. Estaba más guapo que nunca, ataviado con el traje de gala que utilizara la primera noche que pasaron en Chesbury Park. Sin embargo, había cambiado desde entonces. Estaba más moreno por el sol y más fuerte. Se había cortado el pelo, aunque el rebelde mechón seguía cayéndole sobre la ceja derecha.

Aun siendo objetiva, no recordaba haber visto a un hombre más guapo en su vida.

—¡Madre del amor hermoso! —exclamó Geraldine—. ¡Estás para comerte! Ojalá te hubiéramos atado a los postes de la cama en Bruselas cuando tuvimos la oportunidad.

La sonrisa que esbozó mientras la reprendía con un gesto de la mano aumentó su atractivo. Sus dientes parecían muy blancos en contraste con el tono bronceado de su piel.

—Geraldine —replicó—, sé que entre las cuatro me habríais dejado exhausto y a estas alturas sería una sombra de lo que soy.

—Pero hasta esa sombra estaría para chuparse los dedos —le aseguró Geraldine—. ¿Sigue Will en tus aposentos? Tengo que enseñarle a bailar.

—Se ha escabullido a la planta baja —le contestó—. Para huir de ese pavoroso destino, creo.

—Pobrecillo —repuso la supuesta doncella con cariño mientras salía de la habitación—. Es incapaz de reconocer la derrota.

Jonathan le sonrió y en ese momento comprendió que jamás podría ser objetiva en lo que a él se refería. Había pasado casi un mes interpretando el papel de esposa devota, y la farsa había tenido un efecto inequívoco en sus emociones. Además, estaba la tarde que habían pasado en la isla. Una tarde que no había vuelto a repetirse y a la que jamás habían hecho alusión, aunque ninguno la hubiera olvidado.

¿Cómo iba a olvidarla?

—Estás preciosa. De verdad —le dijo él mientras entraba en el vestidor.

—Gracias. —Sonrió con cierta tristeza—. Tengo la intención

de divertirme como nunca. Es mi primer baile y tal vez sea el último. Es el fin, Jonathan. Lo sabes, ¿verdad? Mañana iremos a hablar con mi tío y le pediremos de nuevo las joyas. Pero si se niega a dármelas, no pienso seguir intentándolo. Nos iremos pasado mañana, pase lo que pase. Y después serás libre.

—¿Tú crees? —le preguntó en voz baja—. Rachel, tenemos que...

Lo interrumpieron unos golpecitos en la puerta. Lo observó mientras se acercaba para abrir y resultó ser su tío, que entró y se detuvo en seco.

—¡Rachel! —exclamó al tiempo que la miraba de arriba abajo—. No sabes cuánto he deseado verte de esta manera. Ni cuánto deseé ver a tu madre arreglada para su primer baile.

Se negaba a discutir con él esa noche en particular, pero la pregunta brotó de sus labios antes de que pudiera morderse la lengua.

—¿Por qué dijiste que me habrías presentado en sociedad a los dieciocho años si te hubieras salido con la tuya?

Lo vio rechazar la silla que Jonathan le ofrecía.

—Tu padre se negó en redondo —contestó—. Y también se negó a dejarte pasar aquí las vacaciones cuando eras pequeña o a que te enviara a una academia de señoritas. Por lo que has contado estas semanas, supongo que nunca te dio los regalos que te mandé todos los años por Navidad y por tu cumpleaños. Después de casarse con tu madre, no le permitió ponerse en contacto conmigo hasta que estuvo en su lecho de muerte. Pero ya no lo culpo por todo lo que pasó. No llevé nada bien su compromiso. En aquel entonces era joven, dictatorial y muy intransigente. Fui yo quien los empujó a que se fugaran. Pero ahora no me arrepiento, ¿cómo voy a hacerlo si tú eres el fruto de esa unión?

Se hacía raro comprender lo sencilla que era la verdad. La facilidad con la que podía borrar dieciséis años de malentendidos. El tío Richard no le había dado la espalda, ni se la había dado a su madre. Todos habían sufrido años de separación e infelicidad por el simple hecho de que dos hombres obstinados se habían peleado a causa de una mujer. Uno de ellos se había amparado en el estatus de hermano y tutor, y el otro en el de pretendiente enamorado.

—Tío Richard... —dijo, dando un par de pasos hacia él.

Sin embargo, se detuvo cuando lo vio alzar una mano.

—Mañana nos sentaremos a hablar, Rachel —afirmó—. Tu marido, tú y yo. Hablaremos largo y tendido sobre muchas cosas, pero eso será mañana. Esta noche nada va a estropearnos la fiesta. Por fin podré verte bailar en un baile del cual soy el anfitrión, con un marido digno de ti y capaz, estoy convencido, de hacerte tan feliz como te mereces.

Tuvo la impresión de que acabaran de apuñalarla con saña en el estómago. ¡Qué dolorosas eran las consecuencias del engaño! Jonathan se había llevado las manos a la espalda y la miraba fijamente.

—He traído esto —siguió su tío al tiempo que alzaba un estuche de terciopelo en el que no se había fijado hasta ese momento—. Eran de tu tía y ahora serán tuyas. Me alegra que no lleves otras joyas.

Al abrirlo descubrió una sarta de pequeñas perlas de la que colgaba una esmeralda engastada entre diamantes. A un lado descansaban los pendientes de esmeraldas y perlas a juego.

—Mi regalo de boda —concluyó.

En ese instante creyó que le fallarían las piernas. Pero Jonathan acudió en su ayuda al punto pasándole un brazo por la cintura.

—Es precioso, señor —afirmó—. No sabe cuánto he lamentado no haber tenido la oportunidad de comprarle joyas a mi esposa. Pero ahora casi me alegro de que sea así. ¿Me permite?

De modo que fue Jonathan quien sacó el collar y se lo colocó en el cuello. Sintió su peso y su frialdad en el escote. La impresionante esmeralda descansaba justo entre sus senos. Una vez que le puso los pendientes, le sonrió cual consumado actor, como si no le afectara la terrible tragedia de lo que estaba sucediendo.

—Tío Richard. —Acortó la distancia que la separaba de él y lo tocó por primera vez. Le echó los brazos al cuello y apoyó la mejilla contra la suya. Sin embargo, no fue capaz de encontrar las palabras que pudieran atravesar el doloroso nudo que tenía en la garganta—. Tío Richard…

Él le dio unas palmaditas en la espalda.

—No las necesitas para realzar tu belleza, te lo aseguro —dijo—. Pero por fin están donde tienen que estar. ¿A quién si no iba a darle las joyas de Sarah? Solo tengo un primo lejano y su esposa, pero ni siquiera los conozco.

Tendría que devolvérselas al día siguiente, por supuesto. El peso del collar en torno al cuello se le antojó un yugo. Pero se había prometido disfrutar de esa noche. Y lo más importante de todo: se lo debía a su tío. Tal vez en el futuro, y ojalá Dios no se lo llevara muy pronto, lograra perdonarla por lo que había hecho o al menos recordara esa noche sin sentir el dolor que le provocaría la verdad cuando se la contara.

Se apartó de él con una sonrisa y lo tomó del brazo.

—¿Bajamos? —preguntó.

Acto seguido miró a Jonathan, a quien también tomó del brazo. El apretón que él le dio la reconfortó, pero aparte de eso ¿qué consuelo podía ofrecerle?

El plan que habían trazado parecía tan gracioso cuando lo sugirió en Bruselas… Y ella lo había aceptado. Así que no podía culparlo por las consecuencias.

Era un baile rural que no podría compararse con algunas de las grandes fiestas aristocráticas de la temporada a las que estaba seguro de que habría asistido en Londres, pero el entusiasmo de los invitados suplía su escaso número y la sencillez de sus atuendos.

Al parecer, todos estaban dispuestos a pasárselo en grande. Y eso hicieron en cuanto la orquesta comenzó a tocar una contradanza tras otra y se lanzaron a ejecutar los alegres y complicados pasos del baile.

Aunque nadie eclipsó a Rachel. Ni le sacó tanto jugo a la noche. Su alegría lo deslumbró. Al igual que a muchos otros invitados, según pudo comprobar.

Estaba más que deslumbrado. Evidentemente, estaba enamorado de ella hasta las cejas. Y lo sabía desde la tarde que pasaron en la isla. Había sido una agonía espantosa mantenerse alejado de ella en privado desde entonces, sobre todo cuando se veían obligados a intercambiar continuas muestras de amor y devoción en público. La falta de puertas entre sus dormitorios se había convertido en una tentación casi irresistible.

Sin embargo, en lugar de conducirla a una situación que complicaría más las cosas y que solo le partiría el corazón cuando recuperara su verdadera identidad, había decidido hacer algo por ella. Desde el día que llegaron a Chesbury Park le había resultado tan claro como el agua que su tío la quería y que allí tenía la oportunidad de ser feliz. Una conclusión que se había visto reforzada con la breve explicación que Weston les había ofrecido poco antes en el vestidor de Rachel acerca de su supuesta indiferencia. El lugar de Rachel estaba allí, en Chesbury Park. Ese era su hogar.

Había decidido volver cuando Rachel estuviera en Londres. Iba a confesárselo todo al barón, a asumir la responsabilidad de lo sucedido (cosa que era la pura verdad) y a interceder por ella. Si la quería tanto como sospechaba, es decir, incondicionalmente, la perdonaría y la haría regresar a la propiedad. Con el tiempo se casaría, formaría un hogar y encontraría su lugar en el mundo incluso después de que Weston muriera.

Tal vez la búsqueda de su pasado lo llevara a descubrir que no estaba casado ni comprometido y...

Pero todavía no se atrevía a pensar en ello.

Bailaron juntos la contradanza que abrió el baile. Si estuvieran en Londres celebrando su presentación en sociedad, pensó, sus modales serían severamente censurados por los más puntillosos. Entre las jóvenes pertenecientes a la aristocracia se había puesto de moda lucir una actitud indolente, como si la transición del aula al salón de baile precisara que la alegría juvenil se transformara en el cinismo de la madurez.

Rachel era la personificación de la alegría.

Conocía los complicados pasos de la danza y al principio los ejecutó con cuidadosa precisión, hasta que de repente y con una súbita carcajada se soltó el pelo, figuradamente hablando, y se quitó los escarpines.

—Tal vez deberías guardar un poco de energía para más tarde —le dijo con una carcajada.

—¿Por qué? —Tenía las mejillas arreboladas y le brillaban los ojos—. ¿Por qué siempre tenemos que dejar lo mejor para el final? Quiero vivir el momento. Porque quizá sea lo único que tenga.

—Es lo único que tenemos todos —reconoció, riéndose de nuevo mientras se dejaba contagiar por su entusiasmo. Sin embargo, la frase se le quedó grabada en la mente.

Por el rabillo del ojo vio a Weston, acompañado por uno de sus vecinos y cerca de la puerta del salón de baile. Estaba observando a su sobrina con semblante alegre y satisfecho al tiempo que seguía el ritmo de la música con la cabeza. Todavía no parecía un hombre saludable, pero ya no tenía esa tez ceniciente ni esa delgadez tan extrema. Ya no parecía tener un pie en la tumba.

Ojalá pudiera vivir un par de años más. Por Rachel.

Cambió de pareja para las siguientes piezas y bailó entre otras con Flossie y Bridget. Había abandonado la esperanza, o el temor, de que algún vecino lo reconociera. Según había descubierto, muy pocas familias iban a Londres con asiduidad, y las que lo hacían no se codeaban con la flor y nata de la sociedad.

La orquesta interpretó un vals antes de la cena. El único de la noche. Varias parejas se apresuraron hasta la pista de baile, pero no tantas como en las piezas anteriores. Rachel estaba con su tío, a quien había tomado del brazo.

—¿No vas a bailar el vals? —le preguntó Alleyne cuando llegó junto a ella.

—¡No! —exclamó—. Si no me sé los pasos…

—En ese caso, ya es hora de que los aprendas —replicó al tiempo que le tendía la mano.

—¿Aquí? ¿Ahora? Ni hablar —rehusó, con los ojos como platos.

—¿Eres una cobarde, amor mío? —Sonrió—. Yo te enseñaré.

—Vamos, Rachel —la animó su tío.

Al principio pensó que iba a negarse. Pero después se echó a reír y aceptó la mano que le tendía.

—¿Por qué no? —dijo—. Si acabo siendo el hazmerreír de la noche, supongo que por lo menos habré conseguido que los vecinos se lo pasen bien y les habré dado tema de conversación para toda una semana.

No era fácil enseñar a alguien a bailar el vals con música, con otras parejas girando en la pista de baile y con espectadores. Sin embargo, dichos espectadores no tardaron en comprender la situación y prorrumpieron en gritos de ánimo, risas y aplausos, lo que dejó bien claro que se lo estaban pasando mejor que nunca.

Rachel estaba radiante mientras daba traspiés, se atascaba, se reía y trataba de seguir con determinación las instrucciones de Alleyne. Hasta que de repente, después de unos pocos minutos, cogió el ritmo y los pasos, y sonriendo lo miró a los ojos y se olvidó de los pies.

—Estoy bailando el vals —dijo ella en un momento dado.

—Estás bailando el vals —le confirmó—. Relájate y déjame que te guíe.

Y eso hizo. En un abrir y cerrar de ojos estaban moviéndose con cierta elegancia, aunque no intentó ejecutar ningún giro atrevido ni cualquier otra floritura. La vio morderse el labio inferior y se percató de que su sonrisa se había esfumado. Lo estaba mirando a los ojos. Él la estaba abrazando por la cintura. Ella le había colocado una mano en el hombro. La otra estaba unida a la suya. Sus cuerpos quedaban separados por escasos centímetros. Sentía el calor que irradiaba. Olía su perfume a gardenia.

Había cabalgado con ella, paseado con ella e incluso nadado con ella desde aquella tarde en la isla. Pero apenas la había tocado desde entonces y había evitado acercarse demasiado. Lo mismo que ella.

No obstante, en esos momentos la situación se escapaba a su control. Estaban bailando en el salón de baile de Chesbury Park bajo el escrutinio de docenas de ojos en compañía de otras parejas. Y, sin embargo, en cierto modo tenía la sensación de que estaban solos, girando despacio por un mundo mágico condenado a desaparecer en breve. Era muy posible que al cabo de dos o tres días no volviera a verla nunca más.

Su preciosa Rachel. Su ángel rubio.

—En fin —dijo tras un silencio que se prolongó durante unos minutos—, ¿cuál es tu veredicto sobre tu primer baile?

—Ha sido mágico —contestó, haciéndose eco de sus pensamientos—. Es mágico, en presente. Todavía no ha acabado.

Aunque estaba claro que era muy consciente de que el final se acercaba. Se trataba de un baile rural. Allí la gente no se quedaba bailando toda la noche como se estilaba durante la temporada social en Londres, donde la mayoría de las personas no tenía nada que hacer al día siguiente salvo dormir y prepararse para la siguiente fiesta. El baile acabaría poco después de la cena. Y la cena se serviría justo después del vals.

Su mirada parecía haberse apagado un tanto cuando lo miró. Pero no tardó en resplandecer de nuevo… debido a las lágrimas que intentó ocultar agachando la cabeza a toda prisa.

Por suerte, estaban muy cerca de las puertas francesas que daban al balcón. Sin dejar de bailar, la llevó al exterior y se detuvo junto a la balaustrada de piedra. El frescor de la brisa nocturna le supo a gloria después del ambiente cargado del interior.

—Jonathan —dijo ella, aferrando la esmeralda con una mano—, no puedo seguir con esto.

Sabía exactamente a lo que se refería. Le colocó una mano en la nuca.

—Jamás se me pasó por la cabeza que podría llegar a quererlo —le confesó—. Que él podría quererme. Jamás se me pasó por la cabeza que podría haber una explicación para su aparente indiferencia.

—Deberías haber aceptado su invitación —le dijo.

—¿Cuando murió mi padre? —Desvió la mirada hacia el lago, cuya superficie quedaba dividida por el reflejo de la luz de la luna—. Me sentía herida y destrozada. Creí que si hubiera albergado algún tipo de sentimiento por mí, habría ido en persona igual que hizo cuando murió mi madre. No se me ocurrió que tal vez estuviera enfermo y que no pudiera viajar. Y supongo que a él no se le ocurrió decírmelo. Tal vez creyó que yo ya lo sabía. Su carta me pareció brusca e imperiosa. Me pareció fría.

—Si hubieras venido entonces —le dijo—, no habrías ido a Bruselas ni habrías conocido a Crawley. No habrías acabado sintiéndote en deuda con tus amigas. No te habrías visto envuelta en esta farsa.

—Y no te habría conocido —añadió ella.

—Cosa que no es para tomársela a broma —replicó con una leve sonrisa—. Si hubieras venido a Chesbury Park el año pasado cuando tu tío te invitó, seguramente yo estaría muerto ahora mismo.

—Creo que eso no me haría mucha gracia —confesó.

—Ni a mí tampoco —le aseguró con vehemencia.

—Mira —dijo Rachel, señalando hacia abajo.

En el prado situado detrás de los establos, una pareja bailaba a la luz de la luna. El hombre era corpulento y un poco torpe; la mujer, alta y voluptuosa. Geraldine y Strickland.

—Esos dos sí que están hechos el uno para el otro —dijo antes de girarse y apoyar la espalda en la balaustrada para mirar a Rachel a la cara—. Dime, ¿cuál es el plan?

—Mañana voy a explicarles a las chicas que no puedo ayudarlas —respondió—, aunque siempre me consideraré en deuda con ellas y les pagaré cuando pueda; es decir, dentro de tres años. Pasado mañana nos iremos todos sin pedirle las joyas al tío Richard. Después, cuando ya estemos en Londres, le escribiré para contarle toda la verdad. Y también le devolveré estas joyas. Tú serás libre para hacer lo que creas conveniente. Podrás buscar a tu familia. Me he dado cuenta de que al aceptar tu plan he acabado perjudicando a tus seres queridos. Te he mantenido alejado de ellos un mes más de lo necesario. ¡Deben de estar destrozados!

—¿Por qué esperar a estar lejos de aquí? —quiso saber—. Rachel, tu tío te quiere. Siempre lo ha hecho.

La vio menear la cabeza.

—Déjame ir a hablar con él mañana —insistió— para contárselo todo. Creo que seré capaz de explicárselo de modo que te perdone. ¿Cómo no va a hacerlo cuando sepa que todo este engaño fue idea mía y que accediste por el cariño que les profesas a tus amigas y por la deuda de honor que crees haber contraído con ellas? Y, además, porque tu padre fue el responsable de que no supieras nunca nada del amor que siempre te ha profesado ni de todos sus intentos por ser un buen tío. Comprenderá que el engaño te resulta intolerable ahora que has tenido la oportunidad de conocerlo y quererlo. Déjame hacerlo por ti.

Rachel giró la cabeza para mirarlo.

—No —rehusó—. Yo me metí en este lío y yo solita saldré de él. Podría haberme negado a poner en marcha esta farsa. No soy una marioneta incapaz de razonar.

—Pues entonces díselo en persona —le aconsejó—. Hazlo mañana, Rachel, y confía en su amor por ti. Te ha querido toda la vida.

—Ya es demasiado tarde —replicó ella—, no merezco la confianza de nadie. Ni el amor de nadie. He perdido el derecho a esas dos cosas. La música está tocando a su fin. Tenemos que entrar para la cena, y debemos parecer felices y contentos. Mi tío sí que parece contento esta noche, ¿verdad? Y tiene mucho mejor aspecto que cuando llegamos, ¿a que sí? Debemos dejar que disfrute al menos del baile. O mejor dicho, debo dejar que disfrute al menos del baile.

Si alguien le hiciera el enorme favor de ponerle una pistola en la sien, él mismo apretaría el gatillo al punto, pensó mientras le ofrecía el brazo.

Aunque supiera que el baile se celebraba en parte para festejar su matrimonio, Rachel no se esperaba los discursos y brindis durante la cena, ni tampoco la enorme tarta que Jonathan y ella cortaron y repartieron de mesa en mesa, hasta que todos los invitados recibieron una porción.

No dejó de sonreír a pesar de que se sentía fatal por dentro.

Qué necia había sido al creer que ese sería un buen modo de

conseguir el dinero para que sus amigas pudieran recorrer Inglaterra y llevar a cabo su venganza.

Sin embargo, lo peor estaba por llegar. Habían vuelto a su mesa después de repartir la tarta y los invitados comenzaban a prepararse para volver al salón de baile y disfrutar de las últimas piezas de la noche cuando el tío Richard volvió a ponerse en pie y alzó las manos para pedir silencio. Un silencio que inundó la estancia de inmediato.

—Creo que es apropiado hacer este anuncio en público —comenzó—, aunque tenía pensado comunicárselo mañana en privado a mi sobrina y a mi sobrino político. En cierto modo, también concierne al vecindario. Probablemente todos sabéis que soy el último varón de mi linaje, por lo que el título desaparecerá conmigo cuando llegue el momento. Por suerte, tanto la propiedad como mi fortuna son míos para disponer de ellos como quiera, puesto que no están vinculados al título. Durante un tiempo pensé en legarle mis bienes a un primo lejano por la rama materna, a pesar de que vive en Irlanda y de que solo lo he visto en un par de ocasiones. Mi intención siempre ha sido la de dejarle gran parte de mi fortuna a mi sobrina Rachel, ahora lady Jonathan Smith, ya que es mi pariente más cercano. Sin embargo, durante estas pasadas semanas he llegado a conocerla y a quererla mucho, al igual que he conocido a sir Jonathan, quien me parece un joven sensato y responsable con un obvio interés por la tierra de lo más encomiable. He dispuesto cambiar mi testamento mañana. Mi sobrina será mi heredera universal cuando mis días lleguen a su fin.

No oyó el aplauso de los invitados ni los vítores que celebraron el anuncio. Lo único que oyó fue un zumbido en los oídos mientras la sangre le abandonaba la cabeza, dejándola helada. Comprendió que estaba a punto de desmayarse. Inclinó la cabeza hacia delante, se cubrió la cara con las manos y comenzó a respirar hondo, muy despacio, al tiempo que Jonathan le acariciaba la nuca.

Cuando volvió a alzar la cabeza, vio que su tío estaba a su lado. Se puso en pie y lo abrazó sin decir nada, lo que provocó un murmullo de aprobación entre la concurrencia, acompañado de una nueva andanada de aplausos.

—Es lo único que me hará feliz, Rachel —le dijo él con una sonrisa deslumbrante mientras la alejaba para mirarla a la cara—. Inmensamente feliz.

—No quiero que mu-mueras —replicó antes de arrojarle los brazos al cuello otra vez y enterrar la cara en su hombro.

Pero ella sí quería morir, comprendió de repente. Quería morirse en ese mismo instante.

No supo cómo se las apañó para sobrevivir al resto de la velada. Pero lo hizo, sonriendo y compartiendo carcajadas con los desconocidos al tiempo que evitaba a aquellos a quienes conocía. Se concentró en interpretar el papel de la novia radiante y lo consiguió, gracias a Dios.

También se las apañó para escabullirse hasta su dormitorio aprovechando el revuelo que se produjo con la marcha de los invitados. Sin embargo, no había contado con la desconsideración de sus amigas hacia las puertas cerradas. Claro que tampoco había ninguna entre su dormitorio y el de Jonathan… De modo que pocos minutos después de que se encerrara en su habitación, llegaron en tropel a su vestidor. Bridget, Flossie, Geraldine y Phyllis, acompañadas por el sargento Strickland que, con los brazos cruzados por delante de ese amplio pecho, se plantó en el arco que separaba los vestidores.

—Bueno, Rache —dijo Geraldine—, ahora sí que estás en un buen lío.

—Ni siquiera lo oímos en su momento porque estábamos fuera —apostilló el sargento con algo que en otro hombre podría haberse tachado de rubor—. Geraldine y yo, quiero decir. Estábamos echándoles un ojo a los caballos.

—Estábamos bailando, Will —corrigió la susodicha—. Y besándonos. Y después volvimos y Phyll nos lo contó.

—Cariño —intervino Bridget—, será mejor que nos vayamos de aquí.

—¿Que nos vayamos? —Phyllis parecía pasmada—. ¿Que nos vayamos? ¡Bridget! ¿Quién va a cocinar para el barón?

—Vine en busca de mi herencia —les recordó—. En aquel momento me pareció lógico fingir que estaba casada y llegar acompañada de mi supuesto esposo para convencer al tío Richard de que podía confiarme las joyas. Estaba desesperada por ayudaros a encontrar al señor Crawley y por devolveros lo que os robó. Ahora no podré hacerlo. No podré ayudaros. Vamos a…

—No tan deprisa, Rachel —la interrumpió Flossie, alzando una mano—. ¿Qué es eso de que quieres devolvernos lo que nos robó? ¿Por qué tienes que devolvernos lo que él nos robó cuando también se aprovechó de ti y se llevó lo poco que tenías? ¿Has perdido la cabeza?

—De no ser por mí —insistió—, no lo habríais conocido.

—Rachel, cariño —intervino Bridget—, no se nos ocurriría aceptar ni un penique de ti, salvo la cantidad que íbamos a pedirte prestada para iniciar las pesquisas y que después pensábamos devolverte.

Phyllis atravesó la estancia a la carrera para abrazarla con fuerza.

—Pero la idea es maravillosa, Rachel. Un detalle precioso —afirmó—. ¿Sabes cuánto tiempo ha pasado desde que alguien tuvo un detalle con nosotras? Y todo esto ha sido precioso. La estancia en Chesbury Park. Han sido los días más felices de toda mi vida. Y creo que hablo por todas. Tenemos que darte las gracias por habernos procurado estas fantásticas vacaciones. Así que no te sientas culpable por nosotras, porque ya tienes bastante encima.

—Y menudo problemón, Rachel —dijo Geraldine.

—Lo que tiene que hacer, señorita, aunque no me haya pedido mi opinión y aunque debería ponerme un punto en la boca porque no soy más que un ayuda de cámara tuerto y con mucho trecho por delante… —apostilló el sargento Strickland—. A lo que iba… Lo que tiene que hacer, señorita, y usted también, señor, aunque esté en su dormitorio en lugar de haber venido a aquí a aguantar el chaparrón… Vamos, que lo que tienen que hacer es casarse de verdad y asunto arreglado.

—¡Sería tan romántico! —exclamó Phyllis—. Tienes toda la razón, Will.

—No —los contradijo ella con vehemencia—. Esa opción no es viable. Tengo la intención de arreglar las cosas dentro de poco y después organizaré mi vida. No necesito un matrimonio forzado. Y Jonathan, muchísimo menos. Ya encontraré la manera de enderezar las cosas.

Aunque no tenía ni idea de cómo hacerlo. El tío Richard parecía tan feliz… Hasta esa noche ni siquiera sabía que la fortuna y la propiedad no estaban vinculadas al título. La posibilidad ni se le había pasado por la cabeza.

Sus amigas tenían mucho más que decir, pero hizo oídos sordos a sus consejos. El sargento Strickland se refugió en el otro vestidor y, al final, las cuatro se marcharon parloteando después de abrazarla. Hasta que Geraldine recordó que era su doncella y regresó a la carrera para ayudarla a desvestirse y cepillarle el pelo.

Después de lo que le pareció una eternidad, se metió en la cama y se tapó la cabeza con las sábanas.

19

*U*na hora después de que el sargento Strickland por fin se marchara de su habitación, sin decir palabra aunque dejando bien claro su disgusto, seguía junto a la ventana, con la vista clavada en los prados iluminados por la luna. Dudaba mucho que Rachel estuviera durmiendo.

Se preguntó si debería ir a hablar con Weston al día siguiente sin decirle nada a ella. No, no lo tenía claro. Ya le había hecho bastante daño y no quería robarle la oportunidad de que se encargara del asunto, tal como deseaba hacer.

Notó su presencia, ya que no oyó ni percibió ningún movimiento, y al girar la cabeza la vio en el arco del vestidor. Aunque no había ninguna vela encendida, sus ojos se habían acostumbrado a la oscuridad. Llevaba el mismo camisón blanco que la noche en que fue a su dormitorio. Y se había soltado el pelo.

—Creí que ya estarías durmiendo —dijo ella.

—No.

—Vaya…

—Será mejor que entres —le dijo al verla allí plantada, como si se hubiera quedado sin nada que decir.

Le obedeció a toda prisa y se detuvo a dos pasos de él.

—Quiero que te vayas —anunció—. Por la mañana.

—Vaya… —replicó.

—Sí —dijo ella—. Voy a contárselo todo a mi tío. Tengo que hacerlo. No puedo dejar que cambie el testamento a mi favor,

¿verdad? Pero te culpará a ti tanto como a mí. Te acusará de haberme comprometido e insistirá en que te cases conmigo. O podría hacerlo siempre que no se limite a echarnos de la propiedad. Pero tengo que pensar en todas las posibilidades y estar preparada para cualquier eventualidad. No consentiré que te obliguen a casarte conmigo, Jonathan.

—No pueden —aseguró—. Ya lo hemos hablado, ¿no te acuerdas? Hasta que no averigüe mi identidad y hasta que no sepa si ya estoy casado, no puedo casarme contigo ni con ninguna persona… ni siquiera puedo prometer que me casaré contigo.

—Pero lo averiguarás —replicó ella—. Y tal vez descubras que estás soltero. No consentiré que nadie intente obligarte a casarte conmigo. Sería muy injusto para ti. Todo esto lo has hecho por mí, y yo me presté a seguir el juego libremente. Además, no quiero casarme contigo. Es posible que no me case nunca, pero si lo hago, será porque encuentre al amor de mi vida y esté segura de que seré feliz… Bueno, al menos todo lo segura que se puede estar en estas cosas, claro está. Y no lo digo con ánimo de ofenderte, Jonathan. Sé que eres tan reacio como yo a la idea de que te obliguen a casarte y por eso hablo sin tapujos, para que no te sientas obligado a proponerme matrimonio llegado el momento. De todos modos, no pienso dejar que eso suceda. Vas a marcharte. Bien temprano. Antes de que el tío Richard se despierte.

—Entonces, ¿esto es una despedida? —quiso saber.

—Sí… sí.

Le cogió una mano. Estaba helada. Se la frotó.

—No lo haré —le dijo—. Iremos a verlo juntos por la mañana.

Tanto el honor como la preocupación por Rachel le exigían que se enfrentara a Weston junto a ella si esa era su intención. El barón había llegado a confiar en él. Tenía que mirarlo a los ojos y confesar que no merecía dicha confianza.

Sintió cómo Rachel temblaba.

—Será mejor que nos vayamos a la cama —dijo él.

—¿Juntos?

No se había referido a eso. Pero percibía que ella necesitaba compañía y tal vez algo más. Necesitaba que la abrazaran. Y que Dios lo ayudara porque él quería abrazarla.

—¿De verdad lo deseas? —Se llevó su mano a los labios.

La vio asentir con la cabeza.

—Sí, si tú lo deseas…

Se echó a reír por lo bajo y la abrazó. Rachel alzó la cabeza y sus bocas se encontraron… Hambrientas, anhelantes y con la necesidad de ofrecer consuelo tanto como de recibirlo.

¿Cómo lo había llamado Geraldine? Un buen lío. Estaban metidos en un buen lío. Por la mañana, para bien o para mal, saldrían de él. Pero mientras tanto les quedaba esa noche.

Se agachó un poco y la levantó en brazos por la sencilla razón de que podía hacerlo, ya que su pierna se había recuperado y volvía a estar fuerte. La llevó en brazos hasta la cama y la dejó en mitad del colchón antes de desnudarse y reunirse con ella.

Hicieron el amor una sola vez. Y lo hicieron muy despacio, entregados a las sensaciones, casi con languidez. No era solo sexo, comprendió de pronto mientras estaba inmerso en el momento… Al menos, no era sexo en el sentido más sórdido de la palabra. Claro que tampoco era amor, ya que parecía que Rachel no lo amaba del modo con el que soñaba amar algún día a alguien. Pero fue algo precioso. Un tierno intercambio de consuelo. Porque se estaban consolando.

Rachel se quedó dormida antes incluso de que saliera de su cuerpo y de que se tendiera a su lado, aunque se acurrucó contra él al instante. Apoyó la mejilla en su coronilla y se dejó arrastrar tras ella hacia el olvido.

Rachel apartó el plato del desayuno sin haber tocado la comida. Le costaba incluso mirar a Jonathan. Había ido a verlo en mitad de la noche para convencerlo de que se fuera de Chesbury Park esa mañana temprano y, en cambio, había acabado durmiendo en su cama. Y no solo durmiendo…

Era bochornoso.

Aunque Jonathan no era el culpable de que hubiera perdido el apetito. El tío Richard se había levantado ya, aunque estaba desayunando en sus habitaciones como era su costumbre. Había enviado a su ayuda de cámara para preguntarles a Jonathan y a ella si podían ir a verlo en cuanto les fuera posible.

Geraldine estaba en la planta alta, haciendo su equipaje. Se marcharían todos después del almuerzo a lo más tardar. Intentó concentrarse en esa idea. El problema era que todavía tenía que sobrevivir a esa mañana. Además, ¿cómo iba a aliviarla la idea de marcharse cuando estaba a punto de lanzar tantas cosas por la borda y de darle la espalda a su tío, dejándolo triste y decepcionado por la traición? Y después tendría que enfrentarse a la separación de Jonathan.

La vida parecía tan negra en ocasiones que el único consuelo era la certeza de que no podría empeorar más.

Se puso en pie y apartó la silla con las piernas. Jonathan hizo lo propio al verla. De forma excepcional, ni Bridget ni Flossie dijeron una palabra cuando salieron de la estancia.

El tío Richard ocupaba su lugar habitual, aunque había girado el sillón y estaba de espaldas al ventanal. Se percató de que volvía a tener mal aspecto. La noche anterior le había pasado factura. Y lo de esa mañana…

—Siéntate —le pidió su tío con gesto serio.

—Tío Richard —comenzó ella—, tengo que decirte algo. No tiene sentido que lo retrase más tiempo. Solo…

—Por favor, Rachel. —La interrumpió levantando una mano—. Tengo que decirte algo antes. Hasta este momento no había reunido el valor suficiente, pero ha llegado la hora. Siéntate, por favor. Usted también, Smith.

Apesadumbrada, se sentó en el borde de una silla mientras Jonathan lo hacía en otra.

—Creo que habría tomado la decisión que anuncié anoche aunque no contara con más incentivos —afirmó su tío—. Siempre he querido que estuvieras aquí conmigo, Rachel, y que descubrieras que este es tu hogar. Y ahora ya tengo pruebas de ello, y sé que eres feliz con un marido que te quiere y que comprende la tierra, una tierra que cuidará siempre aunque establezcáis vuestra residencia en el norte del país, lejos de aquí.

—Tío Richard…

—No. —Volvió a levantar la mano—. Déjame terminar. Creo que habría tomado la decisión de todos modos, si bien en algún momento pudiera haberte dado la impresión de que quería comprarte para apaciguar mi conciencia. Tenía pensado decirte hoy que no te daría las joyas hasta que cumplieras los veinticinco años, dado que ese era básicamente el deseo de tu madre. Me convencí diciéndome que ya estaría muerto para entonces.

—No digas eso. —Se inclinó hacia él—. Ni siquiera quiero las joyas.

Su tío suspiró de nuevo y apoyó la cabeza en los cojines. Se percató de que volvía a tener la piel de un tinte grisáceo.

—Han desaparecido, Rachel —confesó.

—¿Desaparecido?

—Las han robado —puntualizó.

Jonathan se puso en pie, sirvió un vaso de agua de la jarra que había en la bandeja emplazada junto a su tío y se lo dejó cerca para que pudiera cogerlo si lo quería. Después se alejó hasta el ventanal y clavó la mirada en los jardines.

—¿Robado? —repitió Rachel con un hilo de voz.

—Ni siquiera sé ni cuándo, ni cómo, ni quién —siguió su tío—. Simplemente no estaban en su sitio cuando miré en la caja fuerte una semana antes de que aparecieras tú. Me resultó imposible sospechar de los criados, aunque sí es cierto que el servicio ha desmejorado bastante estos dos últimos años. Sin embargo, el único desconocido que entró en la biblioteca y que vio dónde guardaba los objetos de valor fue un clérigo… Un hombre justo y caritativo, nada menos. Sería un disparate sospechar de él.

Jonathan la miró por encima del hombro.

—Un clérigo —repitió ella—. ¿Nigel Crawley?

—Nathan Crawford —corrigió su tío.

—¿Alto, rubio, apuesto? —le preguntó con la mirada desorbitada—. ¿Encantador en extremo? ¿Entre los treinta y los cuarenta años? ¿Lo acompañaba su hermana?

Su tío la miró sin dar crédito.

—¿Lo conoces? —le preguntó.

—Fue culpa mía que viniera aquí. —Soltó una carcajada temblorosa—. Lo conocí en Bruselas cuando trabajaba para lady Flatley. Incluso me comprometí con él. Íbamos a regresar a Inglaterra para casarnos y luego vendríamos aquí para convencerte de que me entregaras las joyas. Pero lo escuché hablar con su hermana, se estaban riendo mientras planeaban qué hacer con todo el dinero que les habían dado para sus obras de caridad. También se hicieron con una suma importante de dinero de las amigas que me han acompañado hasta aquí. Los ahorros de toda una vida, de hecho.

El tío Richard había cerrado los ojos. Estaba tan blanco como el papel.

—Muchos vecinos le entregaron donativos para sus obras de caridad —les dijo—. Yo también lo hice. Le di dinero cuando estábamos en la biblioteca, ni siquiera intenté ocultarle la existencia de la caja fuerte. A primera vista parecía un hombre de fiar. Supongo que vino a por las joyas. Chesbury Park es un lugar bastante accesible, y de un tiempo a esta parte mis criados están un poco despistados. Rachel, la cuestión es que han desaparecido y que no he hecho nada para recuperarlas. No sabía qué hacer ni de quién sospechar.

Por extraño que pareciera dados los extremos a los que había estado dispuesta a llegar para echarle el guante a las joyas, en ese momento le preocupaba mucho más su tío. Las joyas habían sido una fuente constante de sufrimiento. Por ella, como si desaparecían para siempre. Se puso en pie, se acercó a su tío, se arrodilló en el suelo delante de él y apoyó la mejilla en sus rodillas.

—No importa, tío Richard —le aseguró—. De verdad que no. No te hizo daño, eso es lo único importante. Ni siquiera he visto las joyas. No echaré de menos lo que nunca he tenido. Casi me alegro de que hayan desaparecido.

—Quizá no eres consciente de su enorme valor —aventuró su tío al tiempo que le colocaba una mano en la cabeza—. No puedo perdonarme por la mentira que he estado viviendo desde que llegaste. Debería habértelo dicho de inmediato. Debería haber ido a buscarte en cuanto me di cuenta de que habían desaparecido.

—Tío Richard —dijo—, tú no sabes lo que es una mentira.

Su tío siguió acariciándole el cabello. Jonathan carraspeó junto a la ventana. Y a ella se le desbocó el corazón.

—Si estabas comprometida con Crawford, Crawley o como quiera que se llame —dijo su tío, rompiendo el silencio—, ¿cómo…?

—Señor —intervino Jonathan—, fue Rachel quien puso a sus amigas en contacto con Crawley. El desalmado les robó los ahorros de toda una vida, con su consentimiento y el de ella, bajo la falsa promesa de poner a salvo el dinero en un banco de Londres. Rachel se culpa por todo lo que han perdido y se juró (sin que sus amigas supieran nada) que les devolvería hasta el último penique. Para ello necesitaba su herencia. Tenía que vender unas cuantas joyas.

Rachel cerró los ojos al escucharlo.

—¿Y dónde encaja usted en todo esto? —preguntó el tío Richard.

—Le debo la vida —declaró Jonathan—. Me encontró tirado y medio muerto después de la batalla de Waterloo, y me cuidó hasta que me recuperé. Necesitaba un marido si quería convencerlo de que le entregara su herencia antes de tiempo.

—¿Eso quiere decir que no es su marido de verdad? —preguntó su tío.

—No, señor.

Era injusto que él cargara con todo el peso de las explicaciones, pensó. De hecho, no había sido esa su intención. Pero mantuvo los ojos cerrados. Esa espantosa mañana parecía habérsele escapado de las manos por completo.

—¿Por qué no? —preguntó otra vez su tío en voz baja y seria.

—Cuando recuperé la consciencia, descubrí que había perdido la memoria —explicó Jonathan—. No sé absolutamente nada de mi pasado. Ni siquiera sé si ya estoy casado.

—¿No es usted sir Jonathan Smith? —quiso saber su tío.

—No, señor —respondió Jonathan—. No sé cómo me llamo.

—Y no tiene una propiedad en Northumberland ni fortuna alguna.

—No, señor.

—Es todo culpa mía —intervino Rachel en ese momento—. Jonathan se sentía en deuda conmigo y sabía que estaba ansiosa por disponer de las joyas. Por eso se ofreció a ayudarme. Es todo culpa mía. Todo. Él no tiene la culpa de nada. Pero ya no podía seguir con esta farsa, sobre todo después de lo que pasó anoche. Jamás supe nada de los regalos de cumpleaños ni de la oferta de enviarme al colegio ni de presentarme en sociedad. Creí que te habías olvidado de mí. Creí que me odiabas. Y la situación se me hizo insoportable cuando me diste el collar y los pendientes de mi tía y luego dijiste a todos que habías decidido legarme toda tu fortuna porque me querías. He venido esta mañana dispuesta a confesarte la verdad. Jonathan insistió en acompañarme.

—¡Caramba! —exclamó su tío tras una breve pausa.

Y acto seguido hizo algo tan inesperado que Rachel dio un respingo.

Se echó a reír. Al principio solo fue una especie de temblor que podría haberse achacado a la ira, pero se transformó en un resoplido semejante a los estertores de la muerte y que acabó convirtiéndose en una carcajada inconfundible.

Se sentó en los talones y lo miró sin saber qué hacer. De todas formas, la risa siempre le había resultado contagiosa aunque no supiese de qué se reía la gente. Y no tenía ni idea del motivo por el que se reía su tío. Pero notó que asomaba una sonrisa a sus labios y sintió que la risa burbujeaba en su garganta, hasta que fue incapaz de contenerse y, aunque se tapó la cara con las manos, acabó estallando en carcajadas.

—Sí, es cierto que en general resulta un poco cómico —musitó Jonathan con sorna.

Y acto seguido se estaban riendo los tres a mandíbula batiente por lo que poco antes les había parecido una tragedia insalvable… Cosa que sin duda volverían a pensar en cuanto se calmaran y recordaran la situación.

Sin embargo, cuando mucho más tarde tuvo tiempo para reflexionar, llegó a la conclusión de que las farsas, en ocasiones, generaban más farsas. Ni siquiera habían tenido tiempo de recobrarse del ataque de hilaridad cuando la puerta se abrió de golpe sin previo aviso y Flossie entró en tromba, seguida de Geraldine, Phyllis y Bridget. Flossie agitaba una hoja de papel.

—¡Está en Bath, Rachel! —anunció—. El malhechor está en Bath, encandilando a esas pobres viudas para robarles sus pensiones con el nombre de Nicholas Croyden. Pero es él, seguro.

—Vamos a por él, Rache —dijo Geraldine—. Will lo sujetará mientras le arranco las uñas de los pies una a una.

—Y yo voy a atizarle en la nariz hasta que le salga por la nuca —añadió Phyllis. Muy en consonancia con sus palabras, tenía los brazos embadurnados de harina y llevaba un rodillo en las manos.

—Y yo voy a arrancarle el pelo, rellenaré un cojín con él —intervino Bridget— y luego haré que se lo trague.

—Esta carta… —dijo Flossie, agitando el papel— es de una de las hermanas. Va a mantenerlo vigilado hasta que lleguemos. ¿Vienes con nosotras, Rachel?

El tío Richard se aclaró la garganta.

—Rachel —comenzó—, creo que ha llegado el momento de que me presentes como es debido a tus amigas y a tu… esto, a tu doncella.

Todos irían a Bath.

Al principio todo parecía indicar que Phyllis se quedaría atrás, angustiada ante la idea de dejar a lord Weston sin un menú decente que lo ayudara a recuperar la salud y el peso que tanto necesitaba. Y después Rachel intentó convencer a Jonathan para que se fuera a Londres sin demora, dado que la farsa había llegado a su fin. Ella se quedaría en Chesbury Park, afirmó, si su tío la aceptaba. Bridget aprovechó ese momento para anunciar su intención de quedarse con Rachel, ya que necesitaba la presencia de una carabina puesto que había recuperado su posición de joven soltera. Strickland, que no se había movido de la puerta del gabinete de Weston desde que entraron, explicó con gran verborrea y grandilocuencia que aunque le gustaría acompañar a las damas para protegerlas y moler a golpes a ese Crawley en su nombre, sentía que era su deber acompañar al señor Smith como su ayuda de cámara, al menos hasta que se centrara, por decirlo de alguna manera. Acto seguido, Geraldine recordó que era la doncella de Rachel… claro que como ya se había descubierto el pastel, había dejado de serlo. De todas maneras, era reacia a marcharse cuando por fin estaba metiendo en cintura a la servidumbre y casi había terminado el inventario de los objetos de la casa. En ese momento, Flossie puso ojitos de cordero degollado y mencionó que Drummond la había llevado al lago la noche anterior y le había pedido matrimonio a la luz de la luna; y si bien no le había dicho que sí, tampoco le había dicho que no. Le había prometido que le respondería ese día o al siguiente a lo más tardar.

Y dio la sensación de que, por tanto, nadie iría a Bath.

Aunque la impresión solo duró hasta que intervino Weston.

—Parece un poco pusilánime que todos prefiráis quedaros aquí cuando la acción está en Bath —dijo—. En ese caso, supongo que tendré que ir yo solo…

—¡Maravillosa idea! —exclamó Flossie, que se apretó la carta contra el pecho—. ¡Es usted un encanto, milord! El señor Drummond puede esperar su respuesta unos días más.

Y en ese momento se formó un barullo tremendo porque todos encontraron razones de peso para ir a Bath en lugar de quedarse en Chesbury Park.

Rachel no aceptó la decisión de su tío sin más, por supuesto.

—Debes quedarte aquí, tío Richard —le dijo—. No estás lo bastante recuperado para viajar. Yo me quedaré contigo, los demás pueden ir. Menos Jonathan.

—Rachel —replicó su tío—, esperaba que esta mañana fuera una de las peores de mi vida. En cambio, se me ha concedido una segunda oportunidad. A pesar de la desaparición de tus joyas, que tal vez no recuperemos nunca, jamás me había divertido tanto en la vida. Y no pienso perderme la acción por nada del mundo.

A Alleyne nadie le preguntó lo que pensaba, y él tampoco lo dijo. Pero sí se percató de que Rachel lo miraba con los ojos como platos después de que su tío hubiera hablado... Una expresión idéntica a la de las cuatro damas y a la de Strickland, que se había quedado en el pasillo y que no llegó a abrir tanto su único ojo.

—Londres puede esperar, al igual que Drummond —anunció con una sonrisa—. Al igual que mis recuerdos y mi vida anterior. Por extraño y alarmante que parezca, me da la sensación de que la vida que llevo ahora no se diferencia mucho de la que llevaba antes. Involucrarme con personas impulsivas en farsas impulsivas parece ser una especie de don natural... Además, ¿no fui yo quien sugirió todo esto? Pienso ir a Bath aunque nadie más me acompañe.

—Bien —dijo Geraldine—. ¿Has oído eso, Will? Eso quiere decir que tú también vendrás. —Y Alleyne notó que ella se sonrojó. Interesante...

Sin embargo, se distrajo casi de inmediato, ya que Rachel le estaba sonriendo y lo miraba con una expresión radiante de felicidad.

—Tal vez descubramos que Bath es una ciudad demasiado pequeña para todos nosotros —dijo.

—Eso espero —replicó con un guiño.

Ninguna persona ajena a la trama que entrase en ese momento habría dicho que casi todos habían sido víctimas de un desalmado, y que todos habían estado involucrados en una larga y compleja farsa que acababan de confesar pocos minutos antes. Se echaron a reír al imaginar las consecuencias que su llegada tendría en la respetable y seria sociedad de Bath.

Era extraordinario, se dijo. Y también era todo un alivio no tener que fingir más tiempo y saber que Rachel había encontrado por fin su lugar en el mundo y que sería feliz y estaría a salvo en su hogar una vez que hubieran zanjado ese asunto... y que él se hubiera marchado.

De todos modos, ya pensaría en la separación cuando llegara el momento.

Mientras tanto, el barón Weston habló con su abogado, según lo planeado, y cambió su testamento.

Y a la mañana siguiente, bien temprano, partieron hacia Bath con un verdadero desfile de carruajes y vehículos cargados de equipaje, decididos a hacer que Nigel Crawley, alias Nathan Crawford, alias Nicholas Croyden, se arrepintiera incluso de haber nacido.

20

El barón Weston alquiló habitaciones para todos en el York House Hotel, el mejor establecimiento de Bath, y eso pese a las protestas de las damas, que adujeron que no podían permitírselo. O que no podrían hacerlo hasta haberle echado el guante a Nigel Crawley y haber recuperado sus ahorros. Lord Weston afirmó que los gastos corrían de su bolsillo y que no había más que hablar. No permitió que nadie rechistara. Por sugerencia de su señoría, todos conservaron las identidades que habían elegido al llegar a Chesbury Park, salvo Rachel, que recuperó su nombre de soltera, y Geraldine, que fue elevada al rango de señorita Geraldine Ness, hermana de la señora Leavey, con quien guardaba el mismo parecido que tenían un caballo y un conejo…

El barón pasó los dos días siguientes a su llegada en la cama, totalmente exhausto después del viaje y de la excitación que lo había precedido. Rachel pasó gran parte del tiempo haciéndole compañía, más preocupada por su salud que por las joyas y por los malhechores. Sin embargo, su ánimo mejoró cuando el médico al que llamaron para que lo atendiera le comunicó que solo se trataba de un caso de cansancio extremo y que no había señales de que su dolencia cardíaca hubiera empeorado.

Durante esos ratos ella charlaba si él se sentía con fuerzas o guardaba silencio si estaba cansado o dormido. De vez en cuando le leía pasajes de algún que otro libro. La situación le recordó a otro enfermo al que había velado no mucho tiemp atrás. Aunque parecían haber pasado siglos desde aquel entonces.

Veía muy poco a Jonathan y se resignó al hecho de que ese era el verdadero principio del fin. Supuso que no volvería con ella a Chesbury Park. El tío Richard la había invitado a vivir con él y había aceptado. Ni la invitación ni el hecho de que ella aceptara tuvieron nada que ver con el sentido del deber, de eso estaba segura. Por increíble que le pareciera, su tío la quería. La seguía queriendo a pesar de todo lo que le había hecho. Y tal vez lo más increíble fuera que ella también le quería. Durante esos dos días dejó que la luz de ese amor incondicional y generoso la inundara.

Su tío incluso había aceptado a sus amigas, aunque le habían confesado quiénes eran y a qué se dedicaban. A decir verdad, no solo las había aceptado. ¡Les había cogido cariño!

—Rachel —le dijo una tarde después de que despertara de la siesta—, no puede decirse que respetara demasiado a tu padre, pero consiguió educarte como es debido. No muchas damas se rebajarían a mantener una amistad con cuatro mujeres pertenecientes a una clase rechazada por el grueso de la sociedad solo porque una de ellas fuera su niñera. Ni se sentirían en deuda con ellas ni llegarían a los extremos a los que tú has llegado para saldarla. Pero creo que tus acciones han dado sus frutos, sus recompensas. Son tus amigas y no creo que pudieras encontrar mejores amistades entre tus pares.

—Lo son, tío Richard —reconoció—. Me acogieron con los brazos abiertos cuando me encontré sin nada aunque ellas también acababan de perder los ahorros con los que pensaban cambiar de vida.

—Y la señora Leavey es una magnífica cocinera —añadió él con un suspiro.

Se daba por satisfecha, se dijo. Encontraran a Nigel Crawley o no, recobraran su dinero y las joyas o no, esa aventura había acabado siendo mucho más provechosa de lo que se merecía.

Y le alegraba ver tan poco a Jonathan.

Aunque más le alegraría verlo marcharse para siempre. Porque a partir de ese momento su corazón comenzaría a sanar y tal vez fuera capaz de encontrar la felicidad además de cierto grado de satisfacción. Sin embargo, al mismo tiempo temía el día de su partida. En cuanto todo acabara, se dijo, estaría bien. Solo sería el mal trago del momento en sí. Repasó mentalmente lo que le diría, el aspecto con el que lo despediría. La sonrisa con la que le diría adiós.

Entretanto, las cuatro damas pasaron esos dos días visitando a esas amistades a las que llamaban «hermanas» y reuniendo información sobre el clérigo que respondía al nombre de Nicholas Croyden y que se alojaba con su hermana en una casa de huéspedes en Sydney Place y al que a menudo se veía engatusando a las viudas y a las solteronas de mediana edad que abundaban en la ciudad. Se sabía que acudía todas las mañanas a la Sala de la Fuente para dar el acostumbrado paseo y beber el agua, aunque ninguna de las hermanas con las que hablaron había pisado el dichoso lugar en la vida.

—Pero nosotras sí lo pisaremos —replicó Flossie mientras cenaban en el comedor privado del barón la segunda noche que pasaron en Bath—. Es un lugar claramente respetable para la señora Street, viuda del coronel Street, para su cuñada, para su hermana y para su querida amiga, la señorita Clover. Iremos mañana mismo.

—Desde luego —repuso Jonathan, tras lo cual giró la cabeza para mirar a Rachel y la inclinó con elegancia antes de sonreírle—. ¿Me concede el honor de acompañarla, señorita York? Con el permiso de su tío, por supuesto, y bajo la atenta mirada de la señorita Clover, su carabina, ya que la ocasión requiere de su presencia.

Se lo estaba pasando en grande, pensó Rachel. En el fondo era un truhán. Sospechaba que siempre lo había sido, y de pronto se lamentó por no haberlo conocido antes y por seguir sin conocerlo una vez que regresara a su verdadera vida.

—Gracias, sir Jonathan —contestó—. Su compañía será un placer.

—Lo mismo digo —intervino su tío—. No vais a dejarme atrás. Esperemos que no nos llevemos la triste desilusión de que al caballero se le peguen las sábanas y no aparezca mañana para el tan cacareado paseo matinal.

—Tío Richard… —comenzó; sin embargo, él la interrumpió alzando una mano.

—Rachel, la mayoría de la gente viene a Bath por dos razones —adujo—. Porque viven del alquiler de sus propiedades o de una pequeña pensión y la ciudad es barata, o porque su salud no es todo lo buena que debería ser y desean probar el agua medicinal. Yo me encuadro en la segunda categoría. Probaré el agua… mañana por la mañana en la Sala de la Fuente.

—Y nosotras… —tomó la palabra Geraldine con desparpajo—. Bueno, estamos en la primera razón. Aunque no por mucho tiempo. ¡Ya me encargaré yo de estrujar a ese rufián malnacido hasta que le salga el dinero por las orejas!

—Pero qué fina eres, Gerry —dijo Flossie, chasqueando la lengua—. Hazme el favor de recordar quién eres. Las damas no estrujan a nadie ni utilizan la palabra «malnacido». Lo que vas a hacer es «exprimir» a ese «malvado» rufián. Con mi ayuda.

—Lo que no termino de entender —confesó Rachel mientras hundía la cuchara en el budín y fruncía el ceño— es por qué ha elegido Bath para hacer una aparición pública cuando a estas alturas debe de haber mucha gente en Inglaterra que lo conozca.

—Es un riesgo calculado —respondió Jonathan—. No te olvides de que la mayoría de la gente le dio el dinero para sus obras de caridad por propia voluntad. En vez de liarse a puñetazos con él si lo ven, es probable que vuelvan a ayudarlo con otra contribución. Aunque sí que se extrañarían por el cambio de nombre. Sin embargo, sería mucha casualidad que se encontrara aquí con algún conocido de Bruselas. Las personas que estuvieron en Bélgica en primavera no son de las que frecuentan Bath. Su siguiente destino será algún lugar parecido a este, como Harrogate, otra ciudad balneario, pero como está situada muy al norte no es probable que atraiga a la misma clientela.

—Pues esta vez ha metido la pata hasta el fondo —afirmó Phyllis—. Debería habernos dejado tranquilas. Aunque quizá no lo hubiésemos encontrado si no hubiera utilizado un nombre tan parecido al que nosotras conocíamos, ¿verdad? ¿Por qué lo habrá elegido? Si fuera él, esta vez me habría puesto Joe Bloggs.

—Phyll, ¿quién iba a dar una donación para los pobres huérfanos a un tipo llamado Joe Bloggs? ¡Es un nombre muy corriente! —explicó Geraldine—. Piensa un poco.

—Tal vez tengas razón —reconoció Phyllis.

Jonathan no tardó en darles las buenas noches y en cuanto él se fue, los demás también se retiraron temprano.

Un buen número de personas reconoció y se detuvo a saludar al barón Weston cuando apareció a la mañana siguiente en la Sala de la Fuente. Sin embargo, fueron sus acompañantes los que más revuelo provocaron, ya que todos eran jóvenes, con la excepción de Bridget; e incluso esta contaba con unos buenos veinte o treinta años menos que la gran mayoría de los que estaban paseando, cotilleando y, alguno que otro, bebiendo el agua medicinal.

Flossie y Phyllis no tardaron en ser monopolizadas por un general retirado que se colocó entre ambas y las tomó del brazo, tras lo cual se dispuso a pasear por la estancia mientras les preguntaba sobre sus vivencias en el ejército y les contaba la propia. Geraldine y Bridget acabaron bajo el ala de una altiva viuda, toda peripuesta con un altísimo bonete coronado con un tocado de plumas, y con unos impertinentes que no paraba de agitar en el aire cual extravagante director de orquesta con su batuta. Rachel se quedó con su tío junto a la mesa del agua y para escuchar las alabanzas de la constante procesión de asiduos al agua medicinal. Y él se encontró conversando con una pareja mayor que afirmaban conocer a los Smith de Northumberland e insistían en averiguar si tenían parentesco con la rama familiar de sir Jonathan.

Nigel Crawley no hizo acto de presencia. Claro que Alleyne no lo había visto nunca, de modo que era imposible que lo reconociera. Sin embargo, conocía su descripción. Un joven rubio, alto y guapo no pasaría desapercibido entre la exigua multitud que se congregaba en la Sala de la Fuente.

Se podía decir que era una decepción, sobre todo por el contagioso entusiasmo del que habían hecho gala las damas al salir del York House Hotel. Cuando las llevara de vuelta para desayunar, pensó, se acercaría en persona hasta Sydney Place para averiguar si el tipo y su hermana seguían en la ciudad.

Hacía un día bastante agradable a pesar de tan temprana hora. Los que habían acudido a la Sala de la Fuente no tenían prisa alguna por regresar a casa. Como si no hubieran charlado y cotilleado bastante en el interior, muchos prosiguieron con la conversación en el patio de la abadía. El general Sugden no estaba dispuesto a renunciar a sus dos encantadoras acompañantes y les regaló otra historia de una batalla en la que había jugado el papel de héroe conquistador. La viuda peripuesta confiaba en ver a la señorita Ness y a la señorita Clover en los Salones de Asueto alguna noche, y las invitó a tomar el té con ella en dicho establecimiento. La invitación incluía al barón Weston, a su sobrina y a sir Jonathan Smith. Un grupo formado por tres damas y dos caballeros retuvieron al barón y a Rachel, y la pareja mayor que conocía a los Smith de Northumberland recordó de súbito que en realidad dichos conocidos se apellidaban Jones; un error comprensible por su parte, dado que «Smith» y «Jones» eran tan parecidos que se prestaban a confusión… A partir de ese momento insistieron en saber si sir Jonathan estaba emparentado con alguno de los Jones de Northumberland.

Justo entonces salió un pequeño grupo de fieles de la abadía, donde debía de haberse celebrado un servicio matutino, que se unió a los ya congregados en el patio para hacer exactamente lo mismo que estaban haciendo ellos: demorarse para charlar. Alguno que otro se unió a los grupos de los que acababan de salir de la Sala de la Fuente.

Entre dichos fieles se encontraba un caballero rubio, alto y guapo, acompañado por una dama de cabello claro que iba tomada de su brazo. Con ellos estaba un grupito de damas de edad indefinida y que escuchaban extasiadas lo que fuera que el caballero rubio les estuviera diciendo.

Alleyne le lanzó una mirada a Rachel y las pocas dudas que tenía se esfumaron en cuanto vio su expresión. Tenía la vista clavada en el hombre que acababa de salir de la iglesia y parecía muy pálida. Desvió la mirada hacia el desconocido en el mismo momento en que este se percataba de la presencia de Rachel o quizá de la de su tío. O de ambos a la vez.

La sonrisa que esbozaba se desvaneció mientras inclinaba la cabeza y se aferraba el ala del sombrero con la mano libre a fin de despedirse de las damas en voz baja. Acto seguido se dio media vuelta, sin duda con la intención de desaparecer sin pérdida de tiempo.

—Deje que yo me encargue de esto —le dijo el barón Weston a Alleyne cuando se acercó a ellos y tomó a Rachel del brazo con firmeza.

Sin embargo, ya era demasiado tarde para la discreción. Phyllis acababa de localizar a su presa y se abalanzó sobre él con un chillido, soltando al general y dejándolo con la palabra en la boca. Una vez que lo alcanzó, lo agarró por el pescuezo y saltó sobre su espalda, rodeándole la cintura con las piernas.

—¡Por fin te tengo! —gritó—. ¡Rufián!

Flossie le pisaba los talones.

—Vaya, vaya, ¿pues no es el reverendo Crawley el Crápula? —le preguntó al tiempo que le propinaba una patada en la espinilla.

Geraldine llevaba una sombrilla que blandió a modo de lanza cual guerrera amazona mientras se precipitaba hacia él.

—¿Dónde está nuestro dinero? —exigió saber al tiempo que lo golpeaba en las costillas—. ¡Canalla sin escrúpulos! ¿Qué has hecho con él? ¡Habla de una vez! ¡No te quedes callado!

—¡Por todos los santos! —exclamó Bridget, que corrió para unirse a la refriega—. Se le ha caído el sombrero, señor Crawley, y como alguien se lo ha pisado, está hecho una pena… —Dicho lo cual, se lo quitó de un manotazo y procedió a saltar sobre la costosa prenda hasta que quedó arrugada como un acordeón y llena de polvo.

En un primer momento, los numerosos espectadores asistieron a ese despliegue tan vulgar en completo silencio. Hasta que todo el mundo se movió y comenzó a hablar a la vez.

El general avanzó al rescate de sus damas con el bastón en alto; la viuda se santiguó antes de llevarse los impertinentes a los ojos y buscar con la mirada alguna amistad con quien compartir el delicioso escándalo; un buen número de recién llegados se congregó en el patio de la abadía, salidos de Dios sabría dónde; la dama del cabello claro chilló pidiendo ayuda; las cuatro feligresas que habían salido de la iglesia con la pareja prorrumpieron en alaridos, chillidos y súplicas para que las cuatro atacantes dejaran en paz a su queridísimo señor Croyden; las atacantes no les hicieron el menor caso; el barón, Rachel y él se acercaron un poco; y la víctima decidió defenderse.

—Nada más lejos de mi intención que juzgar a alguien, ya que he tomado los hábitos del sacerdocio y por tanto amo a todos los seres humanos por igual tal como lo hizo nuestro Señor Jesucristo —se las arregló para decir al tiempo que esquivaba la sombrilla y se quitaba a Phyllis de la espalda... mientras algunos de los espectadores siseaban pidiendo silencio a los demás—, pero estas cuatro mujeres no deberían acercarse ni a un kilómetro de un lugar decente. No es apropiado. ¡Son putas!

El bastón del general resultó un arma más efectiva que la sombrilla de Geraldine. Crawley se encogió y gruñó de dolor cuando el anciano le asestó un golpe en el costado.

—Jovencito —lo increpó con dureza el general—, semejante comentario se merece un encuentro con pistolas al amanecer.

La multitud guardaba silencio, ya que sin duda alguna no quería perderse ni una sola palabra por temor a que después no pudiera relatar fielmente el incidente a los conocidos que habían tenido la mala fortuna de no verlo con sus propios ojos.

—¡Lo son! —insistió Crawley—. Casi me arrepiento de haber cultivado su amistad en Bruselas, donde regentaban un burdel. Pero el Señor nos enseñó a amar a todas sus criaturas... incluyendo a las mujeres.

—¿Dónde está nuestro dinero, sinvergüenza?

—¡Eres un ladrón mentiroso, eso es lo que eres!

—Nos robaste el dinero y ahora mismo vas a devolvernos hasta el último penique.

—¡Y has robado las joyas de Rachel! ¡Voy a sacarte los ojos!

Las cuatro exclamaron a la vez.

Se alzaron voces entre la concurrencia, a esas alturas sorprendida e indignada, cuya simpatía se inclinaba hacia el apuesto clérigo en contra de las damas que tan poco decoro y elegancia estaban demostrando.

En ese momento los ojos de Crawley se posaron sobre Rachel, rebosantes de malicia. Enderezó la espalda, quitándose a Phyllis de encima con el súbito movimiento, y extendió un brazo con un dedo acusador.

—Y ella… —dijo mientras parte de la muchedumbre siseaba pidiendo silencio y la otra parte clavaba la vista en Rachel—. ¡Ella también lo es! ¡No es más que una puta!

Aunque Rachel no era esposa ni viuda de ningún militar, el general bien le habría atizado un nuevo golpe con el bastón por el insulto en un arranque de caballerosidad. Sin embargo, Alleyne llegó primero y lo apartó de un codazo. Ni siquiera se paró a pensar que Crawley era casi tan alto como él y que probablemente pesara lo mismo. Lo agarró por las solapas de la chaqueta, alzándolo del suelo.

—¿Cómo ha dicho? —le preguntó entre dientes.

Crawley intentó zafarse y plantar de nuevo los pies en el suelo, pero fue en vano.

—No he oído su respuesta —le dijo—. Hable. ¿A quién se refería hace un momento?

—No creo que este asunto sea de su incumbencia…

El comentario hizo que lo zarandeara como a la rata que era.

—¿A quién se ha referido? —repitió.

El silencio era tal que se habría escuchado el ruido de un alfiler al caer al suelo.

—A Rachel —contestó Crawley.

—¿A quién? —insistió él, alzándolo y acercándoselo un poco más.

—A la señorita York —enmendó.

—¿Y qué ha dicho de ella?

—Nada —respondió Crawley con voz chillona.

Hubo otra andanada de comentarios que fue rápidamente sofocada por los siseos.

—¿Qué ha dicho?

—He dicho que ella también lo es —contestó.

—¿Y qué es? —Acercó la cabeza un poco más a la del rufián de modo que sus narices casi se tocaron.

—Una puta —respondió.

El puñetazo que le asestó en la nariz fue tan certero que tuvo la satisfacción de verlo sangrar al instante.

La dama del cabello claro chilló. Al igual que el séquito de feligresas que los había acompañado a la salida de la iglesia.

—Tal vez le gustaría retirar sus palabras —sugirió al tiempo que lo zarandeaba de nuevo—. ¿Qué es la señorita York?

Crawley musitó algo con voz nasal mientras intentaba en vano llevarse las manos a la nariz.

—¡No lo oigo! —bramó.

—Una dama —musitó Crawley—. Es una dama.

—¡Vaya! —exclamó—. En ese caso, ha mentido. ¿Y qué hay de la señora Streat, de la señora Leavey, de la señorita Ness y de la señorita Clover?

—También son damas. —La sangre manaba de su nariz y le manchaba la corbata blanca—. Todas son damas.

—En ese caso, todas merecen un paladín —repuso antes de atizarle otros cuatro puñetazos, dos con cada mano. Dos en el mentón, otro más en la nariz y el último en la mandíbula.

Crawley cayó al suelo sin hacer el menor intento por defenderse. Allí se quedó, apoyado sobre un codo mientras se cubría la nariz y lloriqueaba de dolor.

Casi todos los espectadores se sintieron inclinados a aplaudir, incluso a vitorear. Otros, particularmente las damas que habían acompañado a la pareja de timadores, parecían indignados y consternados, y le pedían a gritos a cualquiera que les prestara atención que avisara al alguacil. Nadie les hizo caso, tal vez porque no querían perderse ni un momento del espectáculo.

La audiencia lo miraba en espera de su siguiente movimiento, comprendió mientras la furia remitía un poco y volvía a ser consciente de dónde se encontraba. Giró la cabeza y clavó la vista en Rachel, que estaba a escasa distancia, mirándolo de hito en hito con el rostro pálido. Su tío le rodeaba los hombros con un brazo.

—Bien hecho, sir Jonathan —lo felicitó el barón—. ¡Por Dios! Si tuviera veinte años menos, yo mismo lo habría molido a palos.

—Creo que en Bath lo conocen como Nicholas Croyden —le dijo Alleyne a la multitud, alzando la voz para que todos pudieran oírlo—. En Bruselas, antes de la batalla de Waterloo, era Nigel Crawley, y en Chesbury Park y sus alrededores, donde estuvo poco después de volver de Bélgica, se hacía llamar Nathan Crawford. Sin embargo y con independencia de dónde se encuentre, finge ser un clérigo entregado al servicio de la humanidad y a las obras de caridad. Solicita donaciones para dichas obras de caridad, inexistentes por cierto, y despluma a sus víctimas sin más si le surge la oportunidad.

—¡No! —gritó la dama de cabello claro—. No es cierto. Mi hermano es el hombre más cariñoso y amable del mundo.

—¡Vergüenza debería darle! —exclamó la dama situada junto a ella, dirigiéndose a Alleyne—. Le confiaría mi fortuna y hasta mi vida al querido señor Croyden.

—A estas damas… —siguió, señalando a sus cuatro amigas que parecían estar disfrutando de lo lindo—, les robó sus ahorros con la falsa promesa de ingresarlos en un banco londinense.

—Y eso hice —protestó Crawley, intentando sacarse un pañuelo de un bolsillo—. Ingresé hasta el último penique.

—Y a la señorita York le robó todo su dinero —prosiguió.

—¡Me lo dio para que se lo guardara! —adujo Crawley—. Y después huyó para volver con esas p…, con esas damas y hacer correr toda esta sarta de mentiras. Lo tengo guardado para devolvérselo.

—Son acusaciones muy graves, sir Jonathan —dijo el general—. Tal vez debería ponerse en contacto con el banco de Londres donde Croyden afirma haber depositado el dinero.

—La señorita York confiaba en él hasta tal punto —continuó Alleyne— que le habló de la fortuna en joyas que su tío custodiaba y que le serían entregadas el día de su vigésimo quinto cumpleaños. En cuanto Crawley pisó suelo inglés, se dirigió a Chesbury Park, donde se congració con el barón Weston de modo que logró un donativo para una de sus obras de caridad y después regresó al amparo de la noche para robar las joyas.

Se escuchó un coro de murmullos airados procedente de la multitud.

—Si descubrimos alguna de esas joyas en los aposentos de Crawley —prosiguió—, creo que no les quedará más remedio que aceptar que es el ladrón que les digo que es. Tengo la intención de acompañarlo a dichos aposentos sin más dilación.

El barón Weston carraspeó.

—La señorita Crawford, o Crawley o Croyden, luce un broche perteneciente a la colección —afirmó.

La dama se llevó una mano al pecho.

—¡Eso es falso! —gritó—. Está mintiendo, señor. Mi madre me regaló este broche hace veinte años.

—Iré con usted, sir Jonathan —se ofreció el general dándose aires de importancia—. Debería haber una autoridad presente y ajena a cualquiera de las partes para confirmar sus hallazgos. Y puesto que no podemos usar el broche como prueba irrefutable ya que tanto lord Weston como la señorita Croyden afirman ser los dueños, le ruego a su señoría que me dé una descripción detallada de tantas piezas como pueda recordar.

La emoción se adueñó de nuevo de la muchedumbre cuando la señorita Crawley intentó escabullirse subrepticiamente, y cuatro damas, con Geraldine a la cabeza, se le echaron encima con evidentes muestras de ira y una retahíla de insultos… si bien los más coloridos y malsonantes salieron de labios de la señorita Crawley. No obstante, esos fueron los últimos coletazos del espectáculo.

Lord Weston aconsejó a todo aquel que hubiera hecho un

donativo para alguna de las obras de caridad de Crawley que reclamara la devolución del mismo sin pérdida de tiempo y a aquellos que estuvieran pensando en hacer uno, que reconsideraran su decisión.

Una de las damas que había acompañado a la pareja al salir de la iglesia dejó escapar un chillido y se desmayó. Otras dos afirmaron estar dispuestas a defender al pobre hombre hasta la muerte si era preciso.

Entretanto, Rachel se había acercado a Nigel Crawley, que aún no se había puesto en pie, tal vez por temor a que alguien volviera a tirarlo de un puñetazo.

—Es curioso todo el bien que puede nacer de la maldad y de lo que parecía ser una desgracia —le dijo—. Gracias a usted y a sus fechorías, señor Crawley, descubrí el verdadero significado de la amistad, del amor y de la compasión. Espero que su maldad y la desgracia a la que ahora se enfrenta acaben reportándole algo bueno también a usted. —Una vez dicho eso, se giró hacia la dama que lo acompañaba—. Y a usted también, señorita Crawley, aunque mucho me temo que no será así.

Mientras Rachel hablaba, Alleyne levantó a Crawley del suelo sin muchos miramientos y lo obligó a atravesar el patio de la abadía en dirección a la galería porticada de la entrada, donde lo hizo entrar en uno de los carruajes que los esperaban desde que salieron de la Sala de la Fuente. La multitud se apartó para abrirles paso y la señorita Crawley, custodiada por sus cuatro guardias femeninas, echó a andar hacia el carruaje. Rachel y el barón Weston los siguieron cerrando la comitiva.

—Es lo más emocionante que hemos presenciado en Bath —escuchó Alleyne que un caballero le decía a otro mientras pasaban junto a ellos—, desde que lady Freyja Bedwyn acusara al marqués de Hallmere de ser un acosador de mujeres inocentes e indefensas en mitad de la Sala de la Fuente. ¿Estaba usted presente aquel día?

El comentario se le quedó grabado en la mente sin saber por qué, aunque no tenía tiempo para analizarlo en ese momento. Estaba demasiado ocupado empujando a Crawley para que entrara en el carruaje y hacer él lo propio, tras lo cual tuvo que ayudar al barón Weston y al general a acomodarse con ellos.

Mientras tanto, las seis damas subieron a otro vehículo, al parecer dispuestas a acompañarlos a Sydney Place.

Rezó en silencio para que nadie mandara llamar al alguacil todavía.

21

Rachel apenas era capaz de mirar a Nigel Crawley a la cara. Era muy humillante darse cuenta de que durante un tiempo lo respetó y lo admiró lo suficiente como para acceder a casarse con él. ¿Cómo había sido tan ingenua? Además de ser un mentiroso y un ladrón, era un cobarde de tomo y lomo. Aunque era de la misma estatura que Jonathan y nadie lo había retenido en el patio de la abadía, ni siquiera había intentado defenderse. Y, una vez que cayó al suelo, se quedó allí lloriqueando. En ese momento estaba sentado en una de las sillas de sus aposentos, donde Jonathan lo había dejado, con aspecto derrotado y echando continuas miraditas por la habitación como si estuviera buscando una escapatoria.

Sería extraño que encontrara alguna. Geraldine, Flossie y Phyllis lo vigilaban con expresión triunfal mientras Bridget hacía lo mismo con la señorita Crawley, que estaba sentada no muy lejos de su hermano.

Su único consuelo, se dijo, era que también muchas otras mujeres e incluso algunos hombres habían creído sus mentiras… Claro que ninguna había estado a punto de casarse con él.

Había una ingente cantidad de dinero en sus aposentos, así como el cofre con las joyas que habían robado de la caja fuerte de la biblioteca de Chesbury Park. El tío Richard identificó todas las piezas y el general Sudgen confirmó que se ajustaban a la descripción que le había dado durante el trayecto hasta Sydney Place.

El general había tomado el mando desde que llegaron y, en su opinión, estaba disfrutando de lo lindo. En ese instante estaba sentado a la mesa que había en mitad de la salita con papel, pluma y tinta, objetos cedidos por la casera, elaborando una lista de todo lo que habían descubierto y que no entraba en la categoría de muebles ni de objetos personales de los dos interfectos.

La lista, sin embargo, adolecía de unas cuantas omisiones importantes. Antes de sentarse, el general había contado la cantidad exacta que Flossie le había dicho que correspondía a los ahorros de sus amigas y le había puesto el dinero en las manos con una elegante reverencia militar. Acto seguido, le había dado a Rachel la pequeña cantidad que había dejado en manos de Nigel Crawley cuando se marchó de Bruselas con él. También le había ofrecido al tío Richard la cantidad que había donado para obras de caridad, pero su tío la había rechazado.

Solo después le dijo a la casera que mandara llamar al alguacil.

No estaba convencida de que lo que había hecho el general fuese legal. Pero nadie discutió con él, ni siquiera los Crawley. Además, era muy consciente de que si esperaban a que se hiciera justicia, podían irse despidiendo del dinero. A fin de cuentas, el general parecía ser un hombre poderoso y autoritario que prevalecería por encima de cualquier magistrado que descubriera lo que había hecho y tuviera la temeridad de cuestionar su decisión.

—Con su permiso, Weston —dijo el general cuando dejó a un lado la pluma—, las joyas servirán de prueba. El dinero no es prueba suficiente de robo ya que sería casi imposible averiguar a quién pertenece. Pero la presencia de las joyas, sobre todo el hecho de que la sospechosa luciera una de ellas cuando fue arrestada, será una prueba irrefutable de que son unos malhechores y unos sinvergüenzas.

Estuvo a punto de marearse al mirar las joyas que se amontonaban en el pesado cofre. Eran muchas más de las que había imaginado. Su valor debía de ser impresionante, desde luego que sí. En ese preciso momento se le ocurrió algo que la llevó a cruzar la habitación y plantarse delante de Nigel Crawley.

—No tenía intención de casarse conmigo, ¿verdad? —le preguntó—. Habría buscado cualquier excusa para esperar hasta haber ido a Chesbury Park. Solo quería que lo condujese hasta las joyas.

El farsante la miró con desdén apenas disimulado. Aunque fue la señorita Crawley quien le contestó.

—¿Casarse contigo? —preguntó con una carcajada desdeñosa—. ¿Crees que porque eres rubia y tienes unos bonitos ojos azules eres el sueño de cualquier hombre? No se casaría contigo ni aunque fueras la última mujer de la tierra. Además, no podría hacerlo aunque quisiera. Ya está casado conmigo.

—Vaya. —Cerró los ojos—. ¡Gracias a Dios!

Bridget le dio unos golpecitos, no demasiado suaves, en el hombro a la señorita Crawley o, mejor dicho, a la señora Crawley o como se llamara la mujer.

—Será mejor que cierres la boca —le dijo— y que hables cuando se te pregunte.

En ese momento la puerta se abrió de golpe y el sargento Strickland entró como si le llevara el demonio.

—Me ha llegado el mensaje —dijo con la vista clavada en Geraldine— y aquí estoy. Conque este es el malhechor, ¿no? —Fulminó a Nigel Crawley con una mirada severa—. ¿Y se queda sentado cuando hay damas presentes?

—¿Qué damas? —musitó el susodicho.

—Eso no ha estado bien, muchacho —le recriminó al tiempo que se acercaba más a él—, ni tampoco ha sido muy sensato. En pie.

—¡Y un cuerno! le dijo Crawley.

El sargento extendió una de sus enormes manos, lo agarró por el cuello de la chaqueta y lo levantó como si no pesara más que un minúsculo saco de patatas.

—Nos ha llamado putas, Will —dijo Geraldine—, en mitad del patio que hay delante de la Sala de la Fuente. A Rachel también. Y después sir Jonathan le rompió la nariz y lo tiró al suelo. Estuvimos a puntito de desmayarnos de alegría. Jonathan estaba espléndido mientras le pegaba.

—Eso sí que ha sido una insensatez, muchacho. —El sargento Strickland meneó la cabeza con tristeza mientras miraba a Nigel Crawley, que intentaba volverse invisible—. Muy bien. Firmes.

El señor Crawley lo miró sin comprender.

—¡ATENCIÓN!

El hombre se puso firme.

—Muy bien, señor —dijo el sargento en dirección a Jonathan—, ¿qué vamos a hacer con él?

—Hemos mandado llamar al alguacil —le explicó él—. Las damas ya han recuperado el dinero y también hemos dado con las joyas de la señorita York.

—Muy bien hecho, señor —declaró el sargento—. En ese caso vigilaré al prisionero hasta que llegue el alguacil mientras que lord Weston y usted acompañan a las damas de vuelta al hotel para que desayunen. ¡Vista al frente, muchacho!

—¡Ay, Will! —exclamó Geraldine—. ¡Me dan palpitaciones de verte así! Si hubiera acompañado a las tropas contigo, me habría pasado todo el tiempo medio desmayada de la emoción. Desde ya te aviso que me estoy enamorando de ti.

—Debe de ser usted un sargento —comentó el general con manifiesta aprobación—, y de los buenos, si no me equivoco. Sería un honor que sirviera en mi batallón… si aún lo tuviera, claro, pero hace diez años que mi esposa me convenció para que me retirase.

El sargento Strickland ejecutó un saludo impecable.

—Descuide, señor —dijo—. De todas formas me licenciaron después de perder el ojo en Waterloo, pero ahora soy un ayuda de cámara… hasta que me centre de nuevo, por decirlo de alguna manera. ¡Vista al frente, muchacho!, y que no tenga que repetírtelo a no ser que quieras verme enfadado.

Nigel Crawley estaba de pie como un soldado en un desfile y su aspecto era de lo más ridículo. Para colmo, tenía la nariz como un tomate.

Rachel miró a Jonathan y descubrió que él la estaba mirando con expresión risueña y algo más profundo en los ojos.

Habían sido un par de horas muy caóticas durante las cuales apenas si habían intercambiado una palabra o una mirada. Pero había sido su paladín durante todo ese tiempo. Aunque aborrecía la violencia, porque estaba convencida de que las diferencias de opinión se podían solucionar de forma pacífica, jamás olvidaría la satisfacción que había sentido al ver la nariz de Nigel Crawley chorreando sangre después de que la hubiera insultado en público.

De no estar ya enamorada de Jonathan, habría caído rendida a sus pies en aquel preciso momento.

Sin embargo, su asociación estaba llegando a su fin. No había nada que los retuviera a su tío y a ella en Bath una vez arrestado el señor Crawley y recuperadas las joyas. No había nada que impidiera a Jonathan partir hacia Londres. Seguramente ese sería el día de las separaciones.

Le devolvió la sonrisa y sintió que la pena le inundaba el corazón.

Poco después llegaron dos alguaciles y se produjo un alboroto cuando varias personas intentaron contar la historia a la vez. Sin embargo, la calma regresó al poco tiempo ya que se marcharon para llevar a los prisioneros ante un magistrado, acompañados del general Sudgen, del sargento Strickland y de las cuatro damas. Bridget se quedó con Rachel en un primer momento, pero al ver que estaba deseando acompañarlos, ella le dijo que se fuera. Al fin y al cabo, contaba con su tío para guardar las formas.

Su tío parecía exhausto de nuevo. Regresaron al hotel y pidió que le sirvieran el desayuno en su habitación. Ella lo acompañó en todo momento, renuente a separarse de él hasta asegurarse de que estaba descansando. Jonathan no fue con ellos.

Lo único que podía hacer era rezar para tener la oportunidad de despedirse en privado. Seguramente se iría al día siguiente… incluso esa misma tarde. Sería incapaz de soportar una despedida en público.

Pero ¿soportaría una en privado?

Su tío se durmió una hora después de regresar al York House

Hotel. En cuanto se convenció de que estaba dormido, ella se puso en pie y comenzó a ojear las cartas que le habían enviado desde Chesbury Park.

No había nada más que lo retuviera en Bath. La farsa había llegado a su fin lo mismo que la caza. El ladrón que había causado todos los quebraderos de cabeza de Rachel había sido apresado y también le habían devuelto a sus amigas el dinero del que ella se sentía responsable.

No podía reclamar la gloria del final feliz, pero aun así era agradable saber que Rachel iba a llevar la vida que debería haber estado viviendo desde la muerte de su padre. Era la señorita York de Chesbury Park, una rica heredera y, lo mejor de todo, tenía a un tío que la quería como si fuera su propia hija.

No había nada que lo atara.

Ninguna excusa de última hora.

A la noche siguiente podría estar en Londres. Y un día después podría haber encontrado ya a alguien que lo reconociera o que le diera alguna información sobre su identidad. Era una idea alegre y estimulante. Sin duda alguna cuando viera un rostro que le resultara familiar, lo reconocería al punto y su memoria volvería a él sin más.

Sin embargo, no se sentía ni estimulado ni alegre mientras contemplaba a través de la ventana cómo el repentino chaparrón mojaba la calle.

De hecho, se sentía de lo más deprimido.

Rachel ya no lo necesitaba. No lo quería. Estaba con su tío, como debía ser, y con el tiempo se casaría con… ¿Cómo le había dicho? Sí, con el tiempo se casaría con el amor de su vida. Daría con semejante hombre. ¿Cómo no iba a hacerlo? Un enjambre de caballeros acudiría a ella como moscas a la miel. Podría elegir a quien quisiera.

Decidió que partiría en cuanto dejara de llover. Si Strickland volvía pronto, incluso podrían marcharse de Bath ese mismo día en lugar de esperar al día siguiente… Siempre que el sargento quisiera acompañarlo, por supuesto. Tal vez quisiera quedarse con Geraldine.

¿Por dónde comenzaría con sus pesquisas?, se preguntó. ¿Y qué pistas había reunido hasta el momento para dar con su identidad? No había tenido más sueños desde que soñara con la fuente ni había tenido la sensación de reconocer ningún gesto ni situación desde que se tirara de cabeza al lago. Al menos, no creía haber tenido nada de eso. Y sin embargo…

¿Había soñado la noche anterior? Había algo reciente, algo que había sucedido o que había soñado. Pero ¿de qué se trataba? Frunció el ceño mientras se concentraba. Esperaba que su memoria a corto plazo no empezara también a jugarle malas pasadas.

Se apartó de la ventana al cabo de varios minutos, irritado por no conseguir nada. Iba a salir, lloviera o no. Se volvería loco si seguía allí encerrado. Sin embargo, alguien llamó a su puerta y lo distrajo.

—Adelante —dijo, esperando que fuera Strickland o una de las camareras que no sabía que se encontraba allí.

Era Rachel. La vio entrar en la habitación y cerrar la puerta tras de sí.

—Rachel. —Le sonrió—. Espero que los acontecimientos de esta mañana no hayan supuesto un sobreesfuerzo para el corazón de tu tío ni te hayan causado malestar. Tienes que estar muy contenta de haberlo recuperado todo y de que esa pareja de tunantes esté a buen recaudo. No volverán a robar a nadie más durante muchísimo tiempo.

—La verdad es que sí. —El problema era que estaba demasiado pálida, se dijo. Además, no le devolvió la sonrisa mientras se acercaba a él con las manos extendidas, aunque sí lo miraba fijamente a la cara—. Gracias, Alleyne. Gracias por todo.

Al principio, cuando la tocó, creyó que la sensación extraña que experimentó se debía a lo frías que tenía las manos. Pero también se mareó.

—¿Cómo has dicho? —La miró sin comprender.

—Lord Alleyne Bedwyn —repitió ella en voz baja.

Le aferró las manos como si se estuviera ahogando y ella fuera su salvavidas.

—¿Cómo has dicho? —repitió.

—¿Te suena el nombre? —preguntó ella.

No, no le sonaba. A su mente no le sonaba. Sin embargo, todo su cuerpo reaccionaba al escucharlo con algo muy parecido al pánico.

—¿Dónde has oído ese nombre? —Ni siquiera era consciente de que estaba susurrando.

—He recibido una carta de mis antiguos vecinos de Londres —le explicó ella—. Me la reenviaron desde Chesbury Park con el correo del tío Richard. El único caballero desaparecido del que se tiene constancia es lord Alleyne Bedwyn, que murió en la batalla de Waterloo, aunque no encontraron su cuerpo. Mi amiga se enteró porque estaba cerca de Saint George en Hanover Square cuando acabó la misa que el duque de Bewcastle organizó en memoria de su hermano y vio a la multitud salir de la iglesia.

Alleyne Bedwyn. Bedwyn… Bedwyn.

«Es lo más emocionante que hemos presenciado en Bath desde que lady Freyja Bedwyn acusara al marqués de Hallmere de ser un acosador de mujeres inocentes e indefensas en mitad de la Sala de la Fuente.»

Eso era lo que le rondaba por la cabeza unos minutos antes… Freyja Bedwyn.

—¿Eres tú? —quiso saber Rachel.

Volvió a mirarla a los ojos sin verla. Sabía que lo era… sabía que era Alleyne Bedwyn. Pero solo su cuerpo era consciente de esa verdad. Su mente seguía en blanco.

—Sí —respondió—. Soy Alleyne Bedwyn.

—Alleyne. —Sus ojos se llenaron de lágrimas y se mordió el labio superior—. Te pega mucho más que Jonathan.

Alleyne Bedwyn.

Freyja Bedwyn.

El duque de Bewcastle… su hermano.

Solo eran palabras para su cabeza y un pánico paralizante para su cuerpo.

—Debes escribirle al duque de Bewcastle de inmediato —siguió Rachel con una sonrisa radiante—. Imagina lo feliz que lo hará la noticia, Jon… Alleyne. Iré a buscar papel y pluma. Debes…

—¡No! —rehusó con brusquedad al tiempo que le soltaba las manos. Se apartó de ella para acercarse a la cama y, dándole la espalda, se entretuvo en enderezar la vela que descansaba en el candelabro de la mesita de noche.

—Hay que darle la noticia —insistió ella—. Deja que yo…

—¡No! —Se giró hacia ella y la fulminó con la mirada—. Déjame solo. Sal de aquí.

Rachel lo miró con los ojos desorbitados.

—¡He dicho que salgas! —Señaló la puerta—. Déjame solo.

La vio darse media vuelta a toda prisa y correr hacia la puerta. Pero no la abrió. Se quedó delante de ella un rato con la cabeza gacha.

—Alleyne, no me apartes —le pidió—. Por favor… Por favor, no lo hagas.

Acto seguido, la vio girar el cuello para mirarlo con expresión atormentada. Y supo que si ella salía por esa puerta, él se derrumbaría. Extendió los brazos hacia ella y se reunieron en mitad de la habitación, donde se abrazaron con fuerza.

—No me dejes —le suplicó—. No me dejes.

—No lo haré. —Levantó la cara de su hombro, donde la había enterrado—. Jamás te dejaré.

La besó, pegándola contra su cuerpo como si no quisiera dejarla marchar. Y cuando dejó de besarla, le enterró la cara en el cuello y se echó a llorar. Se habría apartado, horrorizado y abochornado, pero ella lo apretó con fuerza mientras le susurraba palabras de consuelo y él siguió llorando para expulsar toda la pena que llevaba dentro con desgarradores sollozos hasta que se quedó exhausto.

—Bueno —dijo con voz temblorosa al tiempo que se apartaba un poco para utilizar el pañuelo—, ya sabes qué clase de persona es lord Alleyne Bedwyn.

—Siempre lo he sabido —afirmó—. Solo que no sabía su nombre hasta hoy. Es un caballero que me agrada y a quien admiro y respeto. Un caballero por el que siento un gran afecto.

Se guardó el pañuelo en un bolsillo y después se pasó los dedos por el pelo.

—Albergaba la esperanza de que si recuperaba un pequeño recuerdo —dijo—, todos los demás llegarían en tropel. Pero mis peores temores se han confirmado. Esta mañana en el patio de la abadía alguien pronunció el nombre de lady Freyja Bedwyn y sentí como si me hubiera atravesado un rayo, aunque en ese momento estuviera demasiado ocupado para analizar la sensación. Cuando has pronunciado el nombre de lord Alleyne Bedwyn, he sabido al punto que ese era mi nombre. Y he reconocido el nombre del duque de Bewcastle. Pero el velo que oculta mis recuerdos sigue ahí, Rachel. Freyja... ¿qué relación nos une? Sé que estamos emparentados. Ya sé quién soy. Sé que al menos tengo un hermano mayor. Pero es como si solo fuera mi cuerpo el que reaccionara ante la verdad, como si mis entrañas supieran quién soy pero mi cabeza no se hubiera enterado todavía. Soy incapaz de recordar.

Agradeció el silencio de Rachel, el hecho de que no intentara consolarlo ni ofrecerle esperanzas. Se limitó a quedarse junto a él, con una mano en su brazo y la cabeza apoyada contra su hombro.

La llevó hasta la cama y estuvieron tumbados en ella un buen rato. Tenía un brazo bajo la cabeza de Rachel y el otro, sobre los ojos. Rachel estaba de costado, acurrucada contra él, con la cabeza en su hombro y un brazo sobre su cintura.

Sentía un inmenso alivio. Era Rachel. Su amor. Su ancla en ese turbulento mar de aguas insondables.

—Supongo que no mucha gente puede decir que ha sobrevivido a su propio funeral —dijo—. Y te lo debo a ti. —La besó en la coronilla.

Ella se limitó a acercarse más.

Y entonces volvió a ver la fuente. Pero en esa ocasión la vio delante de una enorme mansión con una extraña aunque no desagradable mezcla de estilos arquitectónicos que abarcaban varios siglos.

—Mi casa —dijo—. Es mi casa. —No recordaba cómo se llamaba, pero sí podía verla. Y describírsela a Rachel… Al menos el exterior. No recordaba el interior.

—Ya lo recordarás todo —le aseguró ella—. Sé que lo harás, Alleyne. Alleyne… Alleyne. Me gusta tu nombre.

—Todos tenemos nombres raros. —Frunció el ceño y luego meneó la cabeza—. Creo que fue nuestra madre quien nos puso los nombres. Era una lectora insaciable de romances antiguos y supongo que detestaba la idea de llamarnos George, Charles o William… O Jonathan.

Rachel le besó la oreja.

El nerviosismo se palpaba en el ambiente esa noche, cuando se reunieron para la cena.

Nigel Crawley y su esposa tendrían que comparecer ante el magistrado y las damas estaban ansiosas por contarles los detalles que se habían perdido al regresar al hotel. Incluso el sargento Strickland se había buscado una excusa para estar presente en la estancia y ocupaba una respetuosa posición detrás de la silla de Alleyne, aunque de vez en cuando cedía a la tentación de contribuir a la conversación con sus extensos comentarios.

Las damas también estaban encantadas de haber recuperado el dinero, cosa que habían creído imposible. Ya podían considerarse oficialmente retiradas de su profesión, un anuncio que se celebró con un brindis secundado por todos los presentes. Por fin podían retomar su sueño y decidir en qué parte de Inglaterra querían asentarse para ir en busca de un edificio adecuado donde abrir su casa de huéspedes.

Al día siguiente se marcharían a Londres para organizar los detalles y hacer planes definitivos.

Rachel las dejó hablar hasta que agotaron el tema de conversación. Después miró a todos los presentes y se llevó las manos al pecho.

—Tengo algo que deciros —les informó.

Ni siquiera el tío Richard lo sabía todavía. Se había pasado toda la tarde durmiendo. Ella misma había estado toda la tarde en la habitación de Alleyne. Incluso había conseguido dormir. Al igual que él, por increíble que pareciera.

—¿Ah, sí? —replicó Bridget—. Nosotras ya hemos hablado bastante, ¿verdad? Pero no me negarás que ha sido un día muy emocionante…

—¿Qué es, Rache? —preguntó Geraldine.

—Quiero presentaros a alguien —contestó ella—. Alguien a quien os morís por conocer desde hace mucho tiempo. —Se echó a reír.

Alleyne la estaba mirando con un brillo intenso, casi febril, en los ojos.

Lo señaló con la mano.

—Tengo el honor de presentaros a lord Alleyne Bedwyn —anunció—, hermano del duque de Bewcastle.

Flossie soltó un grito de alegría bastante vulgar.

—Que Dios lo bendiga, señor —dijo el sargento Strickland—. Siempre supe que era un ricachón de verdad.

—¿Bewcastle? —repitió el tío Richard, observando a Alleyne con detenimiento—. ¿De Lindsey Hall en Hampshire? La propiedad no queda muy lejos de Chesbury Park. Tendría que haberme dado cuenta del parecido.

—¡Madre del amor hermoso! —exclamó Phyllis—. Estoy cenando con el hermano de un duque de verdad. Bridget, si no te importa, sujétame mientras me desmayo.

—Ya decía yo que esa nariz era aristocrática —comentó Geraldine—. ¿Lo dije o no lo dije?

—Lo dijiste, Gerry —contestó Flossie—. Y tenías razón.

—¿Conoces al duque de Bewcastle y a su familia, tío Richard? —quiso saber ella.

—Lo conozco de pasada —respondió su tío—, pero no al resto de la familia. Si no me equivoco, hay varios hermanos y hermanas, pero no conozco sus nombres. Claro que lord Alleyne podrá decírtelos.

—Aún no he recuperado la memoria, señor —señaló Alleyne—. Solo retazos.

Se produjo un breve silencio mientras los demás asimilaban ese hecho, pero después se pusieron a hablar al mismo tiempo, a hacer preguntas y sugerencias, a ofrecer palabras de consuelo. Todos querían saber cómo había descubierto lord Alleyne su identidad si aún no lo recordaba todo.

Fue Flossie quien sugirió que hicieran otro brindis.

—¡Por lord Alleyne Bedwyn! —exclamaron al unísono.

Partiría al día siguiente hacia Lindsey Hall. Eso dijo en respuesta a la pregunta que le hizo Geraldine.

La pregunta y la correspondiente respuesta provocaron un nuevo silencio. Recorrió con la mirada a los ocupantes de la estancia y descubrió que todos habían dejado de sonreír. Quizá no fuera la única en sentirse deprimida.

—Echaré de menos la cocina de Chesbury Park —dijo Phyllis— y también echaré de menos cocinar para su señoría. Creo que estos han sido los días más felices de mi vida. No, no lo creo. Lo sé.

—Aún no le he dado una respuesta al señor Drummond —les recordó Flossie con un suspiro—. No me pareció bien decirle que sí cuando es un caballero y yo soy lo que soy. Pero sabía la verdad sobre mí y dijo que no le importaba. Y le echo de menos una barbaridad.

—Yo no acabé de organizar la casa como Dios manda —afirmó Geraldine—, ni tampoco terminé el inventario. Habría hecho un buen trabajo como ama de llaves si supiera leer y escribir.

—Yo podría enseñarte, Gerry —se ofreció Bridget—. Pero eso tendrá que esperar. Será mejor que os vayáis a Londres sin mí. Creo que tengo que quedarme con Rachel. Sigue necesitando una dama de compañía que le haga de carabina y no será ningún sacrificio volver con ella a Chesbury Park. He hecho amigos allí.

Las otras tres damas la miraron con envidia mientras el tío Richard carraspeaba.

—Necesito desesperadamente un ama de llaves y una cocinera —anunció—. Y mucho me temo que si mi administrador no se busca pronto una esposa decente, la soledad lo hará renunciar a su cargo. Y no me gustaría nada que lo hiciera. Es un buen hombre. Y es evidente que Rachel va a necesitar una dama de compañía. Aunque lo último que quiero es destrozar sus sueños, si consintieran en posponerlo o en olvidarse de ellos por completo, estaría encantado de sugerir que regresáramos todos juntos a Chesbury Park.

El griterío fue instantáneo, ya que las cuatro comenzaron a hablar a la vez. Era casi imposible distinguir los comentarios de cada una, pero al parecer todas estaban de acuerdo, Phyllis se puso en pie, se acercó a la cabecera de la mesa y, tras abrazar al tío Richard, le dio un beso en la mejilla.

Las carcajadas generalizadas fueron mucho más alegres que las de antes.

—Supongo, señora Leavey —dijo el tío Richard—, que por el bien de mis vecinos será mejor que matemos al coronel Leavey en París. Y también será mejor que muera pobre, lo que explicaría que se vea obligada a aceptar el puesto de cocinera en mi casa.

—Y también tenemos que inventarnos una historia para Rachel —les recordó Geraldine—. Supongo que tendremos que decir que la ha abandonado su terrible y mujeriego esposo. A menos que se nos ocurra algún modo de devolverle la soltería para que los caballeros puedan cortejarla. ¿Alguna sugerencia?

Pero a nadie se le ocurrió nada. Y el abatimiento volvió a apoderarse de todos.

Alleyne se iría a Lindsey Hall a la mañana siguiente.

22

Alleyne no se despidió en privado de Rachel. Podría haberlo hecho, tal vez a primera hora, si hubiera llamado a la puerta del dormitorio que compartía con Bridget. Estaba convencido de que esta habría encontrado alguna excusa para dejarlos a solas.

En cambio, bajó al comedor público del hotel para desayunar un poco más temprano de lo habitual y después salió a dar un paseo hasta que se percató del bullicio que ocasionaron los carruajes que llevarían al grupo de vuelta a Chesbury Park.

La noche anterior el barón había decidido regresar sin pérdida de tiempo. Suponía que estaría pletórico de felicidad por el hecho de volver con su sobrina, aunque la compañía de las otras cuatro damas también debía de ser motivo de alegría para él. La vida en Chesbury Park sería mucho más alegre de lo que había sido apenas un mes antes.

Tal vez hubiera surgido algo bueno de su desquiciado plan después de todo, pensó, si bien esperaba haber aprendido la lección de que las mentiras y los engaños no eran el mejor medio para conseguir un objetivo.

Había decidido despedirse de los demás antes de emprender su propio viaje. ¿Otra táctica dilatoria?, se preguntó. No, antes del mediodía estaría de camino… hacia Lindsey Hall, en Hampshire. La noche anterior había recordado que tras la puerta principal había un magnífico vestíbulo medieval con una galería superior y una celosía tallada, con una enorme mesa central de roble y con las paredes adornadas por armas y pendones.

Geraldine fue la primera en salir. Strickland iba con ella, llevando una bolsa que debía ser de la dama. El sargento mostraba una actitud estoica y ella parecía la protagonista de una tragedia clásica. Las otras tres damas salieron tras ellos y, por último, lo hicieron Rachel y Weston.

Debería haber ido a la Sala de la Fuente o, mejor todavía, a dar un largo paseo, decidió. Las despedidas eran espantosas. No le gustaban a nadie, aunque parecían un mal necesario.

Weston se despidió con un apretón de manos mientras le deseaba un buen día y un buen viaje, tras lo cual subió al carruaje asistido por su ayuda de cámara. Bridget lo abrazó antes de seguir los pasos del barón. Después llegó el turno de Flossie y de Phyllis, que lloraba a moco tendido. Geraldine se encontraba con el sargento junto al segundo carruaje, al que subió después de que lo hicieran las otras dos.

Y entonces le llegó el turno a Rachel. No lo abrazó. Ni tampoco se apresuró a reunirse con su tío y con Bridget en el carruaje. Se quedó un rato mirándolo, pálida, seria y sin lágrimas en los ojos, hasta que él la miró a su vez y se arrepintió de no haber ido a despedirse a su habitación. Sin embargo, cuando sus miradas se encontraron, la vio esbozar una radiante sonrisa al tiempo que se acercaba y extendía las manos.

—Alleyne —le dijo—, adiós. Que tengas un buen viaje. Y no tengas miedo. En cuanto llegues a Lindsey Hall y veas al duque de Bewcastle y al resto de tu familia, lo recordarás todo. Te llevará un poco de tiempo, pero lo lograrás. Adiós.

Un discurso alegre, educado y… a todas luces ensayado.

Aferró sus manos y se inclinó sobre ellas. Se las llevó a los labios y las besó, primero una y luego la otra. Y de repente se le olvidó por qué dejaba que lo abandonara de ese modo. Claro que estaba el detallito de que no tenía nada que ofrecerle, de que era posible que ni siquiera fuera un hombre libre y de que ella, después de la vida que había llevado esos veintidós años, se merecía la oportunidad de ser la señorita York de Chesbury Park, libre para disfrutar del cortejo de un amplio número de caballeros.

Era lógico que los embargara la emoción y se pusieran un poco sentimentales en un momento como ese. Habían pasado muchas cosas juntos durante los dos últimos meses. Significaban mucho el uno para el otro.

—Sé feliz, Rachel —le dijo—. Es lo único que te deseo.

Y así le soltó una mano para ayudarla a subir al carruaje y la observó arreglarse las faldas antes de cerrar la portezuela, tras lo cual se apartó para que el vehículo se pusiera en marcha. Alzó una mano a modo de despedida y sonrió.

La partida de los dos carruajes, seguidos por un tercero que transportaba el equipaje, provocó un enorme estrépito hasta que la comitiva dobló la esquina y desapareció de la vista. Los ocupantes de los vehículos se despidieron agitando las manos desde el interior, salvo Rachel, que se mantuvo apoyada en el asiento y ni siquiera miró hacia fuera. Geraldine había bajado la ventanilla y estaba agitando un pañuelo con los ojos clavados en Strickland. Estaba llorando.

¡Maldita sea! Yo mismo estoy a punto de llorar, pensó.

Mantuvo la vista apartada de su ayuda de cámara deliberadamente.

Estaba enamorado de Rachel. ¡La amaba!

—Acabaré de hacer su equipaje, señor —le dijo el sargento después de soltar un hondo suspiro—. Es imposible no quererlas, ¿verdad? Tienen unos corazones que no les caben en el pecho, sin importar cómo se ganaran la vida. Claro que a mí no me importa. Jamás he menospreciado a esas damas como hacen algunos, incluso los que utilizan sus servicios. Todo el mundo tiene derecho a ganarse el pan. Y no puedo decir que ganarse el sueldo matando gente sea mejor que lo que ellas hacían. Ordenaré que traigan el carruaje dentro de una hora, ¿le parece bien?

—Sí —contestó—. No, mejor a mediodía. Necesito dar un paseo para despejarme un poco. Mejor esperas a mi regreso. Al fin y al cabo, no tenemos prisa, ¿verdad?

Ni siquiera regresó al hotel. Enfiló Milsom Street y se dirigió al centro de la ciudad. Desde allí atravesó el patio de la abadía, dejó esta atrás y siguió hacia el río. Estuvo un rato con la vista clavada en sus aguas, pero después siguió caminando por la orilla hasta llegar al Puente de Pulteney. Nada más cruzarlo, siguió por Great Pulteney Street a paso rápido en dirección a los jardines de Sydney.

Al principio sus pensamientos se centraron en Rachel. Se preguntó dónde estaría exactamente en cada momento, si estaría charlando alegremente con su tío y con Bridget, si lo echaría de menos… si se sentiría vacía sin él.

Y después, sin previo aviso, recordó a Morgan. Su hermana. La mujer que lo esperaba en la Puerta de Namur. Se la había encontrado atendiendo a los soldados heridos cuando salió de Bruselas y su máxima prioridad era regresar a por ella para llevarla de vuelta a la seguridad de Inglaterra.

Al principio fue incapaz de recordar qué hacía Morgan en Bruselas y por qué estaba en la Puerta de Namur. Además, tampoco sabía por qué se marchó de la ciudad en lugar de partir con ella hacia Inglaterra sin dilación. Pero entonces recordó que tenía dieciocho años, que había sido presentada en sociedad esa misma primavera en Londres y que había ido a Bruselas acompañada por una amiga y los padres de esta. No recordaba sus nombres, aunque sí que el padre ostentaba el título de conde. Justo en ese momento recordó la imagen del rostro de Morgan y dejó de caminar para cerrar los ojos. Un rostro ovalado, con ojos oscuros (como lo suyos) y cabello moreno. Un rostro precioso. Era la beldad de los Bedwyn. La única que no había heredado la nariz de la familia.

¿Cuántos eran?

Freyja debía de ser una. Debía de ser su hermana. ¿Qué era lo que había escuchado el día anterior en el patio de la abadía?

«Es lo más emocionante que hemos presenciado en Bath desde que lady Freyja Bedwyn acusara al marqués de Hallmere de ser un acosador de mujeres inocentes e indefensas en mitad de la Sala de la Fuente.»

Freyja Bedwyn. El marqués de Hallmere. Hallmere.

Y en ese instante recordó que estaban casados. Él mismo había asistido a la boda, celebrada no hacía mucho. ¿El verano anterior, quizá? ¿Y Freyja lo había acusado de ser un acosador de mujeres inocentes e indefensas en mitad de la Sala de la Fuente?

Chasqueó la lengua, sorprendiéndose a sí mismo. Sí. Típico de Freyja. La buena de Free, bajita, apasionada y presta a utilizar su afilada lengua o sus puños, o ambas cosas a la vez, a la menor provocación. La recordó de pronto. Poseía una extraña belleza con su ingobernable melena rubia, sus cejas oscuras y su prominente nariz.

Pasó horas sentado en los jardines de Sydney, observando las ardillas sin prestarles demasiada atención, saludando con una breve inclinación de cabeza a otros paseantes y reuniendo poco a poco unas cuantas piezas desordenadas de su vida. Todavía tenía lagunas inmensas, pero el pánico comenzaba a remitir. El hecho de haber recordado ciertas cosas era garantía de que no había perdido la memoria por completo y para siempre. Lo demás llegaría con el tiempo. Tal vez todo.

¿Habría alguna esposa oculta en algún oscuro recoveco de esos recuerdos que aún no había recobrado?

¿Dónde estaría Rachel?

Cuando por fin se puso en pie para emprender el camino de regreso a George Street y al York House Hotel, se percató con sorpresa y gracias a la posición del sol que ya había caído la tarde. ¿Adónde se había ido el día?

Era demasiado tarde para partir hacia Hampshire. Esperaría al día siguiente. En realidad, no había prisa. Habían celebrado un servicio religioso en su recuerdo en Londres. Un día más no les supondría demasiada diferencia.

Sería incapaz de enfrentarse a ellos sin reconocerlos.

Recordó los momentos que pasó el día anterior en la cama, con Rachel acurrucada a su lado, mientras asimilaba la idea de que era lord Alleyne Bedwyn.

Su ausencia le provocaba un dolor casi real.

Era difícil que en algún momento de su vida se hubiera sentido tan solo como en ese instante.

Rachel llevaba cinco días en Chesbury Park. En su hogar. Esa debía de ser la palabra más maravillosa del diccionario, pensó. Porque ese era su hogar. Podría vivir en él durante el resto de su vida si lo deseaba. Sería su hogar aun después de que la vida del tío Richard tocara a su fin.

Sin embargo, esperaba que dicho suceso se demorara mucho. El viaje desde Bath lo había agotado, aunque no necesitó tanto tiempo para recuperarse como en el trayecto de ida. Era un hombre feliz, comprendió. Y la quería. Su hogar había vuelto a la vida de repente. Geraldine había sido nombrada ama de llaves oficial y se había lanzado de lleno al trabajo con un enorme despliegue de energía. El resto de la servidumbre parecía apreciarla mucho, sobre todo los hombres. Bridget ya le estaba enseñando a leer. Phyllis casi no salía de la cocina y no tardó en descubrir los platos favoritos de su tío para poder darle el gusto cada pocos días. El señor Drummond había anunciado su compromiso con Flossie y había obtenido el beneplácito de su señor. Bridget había asumido el cuidado del parterre de la fachada principal de la mansión, que estaba en plena floración a pesar de que ya estaban a finales de agosto.

Y ella se mantenía ocupada leyendo, cosiendo, bordando y haciéndole compañía a su tío. Pasó toda una tarde lluviosa en la galería de los retratos, contemplando de nuevo el parecido de sus antepasados maternos y recordando el parentesco exacto que los unía. Pasó diez minutos observando el rostro y la figura de la niña que había sido su madre. El resto de las tardes estuvo paseando por la propiedad, aprovechando el buen tiempo, algunas veces acompañada por Bridget y Flossie y otras sola. También paseó a caballo seguida de un mozo de cuadra a cierta distancia, y comprobó con orgullo que era capaz de hacerlo sola. Incluso utilizó la barca en una ocasión, aunque ni se acercó a la isla.

El tío Richard estaba decidido a recobrarse lo suficiente para acompañarla en primavera a Londres y presentársela a la reina, tras lo cual celebrarían un baile para presentarla en sociedad y disfrutarían de los distintos eventos de la temporada. Había llegado a la conclusión de que le gustaría, a pesar de ser un poco mayor, convertirse en una debutante.

No estaba dispuesta a llevar una vida de reclusión por el simple hecho de tener partido el corazón.

Claro que esa descripción resultaba ridícula y melodramática. No tenía partido el corazón. Solo dolorido, noche y día. Ocupaba la misma alcoba que antes. Si bien había estado en una sola ocasión en el dormitorio de Alleyne, la noche que durmió con él, el silencio y el vacío de la estancia le parecían opresivos. Ni siquiera la había pisado todavía; pero eso no impedía que sintiera su presencia a todas horas. Ojalá hubiera una puerta en su memoria que pudiera cerrar para mantener alejados esos recuerdos.

Porque pensaba en él constantemente. Se preguntaba qué tal le habría ido en su regreso a Lindsey Hall e intentaba imaginarse la escena. ¿Cómo lo habría recibido el duque de Bewcastle? ¿Estaría acompañado de algún otro miembro de su familia? ¿Los habría recordado nada más verlos? ¿Seguiría luchando por recobrar su pasado?

¿Habría descubierto que lo aguardaba una esposa?

Tarde o temprano tendría noticias suyas, dado que se movían en los mismos círculos sociales. Tal vez incluso volviera a verlo; tal vez en primavera. Quizá estuviera en Londres.

Aunque esperaba que no fuera así. Quizá al cabo de dos o tres años pudiera verlo de nuevo y sentir solo una oleada de afecto y alegría. Pero la primavera llegaría muy pronto. Demasiado pronto.

Había salido a pasear por el perímetro del lago, a lo largo de una alameda que los jardineros habían desbrozado y talado poco antes. En un recodo del camino había descubierto un lugar sombreado donde sentarse, ya que el día era bastante caluroso. De modo que allí estaba, aspirando el fragante perfume de la vegetación estival, observando la belleza de esa zona de la propiedad y contemplando el lago con los ojos entrecerrados para protegerse del reflejo del sol. Desde ese lugar vislumbraba parte del tejado de pizarra de la cabaña que había en la isla.

Ver la cabaña la entristeció y estropeó su buen humor. Decidió regresar a la mansión atajando en diagonal por el prado. Estaba a medio camino cuando se detuvo y se llevó una mano a la frente para protegerse los ojos del sol. Las puertas principales estaban abiertas, algo habitual desde que regresaron, y había una persona plantada en el escalón superior. No era su tío. ¿Algún caballero que había ido de visita? Nadie había ido a verlos desde que regresaron de Bath, de modo que no se habían visto en la tesitura de tener que ofrecer una explicación a los vecinos acerca de su cambio de nombre y de estatus.

En ese preciso momento bajó la mano y la embargó una poderosa emoción que le provocó un nudo en la garganta mientras se alzaba las faldas y echaba a correr.

—¡Alleyne! —gritó con el corazón rebosante de alegría y sin preguntarse siquiera qué hacía allí.

Él salió a su encuentro, la alzó en brazos y dio dos vueltas completas con ella en el aire antes de dejarla en el suelo y separarse un poco, lo bastante como para que se diera cuenta de que estaba sonriendo y de que la alegría iluminaba su mirada.

—¿Puedo suponer que te alegras de verme? —lo escuchó preguntar—. Eres una alegría para la vista, Rachel, aunque me gustaría ser capaz de decírtelo de otro modo en lugar de recurrir a ese manido cliché. Te he echado de menos.

Sin saber cómo, se encontró mirando hacia la ventana del dormitorio de su tío por encima del hombro de Alleyne. Los estaba observando sentado en su sillón. Alleyne se percató y también miró mientras ella se apartaba un poco.

—No estabas cuando llegué —le dijo—. He estado hablando con tu tío.

—Pero ¿qué haces aquí? —quiso saber. Una vez pasada la incontenible alegría inicial se arrepentía de haberlo vuelto a ver. El sufrimiento que había padecido esos últimos cinco días reaparecería cuando se marchara—. ¿Cómo es que tu familia te ha permitido que la abandonaras tan pronto? ¿Ha sido un reencuentro feliz, Alleyne? ¿Los has reconocido a todos? ¿Lo has recordado todo?

Aprovechó cada palabra que pronunciaba para deleitarse con su imagen, como si lo hubiera olvidado y tuviera que grabar todos los detalles en su memoria para el futuro. No llevaba sombrero. La ligera brisa le alborotaba el cabello y alzaba el díscolo mechón que, como de costumbre, le caía sobre la frente.

—No he ido a verlos —contestó.

—¿Cómo? —le preguntó, asombrada.

—Soy el mayor cobarde del mundo, Rache —afirmó—. Me quedé en Bath, aferrándome a cualquier excusa para demorar mi partida una hora más u otro día más. No podía enfrentarme a ellos hasta haberlo recordado todo o, al menos, hasta haber recordado lo suficiente como para no quedarme allí plantado como un pasmarote después de haber llamado a la puerta de Lindsey Hall preguntando si había alguien que me reconociera.

Ladeó la cabeza y lo tomó de las manos de modo instintivo.

—¿Y has recobrado la memoria? —le preguntó.

—Lo bastante para que no me entre el pánico —respondió él—. Cada día recuerdo algo nuevo. Ya no tengo ninguna excusa para demorar el viaje a Lindsey Hall. Y ahora estoy deseando ir. Es casi lo que más deseo en la vida.

—Y, en cambio, has venido a Chesbury Park. —Lo miró con expresión interrogante.

—Me tiemblan las rodillas cada vez que pienso en volver —confesó, sonriendo de nuevo—, en plantarme delante de Bewcastle o de cualquier otro miembro de mi familia y anunciarles que su hermano ha regresado de entre los muertos. Creo que una de las peores experiencias que he sufrido durante los últimos días fue descubrir que habían celebrado un servicio en mi recuerdo, que habían celebrado una especie de funeral, solo que sin cuerpo. Saber que me han dado por muerto cuando estaba vivo… No, no sé explicarte lo que se siente, Rachel.

Le apretó las manos con fuerza.

—No puedo ir si tú no vienes conmigo —dijo—. No me digas que no ha sonado pusilánime… El antiguo Alleyne Bedwyn jamás habría dicho algo así ni se habría sentido amilanado hasta ese punto. Era un hombre arrogante, despreocupado, independiente y resistente. He cambiado mucho desde aquel entonces. No puedo hacer esto sin ti, Rachel. ¿Vendrás conmigo?

—¿A Lindsey Hall? —le preguntó con los ojos como platos.

—Si no por otros motivos —contestó—, al menos porque tú me salvaste la vida, Rache. Bewcastle querrá darte las gracias. Si no me acompañas, vendrá a Chesbury Park, te lo aseguro, y esa sí que será una experiencia aterradora para ti. Su arrogancia es legendaria.

Lo dijo con una sonrisa, pero se percató de que no era alegre ni mucho menos. La necesitaba con desesperación.

—Iré contigo —accedió—, si el tío Richard me da permiso.

—Ya lo tienes —le aseguró Alleyne—. Y Bridget ha aceptado venir también. Pero solo si tú accedes a acompañarme por tu propia voluntad. Puedo hacerlo solo si no me queda otro remedio, Rachel. Faltaría más. Pero preferiría hacerlo contigo.

Observó cómo se llevaba una de sus manos a los labios para besarla y le sonrió.

—Hay una cosa que deberías saber, Rachel —siguió—. No estoy casado. No hay ninguna esposa y no tengo ningún hijo. No hay ninguna prometida, ni estaba enamorado.

Apartó la mirada de él y sintió cómo comenzaba a nacer una dolorosa esperanza. ¿Por qué había vuelto? ¿Por qué era tan importante para él que lo acompañara a Lindsey Hall? ¿Solo porque le había salvado la vida?

—Quiero que me cuentes todo lo que has hecho estos últimos cinco días —le dijo Alleyne—. ¿Seguro que han sido solo cinco? Me han parecido una eternidad. Y quiero contarte todo lo que he recordado. Quiero hablarte de mí. ¿Damos un paseo?

Asintió con la cabeza y aceptó el brazo que le ofrecía mientras se preguntaba si el sol le habría afectado la mente de algún modo. ¿Era real todo aquello? Claro que el brazo al que se aferraba era de carne y hueso, y también percibía el calor que irradiaba su cuerpo. Si quisiera, podría cerrar los ojos y apoyar la cabeza en su hombro.

Era real y estaba allí. ¡Y no estaba casado!

Caminaron sin rumbo fijo. Rodearon la casa y atravesaron el

prado, cuya hierba habían cortado desde aquella mañana en la que salieron a cabalgar por primera vez, si bien las margaritas, los ranúnculos y los tréboles florecían de nuevo por doquier.

Le habló del regreso a Chesbury Park y también de los últimos días porque su interés parecía genuino. Mientras lo hacía, esos ojos oscuros se mantuvieron clavados en su rostro y escuchó sus carcajadas cuando le contó sus paseos a caballo y en barca.

—Espero que estés tan orgullosa de ti misma como lo estoy yo —le dijo—. Te has convertido en una intrépida dama rural.

Desde luego que estaba orgullosa de sus logros.

—Pero todavía no he perfeccionado el arte de ponerme a la pata coja sobre un caballo mientras hago girar unos cuantos aros —confesó.

—Recuerda que el caballo tiene que estar galopando —apostilló él, haciendo que ambos estallaran en carcajadas.

Sin embargo, fue Alleyne quien llevó el peso de la conversación, porque había muchas cosas que ella quería saber y otras muchas cosas que él estaba ansioso por contarle.

El duque de Bewcastle era un hombre poderoso por cuyas venas corría la arrogancia aristocrática desde que nació. Regía su mundo como un déspota, si bien no necesitaba recurrir a la violencia para hacerse obedecer; le bastaba con enarcar una ceja y alzar su monóculo. Se llamaba Wulfric. El segundo hermano era Aidan y hasta hacía un año había sido coronel de caballería. Vendió el cargo cuando contrajo matrimonio el año anterior y se había establecido en la propiedad rural de su esposa con sus dos hijos adoptivos. Después estaba Rannulf, a quien solían llamar Ralf, que parecía un guerrero vikingo y que estaba casado con una pelirroja despampanante (esas fueron sus palabras exactas). Freyja, la dama a la que hicieron referencia en Bath, era la mayor de sus dos hermanas, una mujer de fuerte temperamento, casada con el marqués de Hallmere que por alguna misteriosa razón era capaz de lidiar con ella sin que pareciera arder en deseos de estrangularla día sí y día también. Por último estaba Morgan, la benjamina de la familia, que solo tenía dieciocho años.

—Ella es la dama que me estaba esperando en la Puerta de Namur —le explicó—. La dama del sueño. Su dama de compañía no se la llevó de la ciudad a pesar de que el peligro era inminente y encima le permitieron salir a atender a los heridos el día que se libró la batalla de Waterloo. Le había prometido a Bewcastle que le echaría un ojo, aunque no hubiera ido a Bruselas bajo mi tutela. Estaba desesperado por regresar a buscarla.

—¿Cuál era tu regimiento? —quiso saber.

—¡Ah! —exclamó—. Debería haber empezado por ahí. No soy militar. Iba a ser diplomático. Era un agregado de la embajada de La Haya, a las órdenes de sir Charles Stuart. Me habían enviado al frente con una carta para el duque de Wellington y regresaba a Bruselas con su respuesta. Esa era la dichosa carta que no dejaba de aparecer en mis sueños. He cambiado tanto, Rachel... Sería incapaz de retomar esa vida, aunque pusieran la embajada a mis pies.

Había tardado cinco días en recordar todo eso y, tal como le había dicho antes, todavía quedaban algunas lagunas que lo intrigaban y que seguían obligándolo a esforzarse por recordar.

—Pero lo que más echo de menos son los sentimientos —le confesó—, por llamarlos de alguna manera. Reconozco todas esas cosas sobre mi familia, mi vida y sobre mí mismo, pero con desapego, como si esos detalles pertenecieran a la vida de otra persona. Me siento desconectado, como si no tuviera nada que ver conmigo. Y casi me avergüenza regresar, porque tengo la sensación de que debería disculparme por no haber muerto.

Le aferró la mano que descansaba en su brazo y a partir de ese momento siguieron caminando con las manos entrelazadas.

—Fíjate —le dijo—. Hemos llegado a la linde de la arboleda y no te he dejado meter baza. La incapacidad de mantener una conversación educada deja a un caballero en muy mal lugar.

—Esto no es una conversación educada, Alleyne —lo reprendió—. Soy tu amiga y te aprecio.

—¿En serio? —La miró con una sonrisa—. ¿En serio, Rache? Mi comportamiento ha sido un poco egoísta, ¿no te parece?

—Pero por una buena razón —le aseguró—. Aunque creo

que te lo parece porque has pasado cinco días dándole vueltas a tus pensamientos y a tus recuerdos sin nada más que hacer. Antes te habías pasado todo el tiempo concentrado en ayudarme, si bien no escogimos la mejor manera que digamos. Y después te convertiste en mi paladín enfrentándote a Nigel Crawley. A veces creo que debería remorderme la conciencia cuando me emociono al recordar que lo tiraste al suelo de un puñetazo y comenzó a sangrarle la nariz. Pero se me pasa pronto.

—¿Vamos al arroyo? —sugirió.

Hacía calor bajo los árboles, pero la posición del sol dejaba en sombra la roca plana en la que se sentaron aquel día. Volvieron a acomodarse en ella. Alleyne tumbado de costado y ella con las piernas dobladas mientras se abrazaba las rodillas.

—Soy poderoso y rico por nacimiento —continuó él—. Cosa que no tiene por qué ser buena, aunque supongo que es preferible a nacer en el seno de una familia pobre como las ratas. Poseo una fortuna que me permite ser independiente. No tenía por qué buscar empleo porque no me hacía falta trabajar. Pero era un hombre inquieto, sin objetivos en la vida, negligente y cínico a quien no le importaba nada ni nadie. Lo recuerdo muy bien. Pero también recuerdo que había un vacío en mi vida. Pensé en dedicarme a la política pero acabé decantándome por una carrera diplomática. Supongo que me pareció más emocionante.

—Pero no la retomarás —aventuró.

—No —confirmó, meneando la cabeza—. Lo mío es la tierra. Ahora lo sé. Es extraño… Recuerdo que Ralf también lo descubrió el año pasado cuando estuvo de visita en casa de nuestra abuela, donde ahora vive. ¡Válgame Dios! Acabo de recordarla. A mi abuela. La madre de mi madre. Vive en Leicestershire. Es una mujer diminuta y de aspecto frágil. Aidan también descubrió su vínculo con la tierra cuando decidió abandonar el ejército y vivir con Eve en el campo. Quizá cuando nos despojamos de las trabas impuestas por el dinero y el poder, eso es lo que somos los Bedwyn. Una familia vinculada a la tierra, a los placeres sencillos de la vida. Y al amor.

Vio que tenía la mirada clavada en el agua y los ojos entrecerrados. En ese momento se preguntó si algún día, cuando estuviera sola, se sentaría allí mismo y recordaría ese instante. O si…

Se percató de que la estaba mirando.

—Eso es, desde luego que sí —reiteró, aunque no lo dijo como si acabara de descubrirlo. Parecía que hubiera meditado al respecto con anterioridad, pero al mismo tiempo acabara de aplicárselo a sí mismo—. Es el amor lo que marca la diferencia. Podría decirse que perder la memoria ha sido lo mejor que ha podido pasarme, porque me ha desvinculado por completo de mi pasado y me ha brindado la oportunidad de comenzar de nuevo, de volver a cometer los mismos errores para aprender la lección correcta en esta ocasión. Pero solo he podido aprenderla porque existe una nueva dimensión en mi vida, una dimensión que nunca había experimentado con anterioridad, una que ha supuesto una gran diferencia.

Sin apartar los ojos de él, apoyó la cara en las rodillas.

—Siempre ha sido una tradición familiar —siguió Alleyne— que nos casemos tarde, pero que cuando lo hagamos sea por amor. Se espera que un Bedwyn sea fiel a su cónyuge, aun en el caso de los más sinvergüenzas. El año pasado vi cómo les sucedía a Aidan, Ralf y Freyja, pero no terminé de creérmelo, no las tenía todas conmigo. En realidad no lo entendía. Y ahora sí.

Se abrazó las piernas con fuerza cuando vio que esa sonrisa se ensanchaba.

—Sé que estás disfrutando de la libertad por primera vez en tu vida, Rachel —afirmó—. Y que por primera vez estás ocupando la posición que te pertenece por derecho. No me debes nada, más bien todo lo contrario. Y aunque el amor se centre en una persona en concreto, en aquella de la que estamos enamorados, no es un sentimiento posesivo ni implica dependencia. No quiero que te sientas atrapada, ni que te dejes llevar por la compasión. Si tengo que vivir sin ti, lo haré. Iré solo a Lindsey Hall si eso es lo que deseas. ¡Vaya, ya ha asomado el hoyuelo! ¿He dicho algo gracioso?

—No —contestó—. Pero sí que hablas muchísimo, Alleyne. Debe de habértelo contagiado el sargento Strickland.

Siguió mirándolo mientras él reía a carcajadas, sorprendida

de que un hombre tan guapo y encantador que había llevado una vida de poder y privilegios, que obtenía todos los caprichos que se le antojaban, a cuyos pies caían rendidas todas las damas con una simple sonrisa, se sintiera tan inseguro a su lado como para dar tantos rodeos.

—Sí —dijo.

—¿Sí? —repitió Alleyne, enarcando las cejas con ese gesto arrogante tan suyo.

—Sí, me casaré contigo —le aclaró—. Y como ahora me digas que no era ahí adonde querías llegar con toda esa cháchara, me tiraré al arroyo y llegaré hasta el lago para hundirme en el olvido. ¿Era eso lo que querías preguntarme?

Lo miró con expresión horrorizada y con las mejillas encendidas como si el sol le estuviera dando en la cabeza.

Alleyne rió de nuevo, se incorporó y, tras tomarle la cara entre las manos, la besó.

—No —respondió—. Pero no es una mala idea, ¿verdad?

Su respuesta le hizo dar un chillido al tiempo que lo apartaba de un empujón.

Él la aferró de nuevo, pero esa vez por la barbilla, y volvió a besarla.

—De hecho —siguió—, es una genialidad, Rache. ¿Quieres casarte conmigo, amor mío? Porque eso es lo que eres. Eres mi vida, la nueva vida que me he labrado, y aunque pueda vivir sin ti, prefiero no hacerlo. ¿Quieres casarte conmigo?

En lugar de responder, lo besó en los labios.

—¿Eso es un sí, Rache?

—Sí —contestó.

Lo vio apartarse y sonreír, pero en esa ocasión no había ni pizca de picardía en su expresión. Lo que había en las profundidades de esos ojos la dejó sin aliento. Alzó una mano, que le temblaba sin razón aparente, y la colocó en una de sus mejillas.

—Te quiero —confesó—. Si tuviera que hacerlo, podría llevar una vida productiva y feliz aquí en Chesbury Park, sola salvo por la compañía de mi tío y de mis amigas. Pero preferiría que tú vivieras conmigo, amor mío.

Intercambiaron una mirada rebosante de asombro y un tanto risueña.

—Estuve hablando con tu tío antes de salir a buscarte —dijo Alleyne—. Las amonestaciones estarán listas el próximo domingo y ya nos inventaremos algún cuento para los vecinos. Dejaremos que Strickland y las damas improvisen una explicación emocionantísima y rocambolesca. Pero falta un mes hasta que nos casemos y pueda llevarte al tálamo nupcial. ¿Eres capaz de esperar tanto?

Negó con la cabeza mientras se mordía el labio inferior.

—Buena chica —replicó él, colocándole una mano en la nuca—. Yo tampoco.

La besó de nuevo y tiró de ella mientras se tumbaba en la tibia superficie de la roca. Probablemente no fuese el lecho más mullido del mundo, pero sumidos como estaban en los placeres sensuales, no repararon en ninguna incomodidad.

Sin embargo, no fue un momento irreflexivo. Ella era muy consciente de que pocas horas antes había estado convenciéndose de que podría llegar a sentirse satisfecha sin él. De que en un par de años quizá pudiera verlo sin sentir ese dolor que la embargaba. Y también era muy consciente del calor, del borboteo del agua y de los trinos de los pájaros.

Hicieron el amor con pasión, frenesí y anhelo. Después, Alleyne le pasó un brazo bajo la cabeza y descansaron el uno junto al otro, acalorados, jadeantes y relajados, contemplando las copas de los árboles y sonriéndose de vez en cuando.

—¿Cómo supiste que estaba vivo? —le preguntó.

—Te toqué —contestó—. Te toqué la mejilla y la noté tibia. Y después te toqué el cuello y encontré el pulso.

—Me diste la vida —le aseguró—. Una vida nueva. Ya lo dije desde el principio, ¿verdad que sí? Que había muerto y estaba en el cielo, donde me aguardaba un ángel rubio.

—Pero esa fue la segunda versión —le recordó ella—. En la primera afirmabas haber descubierto que el cielo era un burdel.

Alleyne soltó una carcajada mientras giraba para colocarse sobre ella y volver a dejarla sin aliento con sus besos.

23

Alleyne había decidido que lo mejor sería llegar por la mañana a Lindsey Hall. Era más probable que Bewcastle se encontrase en casa a esa hora… si estaba en casa, por supuesto. Pero como estaban a finales de agosto, sería extraño que estuviera en Londres.

Pasaron la noche en una posada a varios kilómetros de la propiedad porque no quería que lo reconocieran, y reemprendieron el camino nuevamente después del desayuno. Rachel y él, porque Bridget se quedó en la posada.

Ya estaba bien entrada la mañana de ese soleado día cuando el carruaje se acercó a la mansión. Reconoció el lugar en cuanto el vehículo enfiló la recta avenida de entrada bordeada de olmos cual soldados en un desfile. Acercó la cara a la ventanilla para ver la mansión a lo lejos, delante de la cual estaba el jardín circular con la fuente en el centro.

Ojalá no hubiera desayunado, porque la comida no le había sentado muy bien. Aunque podría limitarse a dar media vuelta y salir corriendo para no volver nunca, pensó. Esa renuencia a volver al hogar, a plantarse delante de Bewcastle era absurda. Era absurdo sentirse en la obligación de seguir muerto porque hubieran celebrado un funeral en su recuerdo.

Debería haberle escrito a Bewcastle antes de nada, tal como Rachel quiso que hiciera en Bath.

Sin embargo, en ese momento sintió la cálida mano de Rachel

en la suya y se giró para sonreírle. Ella se mantuvo en silencio, bendita fuera. Se limitó a mirarlo con tanto amor en los ojos que se tranquilizó al punto. Su antigua vida se cernió sobre él (el carruaje estaba rodeando la fuente), pero lo acompañaba su nueva vida… y nada volvería a ser igual. Nada ni nadie sería más importante que Rachel.

Bajó de un salto en cuanto el carruaje se detuvo y el cochéro abrió la portezuela. Se giró, ayudó a Rachel a apearse y la tomó del brazo. No hizo falta que llamara a la enorme puerta de doble hoja porque enseguida se abrió y apareció el mayordomo de Bewcastle. El hombre se apartó para hacer una reverencia formal con algo parecido a una sonrisa en el rostro. Y entonces lo miró a la cara.

La sonrisa desapareció al quedarse boquiabierto y muy pálido.

—Buenos días, Fleming —lo saludó—. ¿Está Bewcastle en casa?

Fleming no llevaba quince años como mayordomo de Bewcastle en balde. Se repuso de la sorpresa con una rapidez admirable. Mientras tanto, él ayudó a Rachel a subir los escalones y la invitó a entrar.

—En estos momentos no se encuentra en casa —contestó Fleming.

Se quedó plantado en cuanto puso un pie en el interior. El vestíbulo medieval, uno de sus primeros recuerdos, estaba preparado para celebrar un banquete. Los criados trajinaban sacando platos, colocando flores, enderezando sillas… Más de uno se quedó pasmado mirándolo hasta que Fleming los reprendió con un gesto y retomaron sus quehaceres de inmediato.

—Su excelencia está… —comenzó el mayordomo.

Lo interrumpió con un gesto de la mano.

—Gracias, Fleming —dijo—. ¿Volverá pronto?

—Sí, milord —respondió.

Estaban a punto de celebrar un acontecimiento importante con gran pompa y boato. En la mansión había un comedor formal. El vestíbulo solo se utilizaba para los eventos más inusuales y festivos. El último fue la boda de Freyja.

¿Una boda?

¿La de Bewcastle?

Sin embargo, no pensaba tomar el camino fácil y preguntarle a Fleming. Se quedó donde estaba, mirando a su alrededor, más agradecido que nunca por el silencioso consuelo de tener a Rachel a su lado, cogida de su brazo.

Lo creían muerto. Habían celebrado una especie de funeral en su memoria. Y después la vida había seguido su curso. Ese día, apenas dos meses y medio después de Waterloo, tenía lugar un acontecimiento lo bastante importante como para celebrarlo a lo grande.

Se preguntó si se sentía dolido. ¿Cómo era posible que la vida siguiera como si él nunca hubiera existido? Claro que era imposible que la vida hubiera detenido su curso durante más de dos meses. No lo había hecho en su caso. Su vida había continuado; de hecho, tenía la impresión de haber vivido más, de haber madurado más a lo largo de esos dos meses de lo que lo había hecho en los veintiséis años de vida.

Había encontrado a Rachel. Había encontrado la satisfacción, la felicidad y había echado raíces. Había encontrado el amor.

La miró.

—Es grandioso —dijo ella—. No tengo palabras.

Abrió la boca para hablar, pero en ese momento escucharon algo a pesar del bullicio que reinaba en el vestíbulo... El ruido de los cascos de unos caballos en el camino y el sonido de las ruedas de un carruaje. Cerró los ojos un instante.

—Me quedaré aquí —dijo ella—. Sal tú solo, Alleyne. Necesitas hacerlo solo. Después lo recordarás como uno de los días más felices de tu vida.

Cosa que le parecía poco probable porque seguía con la sensación de estar a punto de vomitar y eso que habían pasado varias horas desde el desayuno. Sin embargo, sabía que Rachel tenía razón. Tenía que hacerlo solo.

Salió a la terraza.

El carruaje era un cabriolé ocupado por dos personas, un

hombre y una mujer. Se percató de que estaban abrazados y besándose, ajenos a cualquiera que los observara desde la mansión, al mismo tiempo que veía las cintas de colores y las botas viejas atadas a la parte trasera del vehículo. Era un carruaje adornado para una boda.

¿La de Bewcastle?

Sin embargo, cuando el carruaje tomó la curva de la fuente y la pareja se separó, se dio cuenta de que el hombre no era Bewcastle. Era… ¡Válgame Dios!, pensó. ¡Era el conde de Rosthorn! El hombre que había organizado la cena campestre en el bosque de Soignes que había comentado con Rachel. El hombre que había estado revoloteando alrededor de Morgan con escasa discreción.

Los recuerdos lo asaltaron de repente y desaparecieron con la misma rapidez. Porque solo tenía ojos para la mujer, para la novia… Morgan, elegantísima de blanco y lavanda.

Era incapaz de pensar. Apenas podía respirar.

Morgan lo miró con expresión radiante y risueña cuando el cabriolé se detuvo… momento en el que la sonrisa desapareció, se quedó pálida y se puso en pie con dificultad.

—Alleyne —musitó.

Él había tenido un par de semanas para hacerse a la idea. Sin embargo, dudaba mucho que la impresión que sentía no fuera tan fuerte como la de su hermana. Separó los brazos y Morgan se lanzó hacia ellos sin abrir la portezuela del cabriolé. La estrechó con fuerza un buen rato. Ni siquiera había dejado que pusiera los pies en el suelo.

—Alleyne, Alleyne. —Susurraba su nombre una y otra vez en lugar de gritarlo, como si no confiara en lo que sus sentidos le transmitían.

—Morg —dijo cuando por fin la dejó en el suelo—. No podía perderme tu boda, ¿verdad? Bueno, al menos el banquete. Así que te has casado con Rosthorn…

El conde bajó del carruaje de un modo más convencional, pero Morgan seguía aferrada a él y lo miraba a la cara como si fuera incapaz de dejar de hacerlo.

—Alleyne —repitió en voz alta—. Alleyne.

Tal vez necesitara unos minutos más para recobrarse y decir algo más que su nombre. Pero los novios no le sacaban mucha ventaja a la comitiva nupcial. Todo un desfile de carruajes avanzaba por la avenida. El primero ya estaba rodeando la fuente para detenerse en el lugar donde lo había hecho el cabriolé, que ya había desaparecido.

Todo iba a salir bien, pensó. La desconfianza, el desapego, la desconexión con sus recuerdos… Todo había desaparecido en cuanto abrazó a Morgan. Había regresado al hogar donde creció y, por una extraña coincidencia, lo había hecho durante un alegre acontecimiento familiar; un acontecimiento en el que todos estarían presentes.

Miró con cierta ansiedad en dirección al carruaje que se había detenido y vio a su abuela con Ralf y Judith, con quienes también viajaban Freyja y Hallmere. Por extraño que pareciera y a pesar de que tanto Freyja como su abuela miraron con ternura a Morgan, nadie reparó en él. Ralf bajó del carruaje de un salto y se giró para ayudar a su abuela, pero Morgan lo llamó. Su hermano la miró por encima del hombro con una sonrisa deslumbrante… y se quedó helado al igual que le sucedió a Morgan poco antes.

—¡Dios mío! —exclamó—. ¡Dios mío! ¡Alleyne!

Y tras dejar que su abuela se las apañara sola, cruzó la distancia que los separaba y se abalanzó sobre él con un grito para darle un abrazo aplastante.

Se produjo un verdadero escándalo y mucha confusión, ya que el extraño comportamiento de Rannulf alertó a todo el mundo y el hombre a quien abrazaba con tanto entusiasmo se convirtió en el centro de atención. También hubo muchos abrazos, exclamaciones, preguntas y alguna que otra lágrima. Abrazó a su abuela con mucho cuidado. Estaba más frágil que nunca, pensó mientras ella le daba unas palmaditas en la mejilla con una mano huesuda sin dar crédito a lo que veía.

—Cariño —dijo—, estás vivo.

Solo Freyja se mantuvo al margen del alboroto, aunque los

demás se apartaron para dejarle paso. Lo estaba mirando con altivez, pero su palidez era evidente. Se acercó caminando a grandes zancadas, de modo que extendió los brazos para recibirla; pero en lugar de abrazarlo, echó el brazo derecho hacia atrás y le asestó un buen puñetazo en el mentón.

—¿Dónde has estado? —exigió saber—. ¿Dónde has estado? —Se abalanzó sobre él, con la cabeza gacha, y lo abrazó con tanta fuerza que lo dejó sin respiración—. Voy a hacerte pedazos con mis propias manos. Te lo juro.

—Free —le dijo, al tiempo que movía la mandíbula—, ya sé que estás de broma. Y aunque lo dijeras en serio, no te dejaría. Hallmere me protegerá.

Eve y Aidan llegaron de repente con los niños en el segundo carruaje, y los dos pequeños se acercaron corriendo y chillando mientras Eve lo miraba sin moverse, con las manos sobre la boca y los ojos desorbitados. Aidan siguió a sus hijos de inmediato.

—¡Alleyne, por Dios, estás vivo! —exclamó, declarando lo evidente al tiempo que lo abrazaba.

No creía haber recibido tantos abrazos en toda la vida.

Se echó a reír y alzó las manos para intentar acallar la andanada de preguntas.

—Después —les dijo—. Dejadme disfrutar un poco más de veros a todos juntos y dadme unos minutos para recuperarme del puñetazo de Freyja. Ese brazo tuyo sigue siendo letal, Free.

Vio al tío y a la tía Rochester apeándose de un carruaje con otras dos damas a quienes no conocía, y la sorpresa que demudó el altivo y aristocrático rostro de su tía fue casi cómica.

¿Dónde estaba Bewcastle?

Y entonces lo vio. Estaba en la terraza, algo apartado del resto, y su presencia era tan poderosa que los demás parecieron percatarse y se apartaron de él al tiempo que dejaban de hablar. Aún había ruido, por supuesto, provocado por los cascos de los caballos, por las ruedas de los carruajes. Las voces, el agua de la fuente… Pero en sus oídos no había más que un silencio absoluto.

Bewcastle ya lo había visto. Esos ojos grises y penetrantes de expresión inescrutable lo miraban fijamente. Lo vio acercar la mano hacia la empuñadura del monóculo de oro y piedras preciosas que siempre llevaba cuando se vestía de gala y una vez que lo cogió, lo alzó con ese gesto tan habitual, y lo dejó a medio camino del ojo. Porque echó a andar por la terraza con una rapidez inusitada y no se detuvo hasta que lo hubo abrazado con fuerza sin mediar palabra. Un abrazo que se prolongó todo un minuto y durante el cual Alleyne apoyó la cabeza en el hombro de su hermano y sintió que por fin estaba a salvo.

Fue un momento extraordinario. Apenas era un niño cuando su padre murió, y Wulfric solo contaba con diecisiete años. Jamás lo había considerado una figura paterna. De hecho, en muchas ocasiones le molestaba la autoridad que su hermano ejercía sobre ellos haciendo gala de una inquebrantable severidad, amén de una aparente insensibilidad y de una evidente falta de sentido del humor. Siempre había creído que su hermano mayor era frío, insensible y totalmente autosuficiente. Un témpano de hielo. Y, sin embargo, fue en los brazos de Wulf donde experimentó la bienvenida final. Por fin se sentía total y completamente querido.

Fue un momento de lo más extraordinario, sin duda alguna.

Intentó contener las lágrimas, porque se sintió avergonzado de repente. Menos mal que no había cedido al bochornoso impulso de echarse a llorar, porque Bewcastle se apartó de él y volvió a echar mano del monóculo. Tal vez él también estuviera avergonzado después de haber protagonizado semejante escena en público. Sin embargo, había recuperado su habitual actitud, altiva y desapasionada.

—Alleyne —le dijo—, no me cabe la menor duda de que estás a punto de explicarnos esta prolongada ausencia.

Alleyne sonrió y después soltó una carcajada.

—Cuando tengáis unas cuantas horas libres —replicó mientras los miraba a todos… a su familia, y a los conocidos que seguían llegando junto con otros invitados que no conocía—. Porque parece que mi llegada le ha robado protagonismo a la novia, algo imperdonable. Pero debo pediros que me concedáis un poco más de tiempo.

Miró hacia la puerta abierta de la mansión y vio a Rachel al otro lado, entre las sombras. Le sonrió mientras se acercaba a ella y le tendía la mano. Sabía que estaba aterrada, pero mostró una apariencia sosegada cuando aceptó la mano y se dejó guiar hacia los demás.

Estaba preciosa, pensó, aunque el vestido de viaje verde claro y el sombrerito a juego no podían competir con las galas de los invitados a la boda.

—Tengo el honor de presentaros a Rachel York —dijo al tiempo que se giraba de nuevo hacia su familia—, sobrina y heredera del barón Weston de Chesbury Park, en Wiltshire, y también mi prometida.

Se produjo un nuevo alboroto mientras Rachel sonreía, radiante y ruborizada. Sin embargo y como era de esperar, fue Bewcastle quien tuvo la última palabra.

—Señorita York —la saludó mientras ejecutaba una rígida reverencia—, conozco a su tío. Bienvenida a Lindsey Hall. No me cabe la menor duda de que Alleyne nos regalará innumerables historias dentro de unas horas y durante los próximos días. Pero esta mañana tenemos una boda que celebrar, unos invitados a los que atender y un banquete que nos aguarda. El conde y la condesa de Rosthorn abrirán la comitiva hacia la casa.

El conde y la condesa de...

Se estaba refiriendo a Morgan que, después de haberse repuesto de verlo regresar de entre los muertos, miraba con una sonrisa radiante a Rosthorn... quien a su vez la miró con evidente adoración mientras le ofrecía el brazo.

Wulf le hizo una reverencia a Rachel e hizo lo propio.

Rachel tenía razón, pensó Alleyne cuando su abuela aceptó su brazo y Freyja se aferró al otro como si no quisiera soltarlo jamás. Sin duda alguna recordaría ese día como uno de los más felices de su vida.

Aunque se lo debía a Rachel. Sin ella, habría retrasado ese momento hasta que tuviera ochenta años por lo menos.

Algunos de los árboles que rodeaban el lago comenzaban a amarillear. Rachel los miró a través de la ventana de su dormitorio. Septiembre había sido muy lluvioso y frío, pero el día anterior había vuelto a brillar el sol y desde entonces parecía que el verano había regresado para celebrar la ocasión.

El día de su boda habría sido glorioso aunque lloviera o tronara, pero suponía que todas las novias soñaban con que las recibiera un día azul y despejado cuando salieran de la iglesia del brazo de su esposo.

Estaba lista para ir a la iglesia. Pero todavía era temprano. Geraldine había aparecido en su vestidor al rayar el alba, seguida de dos criados con la bañera y una fila de criadas con cubos de agua caliente. Geraldine había insistido en quedarse con ella para frotarle la espalda y después ayudarla a ponerse el vestido de encaje y satén marfil que su tío había insistido en que encargara especialmente para la ocasión, junto con un asombroso ajuar.

Entre risas, le había dicho a Geraldine que no estaba bien visto que el ama de llaves hiciera las veces de doncella. Pero su amiga había seguido en sus trece.

—Rache —adujo—, voy a ser la esposa de un ayuda de cámara antes de Navidad, así que eso me convierte más o menos en una doncella por matrimonio, ¿no? —La risa le impidió seguir hablando—. Pero ¿tú me has oído? ¡Una doncella por matrimonio! ¡Yo… una doncella! Nadie te arregla el pelo como yo, y hoy tiene que estar mejor que nunca para que lord Alleyne pueda admirarlo todo el día y luego soltártelo cuando os vayáis a la cama. Supongo que no necesitas que te dé consejos sobre ese asuntillo aunque no tengas madre, ¿verdad?

Las otras damas fueron apareciendo a lo largo de la mañana, aunque Phyllis no se demoró mucho porque había huéspedes y había insistido en preparar el menú del banquete con sus propias manos.

—Todo saldrá bien —le aseguró antes de irse—, si consigo sacarme de la cabeza que voy a darle de comer a un duque de verdad. Lo he visto. Se parece mucho a lord Alleyne, pero da la impresión de que si alguien le pusiera un cubito de hielo en la mano, se quedaría allí toda la vida sin derretirse.

—Cuando fui a Lindsey Hall después de que lord Alleyne me mandara llamar, me saludó con una reverencia —comentó Bridget con un suspiro— y me preguntó qué tal estaba. ¡Estuve a punto de caerme redonda al suelo! Claro que no sabía quién soy de verdad.

Flossie le colocó el velo sobre el tocado después de que Geraldine lo asegurara al recogido y se apartó un poco para ver el efecto.

—Eres la novia más guapa que he visto en la vida, Rachel —afirmó—, y eso que yo iba bastante guapa hace dos semanas.

Cuando llegó el momento de que partieran hacia la iglesia, volvió a abrazarlas a todas. Ella no podía bajar tan pronto. Alleyne había pasado la noche en Chesbury Park, aunque no en su antigua habitación, por supuesto. Toda su familia estaba allí. No quería encontrarse con nadie antes de llegar a la iglesia. Hacerlo podría acarrearle mala suerte.

Los carruajes llegaron en ese momento a la terraza, de modo que se apartó de la ventana antes de que alguno de los pasajeros saliera de la casa.

Había pasado casi una semana entera en Lindsey Hall antes de regresar con Bridget para preparar la boda. Al principio se sintió muy incómoda, y eso era un eufemismo como una catedral. Los Bedwyn rezumaban altivez aristocrática. Eran una familia que no se andaba con rodeos y que se expresaba a voz en grito. Sin embargo, acabó por acostumbrarse a ellos. Acabaron pareciéndole agradables… e incluso les había cogido cariño.

Incluso al duque de Bewcastle.

Era muy poderoso, despótico y reservado hasta el punto de parecer frío. Nunca reía ni sonreía. Pero había visto su rostro durante el largo abrazo que le dio a Alleyne en la terraza. Posiblemente fuera la única persona que lo había visto, porque en aquel momento el duque estaba de espaldas a todos los demás.

Y había sido testigo del profundo amor que expresaba su rostro.

Desde entonces le profesaba un cariño especial.

A lo largo de la semana había llegado a conocerlos a todos y la habían aceptado sin ningún tipo de reserva aparente. Por supuesto, pensó, habrían aceptado a cualquiera en las mismas circunstancias. Habían recuperado a su hermano después de pasar dos meses creyendo que había muerto mientras llevaba la respuesta del duque de Wellington al embajador británico en Bruselas. Habían encontrado la carta en el bosque.

Alleyne les había dejado bien claro casi desde el principio que ella le había salvado la vida.

Escuchó voces en la planta baja, seguidas de varios portazos y del ruido de los carruajes al ponerse en marcha. Al cabo de unos minutos alguien llamó a su puerta y cuando le dio permiso para que pasara descubrió que era el sargento Strickland.

—Todos se han ido a la iglesia —le informó— y el barón la espera abajo. ¡Válgame Dios! Está usted como una rosa, aunque no sea apropiado que lo diga yo porque solo soy un humilde ayuda de cámara.

—Puede decirlo cuanto le apetezca, sargento —lo corrigió con una sonrisa al tiempo que atravesaba la estancia movida por el impulso de echarle los brazos al cuello y darle un beso en la mejilla—. Le estaré eternamente agradecida. Usted le salvó la vida. No habría podido hacerlo sin usted. Gracias, amigo mío.

El sargento la miró con una sonrisa deslumbrante, aunque también parecía muy abochornado.

Y apenas unos minutos después, iba en el carruaje junto a su tío, con calambres en las manos, el corazón desbocado y la cabeza en las nubes. Ni siquiera en ese momento… No, especialmente en ese momento, era incapaz de creer lo feliz que se sentía.

Había ido al bosque para desvalijar a los muertos. Había accedido a participar en una farsa llena de engaños y mentiras. Habían tomado Bath al asalto, Alleyne había recuperado la memoria… y la había dejado. Y al final… Al final había acabado corriendo hacia él mientras regresaba del lago, hacia sus brazos, hacia la felicidad que la embargaba en esos momentos.

Su tío le cogió una mano y le dio un apretón.

—Supongo que no puedo decir que soy el hombre más feliz de la tierra, Rachel —dijo—, porque sería muy raro quitarle ese honor al novio. Pero insisto en declararme el segundo más feliz.

Giró la cabeza para sonreírle. No tenía el mejor aspecto del mundo ni tampoco parecía demasiado sano. Pero había mejorado enormemente desde la tarde que llegaron a Chesbury Park. Tanto que casi resultaba imposible creer que se trataba del mismo hombre.

Se había congregado una multitud de lugareños a las puertas de la iglesia. Y había varios vecinos entre los invitados que aguardaban en el interior. Las explicaciones habían sido un poco peliagudas. Les habían explicado lo de la pérdida de memoria y que habían escogido el nombre de sir Jonathan Smith porque decidieron que era lo mejor hasta que lord Alleyne Bedwyn recordara su verdadera identidad. Por tanto, dado que podrían surgir dudas acerca de la validez de su matrimonio, ya que el novio había firmado con un nombre incorrecto y dado que las dos familias se habían perdido la primera ceremonia, habían tomado la decisión de repetir sus votos. Nadie había preguntado acerca de la propiedad en Northumberland, de modo que no habían tenido que inventar nada al respecto.

En un abrir y cerrar de ojos estuvo en la iglesia, donde la esperaba Bridget para arreglarle el vestido y asegurarse de que su tocado no hubiera sufrido el menor desperfecto durante el trayecto desde la casa.

—Ya estás lista, cariño —le dijo al tiempo que se apartaba con una sonrisa y un brillo sospechoso en los ojos—. Ve y sé feliz.

Alguien debió de avisar al organista. La música resonó en la iglesia mientras ella avanzaba por el pasillo del brazo de su tío. Todos los bancos estaban ocupados y todos los presentes se giraron para verla avanzar. Pero no fue consciente de sus miradas, no los veía. Solo fue consciente de Alleyne, que se encontraba en el extremo del pasillo al lado de Rannulf.

No estaba sonriendo. Pero tenía los ojos clavados en ella y la miraba con innegable adoración. Vestía de negro, marfil y blanco y estaba guapísimo.

Enseguida llegó hasta él y se colocó a su lado.

Y Alleyne le sonrió.

Parpadeó para contener las lágrimas mientras le devolvía la sonrisa.

—Queridos hermanos… —dijo el señor Crowell.

Habría sido poco menos que un milagro que los Bedwyn no hubieran salido de la iglesia mientras firmaban el registro para prepararles a los novios un recibimiento como merecían.

Alleyne se echó a reír cuando salió de la iglesia con Rachel de su brazo y los vio a todos. El cabriolé estaba adornado de forma similar al que utilizaran Morgan y Rosthorn el mes anterior, aunque creyó ver dos cazos viejos atados a la parte posterior. Su familia se alineaba a ambos lados del camino, todos armados con pétalos de flores y hojas de distintos colores. Eve y Aidan, Davy y Becky, Freyja y Joshua, Judith, Morgan y Gervase… y Rannulf que pasó por su lado como una exhalación para ocupar su lugar.

—Mucho me temo, amor mío —dijo—, que nos enfrentamos a lo que los Bedwyn consideran divertido.

—Supongo que tú hiciste lo mismo en sus bodas, ¿no?

—Menos en la de Morgan —admitió— y en la de Aidan, pero solo porque se casó con una licencia especial y nos enteramos mucho después.

—¡Menudo aguafiestas! —dijo ella y se echó a reír, y a él le pareció tan preciosa que se le hizo un nudo en la garganta—. Me encanta la idea que tienen los Bedwyn de la diversión —dicho lo cual, se cogió de su brazo, levantó la barbilla y echó a andar muy despacio por el camino junto a él, riéndose a medida que los dejaban atrás y su exquisito traje de novia quedaba cubierto con todos los colores del arco iris.

—¿Os habéis dado cuenta? —preguntó en voz alta—. Me he casado con una mujer digna del apellido Bedwyn. No se conforma con agachar la cabeza y echar a correr.

La ayudó a subir al carruaje antes de seguirla. Mientras se colocaba las faldas sin sacudirse los pétalos y las hojas de encima, él se quedó de pie para arrojarles un puñado de monedas a los niños del pueblo, que corrieron para cogerlas entre gritos de júbilo.

Después se sentó a su lado y le cogió la mano, entrelazando sus dedos cuando el carruaje se puso en marcha y emprendió el camino hacia Chesbury Park. Hizo caso omiso de los vítores y silbidos que se alzaban tras ellos, aunque sí se percató del alegre repicar de las campanas de la iglesia… y del tintineo de los dos cazos que arrastraban a su paso.

—Bueno, amor mío —dijo.

—Bueno, amor mío.

Se echaron a reír a la par y le dio un apretón en la mano.

—¿Quién iba a decir que acabaría agradeciendo que me dispararan en el muslo, que me cayera del caballo y que perdiera la memoria? —le preguntó—. ¿Quién iba a decir que lo que parecía un desastre acabaría convirtiéndose en lo mejor que me ha pasado en la vida?

—¿Y quién iba a decir que yo acabaría agradeciendo ese espantoso trabajo como dama de compañía y el desastroso compromiso con un malhechor que nos engañó a mis amigas y a mí? ¿Quién iba a decir que mi incursión en el bosque en busca de objetos de valor con los que financiar su persecución me conduciría hasta ti? —preguntó ella a su vez.

—Jamás volveré a decir que no creo en el destino —le aseguró—, ni negaré que tenemos un camino trazado en la vida que nos conducirá a la felicidad siempre que lo sigamos sin vacilar.

Rachel alzó el rostro y le dio un beso fugaz en los labios.

—¿Me estás oyendo? —le preguntó—. Alleyne Bedwyn disertando sobre la vida cuando el destino nos ha puesto en bandeja estos minutos a solas antes de vernos inmersos en el banquete. Faltan siglos para esta noche, pero tenemos unos minutos.

Le soltó la mano para echarle el brazo por los hombros y apretarla contra él.

—Ya te he dicho antes que hablas demasiado —replicó ella.

—¡Insubordinación! —exclamó al tiempo que le frotaba la nariz con la suya—. Ahora eres mi esposa. Eres lady Alleyne Bedwyn y tienes que mostrarte respetuosa y obediente.

—Sí, milord —accedió con expresión risueña.

—Pues bésame —le ordenó.

—Sí, milord.

Ella estalló en carcajadas. Pero después le obedeció, y para hacerlo más a conciencia se giró en el asiento y lo abrazó.

Su ángel rubio.

Su esposa.

Su amor.